「ちがい」がある子とその親の物語Ⅰ

——ろう、低身長症、ダウン症の場合

FAR FROM THE TREE
Parents, Children and the Seach for Identity
by Andrew Solomon

＊本書のデータはすべて原書刊行時のものです。

ジョンに

きみの〝ちがい〟のためなら、私は世界のすべての〝同じこと〟を喜んで手離す

不完全はわれらが楽園
この苦しみ、喜びのなかでそれを知れ
不完全はわれわれのなかであまりにも熱く
欠点だらけのことばと手に負えない音のなかに横たわっているから

——ウォレス・スティーブンズ『われらが風土の詩』

目次

以下続刊

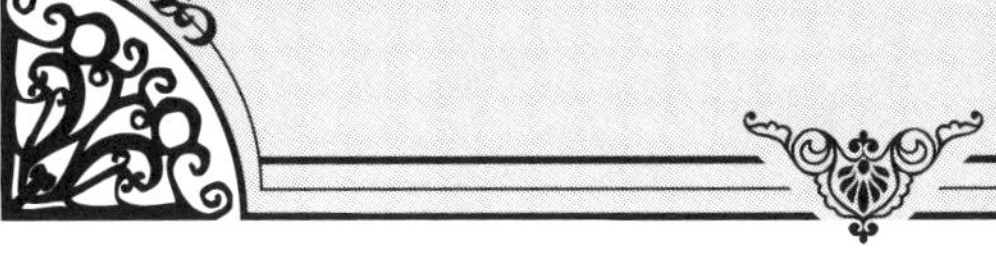

1章 息子

親は子を〝その子自身として〟愛さなければならない。だが、それはとてもむずかしい。

　ふたりの人間が子をもとうと決めたとき、彼らが目にしたいのは、永遠に生きつづける自分たちの姿であって、独自の人間性をもった他人ではない。だから、生まれてきた子が自分と異質であればあるほど、否定的な気持ちが強まってしまう。

　親はつい、わが子を自分の複製と見なし、自分の人生でもっともすばらしい存在であってほしいと願う。自分と同じ価値観にもとづいて人生を選択してもらいたいと願う。自分自身は親とちがうことに誇りを感じることが多いのに、わが子が自分とちがうことは悲しく思ってしまうのだ。

　いまも昔も、血は水よりも濃い。できのよい親孝行な子どもをもつ以上に喜ばしいことはめったになく、子どもの失敗や拒絶以上に最悪のこともめったにない。

　それでも親である以上、子は自分とはちがうのだということを、勇気をだして受け入れねばならない。自分の子どもを愛することは、想像力を鍛えることでもある。

たいていの子は、多少は親の特徴を受けつぐ。これを縦の同一性（バーティカル・アイデンティティ）という。親の特性や価値観を受けつぐのはDNAだけではない。それは、共通の文化によっても受けつがれていく。たとえば〝民族性〟はバーティカル・アイデンティティだ。有色人種の子どもはふつう有色人種の親から生まれ、肌の色という遺伝とともに、有色人種としての自己イメージも代々受けついでいく（自己イメージのほうは、世代によって変化することもあるが）。

〝言語〟も、ふつうはバーティカル・アイデンティティである。ギリシャ語を話す人は、たいてい子どももギリシャ語を話すように養育するからだ。〝宗教〟も、ある程度はバーティカル・アイデンティティだ。カトリック教徒の親は子どももカトリック教徒に育てようとする（ただし、子どもが宗教心をもたなかったり、宗派を変えたり、別の宗教を信じるようになったりすることはある）。〝国民性〟も、移民を別にすればバーティカル・アイデンティティだ。

しかし、親と異なる特徴をもつ子どもは、アイデンティティを同世代の仲間に求めることになる。これを横の同一性（ホリゾンタル・アイデンティティ）という。たとえば、〝同性愛者〟であることはホリゾンタル・アイデンティティである。ほとんどの同性愛者は、家族を越えた外の社会の特定の集団を観察し、そこに加わることで、みずからが同性愛者であることを自覚する。

〝身体的障がい〟もホリゾンタル・アイデンティティだ。〝精神病質〟もホリゾンタル・アイデンティティであることが多い。たいていの犯罪者は怪物に育てられたわけではなく、その不安定な精神はみずからが生みだしたものだ。〝自閉症〟や〝知的障がい〟といった障がいも同じである。あるいは〝レイプによって生まれた子ども〟も。彼らは、産んだ母親すら知りえないような情緒的な問題にみまわれる。

その多くは母親のトラウマから生じているものなのだが……。

〝ふつうとはちがう〟で結びつく

一九九三年、私はニューヨーク・タイムズ紙の依頼で、聴覚障がい者（ろう者）の世界を調査することになった。その時点まで私は、聴覚障がいとは身体の能力の欠損で、それ以上のなにものでもないと考えていた。なのに、数カ月後には、すっかり彼らの世界に惹きつけられていた。

聴覚障がい児の親の多くは、正常な聴覚をもつ。そのため、わが子が正常な聴覚の世界でうまくやっていけるようにと、発声法や読唇術を身につけさせることに必死になりがちだ。そのせいで、ほかの教育がおろそかになることもある。しかし、ろうの子のなかには、それらをうまく習得できない子も多い。そういう子は、成長期に歴史や数学や哲学を学ぶ代わりに、言語聴覚士と延々と顔を突き合わせることになる。

聴覚障がい者の多くが、ろう者としてのアイデンティティを自覚するのは思春期だ。彼らの多くはこの時期に、手話という自分たちのことばを通して解放され、みずからを発見する。正常な聴覚をもつ親のなかには、その変化を新たな世界への大きな一歩ととらえる人もいるが、自分の知らない世界へ向かうことに反発を覚える人も少なくない。

ゲイである私には、そうした状況が身にしみてわかる。同性愛者はストレートの親のもとで成長するのがふつうだが、ストレートの親は子どももストレートのほうが望ましいと信じ、自分の考えを押しつけ、子どもを苦しめがちだ。また、同性愛者の多くが「自分は同性愛である」と目覚めるのも思春期以降で、そこで初めて大いなる解放感を得る。

それもあって私は、聴覚障がい者をより理解したつもりでいた。だがあるとき、自分に聞こえない子どもができたら？　と想像したとき、大方の親と同様の反応をするかもしれない自分に気がついた。ふつうとはちがうわが子を矯正してやれるならなんでもしたいと思うだろう、と。

そのころ、友人の娘が低身長症と診断された。その友人は悩んでいた。たんに背が低いだけでほかの人と変わらないと思わせるよう育てるべきか、それとも低身長者として生きるためのお手本となる人を見つけてやるか、あるいは手術で手足を伸ばす方法を探るか……。混乱する友を見るうちに私は、そこにも自分の見慣れたパターンがあることに気がついた。聴覚障がい者ばかりか低身長症とも共通点があったのだ。

そう気づいたことで、私の自己認識はがらりと変わった。それまでは、自分をかなりの少数派だと思ってきたが、突如として、大勢の仲間ができたのだ。つまり、〝ふつうとはちがう〟ことが、私たちを結びつけている。孤立している私たちが、同じようにもがいていることで深く結びつき、何百万からなる集合体を形づくっている。〝特殊〟とされる状況はいくらでもある。考えてみれば、完璧に標準であることはめったになく、完璧に標準だとしたら、かえってそのほうが孤独と言ってもいいくらいだ。

だが、私の両親が私について誤解していたように、ほかの親たちも自分の子どもを誤解することが多いにちがいない。なかには、子どもの特異性を恥辱ととらえる親さえいる。わが子がほかの家族と際だってちがう場合や、同じ年代のほかの子どもと明らかにちがう場合、たいていの親は、（少なくとも最初は）それを理解できず、受け入れられない。

多くの親は、子どもが幼いうちから自分と共通するところばかり尊重し、ちがいはしばしば欠点として扱う。子どもを虐待する父親は、自分と見た目が似た子にはあまり手を出さないという。虐待者の子に生まれたとしたら、その人間に顔立ちが似ていることを祈るしかない。

アメリカでは、いまも黒人が不利益をこうむっているが、黒人の両親から生まれた子どもを、亜麻色のまっすぐな髪と白い肌で生まれるようにする研究はほぼなされていない。アジア系やユダヤ人や女性も差別されているが、彼らに対し、なれるならキリスト教徒の白人男性になるべきで、そうしないのは愚かだなどと言う人はいない。その一方、同性愛者でいることの不利益は、そうしたバーティカル・アイデンティティの不利益とほぼ変わらないにもかかわらず、たいていの親はどうにかしてわが子をストレートにしようとする。特異な身体的特徴がある子はなおさらだ。それを目にした人はしばしば怯むので、親はなんとかわが子をほかの子と同じようにしようと焦るのだろう。だが、そうすると自分も子どもも疲れはててしまう。

昔から、〝欠陥〟ということばは行きすぎた表現とされてきたが、それに代わる医学用語（病気、症候群、異常）も、あからさまではないものの軽蔑的な表現だ。世間では〝アイデンティティ〟ということばを、その人のあり方を認める表現としてよく用いる。そのくせ〝病気〟のほうは、同じあり方でも、それを軽んじる表現として使う。こんな区別はまちがっている。

物理学の解釈によると、エネルギーや物質は、ときに波、ときに粒子としてふるまう。つまり波であり粒子なのだが、人間はその両方を同時に観察することはできない。ノーベル物理学賞受賞者のポール・ディラックは、光が粒子に見えるのは、粒子であることを前提に検証するからであり、波に見えるのは、波であることを前提に検証するからだと言った。

これと似たような二重性が、自我の問題にもある。病気でもありアイデンティティでもあるという状態は数多く存在するが、片方に目を向けるともう片方がぼやける。アイデンティティであると主張する人々は病気と見なされることに反発するが、医師はアイデンティティと呼ぶのはごまかしだと主張する。

どちらの視野も狭い。

物理学者はエネルギーを波ととらえることから洞察を得、粒子ととらえることで別の洞察を得る。また、量子力学を用いることで、集めた情報を矛盾のないかたちで取り入れている。同じように、私たちも〝病気〟と〝アイデンティティ〟をよく検証し、両者をすり合わせるやり方を見つけるべきだろう。重要なのは、個人や生活の価値のはかり方を変えることであり、〝健康な状態〟について、人々がいまよりもっと共通の認識をもつことだ。ルートヴィヒ・ウィトゲンシュタイン〔訳注：言語哲学・分析哲学に強い影響を与えたイギリスの哲学者〕はこう言っている。「私が知りうるのは、それを言い表すことばのあるものだけである」。ことばがなければ、親しみも生まれない。

この本に登場する人たち

本書（全三巻）には、親から受けついだのではない特異性をもった子どもたちが登場する――聴覚障がいや低身長症、ダウン症、自閉症、統合失調症の子、深刻な複数の障がいをもつ子、神童、レイプによって生まれた子、犯罪に手を染めた子、そしてトランスジェンダーの子である。

「リンゴは木から遠くには落ちない」（The apple doesn't fall far from the tree）という格言がある。子は親に似るという意味だ。しかし、本書に登場する子どもたちは、木から離れた場所に落ちた。それでも、多くの家族はその子を受け入れ、ついにはその存在を寿ぐことを学んだ。そうした変化は、政策や医療の進歩によるところも大きい。とはいえ、ときにはその政策や医療のせいで混乱することもある。どちらも二〇年前には思いもよらなかったことだ。

本来、どんな子どもも、親にとっては驚異的な存在だ。その意味では、本書に登場するさまざまな過激な状況も、ありふれたテーマを示しているにすぎない。極端な量を投与したときの効果を研究することで薬物治療の効力を知るように、もしくは、とんでもない高温にさらすことで建築資材の耐久性を調べるように、極端な例に注目することで、どんな家族にもある親子の相違点が浮かびあがってくる。

ただし、特異な子をもつと、親としての資質はよりはっきりする。悪い親は最悪の親となり、良い親は際だって良い親になるのだ。そして私の見るところ、特異な子を拒絶する家庭はみな同じように不幸だが、そういう子を受け入れようとする家庭の幸せのかたちはさまざまだ。

また、障がいのある子どもは産まないという人が増えていることを考えると、そういう子をもつ親の経験はますます重要になっている。彼らが身をもって学んだ幸せの経験を知ることで、すべての人が「人間的な家族とはどういうものか」を学ぶことができる。もちろん、自閉症の人が自閉症について、低身長の人が低身長についてどう感じているのかを知るのも重要だ。私たちはいま、女性やLGBT［訳注：性的マイノリティの総称。レズビアン、ゲイ、バイセクシュアル（両性愛者）、トランスジェンダーの頭文字］、不法移民や貧民の権利を奪う法律を支持するような時代、異端者嫌いの時代を生きているが、彼らがこうむっている権利侵害を改善し、適切な改革をもたらすためには、彼らをもっと知ることが不可欠だ。

さらに、彼らの親がどのようにして自分の子どもを肯定できるようになったのかを理解すれば、私たちもそれに続いていけるはずだ。本書に登場する親の多くは、特異な子どもに深い愛情を注いでいる。この子に愛情を注ぐことなどできないと思っていたにもかかわらず――。

子どもを愛したいという親の本能は、最悪で悲惨な状況さえ凌駕（りょうが）することがある。世の中には、思っている以上に想像の余地があるのだ。

ゲイとしての私、そして母について

ここからしばらくは、私自身についての告白である。

私は子どものころ、失読症［訳注：知能に異常がないのに読み書きが困難な学習障がいの一種］だった。いまもそうだ。文字の一つひとつに神経を集中させないと文章が書けない。そうして書いても、誤字脱字がある。

早期に私の失読症に気づいた母は、私が二歳のときに読み聞かせを始めた。午後のあいだずっと母の膝（ひざ）に乗り、まるで音声術のオリンピックにでも出るかのように、発音の訓練に励んだものだ。書き方についても、それ以上美しいものは書けないというくらい練習した。私の集中力を保つために、母は黄色いフェルトのカバーがついたノートをくれた。そのカバーにはクマのプーさんとティガーの刺繍が入っていた。ふたりでドリル用のカードをつくり、車のなかでそのカードでゲームをしたりもした。私は母がかまってくれるのがうれしくてたまらず、母はそれが世界最高のパズルだとでもいうように、ユーモアを交えて教えてくれた。母と私だけのひそかな楽しみだった。

そして私が六つになると、両親はニューヨーク市にある一一の学校に願書を提出した。しかし、読み書きができないという理由でどこも私を入れてくれなかった。ようやく一年後、ある学校に入学した。その学校の校長が、失読症の割には文字が読めるとしぶしぶ認めてくれたのだ。幼いころに失読症を克服したことで、それ以来わが家では、忍耐力と愛情、知性、意志の力があればなんにでも打ち克（か）てるという教訓が生まれた。ただ残念ながら、そのせいで家族は、のちに私がゲイだと確信してもそれを覆（くつがえ）せると信じ、もがき苦しむことになった。

あなたはいつゲイだと自覚したのか、とよく訊かれる（それを知ってどうするのだろう？）。自分の好みが変わっていて、大多数の標準からはずれていると気づいたのはだいぶ幼いころだが、自分の性的願望に気づくまでにはしばらくかかった。最近の研究で、将来ゲイになる男の子は、二歳ほどの幼いころから、ある種の荒っぽい遊びを嫌うことがわかってきた。六歳になるころには、そういう子のほとんどが、明らかに男性らしくないふるまいをするようになるという。

私も早い段階で、自分の衝動の多くが男らしいものではないと自覚し、独特の行動をとるようになった。小学一年生のとき、好きな食べ物は何かと訊かれ、ほかのみんなはアイスクリームとかハンバーガーとかフレンチトーストと答えたのに、私だけ誇らしげにカイマクつきのエクメク・カダイフと答えた。それは、イースト二七番街にあったアルメニア料理のレストランでよく注文していた、クリームつきのパンプディングだった。野球カードを交換したことなど一度もなく、スクールバスのなかではオペラのあらすじを語った。そうした行動のせいか、私が人気者になることはなかった。

家では人気者だったが、しょっちゅう行動を注意された。七歳のころ、母と弟とで靴を買いに行ったときのことを覚えている。帰りがけに店員が「どの色の風船が好き？」と訊いてきた。弟は赤い風船を欲しがったが、私はピンクがいいと言った。すると、母はピンクの風船が欲しいはずはない、青が好きでしょと言った。私は本当にピンクがいいんだと言い張ったが、母ににらまれ、しかたなく青い風船を取った。いまも青が好きなのは母の影響だろう。

長じてから、母にこう言われたことがある。「あなたは小さいころ、ほかの子どもがしたがることをしたがらなかった。だから、あなたにはあなたらしくいさせたのよ」。そして半分皮肉っぽくつけ加えた。「ときどき思うんだけど、好きにさせすぎてしまったのね」。私もときどき思う。好きにさせすぎてもらったことなど一度もなかった、と。

私の通った学校はリベラルを気どり、差別せずに生徒を受け入れることを旨としていた。でも実態は、奨学金をもらっている黒人とラテンアメリカ系の子どもがクラスに数人いるというだけで、彼らはたいていてい彼らだけで行動していた。

そこでの最初の年、学園祭の日に、ハーレムに住むデビー・カマーチョが誕生会を開いた。学園祭の日とぶつかったのは、彼女の両親がニューヨークの私立学校の事情にくわしくなかったせいだ。私の母は「自分の誕生会に誰も来なかったらどんな気分がする?」と私に問い、その会に行くべきだと言った。学園祭という言い訳がなかったとしても、クラスメイトの多くは行かなかっただろう。実際、四〇人のうち、参加した白人の生徒はふたりだけだった。

私はそこにいることにひたすら恐怖を覚えた。誰もがスペイン語を話し、出された料理も見慣れない揚げ物ばかりだったからだ。デビーの親戚たちにダンスを踊らされそうにもなった。とうとう、ちょっとしたパニックに襲われ、泣きながら家に帰った。

当時の私は、みながデビーの誕生会に参加しなかったことと、自分に人気がなかったことに共通点を見いだすことはなかった。それから数カ月後、ボビー・フィンケルが誕生会を開き、私以外のクラス全員を招いたときですらも。母は何か手ちがいがあったのではないかとボビーの母親に電話したが、ミセス・フィンケルは、息子が私を嫌いで誕生会に来てほしくないと言っていると答えた。誕生会当日、母は私を学校に迎えに来ると動物園に連れていってくれ、アイスクリーム屋さんでホット・ファッジ・サンデー〔訳注：温かいチョコレートソースがかかったアイスクリーム〕を食べさせてくれた。

いま思い返してみれば、私のために母はずいぶん心を痛めたにちがいない──気にしないようにしていた私以上に。だがそのときの私は、母のやさしさが世間からの侮辱(ぶじょく)を埋め合わせようとするものだったとは思いもしなかった(私が傷つけば母も傷つくのだと思い知ることになったのは、息子がゲイだと知ったら両親は嘆くだろうと想像したときだった)。あのとき母は、ふたりで楽しいひとときをすごすことで、私を悲しませまいとしていた。ピンクの風船を禁じたのも、私を守ろうとする気持ちの表れだったのだろう。

いまでは、母が私をデビーの誕生会に行かせたことをありがたく思っている。それが正しいことだったというだけでなく、当時はわからなかったものの、あれが寛容な心の芽ばえとなったからだ。大人になってから自分自身に耐え、幸せを見つけられたのもそのおかげだ。

とはいえ、私も家族も決して特別リベラルな人間だったわけではない。小学校時代には、アフリカ系アメリカ人の同級生を、社会科の教科書に載っているアフリカの部族の子に似ていると言ってからかったりした。おもしろいと思っただけで、差別するつもりはなかったが、成長してから、そのときの自分のふるまいを深く反省した。彼がフェイスブックで私を見つけてくれたときには、心から謝罪した。ゲイとして学校生活をおくるのは容易なことではなく、自分に向けられた偏見をそのまま他人に向けてしまったとしか言い訳はできなかった。すると、彼は私の謝罪を受け入れ、自分もやはりゲイだと打ち明けてくれた。二重の偏見にさらされて彼が生きのびてきたのだと知り、頭が下がるばかりだった。


小学校では、溺れかけながらかろうじて浮かんでいるような状態だったが、家では私の欠点も大目に見られ、特異な点もおもしろがられた。一〇歳になると、私は小さなリヒテンシュタイン公国に魅了された。一年後、父がチューリッヒへの出張に家族も連れていってくれ、ある朝、リヒテンシュタインの首都ファドゥーツへみんなで車ででかけた。ピンクの風船を禁じた母が、その日の予定をあれこれ考え、手配してくれたのだ。私の願いに家族全員がつきあってくれることにわくわくしたのを憶えている。かわいらしいカフェでランチをとり、美術館へ行き、リヒテンシュタイン公国ならではの切手をつくっている印刷所を訪ねた。このときばかりは、家族が風変わりな自分を認めて自由にさせてくれているのを感じた。

ただ、それにも限度はあった。家庭内のルールは「はずれすぎない範囲で異なるものに関心をもて」だったが、私は広い世界を眺めるだけでなく、そこで生きたくなった。真珠を採りにもぐったり、シェイクスピアを暗記したり、音速の壁を破ったり、編み物を習ったりしたくなったのだ。自分を変えたいという思いは、ある意味、望ましくない生き方から自分を解き放とうとする試みだったのかもしれない。また、自分の本質（将来の自分の欠かせない軸となるもの）へ向かう意思表示だったのかもしれない。

私は幼稚園のころから、休み時間は先生とおしゃべりをしてすごした。ほかの子たちには話をわかってもらえなかったからだ。先生たちも私の話をわかっていなかっただろうが、年の功で礼儀正しく接してくれた。七年生（中学一年生）になるころには、ほとんど毎日、校長秘書のミセス・ブライアーのオフィスでランチをとった。高校でも、カフェテリアに行くことなく卒業した。もしカフェテリアに行っていたら、女の子たちといっしょに座ることになり、嘲笑の的になっていただろう。子どものころはみな意識せずに慣習にしたがうものだが、私にはそういう本能がなかった。だが、もし男の子たちと座っても、本当は女の子と座るべきなのにと、やはり笑われたはずだ。

性的指向について考えはじめたときには、自分の欲望がほかの同性とちがっていて、許されないものだと気づいてゾクゾクした。私にとって同性愛は、アルメニアの砂漠やリヒテンシュタインですごした一日のように感じられた。それでも、誰かにゲイであることがばれたら死んでしまわなくては、と思っていた。

母は私にゲイであってほしくなかった。ゲイとしての人生は私に幸せをもたらさないと思ったからだろうが、ゲイの母親として見られるのが嫌だったからでもあるだろう。息子の人生を意のままにしたかったわけではなく、たいていの親と同じように、自分のやり方が幸せになるもっともいい方法だと心から信じていたのだと思う。母が意のままにしたかったのは自分の人生で、変えたいと思ったのも同性愛者の母親としての自分の人生だった。ただ残念なことに、私を巻きこむ以外にそれを解決する方法はなかった。

私自身は、ゲイであることを隠そうとする自分に母と共通するものを感じていて、それが早いうちから嫌でたまらなかった。母はユダヤ人であることを嫌がっていた。それは、ユダヤ教徒であることを隠し、ユダヤ人を雇わない会社で高い地位までのぼりつめた祖父から受けついだものだ。祖父は、ユダヤ人の入会を認めないカントリークラブにも所属していた。母は二〇代の初めごろテキサスの人と婚約したが、ユダヤ人と結婚したら勘当すると家族に脅(おど)された相手から破棄された。以来、母にとって真の自分を認めることはトラウマとなった。それまでは自分をユダヤ人として意識することもなく、外見どおりの人間になれるものと思っていたらしい。

五年後、母はユダヤ人の父と結婚し、ほぼユダヤ人ばかりの世界で暮らすようになった。だが、内心ではユダヤ人気質に反発していた。いかにもユダヤ人らしいユダヤ人を見ると、こう言ったものだ。「ああいう人たちのせいで、私たちが悪く言われるのよ」。私が九年生（中学三年生）のころ、いちばんクラスでもてた美少女についてどう思うかと訊いたときは、「いかにもユダヤ人って見かけね」と答えた。母のそういう自己不信の悲しいやわらげ方は、私がゲイであることについても適用された。母から受けついだそんな気質が、私は嫌でたまらなかった。

幼児期をすぎてしばらくしてからも、私は子どもっぽいものごとにしがみつき、それらを、性衝動を堰(せ)き止めるダムにしていた。欲望を隠すのではなく、消し去りたい一心で、自分は一〇〇エーカーの森で永遠に暮らすクリストファー・ロビンなのだという突飛な想像もした。『クマのプーさん』の最終章は、別れがあまりにつらくて耳にするのが耐えられないほどだった。『プー横丁にたった家』の最後はこうだ。「ふたりのいったさきがどこであろうと、またその途中にどんなことがおころうと、あの森の魔法の場所には、ひとりの少年とその子のクマが、いつもあそんでいることでしょう」。私は永遠にその少年とクマでいようと決めた。大人になったら待ちかまえているにちがいないことが、私にはあまりに屈辱的だったからだ。

一三歳のときにはプレイボーイ誌を買い、何時間もそれを眺め、女性の体に対する不快感を解消しようとした。だが、宿題以上に疲労困憊するだけだった。高校に入るころには、いずれ女性とセックスをしなければならないとわかっていたが、自分にはできないと思いつめ、たびたび死ぬことを考えた。クリストファー・ロビンとしてすてきな森で永遠に遊ぶつもりでないほうの私は、アンナ・カレーニナとして列車に身を投げるつもりでいたのだ。当時は、そんなばかばかしいふたつの思いのあいだで揺れていた。

ある上級生に物腰をからかわれ、パーシーとあだ名をつけられたのは、ニューヨークのホーレス・マン・スクールの八年生（中学二年生）のときだ〔訳注：イギリスのコメディ映画『パーシー』の主人公は事故でペニスを失い、移植手術を受ける〕。その少年とはスクールバスがいっしょで、毎日、彼と仲間たちが「パーシー！　パーシー！　パーシー！」とはやしたてた。バスのなかで私は、内気で誰とも話さない中国系アメリカ人の生徒（のちに彼もゲイだとわかった）や、ほとんど目の見えない少女（やはりかなりひどいいじめの対象だった）の隣に座っていることが多かった。ときにはバスにいるほぼ全員が、学校に着くまでの四五分間、声をかぎりに「パーシー！　パーシー！　パーシー！」と叫びつづけることもあった。目の見えない少女は「無視していればいい」とくりかえした。私は動揺を隠せないまま、なんでもないふりをしてただ座っていた。

それが始まって四カ月後のある日、家に帰るなり母に訊かれた。「スクールバスで何かあるんじゃないの？　ほかの子たちがあなたを〝パーシー〟って呼んでいるのは本当？」。クラスメイトが母親に話し、その母親が私の母に連絡してきたのだ。私がそれを認めると、母は私をしばらく抱きしめてから、どうして言ってくれなかったのと訊いた。母に話すなど、思いもよらないことだった。これほど屈辱的なことを話せば、現状を認めることになる気がしたし、打つ手など何もないと思っていたから。なにより、いじめの対象となっている特徴が、母にとっても嫌悪をもよおすものにちがいないと感じていた。母をがっかりさせたくはなかった。

その後、スクールバスには付き添いが乗ることになり、あだ名を叫ばれることはなくなったが、今度はバスでも学校でも〝オカマ〟と呼ばれるようになった。先生に聞こえるところでもそう呼ばれたのに、先生は一切とがめなかった。同じ年、科学の先生が、同性愛者は肛門の括約筋を損傷して便失禁をするようになると話した。一九七〇年代には同性愛嫌悪の風潮が社会全体に広まっていたが、それをひどく誇張して生徒に教えたのだ。

二〇一二年六月、ニューヨーク・タイムズ紙は、ホーレス・マン・スクールの卒業生、アモス・カミルの告発記事を載せた。それは、ちょうど私がそこに通っていたころ、男性教員が生徒たちに性的虐待を加えていたという内容だった。記事には、被害を受けた生徒たちが、そのせいで何かに依存したり自傷行為に走るようになったとあった。中年になって自殺した男性も、家族が調べたところ、少年のころに受けた虐待がおもな原因だとわかったという。その記事を読んで私はひどく悲しくなり、混乱もした。性的虐待をしていたと非難された教師のなかに、学校で私が孤独な時間をすごしていたときに、やさしくしてくれた人たちもいたからだ。

好きだった歴史の先生は私を夕食に連れだし、エルサレム聖書［訳注：質の高い翻訳として、聖書学をはじめ人文科学的に価値の高い聖書」をくれた。自由時間にほかの生徒たちが私に近寄ろうとしなかったときには、話しかけてくれた。音楽の先生はコンサートでソロパートをもたせてくれ、先生をファーストネームで呼んだり、学校の先生の部屋ですごしたりするのを許してくれた。グリークラブを引率して、あちこちに連れていってくれたりもした。

それは、私にとってもっとも幸せな冒険のひとつだった。私がどんな子どもか気づいていて、それでも好意をもってくれていたのはまちがいないと思う。彼らが暗黙の了解で私の性的指向を認めてくれたおかげで、私はドラッグに依存したり自殺したりせずにすんだのだ。

九年生のとき、アメリカン・フットボール部のコーチでもあった美術の先生が、私としきりにマスターベーションの話をしたがったことがある。私はためらった。これは何かの罠（わな）で、反応したら、私がゲイであることをみなにばらされ、いま以上の笑いものにされるのではないかと思ったからだ。だが、それ以外の教職員は私にちょっかいを出したりしなかった。おそらく、私がやせっぽちで、眼鏡と歯の矯正器をつけた人づきあいの下手な子どもだったからだろう。それとも、両親が過保護でつねに目を光らせていると評判だったからか。もしかしたら、私に人を寄せつけない傲慢（ごうまん）さがあって、ほかの生徒よりも手を出しにくかったのかもしれない。

その美術の先生は、私と会話を交わしてほどなく被害を訴える声があがり、解雇された。歴史の先生は辞職して一年後に自殺した。一方、既婚者だった音楽の先生は、ゲイの教師が数多く排除され、のちにゲイの教職員のひとりが〝恐怖時代〟と名づけたその後の学校で生きのびた。カミルが手紙で教えてくれたのだが、性的虐待をしていないのにゲイの教師が解雇されるケースが増えたのは、「小児性愛を根絶する運動のなかで、それと同性愛を同一視する誤解が広まったせいだ」という。生徒たちはゲイの教師たちに、陰でも、面と向かっても、ひどいことを言っていたが、その偏見が学校全体で認められていたのは明らかだ。

演劇芸術学科の学科長だったアン・マッケイも、そうしたなかで静かに生きのびたレズビアンのひとりだった。学校を卒業して二〇年がすぎたころ、私は彼女とメールのやりとりを始めた。さらに一〇年後、彼女がもう長くないと知って、ロングアイランドの東端へ車を飛ばして会いにいった。当時の私たちはふたりとも、記事のために取材をしていたカミルから告発のことを聞き、動揺していた。

ミス・マッケイは賢明な教師だった。私がいじめられるのは歩き方のせいだとやさしく指摘してくれ、もっと堂々と歩くにはどうしたらいいかやってみせてくれた。私が最終学年のときには、アルジャーノンという花形の登場人物を私が演じられるよう、『真面目が肝心』〔訳注：オスカー・ワイルド作。ビクトリア朝のイギリスを舞台に、その風習を風刺した喜劇〕を上演してくれた。私は彼女に感謝していた。だが、彼女のほうは謝罪したくて私を家に招いたのだった。

マッケイが言うには、まえの職場で彼女が女性といっしょに暮らしているという噂が広まり、親たちから苦情を寄せられてからというもの、息をひそめるようにして教鞭をとっていた。そのせいで、ゲイの生徒とも距離を置き、彼らを導いてやれなかったことを後悔していたという。とはいえ、もしレズビアンであることを公表していたら職を失っていただろう。そのことは、ふたりともわかっていた。

学生時代には想像もできなかったが、何十年もたって話すと、お互いどれほど孤独だったかがわかった。しばらくのあいだでも同い年だったなら……と思わずにはいられなかった。あのとき私が四八歳だったら、彼女のいい友人になっていただろう。

学外のマッケイは、同性愛の活動家だった。いまは私もそうだ。当時、私はすでに彼女が同性愛者であることを知っていたし、彼女のほうも私がゲイだと気づいていたが、ふたりとも自分の同性愛的指向にとらわれていたせいで、率直な会話はできず、真実を打ちあける代わりに互いにやさしく接するだけだった。これほど年月が流れてから彼女に会ったことで、かつての孤独が呼び起こされた。特異なアイデンティティをもつ人間は、仲間同士の結束に活路を見いださないかぎり孤立する。改めて、その事実を思い出した。

アモス・カミルの記事が公表されたあと、不穏な空気のなか、オンライン上で同窓会が開かれた。そのとき、ひとりの男性が性的虐待の被害者と加害者の両方について悲しみをあらわにした。加害者についてはこう書いた。「彼らは同性愛者の欲望が病気だとされていた世の中で、身の処し方を見つけようとしていた、傷つき、混乱した人々でした。学校はわれわれが生きている世の中を映しだす鏡です。完璧な場所ではありえません。教師だって精神的にバランスのとれた人間ばかりではない。こういう教師たちを糾弾しても、問題を解決することにはなりません。不寛容な社会そのものが、自己嫌悪のあまり不適切な行動に走る人々を生みだしている、という問題を」

教師と生徒の性的接触が許されないのは、力の差があって、強要なのか同意なのかがあいまいになるからだ。強要されたことで、回復不能のトラウマになることもよくある。カミルがインタビューし、記事にした生徒は明らかにそうだった。あの教師たちにどうしてこんなことができたのか？　と考えた私の結論はこうだ。自分の核の部分を〝病的〟で〝違法〟と見なされた人にとっては、その部分と、より重大な犯罪を区別するのがむずかしくなっていたのではないか。アイデンティティを悪いものとして扱うと、真に悪いものに強い立場を与えてしまうのだ。

若者は性的なものにふれる機会が多い。ニューヨークではとくに。私はいつも寝るまえに犬の散歩をしていたが、一四歳のとき、家の近くにゲイバーが二軒あるのを知った。〈アンクル・チャーリーズ・アップタウン〉と〈キャンプ・デイビッド〉だ。ケリー・ブルー・テリアのマーサにリードを引っぱられながら、私はデニム姿の客が出入りするその二軒から男たちが吐きだされるのを見ていた。

ドワイトと名乗る男性にあとをつけられ、建物の入口に引っぱりこまれたこともある。ドワイトであれ誰であれ、ついていくわけにはいかなかった。ついていけば、これまでとはちがう自分になってしまう。彼がどんな外見をしていたかは憶えていないが、その名前を思い出すと物悲しさにかられる。

一七歳で初めて男性とセックスしたときには、正常な世界から永遠に自分を切り離した気がした。家に帰るなり着ていたものを煮沸(しゃふつ)消毒し、やけどしそうなシャワーを延々と浴びた。そうすれば、罪を洗い流せるとでもいうように。

一九歳のとき、ニューヨーク誌の巻末に、セックスに問題を抱えた人向けの代理人セラピー(サロゲート)［訳注：セックス・サロゲートと呼ばれる女性とのセッションによって、心身ともに女性と深い関係をもてるよう導くセラピー］の広告を見つけた。雑誌の巻末に広告を載せるような治療法などいかがわしいとわかっていたが、自分の状況があまりに恥ずかしく、知っている人に明かすこともできなかったので、貯めたお金を持ってエレベーターのない建物を訪ねた。そこで、当時抱えていた性的な不安について滔々(とうとう)と語ったが、自分自身も、その〝セラピスト〟も、女性に興味をもてないという事実を認めることはできなかった。そのころには男性とひんぱんにセックスをしていたが、それも口には出さなかった。私は〝先生〟と呼ぶようにと言われた人々から〝カウンセリング〟を受け、〝先生〟たちは〝サロゲート〟（売春婦とははっきり言えないものの、それ以外の何者とも言いがたい女性たち）との〝セッション〟を処方した。

あるセッションで私は裸になり、犬になったふりをして這(は)いまわった。サロゲートは猫のふりをした。それは、嫌悪しあう種のあいだに親密さを築くという意味あいのセッションで、当時はそこまで意識していなかったが、いま考えればなかなか含みのあるものだった。

そうした女性たちには、なぜか好意をいだいた。そのなかのひとり、最南部出身の魅力的なブロンドの女性は、自分が死体嗜好症で、遺体安置所で問題を起こしたのちにこの仕事についたのだと、最後に打ち明けてくれた。

この手のセラピーでは、ひとりとだけ懇意にならないよう、セックスの相手をひんぱんに替える。あるプエルトリコ人女性との初セッションでは、彼女が私の上に乗って、上下に体をはずませ、恍惚として「なかに入ってる！　なかに入ってる！」と叫んだが、私は退屈して横たわったまま、いつか目的を達成して、ちゃんとした異性愛者になれるのだろうかと不安になっていた。

四五丁目にあったあのオフィスは、いまも夢に登場する。私の青白い汗ばんだ体を死体に見立てて興奮していた死体嗜好症の女性。歓呼とともに私に女性の体を教えてくれた、使命感に燃えたラテン系の女性。治療は週二時間だけだったが約半年続き、私は女性の体にだいぶ慣れた。それは、その後の異性との性体験には欠くべからざることだった。のちに関係をもつことになった女性のなかには、心から愛した人もいた。

だが女性といっしょにいると、私に猥褻な努力をさせた〝治療〟を、自分が本当は赦していないことを思い知らされた。大人になりたての私は、ドワイトと猫のふりをした女性たちの両方から心を引っぱられ、自分にはロマンティックな愛など生まれっこないと思うようになっていた。

誰もが偏見の対象で、誰かに偏見をいだいている

私が「親子のあいだの大きな差異」に関心をいだいたのは、自分の後悔の根源を探りたいと思ったからでもある。両親を非難したいと思う一方、苦痛の多くは、まわりのもっと大きな世界からもたらされたもので、そのなかには、自分自身が原因のものもあるとわかっていた。

一度、激しい口論のさなか、母にこう言われたことがある。「いつかセラピストのところへ行って、ひどい母親のせいで人生がめちゃくちゃになったと話せばいいわ。でも、めちゃくちゃにされたと訴える人生はあなたの人生よ。自分のために幸せだと思える人生にしなさい。愛し、愛される人生に。実際、大切なのはそれだけなんだから」

誰かを愛していても、受け入れられないことはある。受け入れることはできても愛せないこともある。私は、両親が受け入れてくれないのは自分への愛が足りないせいだと思っていたが、いま思うに両親は、自分たちが学ぼうとすら思わないことばを話す子どもをもったような感覚だったのだろう。

子どもの生来の特徴を打ち消すべきか、喜ぶべきか。親はどうやってそれを判断するのだろう？　私が生まれた一九六三年には、同性愛行為はまだ犯罪だった。私が子どものころは病気と見なされていた。二歳のときのタイム誌には、こんな記事が載っている。「宗教とはまったく関係ない見地からしても、同性愛は性的機能のまちがった使い方と言える。現実に対する、哀れなほどにちっぽけで安っぽい代用、人生からの情けない逃避である。それなりに公平な扱いや同情や理解を得られ、可能であれば治療も受けられるだろうが、奨励されることでもなければ、魅力を添えるものでもなく、正当化されることもない。迫害される少数派を気どることもできず、好みのちがいにすぎないと詭弁を弄することもできない。なにより、破滅を招く病気以外のなにものでもないのは隠しようがない」

それでも私の成長期には、親しい家族ぐるみの友人（隣人）にゲイがいた。自分たちの家族に受け入れてもらえなかった彼らは、祝日を私の家族とともにすごした。

医学校の途中で第二次世界大戦に従軍し、西部戦線で戦ったエルマーは、復員してからギフトショップを開いた。その理由は長年「戦争で怖ろしい光景を目の当たりにしたことで人が変わってしまい、医学の道に進む気力を失ったからだ」と聞かされてきたが、私はずっと不思議に思っていた。真相は、エルマーが亡くなって初めて、五〇年ものあいだパートナーだったウィリーが話してくれた。一九四五年には、ゲイだと公表している医者に診てもらおうなどと思う人はいなかったんだよ、と。

戦争の恐怖がエルマーを偽りのない人生へとかりたて、彼はその代償として、派手なバースツールにペンキを塗ったり、陶器を売ったりして一生をすごすことになったのだ。エルマーとウィリーは多くの点で理想的なカップルだったが、手に入れられなかった人生への悲しみがちらほらとうかがえた。ギフトショップを開いたのは医者になれなかったからで、私たち家族とクリスマスをすごしたのは、本当の家族とすごせなかったからだった。

エルマーの選択には頭が下がる。私にはそんな選択をする勇気などない。エルマーとウィリーは自分たちを活動家とは見なしていなかっただろうが、彼らや彼らと同じような境遇の人々の悲しみが、私や私と同じような状況にある人々が幸せになるうえで必要不可欠だったのは確かだ。彼らの状況をさらによく理解するようになると、両親の不安が、たんに行きすぎた想像の産物ではないこともわかった。

いまは、両親が案じていたような悲惨な行く末とはだいぶちがう世界になってきた。私の幸せな生活は、ピンクの風船やエクメク・カダイフを欲しがっていたころには想像できなかったものだ。アルジャーノンを演じたときですらも。それでも、同性愛は依然、犯罪と病と罪という三つの側面から見られがちだ。

一〇年前、ニューヨーカー誌はある調査で、親たちにこんな質問をした。自分の子どもがゲイで、パートナーと幸せに暮らし、子どももいる場合と、子どもがストレートで、パートナーに恵まれず、子どももいない場合とではどちらがいいか。後者を選んだのは三人にひとりだった。子どもの特異性を忌み嫌っていても、孤独になるよりは、ちがったままで幸せになってほしいということだろう。

しかしミシガン州では、古臭い慣例にのっとった反同性愛の新たな法律が出現した。二〇一一年一二月、同性愛の公務員のパートナーを医療保障の対象外とする公務員扶養家族給付金制限法が制定されたのだ。市や郡の公務員に対し、おじや姪（めい）やいとこまでを含む身内の医療保障を認めている州であるにもかかわらずである。

世界を見ても、私のアイデンティティは想定外のままだ。ウガンダでは二〇一一年、いくつかの同性愛の行為におよぶと死刑になる法案が可決されかけた。また、イラクの同性愛者について、ニューヨーク誌にはこんなことが書かれていた。「街角に現れるようになったゲイの男性の死体は、直腸を糊づけされ、腸が破裂するまで無理やり下剤と水を飲まされていた。手足を切断されているものも多い。数百人の男性が殺されたと言われる」

現在の性的指向に関する法律の議論は「自分で同性愛を選んだのなら法によって守られるべきではないが、生まれながらにそうならば、おそらく守られるべきだろう」という考えに傾きつつある。少数宗教の信仰者は、彼らが生まれながらにその宗教を信じ、自分ではそれをどうすることもできないから守られるのではなく、彼らが共感できる信仰を発見し、宣言し、それをいだく権利を認められているから守られる、とされているのに……。

活動家たちのおかげで、一九七三年に同性愛は精神病の公的なリストからはずされたものの、「同性愛者でいるのは不本意ながら自分ではどうしようもないこと」と主張して初めて、その権利が認められることに変わりはない。立法者や宗教的指導者は、その同性愛者がみずから選んでそうなったことや、性的指向が変わりうることを知るやいなや、矯正しようとしたり、権利を奪おうとする。宗教的な矯正施設や、悪辣（あくらつ）だったり見当ちがいだったりする精神科医の診察室では、いまなお同性愛に対する〝治療〟を受けている男女がいる。

なかには、同性愛を生物学的に説明できれば、同性愛者の社会的立場を改善できると考える人もいるが、それは誤解だ。性科学者のレイ・ブランシャールは、ゲイの息子が生まれる確率は母親が男の子を身ごもるたびに上がるという〝兄弟出生順位効果〟を唱えたが、そのデータを発表して何週間もしないうちに、ひとりの男性から連絡を受けた。この男性はまえに男の子を何人も産んでいる代理母を雇うことをやめたそうで、ブランシャールにこう言った。「そういうのは困りますからね……とくに金を払って産んでもらうわけだから」

残念ながら、誰もが誰かの偏見の対象であり、誰かに偏見をいだいている。それが偏見にすぎないとわかれば、他人にどう反応していいかもわかるだろうが、それも絶対ではない。たとえば、特異な子をもつ親が思いやりに欠けていることはよくある。私の母も、ユダヤ人であることで偏見にさらされていたが、だからといって、私がゲイであることにうまく対処できなかった。私だって、聴覚障がいとゲイに似たところがあると知る前だったら、聴覚障がいの子どものよき親にはならなかっただろう。

実際、私たちの多くは自分が置かれた状況のなかで苦闘するのに精いっぱいで、ほかのグループの人々と手をつなごうとは思わない。同性愛者の多くは、障がい者と比較されることに否定的な反応を見せる。多くのアフリカ系アメリカ人が、同性愛運動で公民権ということばが使われることに拒否反応を見せるのと同じだ。しかし、障がい者と同性愛者を比べたからといって、同性愛者や障がい者を否定するわけではない。誰もがみな欠点をもち、人とはちがっている。そして誰にも価値がある。

母が忍耐強く教育してくれなければ、私は読み書きができなかっただろう。そう思うとぞっとする。失読症がある程度改善したことには日々感謝している。だが、自分がストレートだったら、ああしてもがき苦しまなかったら、いまの私はいなかっただろうとも思わずにいられない。ほかの誰かになろうとするよりも、自分自身でいるほうがいい。

そう思うようになったのは、レインボーフラッグをシンボルとするゲイ・プライド・ムーブメントのおかげだと思っている。それがなければ、自分の性的指向を忌み嫌うのをやめることができたかどうか疑わしい。かつては、公言などせずゲイでいられたら大人になった証拠だと考えていたが、そういう考え方はもうやめた。あたりさわりのない立場でいられるものなど何もないし、自己嫌悪のなかですごした空白の年月は、あふれるほどの祝福で満たすべきだと思うようになったからだ。

もちろん、たとえ鬱々（うつうつ）とすごした日々への償（つぐな）いが充分にできたとしても、外にはまだ正すべき同性愛恐怖や偏見に満ちた世界がある。いつかこのアイデンティティがたんなる事実となり、「ゲイ・プライド」のような示威行動の必要もなく、非難されることもなくなったらすばらしい。

だが、それはまだだいぶ先だろう。

愛する誰かを重荷に感じたとしても、自分を責めることはない

本書のために快くインタビューに応じてくれた親たちは、みずから選んで行動を起こしている人たちだ。彼らは自分の現状に価値を見いだし、同様の状況に置かれた人々に手を貸したいと考えている。一方、悲嘆に暮れている人は、自分のことをあまり話そうとしない。しかし誰であれ、無条件に愛情を注げる人間などいない。フロイトは、愛情表現には多少の憎悪が隠され、逆に憎悪には少なくともわずかな愛情が隠されていると言った。

深刻な障がいを抱えた子どもを失ったある母親は、私あての手紙のなかで「解放されたと感じると、この悲しみが本物ではないようで不安になる」と書いていた。だが、愛する誰かを重荷に感じるのは矛盾ではない。愛情が重荷を大きくするのも真実なのだから。こういう親たちには、自分の矛盾する気持ちを許せる余裕が必要だ。子どもに愛情を注いでいる人が、それに疲弊（ひへい）して別の人生を想像したとして

も、恥ずかしいことではない。

社会から特異とされる症状のなかには、ダウン症のように主に遺伝に由来するとされるものもあれば、トランスジェンダーのように、主に環境によるとされるものもある。一般に、生まれと育ちは相反する影響をもたらすと考えられがちだが、サイエンスライターのマット・リドレーが好んで言うように〝生まれは育ちを通して〟現れることのほうが多い。生まれながらの脳の性質や構造によって、外からの影響に限度がある場合もあれば、環境によって脳が変わる場合もあるのだ。

親にとってみれば、先天的とされる症状に耐えるほうが、後天的とされるものに耐えるよりましだろう。前者のほうが罪悪感が少ないからだ。子どもが軟骨形成不全の低身長だとしたら、親の悪行のせいでそうなったとはたぶん言われない。しかし、レイプによって生まれた子どもをもったら、レイプされたことや、中絶しなかったことを非難されそうだ。あるいは子どもが深刻な犯罪に手を染めたら、親が育て方をまちがったのだと世の親たちから見くだされるだろう。

真実はどうか。徐々に明らかになってきたのは、ある種の犯罪的性質は生まれながらのものであり、どれほどすばらしい指導や教育をしても、ぞっとする行為に走りがちな子どもの性格を変えることはできないということだ。犯罪に走りがちな子どもの性向は助長することも抑えることもできるが、わが子がどちらの方向に向かうかは断言できない。

にもかかわらず、子どもの欠陥を親のせいにしがちな社会の認識は、親子両方に多大な影響を与える。統合失調症の息子をもつ、ノーベル賞受賞者の遺伝学者ジェイムズ・D・ワトソンはかつて、自閉症と統合失調症の原因は親の養育にあると主張した心理学者ブルーノ・ベッテルハイムについて、「ヒトラー以降、二〇世紀でもっとも邪悪な人間だ」と語った。親に責任があるとする考えは、無知のなせる業であることが多いが、そこには〝自分の運命は自分でコントロールできるはずだ〟という願いが反映されていたりする。残念ながら、そんな信念では誰かの親を破滅させるだけで、誰の子どもも救えない。

娘を遺伝的な病気で亡くしたある親は、出生前の遺伝子検査ができなかったことをひどく悔やんでいた。多くの親が同じように、自分が何かあやまちを犯したせいではないかという罪悪感にかられている。ある日の午後、私は重度自閉症の息子をもつ、教養のある活動家と昼食をともにした。「妊娠中にスキーに行ったせいなの」と彼女は言った。「標高の高さは胎児によくないから」。そんなことを耳にするのはとても悲しかった。自閉症の原因は複雑で諸説あるが、そこに標高は含まれていない。高い知性の持ち主でも、自己非難の考え方をそのまま受け入れ、それが想像の産物にすぎないことがわからなかったのだ。

障がい者とその家族への偏見には、どこか皮肉なものがある。それは誰にでも降りかかる可能性があるからだ。ストレートの男性がある朝目覚めて突然ゲイになることはなく、白人の子どもが黒人になることもない。しかし、一瞬で障がい者になることはある。なんらかの障がいのある人は全人口の一五パーセント、アメリカのマイノリティのなかで最大の集団だが、生まれながらに障がいを抱えている人はそのうちの一五パーセントにすぎない。世界では五五〇〇万人の障がい者がいる。彼らの権利を研究するトビン・シーバースはこう書いている。「人間の一生のサイクルでは、動けない状態から一時的に動ける状態になり、また動けない状態に戻る。しかも、それはもっとも運がよかった場合である」

社会は障がい者をどう扱ってきたか

私は、特異な子どもを受け入れている家族について、そのことが子どもの自己受容にどう結びついているかを調べてきた。自己受容は誰にとってもむずかしいことだが、ひとつの鍵となるのは〝他者に受け入れられているかどうか〟である。私はまた、より広い社会による受容が、こうした子どもたちやその家族にどんな影響をおよぼすかについても調べてきた。寛容な社会は親たちの心を柔軟にし、自尊心を高めてくれるが、そうした寛容は、自尊心に富んだ個々人が偏見の本質を暴くことで培（つちか）われてきたという歴史がある。

親は私たち自身の裏返しだ。親に受け入れられようと努めるのは、自分を受け入れようとする努力の置き換えと言っていい。同じように、社会は親の裏返しだ。より広い世界で認められたいという願いは、親の愛を得たいという願いの洗練されたかたちにすぎない。この三つの関係は、めまいを覚えるほど深い。

産業化以前の社会は、特異な人間に残酷だったが、隔離はしなかった。世話をするのは家族の責任だったからだ。それが産業化以降になると、障がい者向けの慈善施設がつくられ、異常が認められるとすぐに連れ去られることも多くなった。その非人間的なあり方が優生学を招いた。ヒトラーは二七万人以上の障がい者を、〝人間の形と魂をゆがめてつくられた偽物〟として殺害した。障がい者は根絶していいという思いこみが世界的に広がった。

強制不妊や中絶を認める法律が、アメリカの二五の州で、さらにはフィンランドやデンマーク、スイス、日本でも制定された。一九五八年には、六万人以上のアメリカ人が強制的に生殖不能にされた。シカゴで一九一一年に定められた〝見苦しく醜く損（そこ）なわれた病人や体の不自由な者は、市の街路やその他の公的な場所において姿をさらしてはならない〟とする条例は、一九七三年まで有効だった。健常者と著しくちがう人々の多くは、保護施設や病院や居住施設においても、ジム・クロウ法［訳注：一九六四年まで存在した人種差別的内容を含むアメリカ南部諸州の法律の総称］のもとでのアフリカ系アメリカ人と似たような扱いをされた。

こうした〝分離と不平等〟には、医師の診断も関係している。障がい者研究を専門とするシャロン・スナイダーとデイビッド・ミッチェルは、治療や処置をしようとする人が「救おうとしている相手を下に見ることが多い」と述べている。今日でも、アメリカ人の労働年齢の障がい者の約三〇パーセントと、イギリス人の障がい者の約四五パーセントが、貧困線［訳注：統計上生活に必要なものを購入できる最低限の収入を表す指標］以下の暮らしをしている。ロンドンの王立産婦人科大学では二〇〇六年になっても、きわめて重度の障がいをもって生まれた乳幼児には安楽死を検討すべきだと提案するしまつだ。

それでも、障がい者の権利を求める運動は大きな飛躍を見せてきた。ニクソン大統領による二度の拒否権発動を乗り越えて、一九七三年に制定されたリハビリテーション法では、連邦政府が主催するいかなるプログラムにおいても、障がい者への差別を禁止している。また一九九〇年には、障がいをもつアメリカ人法が成立し、その後、補助的ないくつかの法律も制定された。そして二〇〇九年には、ジョー・バイデン副大統領がスペシャル・オリンピック［訳注：知的障がいや発達障がいのある人のためのオリンピック］の開会式で、障がい者特別支援運動を〝公民権運動〟と呼び、障がい者政策のために大統領特別補佐官のポストを新設すると宣言した。ただし、裁判所は障がい者に関する法律の適用範囲を狭めており、地域行政が障がい者の存在を無視することがあるのも事実だ。

「障がい」とは何か

マイノリティは、みずからを定義するために、自分たちを多数派と相対するものとして位置づけなければならない。もしも多数派の世界に融合してしまえば、分離していることで保っていたアイデンティティは消失してしまう。だから、多数派に受け入れられることが増えればそれだけ、より厳密な定義が必要になってくる。

『スティグマの社会学――烙印を押されたアイデンティティ』（せりか書房）のなかで、著者のアーヴィング・ゴッフマンは、自分を異端とするものを個人的、社会的な信頼性を高めてくれるものととらえ、そのことでプライドが保たれたときにアイデンティティが形成されると述べている。また、社会史学者のスーザン・バーチは、社会があるグループを同化させようとすると、そのグループはたいてい、さらに特異になると言い、これを〝文化変容（アカルチュレーション）の皮肉〟と呼んだ。

一九八〇年代なかば、私が大学にいたころには、〝障がい者〟よりも〝異なる能力者〟ということばを使うほうが一般的だった。それにならって〝異なる満足〟とか、〝異なる賛成〟というような冗談を言ったものだ。自閉症児については、〝典型的な子どもとは異なる〟という言い方をした。同じく低身長症の人は〝平均的な身長の人とは異なる〟と言った。〝正常〟ということばは使わず、もちろん〝異常〟ということばも使わなかった。

学者たちは、心身障がい者の権利に関する多くの著書で、体の器官の状態である〝機能損傷〟と、社会的状況が反映された〝障がい〟とのちがいを強調してきた。たとえば、足を動かすことができないのは機能損傷だが、公立図書館に入ることができないのは障がいだ。

イギリスの障がい者研究者マイケル・オリバーは、障がいの定義の極端な例について「障がいは個人の心身の状態とは関係なく、社会的差別の結果である」と要約している。まことしやかに聞こえるが、まちがっている。それでも、障がいは障がい者の心身のみの問題だという、広く行き渡った思いこみの修正には効果的だ。

健常（アビリティ）ということばは、多数派の独善である。腕をはためかせて空を飛べる人がほとんどならば、そうできない人は障がい（ディスアビリティ）をもつことになる。天才がほとんどなら、ふつうの知性でも悲惨なほどに恵まれていないということになる。要するに、私たちが健康と見なすものに、はっきりとした定義はない。それは前世紀から重要視されるようになった、ただの社会通念だ。一九一二年には、五五歳まで生きたアメリカ人はそこそこ長生きとされていたが、いまは五五歳で亡くなると悲劇と見なされる。ほとんどの人が歩けるので、歩けないことは障がいである。耳が聞こえないことも同様で、空気を読めないこともそうだ。それは多数決の問題で、障がい者はこうした多数決に疑問を呈する。

医学の「功」と「罪」

医療の発達で、親は障がい児を産むことを避けられるようになったし、障がいの多くに改善の可能性も出てきた。だが、いつ出産や治療の選択をするかの判断はむずかしい。ハーバード大学の生物学名誉教授ルース・ハッバードは、ハンチントン舞踏病［訳注：脳の神経細胞の変異によって体が勝手に激しく動くほか、精神や行動に支障をきたす］の遺伝子をもつ親は、妊娠中の検査で苦悩すると述べている。「中絶をしたら、ハンチントン舞踏病遺伝子をもつ子は生きる価値がないと言っているのも同然だ。でもそれなら、私自身や、ハンチントン舞踏病の遺伝子をもつとわかったほかの家族の命はどうなのか？」

哲学者のフィリップ・キッチャーは、遺伝子検査を〝優生学の自由放任状態〟と呼ぶ。また、バークレー大学の講師で脊椎披裂［訳注：脊椎弓（背中の中央にある骨）が左右に分離している先天性奇形］を抱えるマーシャ・サクストンはこう書いている。「出生前にふるいにかけられたかもしれない症状をもつ私たちは、中絶されずに生きている大人の胎児と言ってもいい。私たちにとって〝同様の症状がある胎児〟を中絶することへの抵抗は、〝人間性の欠如〟、つまり胎児を人間として認めないことへの抵抗だ」。さらにスナイダーとミッチェルは、障がい者の排除は〝文化事業としての現代性の仕上げ〟と語る。

その流れで、障がい者の権利擁護運動をしているグループのなかには、どんな子どもを身ごもろうと受け入れるべきだと主張する人がいる。だがそれは、生命倫理学者のウィリアム・ラディックが〝女性らしい受容の考え〟と呼ぶもので、中絶する人を、母親にふさわしくなく、狭量で冷たいとする考え方だ。彼らと、中絶を合法化すべきというフェミニズム運動との衝突は問題になっている。「その不安は嘘偽りのない、もっともなもので、だからこそ怖ろしい」と書いたのは、障がい者権利擁護運動の活動家ローラ・ハーシーだ。「いまわれわれが直面しているのは、中絶するかどうかという個人的な決断が、障がいをもつ人々を抹消しようという運動の第一歩になるかもしれないという問題である」

いずれにせよ、出産前の決断を可能にした医学の進歩によって、障がい者の人口が大幅に減る可能性があるのはまちがいない。「この自由主義、個人主義の社会においては、優生学的な法律は必要ない」とハッバードは書いている。「医師や科学者が技術を提供し、個々の女性や親たちに社会の偏見を具体化する選択をまかせればいいだけだ」

なかには、ヒトゲノム計画に異を唱える活動家もいる。データベースの作成者が、健康とは何かという普遍的な基準がないことを認めないまま、病気の治療法のひとつとしてその情報を資金提供者に渡しているからだ。障がい者を支援する人は、自然においては変化こそが唯一変わらないものだと主張する。フェミニズムと文化について教鞭をとっているダナ・ハラウェイも、ヒトゲノム計画を、標準をどんどん狭めるための〝列聖行為〟と呼ぶ［訳注：列聖とは、キリスト教で模範的な信者を死後に聖人の地位に上げること。つまり偶像化し崇拝すること］。

ミシェル・フーコーは、ゲノムの解読が完了するまえに「知識と権力が密接な関係になると、基準からはずれた個人を表す専門用語が生まれる」と書いた。権力者の偏見が強まると、正常さの範囲が狭まるという意味だ。そして〝正常さ〟からはずれた人々は、自分たちを無力で不適格な存在と見なすよううながされる。

フーコーはまた、生命にはエラーの余地があり、人間の思考と歴史を形づくるものの根底にエラーそのものがあるとも主張する。たしかに、エラーを禁じることは進化を終わらせることだろう。エラーは私たちを、原始的な泥から引き上げてくれるのだ。

生まれつき目の見えないデボラ・ケントは、視覚障がい者に対する社会の偏見について書いている。彼女にとって目が見えないのは、髪が茶色いのと同様になんということのない特徴だと言う。「翼が欲しいと思わないのと同じように、目が見えるようになりたいとも思わない」。二〇〇〇年に発表したエッセイでこうも書いた。「視覚障がいはたまに面倒なこともあるが、そのせいでやりたいことができないことはめったにない」

しかし、夫のディックと子どもをもとうと決めたとき、夫が目の見える子どもを欲しがっているのがわかってショックを受けた。「たとえ私の目が問題なく見えたとしても、これ以上すばらしい人生は望めないと思う。子どもの目が見えなくても、自分に不足を覚えず、社会に貢献するような人間に育てるつもりだった。ディックも私とまったく同じ意見だと言った。でも、彼は本当は悩んでいた。私の視覚障がいを受け入れているのなら、どうして子どもの目が見えなかったら困るなんて一瞬でも思うのだろう」。デボラは大きな不安を抱えたまま妊娠した。「赤ちゃんが私と同じように目が見えず、彼ががっかりしたら、それに耐えられる自信がなかった」

夫ばかりかデボラの母も、孫が生まれたあとで、赤ん坊の目が見えなかったらどうしようと思っていたと告白した。「私は呆然とした」とデボラは書いている。「私の両親は、視覚障がいの兄と私を含む三人の子どもを思いやり深く、揺るぎない愛情をもって育てた。子どもたち全員のなかに、自信と野心と自尊心を育てようとした。それでも、両親にとって視覚障がいはふつうのことではなかったのだ」

彼女の赤ん坊は目が見えた。自分の動きを娘が追っていることにディックが気づいたのだ。彼はデボラの両親にそれを知らせた。動かした指を見つめて娘が顔を動かした日を、彼は決して忘れなかった。「あのずっと昔の朝、夫にしてはあまりに元気な声から、興奮し、ほっとしているのがわかった。あのときの話を聞くたびに、昔の心の痛みをかすかに感じ、しばらくまた孤独に陥らずにいられない」とデボラは書いている。その孤独は、視覚障がいを「アイデンティティ」と見なす彼女と、「病気」と見なす夫のちがいを反映していた。

私は、彼女のとらえ方に深く同情しつつ、うろたえた。たとえば私の弟が、自分の息子はストレートであってほしいと強く願い、そのとおりになってみなに告げてまわったら、私はきっと傷つくだろう。しかし、視覚障がいとゲイはちがうが、他人から〝望ましくない〟と見なされるところは共通している。できるだけ健康でいて（健康ということばの意味がどれほどあいまいであっても）、病気（先に同じ）を避けたいと思ったからといって、かならずしも病気の人や特異な人を無価値だと思っているのではないことも本当だろう。私自身、うつと闘うことで意義のあるアイデンティティを得ることができたが、うつに陥りがちな子どもとそうでない子どものどちらを選ぶかと訊かれれば、たぶん迷うことなく後者を選ぶ。病気のおかげで得たこともあるが、病気を経験しないですめばそれに越したことはないからだ。

「憐れみ」も「称賛」もいらない

障がいのあるたいていの大人は、〝憐（あわ）れみも称賛もいらない、注目されずに淡々と日々の生活をおくりたい〟と思っている。だから、障がい児を利用して遺伝子研究の資金を得たジェリー・ルイス［訳注：全米で四五年間にわたってテレビ中継されたチャリティコンサートの主催者。コメディアン］のやり方を嫌悪する人も多い。NBCのニュース記者で、脊髄に損傷のあるジョン・ハッケンベリーはこう言った。「車いすに乗った子どもたちは、自分たちが生まれずにすむ方法を見つける資金を集めるために、あの番組に出ているんだよ」

怒っているのは彼だけではない。視覚障がい者のロッド・ミハルコは「大人たちは、私が人とちがうことを知ると手を差しのべてくれたが、学校の友だちのなかには、へんなあだ名で呼ぶ子もいた」と書いている。「手を差しのべるのも、あだ名で呼ぶのも、同じことだと気がついたのは、ずっとあとになってからだった」。障がい者の権利を守る法律の専門家であるアーリーン・マイヤーソンにいたっては、慈悲と善意は昔からずっと障がい者にとって最悪の敵だったとまで述べている。たしかに、障がいのない人は寛容なナルシシストにもなりうる。彼らは、それが相手にどう受けとめられるか考えることなく、自分がいい気分になることを熱心に与えようとする。

とはいえ、より深い共感がなければ政治的受容や改革が進まないのも事実だ。障がい者のための改革がなされるのは、社会から疎外されて生きる人々の生活が苦痛に満ちていることを立法者が認めた場合だけである。社会に認められないことが、負っている障がいそのものよりもずっとつらいと言う障がい者は多い。

人の幸福の感じ方について、財力との関係を探った興味深い研究がある。それによると、貧困は絶望と結びついていることが明らかになったが、貧困を脱すると、財力はそれほど幸福に影響をおよぼさないことがわかった。幸福度はむしろ、〝比較〟によって変わってくるという。自分より下の人がいることが生きがいになる余地は大いにある。富と能力は、どちらも相対的な概念だ。

心身の障がいも、これと似ている。自分と比較して誰かを裕福だと感じたり、自分の能力のほうが劣っているという烙印（スティグマ）を押したりしなければ、耐えがたいとまでは思わないものだ。

もちろん、障がいと貧困が重なる領域があるのも確かだ。そこは、どれほどことばを飾っても、よく見せることができないほど深刻だ。障がい者の貧困線はコミュニティによって異なるものの、まちがいなく存在する。そういう人々に対する医療の現実を否定することは、スラムの子どもの経済的現実を否定するのに等しい。貧困ゆえに、心も体も耐えがたい苦痛をともない、壊れることさえある。貧しい障がい者の多くは、心身を衰弱させ、知的能力の欠如と格闘し、つねに死と隣り合わせの暮らしを強いられている。

「幸福」のつかみ方

〝治したい〟という思いは、現状への悲観と、回復に対する楽観を反映している。『顔を失くして「私」を見つけた』（徳間書店）のなかで著者ルーシー・グレアリーは、子どものころに顎（あご）のがんにかかり、顔が永遠に損なわれた（彼女が思うにグロテスクになった）と述べている。ルーシーとは知りあいだったが、失われた顎から気をそらしてくれるほどの魅力の持ち主で、私はその顔を醜いとは思わなかった。しかし彼女は本のなかで、ありとあらゆる手を打ったと語っている。私はそれほどの深い自己嫌悪がどこから来ているのだろうと思わずにいられなかった。

ルーシーは、これまで何度も失敗した再建手術を準備しながら、こう考えたという。「たぶん、この顔は私の本当の顔なんかではなく、誰か別の侵略者の顔にちがいない。誰か醜い邪魔者の顔。私の〝本当の〟顔、私が一生寄り添っていくべき顔は、すぐ手の届くところにある。その〝本当の〟顔を想像してみた。ゆがみもまちがいもない顔。まちがいさえなければ、きっと私は美しいのだ」

結局、ルーシーは三九歳のときにドラッグの過剰摂取で亡くなったが、その一因に、終わりのない修復手術に費やした多額の費用があったとされている。もし手術がうまくいっていたら、幸せな人生をおくっていたかもしれない。自分の外見に悩まなければ、やはり幸せな人生をおくれたのではないか。もし、絶望の連続をあんなにもつぶさに表現できる知性にエネルギーを傾けていたら、どうなっていただろう。

最近の研究では、自分の状況が改善不可能と知っている人のほうが、改善できるかもしれないと期待する人よりも幸せだとされている。皮肉にも、希望が絶望の原因となることがあるのだ。ルーシーも、治るという夢を医師に何十年も引き延ばされたあげく、命を奪われてしまった。ただそうは言いつつ、私が彼女と同じ立場だったら、やはり再建を試みたと思う——そしておそらくは、同じ結果になっていただろう。

二〇〇三年、イギリスで、口蓋裂（こうがいれつ）の胎児を身ごもっていた妊娠後期の女性に中絶を施した医師が訴えられた。重い遺伝的欠陥をもつ可能性のある胎児を中絶するのは合法だが、口蓋裂がそれに当てはまるかどうかが問題だった。

申し立てでは、息子が口蓋裂で生まれた別の母親の証言が引用されている。「この赤ちゃんが口唇口（こうしん）蓋裂［訳注：生まれつき唇や口の中の上あごが割れている］だったとしても、私ならぜったいに中絶はしなかったと思います。このごろはかなり高い水準まで治せますから、障がいとは言えません」。だが、深刻な口蓋裂を治療せずにおけば、悲惨な結果となる可能性もある。その場合はまさしく障がいである。治療法があるからといって障がいではないとは言い切れない。

シカゴの児童記念病院の形成外科長で、顔の奇形の治療をおこなっているブルース・バウワーは、子どもたちに手術をして「ほかの誰とも変わらない真の自分の姿を取り戻す機会」を与えるべきだと主張する。しかし、手術による改善が本当にほかの誰とも〝変わらない〟ものとなるかどうかは、意見が分かれるところだ。

メディアでは、手術をめぐる心温まるエピソードが多数取りあげられている。内反足（ないはんそく）［訳注：足の裏や先が内側を向くなど変形している］で生まれたが、手術をし、いまはプロのアメリカン・フットボール選手として活躍しているクリス・ウォレスの話もそのひとつだ。彼は「この足が大好きさ」と言う。トランスジェンダーの性別適合手術や、聴覚障がい者の人工内耳［訳注：耳の中の聴覚を司る器官である蝸牛（かぎゅう）に電極を接触させて、聞こえるよう補助する器具］を埋めこむ手術も、生まれながらの欠陥を直す手段としてよく紹介される。

だが、美容的な介入（〝テクノリュクス〟［訳注：テクノロジーを贅沢に使うという意味］と呼ぶ人もいる）と修復のための処置の境界線は微妙だ。本人にとって最善の自分になることと、過酷な社会の標準に合わせることとの境界線も。学校でからかわれるからといって娘の立ち耳（横に張りだした耳）を手術する母親や、薄毛に植毛手術をおこなう男性についてはどうか？　そうした人々は問題を除いているとも言えるが、たんに社会の標準に屈しているとも言える。

実際、修復のための処置が美容目的だとされ、保険がおりない例も多い。たとえば口蓋裂がそうであるように、そのままだと顔の変形や飲食困難、聴力喪失につながる耳の感染症、深刻な歯の問題、ことばの遅れなどを引き起こしかねない場合もあるというのにである。そのすべての結果として、深刻な心理的問題につながることもある。かといって、無事に手術できても、必ずしもめでたしめでたしとならないから難しい。口蓋裂の子どものいる親向けのウェブサイトで、ジョアンヌ・グリーンはこう書いている。「医者にすべてうまくいきましたと言われたのに、赤ちゃんの顔を見ると少しもうまくいったように思えないのはどうしてでしょう。二時間前には、愛情と信頼に満ち足りた様子でよく笑うかわいらしい赤ちゃんだったのに、いまは痛い思いをして具合が悪そう。もっとよく顔を見てみると、その顔がまえとはちがっていて、ほとんど別の子に見えてしまう。ショックです。もともと手術に乗り気の親なんていません。結局はもとの顔を愛しているのです！」

どんな問題にしろ、親がいだく〝子どもに〟つらい思いをさせたくないという思いと、〝自分が〟つらい思いをしたくないという思いのちがいを解き明かすことは、重要ではあるが不可能だ。ある低身長症の女性に、骨延長手術（幼児期に施される、平均身長まで背を伸ばす手術）についてどう思うかと訊いたところ、彼女は「それはたんに〝背の高い小人〟になるだけ」と答えた。

医療の介入は、たしかに社会から疎外されている人々をより受け入れられやすい中央に寄せるが、悪くすると、妥協した気分にさせ、疎外感も減らない結果になる。トランスジェンダーや結合双生児についての著作があるアリス・ドムラット・ドレガーは、こう主張している。「標準化の手術をする親は、その子を拒絶しているからではなく、無条件に愛しているからこそそうするのだと思っている。しかし本当は、わが子をどうすればいいかわからない現状が、手術によって改善される気がするからでもあるのだ」

とくに、社会的な地位が高い親は完璧主義に陥りがちで、目に見える欠陥をもつ子どもとの暮らしを困難に感じる。あるフランスの研究では、「階級の低い人ほど深刻な障がいを負った子どもに寛容である」とはっきり述べている。別のアメリカの研究でも、収入の高い家庭は「自立と自己啓発に力点を置きがち」であり、収入の低い家庭は「家族間の相互依存」が顕著（けんちょ）だとしている。事実、教育程度が高く裕福な家庭のほうが子どもを施設にあずけることが多く、マイノリティの家庭よりも白人家庭のほうがそうする場合が多い（マイノリティの親の場合、子どもを里子に出すことも驚くほど多いが）。

だがときには、治そうとする親の試みを、（それが子どもを思ってのものであっても）子どもが悪くとってしまうこともある。インターセックス［訳注：男性または女性の定義に当てはまらない生殖・性的構造をもって生まれた人］で自閉症者のジム・シンクレアは、こんなふうに書いている。「親が『うちの子が自閉症でなければ』と言うとき、本当は『この自閉症児が存在せず、代わりにちがう（自閉症ではない）子どもがいればよかった』と言っているのだ。そのことをもう一度考えてほしい。親が私たちの存在を嘆くときや治療を願うときに私たちが感じるのはそういうことだ。子どもについてもっとも望ましい希望や夢を語るときも、あなたたちのいちばんの望みは、いつか私たちが存在しなくなり、あなたたちが愛せるほかの誰かが私たちの顔をしてそこにおさまることなのだとわかっている」。ほとんどの親は、〝自閉症児のなかには、自閉症ではない本物の自我がひそんでいる〟と思っているが、シンクレアやほかの多くの自閉症者は、自分のなかにほかの誰かを見ることはないと言っている。

エイミー・マリンズは、生まれたときから腓骨（ひこつ）［訳注：すねにある骨］がなく、一歳で膝から下の足を切断した。そしていま、彼女は義足のファッション・モデルになっている。「障がいがある〝にもかかわらず〟じゃなく、ある〝からこそ〟、美しく見られたいの」と彼女は言う。「『どうして、ひどく意地が悪くて、何よりも完璧な肉体を追い求めるこんな世界に入ろうと思ったんですか？』ってよく訊かれるけど、それこそが理由よ。だからこそ、やりたいと思ったの」

生まれつき腰が変形しているビル・シャノンは、松葉杖（まつばづえ）とスケートボードを使ってブレークダンスをする。移動能力を保とうと努力するうちに自然にできるようになったというその技が、アバンギャルドなダンス・シーンとなり、熱狂的なファンがついた。シルク・ド・ソレイユからも誘いを受けた。だがシャノンは、ラスベガスのエンターテイナーになる自分を思い描けなかった。代わりに、自分の技を伝授することに同意し、障がいのないパフォーマーに松葉杖で動きまわる方法を教えた。シルク・ド・ソレイユの〝バレカイ〟に登場する、シャノンの技術や演出を用いた演目は大成功を収めた。シャノンの障がいが、刺激的な独特の出しものの源となったのだ。
もっと最近では、膝から下が両足とも義足の南アフリカ人、オスカー・ピストリウスがいる。彼は世界トップクラスの四〇〇メートル走者で、二〇一二年のロンドン・オリンピックに出場した。タイム誌の〝世界でもっとも影響力のある一〇〇人〟にも選ばれ、〈ナイキ〉や〈ティエリー・ミュグレー〉とコマーシャル契約を結んだ。

誰もがみな同じ腰や足の動かし方をしていたら、こうした美しさが世界にもたらされることはなかっただろう。いまや障がいは美しさの範疇（はんちゅう）に入れられ、正当性を〝傷つける〟のではなく、〝もたらす〟ものとなった。社会は義足のモデルや、松葉杖のダンサーや、カーボンファイバーのすねでスピードを出すアスリートを称賛するまでに変わったのだ。マリンズや、シャノンや、ピストリウスのように、目に見えるテクノロジーで障がいを補うことは、それを用いる人に力を与えてもくれる。

とはいえ一方では、科学やテクノロジーへの依存に反対する人も多い。その気持ちは私も少しわかる。長年うつと闘い、向精神薬で気分を高めないと自分がほかの誰かのような気がしてしまう異様な不快さを知っているから。日常生活では、感情を高めることに対する葛藤も感じている。不機嫌で、内向的で、ベッドに隠れて日々をおくるほうが本当の自分に近い気がすることもある。だから、投薬治療を選ばない人がいるのもわかるのだ。

障がいを抱えているのに最新の治療や装置を拒（こば）む子どもに、医師や親は当惑することも多い。だが、そうした子らは、障がいがあるというつらい現実はそのままに、障がいのない人に近い機能を与えられることに怒りを感じているのかもしれない。実際、透析や、投薬治療や、車いすや、義足や、音声処理のソフトウェアなど、自分を機能させつづける処置や器具を呪う人がいる。私の場合、向精神薬の服用を始めたのは同意年齢をはるかに超えてからだったので、決心したのは自分だと思える。しかし、各種の障がいでは、もっとずっと幼いころに医療介入されるほうが多い。

生まれたことを訴える人

障がい者の権利擁護運動は「生きている人はほぼ誰もが、生きていることを喜ばしく思っているか、きちんとした支援を受ければ喜ばしく思うはずだ」という仮定にもとづいている。死にたいと思うことは、障がいのある人にとっても、そうでない人と同じように、好ましくない願望だというわけだ。しかし、なかには自分自身が誕生したことを訴え、裁判に勝った人もいる。医師の不注意による不法死亡（ロングフル・デス）や、出産前に家族がきちんと説明を受けていなかったことに対する不法誕生（ロングフル・バース）（ロングフル・バースを訴えるのは親で、それが認められると、親としてこうむった費用――ふつうは子どもが一八歳になるまでの世話と支援にかかった費用――が補償される）だけでなく、不法出生（ロングフル・ライフ）を訴える人がいるのだ。この場合、補償は親ではなく障がい者本人に生涯を通してなされる。

二〇〇一年、フランスの最高裁はダウン症児に対し、〝生まれたことの損害〟について巨額の補償を認めた。裁判所は「子どもの障がいは、補償されるべき現実の損害であって、たんなる幸福の喪失ではない」と明言した。つまり、生きているという屈辱に対して金銭的に補償される資格があるということだ。同じ裁判所はのちに、生まれつき精神障がいと聴覚障がいと弱視を抱えた一七歳に対する補償も認めた。もしも妊娠中に風疹（ふうしん）にかかっていることに産婦人科医が気づいていれば、母親は中絶したはずで、生まれた息子も生涯にわたる苦痛を経験せずにすんだはずだからという。

だが、障がいを抱えて生きているよりも死んだほうがましだと暗示するような判決に、障がい児の親たちは激怒した。あるフランス人の父親は言った。「社会がうちの子どもたちをそんなふうに見ないでくれることを願いますよ。こんなのは耐えられない」

抗議の声が広まったのを受けて、フランスではその後、ロングフル・ライフ訴訟を違法としたが、アメリカではまだ四つの州で認められている。裁判所はこれまで、テイ=サックス病［訳注：遺伝によって起こる脳の疾患。精神や身体機能の発育が遅れ、目が見えず、聞こえず、筋萎縮で麻痺する］、聴覚障がい、脳水腫、脊椎披裂、先天性風疹症候群、ダウン症候群、多発性嚢胞腎［訳注：左右の腎臓に嚢胞（体液のたまった袋）ができ、腎臓の機能が低下する遺伝性疾患］などで補償を認めた。

なかでももっとも世間の注目を集めたのは、カーレンダーと生物科学研究所とのあいだの訴訟だ。遺伝子検査を受けた夫婦は、自分たちがテイ=サックス病の遺伝子を保有していることを知らされなかった。生まれた娘はその病気を発症し、四歳で亡くなった。夫婦はこう主張する。「〝ロングフル・ライフ〟という発想が生まれたのは、こういう原告が存在し、苦しんでいるという現実があるからです。被告が不注意でなければ、原告は存在せずにすんだかもしれないのですから」。夫婦は、子どもの介護費用と親としてこうむった苦痛に対する補償を受けとった。

ロングフル・ライフ訴訟は、生きるに値する人生とはどのようなものかという議論を巻き起こした。だが断っておくが、訴訟を起こす親のほとんどは、わが子を育てるのにかかる巨額の介護費用を確保するために訴えている。子どもたちが生まれてこなければよかったと法的に主張することで、責任ある親としての義務を放棄していると見なすのは、最悪の曲解だ。

世の中には、ひどい苦痛に耐えながらも大きな幸せを感じる人もいれば、それほど強い痛みでなくても、つねに不幸だと感じる人もいる。明らかに不毛でありながら生きつづける人もいれば、羨望に値する状況にありながら、みずから命を絶つ人もいる。ましてや赤ん坊がどれほどの痛みに耐えられるかを知るすべはない。親がそのことをはっきりと認識するころには、社会的制約や、法的拘束や、病院の方針のせいで、治療を中止するのはきわめてむずかしくなっている。それが現実だ。

本書の構成について

この本のために、私は一〇年以上にわたって三〇〇以上もの家族にインタビューをおこなった。ほんの短いものもあれば、突っこんだ話になったものもあるが、その記録は全部で約四万ページにおよんだ。

インタビューはしたものの本書に登場させなかったのは、失読症やその他の学習障がいの子どもの親、肥満症や依存症の子どもの親、マルファン症候群［訳注：骨格や眼や心血管や肺、中枢神経などに異常が生じる先天性疾患］のために長身の子の親、アザラシ肢症［訳注：四肢の主な骨がないか短いせいで、手や足が直接胴体についている先天性疾患］の子の親、大人になった〝サリドマイド児〟［訳注：睡眠・鎮痛剤サリドマイドの薬害で、それを服用した親から生まれた手足を欠損した子ども］の親、未熟児の親、うつ病や双極性障がいの子の親、エイズやがんにかかった子の親などだ。それ以外の障がい児や、他国から異なる人種の子どもを養子に迎えた親とも話した。インターセックスの子どもをどちらの性で育てたらいいのか決められないという親とも話した。スーパーモデルや、いじめっ子や、視覚障がい者の親とも話した。

先にも述べたように、本書（全三巻）では一〇パターンの特異な子とその親を取りあげている。もっとしぼったほうが簡単だっただろう。しかし私は、多様なちがいを探ることで「並はずれた能力をもつ子ども（神童）を育てることが、ある意味で能力に欠けた子どもを育てるのに近い」ことを示したり、「子どもの悲劇的な（レイプによる）出生や悲劇的な行動（犯罪）に、特異な心の状態（自閉症、統合失調症、神童）や体の状態（低身長、聴覚障がい）と驚くほどの類似点がある」ことを示したりしたかった。

ここでは、どの特異性も、それぞれが独特ではあるが相互に関係する問題を提起し、全体としてそうした子をもつ親が直面する幅広い問題を明らかにしている。章立てした個別のテーマごとにすでにすばらしい研究結果があり、一般書もある。しかし、本書全体の中心テーマである〝病とアイデンティティ〟の問題に取り組んだ本はこれまでなかった。

2章から7章では、長く病気に分類されてきたものを扱い、そのあとの四つの章では、より社会的なカテゴリーをとりあげている。インタビューの対象はおもにアメリカ人とイギリス人だが、西洋以外の社会についても調査した。ひとつは2章に登場するバリ島北部の村（先天性聴覚障がい者が多く住む）、もうひとつは9章に登場するルワンダだ（一九九四年の大量虐殺の際、レイプされて身ごもった女性たちを取材）。

統計資料も集めたが、多くは直接聞いた話に頼った。数字は〝社会の趨勢(すうせい)〟を示すが、人から聞いた話は〝混沌とした事実〟を浮かびあがらせるからだ。ある家族に話を聞く場合、家族のそれぞれが心から信じていることでも、話が矛盾したら整理しなければならない。中立を重んじるジャーナリストの端くれである私と彼らとのやりとりは、彼らが外の世界とどうつきあっているかの縮図でもあった。なお、本書で私はインタビューした家族の一員たちをファーストネームで呼んでいるが、それは自己啓発本がよくやるように親しさを装うためではなく、家族のさまざまなメンバーが同じラストネームを使っていることが多いからで、対象者を区別する苦肉の策である。

ここに登場する男女や子どもたちの話を聞くために、学ばねばならないことも多かった。初めて低身長の人々の集会に参加した日、私は泣いている少女の力になろうと歩み寄った。「私ってこう見えるのね」と少女はすすりあげながら言った。半分笑っているようでもあった。「この人たち、私にそっくり」。そばに立っていた母親はこう言った。「これがうちの娘にとってどれほどの意味をもつものか。私にとっても、すごく意味のあることよ。気持ちをわかってくれるほかの親たちに会えるんだから」

その母親は私も低身長の子の親だと思っていたが、そうでないとわかると、含み笑いをして言った。

「この何日かは、あなたのほうが特異な存在になるのよ」。私が訪ねた特異な世界の多くは、それぞれがこのような熱烈な共同体意識で活気づいていて、いくらか嫉妬せずにはいられなかった。

そうした子どもの親であることに怒り、うんざりするのを非難するのは論外だが、くよくよと思い悩むのはまちがいだろう。私がインタビューした人の多くは、自分の人生を別の人生と交換したいなどとは思わないと言った。交換することなどありえないのだから、健全な考え方だ。どれほど困難や制限や疎外感があろうとも、自分の人生に忠実に生きる――それこそが重要だ。イギリスの批評家ナイジェル・アンドリュースは、かつてこう書いた。「人であれものごとであれ、うまくいかないのは神の恩寵(おんちょう)であり、進歩や進化の段階にあるということだ。それが愛情や共感を呼ぶ。うまくいくというのは、たんに仕事がすんだということであり、死んだも同然なのだ」

以前の私は、降りかかる困難の中身がとても重要だと考えていたが、いまは、大事なのは苦しみそのものではなく、苦しみから何か美しいものを生みだせる心のもちようだと思っている。生きているかぎり、苦しみはつねに存在する。どんなに幸福な人生をおくっていても、そういう教訓を理解できるくらいには苦しみを経験するものだ。たいていの人は、特権に恵まれながらも不平不満をもらす子どもよりも、ホロコーストを生き抜いた人のほうに同情するが、誰しも闇の部分はあり、重要なのはそこから気高い何かを生みだせるかどうかではないだろうか。

偏見を超える日のために

本書に関連してもっとも多く受けた質問は、「ここに書かれている状況のうち、どれが最悪でしたか？」だった。私が思うに、人の感じ方はさまざまで、私にはぞっとするような状況でも、それを楽しんでいる人はいる。ときとして人は、不幸な時代さえ郷愁の思いでふりかえるのだから。以前、ロシア人のアーティストがモスクワで暮らす老いた母親を訪ねるのに同行したことがある。アパートメントに着くと、その母親はテレビで一九四〇年代のソビエトのプロパガンダ映画を観ていた。私は訊いた。「あなたは当時、まさにそのプロパガンダのせいで、グラーグ［訳注：政治犯を収容したソビエトの強制収容所］送りになったじゃないですか。どうしてそんな映画を楽しむことができるんです？」。すると彼女はにっこりして肩をすくめ、「でも、それも青春だったから」と言った。

わが子の特異な症状やなんらかの欠如を目の当たりにしたとき、親は生きるに値する命とは何かについて判断する。活動家はそんな親たちを判断し、法律学者は誰がそれを裁くべきかを判断する。医師はどの命を救うべきかを判断し、政治家は誰をどの程度優遇すべきかを判断し、保険会社は命の価値がいくらかを判断する。

障がい者に否定的な判断をくだすのは、自分を多数派と思っている人だけではない。私がインタビューした人のほとんど全員が、本書の自分に関する章以外の内容に、なんらかの不快感を示した。聴覚障がい者は統合失調症者と比べられたくないと思い、統合失調症者の親のなかには低身長症にぞっとする人がいた。犯罪者は自分たちがトランスジェンダーの人と共通点があるという考えにがまんできなかった。神童とその家族は、重度の障がい者と同じ本でとりあげられることに拒否感を示し、レイプによって生まれた子のなかには、同性愛者の精神的葛藤と比べられたら、自分のそれは些細なものにされてしまうと感じた人がいた。また、自閉症者の多くは、ダウン症の人は自分たちよりも知能的に低く分類されるはずだと指摘した。ヒエラルキーをつくらずにいられない衝動は、ヒエラルキーによって傷つけられてきた彼らのあいだにさえ存在するのだ。

本書の執筆も中盤に差しかかったころ、トランスジェンダーでもあるわが子の自閉症について率直に話してくれたある母親が、あの子のことは男性として言及してくれてかまわないと言ってきた。最初はトランスジェンダーの人々への偏見と敵意に満ちた詮索（せんさく）を怖がって、性別の問題は避けてほしいと言っていたのに。さらに執筆の最終段階では、女性から男性に性転換した人の母親が、じつは息子は自閉症スペクトラムなのだと認めた。そのことを不名誉に思うあまり、いままでは明かしていなかった、と。

何を話してよく、何を隠さなければならないかという基準は人それぞれだ。

トビン・シーバースは、自分で自分の世話ができない人への軽蔑はまちがっていると指摘し、横（ホリゾンタル）の確かなつながりの必要性を感動的に説いている。「（障がいをもつ人々がいることによって）〝個人も国も本来独立しており、依存に陥った個人や国は劣っている〟という危険な思いこみが打ち消され、個人と国が広い範囲で互いに依存していることが明らかになる」

さまざまな差別は互いに関連していると考える、交差性（インターセクショナリティ）という理論をご存じだろうか。この理論からすれば、たとえば人種差別の問題に取り組まずに性差別を排除することはできない。アメリカでもっとも古い公民権運動組織である全米黒人地位向上協会（NAACP）の会長、ベンジャミン・ジーラスは、白人の町で育った自分と養子の弟が、黒人であることをバカにされてどれほど腹が立ったかを語ってくれたが、人種差別はしなかった人のなかに、弟がゲイだと知って非難した人がいたときには、それよりずっと悲しかったと言った。「あるグループへの偏見に耐えるということは、すべてのグループへの偏見に耐えるということです」と彼は言う。「弟を――ほかの誰にしても――除くことを条件とする関係を結ぶことなどできない。みな同じ闘いに臨んでいるのですから。私たちの自由は、みな同じ自由なんです」

二〇一一年、ニューヨーク州議会で同性婚が合法になった。共和党でありながら賛成した議員のひとりロイ・J・マクドナルドは、姿勢を変化させたのは、自閉症の孫がふたりでき、そのことが「いくつかの問題を再考する」きっかけになったからだと語った。また、自閉症のジャレッド・スパーベックは、モルモン教徒として育てられ、自分の特異さは〝罪深さの表れ〟だと考えてきたが、同性愛のモルモン教徒についての書物を読むようになってから、彼らの状況が自分ととてもよく似ていることに気づいたという。「自閉症と同性愛とのあいだにある共通点を無視できませんでした。片方を受け入れるなら、もう一方を受け入れないわけにはいかなかったのです」

いまは、少数派が力を合わせるべきときだ。

いちばんの神秘

本書のための調査で、私はありとあらゆる種類の活動家と出会った。たまには発言に疑問を感じることもあったが、みなすばらしい人々だと思わずにいられなかった。彼らが求める変化は、それぞれの分野や状況にかぎられてはいるものの、いずれも〝人間性の再考〟を主張していた。

活動家になった親たちのほとんどは、社会の変化に拍車をかけたいと思ってそうしているのだが、その思いの裏には、さまざまな感情も入り混じっていた。話を聞いた親のなかには、活動しているあいだは罪の意識を感じることなく家を空け、子どもたちのそばを離れられてほっとできるという人もいれば、悲しみから気をそらせるという人もいた。そうかと思えば、行動することで徐々にわが子を好きになり、その延長で子どもの障がいを好きになったという親もいた。そのまた延長で、不利な状況と雄々しく闘うすべての人を好きになったという親もいた。

内心はどうあれ、私が出会った活動家の多くは、みずからを救えなかったからこそ、他人を救おうと決意していた。活動することで心の痛みを忘れることができていた。みずからの経験から学んだ楽観的な考え方や強さを、診断を受けたばかりでショックを受けている親たちに伝授することで、自分の家庭もさらに改善させていた。

私はそうしたあり方を、自分に置き換えることで理解していった。私自身、本書を執筆することで、自分の心にひそむ悲しみに目を向け、驚いたことにその大部分を癒やすことができたからだ。アイデンティティの問題に対処するもっともよい方法は、共通性を見いだすことだ。私にはゲイであるというホリゾンタル・アイデンティティと、自分を生みだした血筋のバーティカル・アイデンティティがあるが、両者が完全に調和しないからといって、もはやどちらかがどちらかを傷つけることはないだろう。両親に怒りをぶつけたいという衝動も消え、かすかにその名残りがあるだけになった。他人への寛容さを示す話を聞くうちに、両親に自分を受け入れてほしいと望みながら、自分のほうが両親を拒絶していたのだと気がついた。いったん両親を受け入れると、さまざまな機会にいっしょにいられることがうれしくなった。

脚本家のダグ・ライトは「家族は誰よりも深い傷をもたらすが、それを誰よりもやさしく癒やしてくれる」と言った。私も両親の干渉から逃れるすべはないと気づいたとき、孤独よりはましだと考え、それを愛情と呼ぶことを憶えた。本書の執筆当初はつらい思いだったが、終えたときには以前より広い心になっていた。はじめは自分自身を理解するためだったはずなのに、終わったときには両親を理解していた。不幸を望まないのは以前と変わらないが、幸福になるためには赦すべきだと思うようになった。親はその愛情でいつも私を赦してくれた。私の愛情も親を赦すようになったのだ。

ゲイとしてのアイデンティティを受け入れてくれない両親に腹を立てていた私が、両親を赦すことを学んだのは、本書の執筆で愛情にはどれほどの勇気が必要かを目の当たりにしたからだ。どんなことでも父のほうが母より容易に受け入れてくれたが、それも不思議なことではなかった。思えば父は、自分自身についても、母よりも容易に受け入れていた。母は内心いつも何かが足りないように感じていたが、父は満ち足りていた。私は、ありのままの自分になるための勇気を母から贈られたが、その自分を外に表明する大胆さは父から受けついだ。

もっと早く、もっとうまく受け入れてもらえていればとは思う。それでも、いまは過去をなかったことにしようとは思わない。倒すべきドラゴンがいなくなれば、英雄もいなくなる。私たちは自分で自分の人生を選ぶ。それはたんに行動のしかたを決めるということではない。選択肢を与えられたら、ありのままの自分でいるほうを選ぶということだ。

ほとんどの人は、いまよりも成功し、美しくなり、裕福になりたいと願う。誰もが自尊心を失いかけたり自己嫌悪に襲われたり、絶望にかられたりする。それでも、自分という存在について驚くほどの愛情を維持し、偉大なそのかけらで欠点を補っている。本書に登場する親たちも、そのほとんどが子どもを愛そうと決め、世間の大半の人から耐えがたい重荷を背負っていると見なされながらも、自分の人生は価値あるものだと思っていた。さまざまな特異性を抱えた子どもたちは、痛みとともに親の自我を変えさせていた。そればかりか、その子を愛することで、親はたんに想像するしかなかったような、ほかの何にもましてすばらしい喜びを手にしていた。

ダライ・ラマを信奉し、中国政府によって何十年も囚(とら)われていたある信徒は、刑務所に入れられて怖くなかったかと訊かれ、怖かったのは自分を捕らえた人たちへの思いやりを失うことだったと答えた。本書に登場する親たちも、子どもたちの狂気や才能や身体障がいにとらわれ、しばられてきたにもかかわらず、決して思いやりを失わなかった。ある仏教学者は私に、ほとんどの西洋人は涅槃(ねはん)とは苦しみが終わり、永遠の幸せが続く境地だと解釈しているが、それはまちがっていると教えてくれた。どんな至福の場所にも、かならずや過去の悲しみが影を落とす。涅槃とは、先を見て幸せを感じるだけでなく、苦しみのときを見返し、そのなかに喜びの種を見いだせることをいうのだ、と。

特異な子をもつ親のなかには、希望がことごとく打ち砕かれて手も足も出ないはずなのに、まだ理解しきれていないわが子を愛しはじめ、かつてなく受容の気持ちが高まった人がいる。彼らは過去をふりかえり、わが子への愛情を深めるたびに、それがはかりしれない貴重なかたちで自分を豊かにしてくれたことを知った。

ペルシャの偉大な神秘主義詩人ジャラール・ウッディーン・ルーミーは、「光は包帯を巻かれた場所から射しこむ」と言った。そのことばどおり、ここに登場する家族のほとんどが、避けられるものならなんとしても避けたいと思うような経験を、最終的にはありがたく思うようになった。

それは、本書におけるいちばんの神秘である。

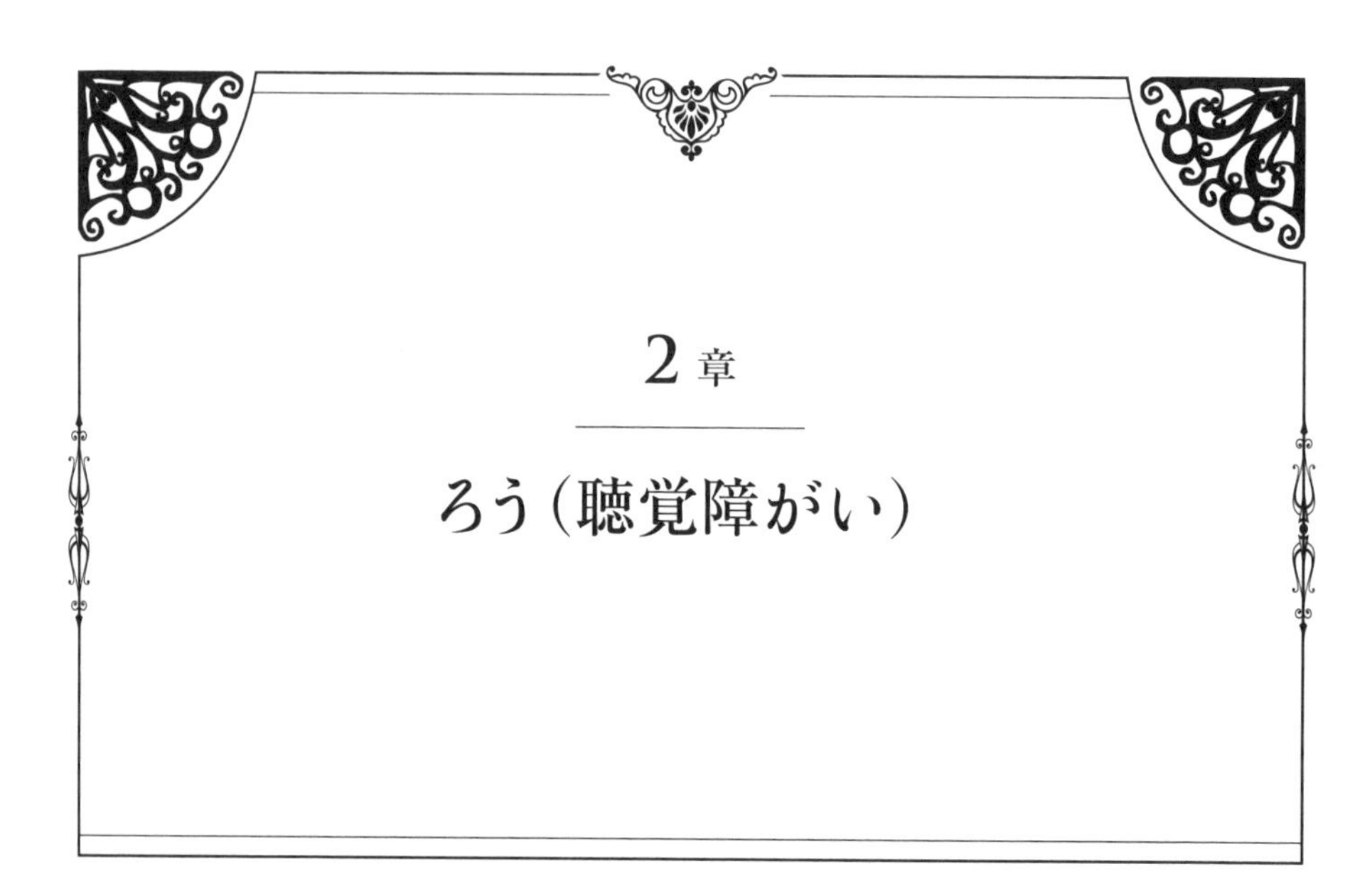

2章

ろう（聴覚障がい）

一九九四年四月二二日金曜日、私は見知らぬ人から電話をもらった。彼は、私がニューヨーク・タイムズ紙に寄せた文章で、聴覚障がい者について本を書こうとしていることを知ったという。「レキシントンでゆゆしき事態がもちあがっています。もし解決しなければ、月曜日にセンターのまえで何かが起こるのを目の当たりにするでしょう」。さらに「いいですか、これは深刻な事態です」と言うと彼は間を置き、こう続けた。「あなたは私から何も聞かなかった。そして私もあなたから何も聞かなかった」。そこで電話は切れた。

クイーンズにある〈レキシントン聴覚障がい者センター〉は、ニューヨークの聴覚障がい者機関で、幼稚園児から高校生まで三五〇人の生徒が通う州最大のろう学校を有している。このほど、その新しいセンター長が発表されたのだが、現生徒と卒業生は不満をいだいていた。理事会で選ばれたのが、シティバンクを辞職したばかりの、耳が聞こえるR・マックス・グールドだったからだ。

多くのろうの関係者は、自分たちの生活がまたもや聴者によって支配されるのを危惧していた。それで、地元ろう者の活動家からなる中核委員会、レキシントン校の学生リーダーたち、教職員の代表者たち、それに急きょ組織された卒業生の団体が、グールドの辞任を求めて理事長との面会を要求したのだが、あっさり退けられていた。

月曜日に私がレキシントン・センターに着いたとき、学校のまわりでは学生の団体がデモ行進していた。〝理事会には耳があるが、われわれの話に聞く耳をもたない〟と書かれたプラカードを掲げて歩いている人もいれば、〝ろう者のプライド〟と書かれたTシャツを着て歩いている人もいる。いたるところで見られたのは〝マックス辞めろ〟というプラカード。学生グループはレキシントン・センター正面の低い塀にものぼっていたので、その下にいる人々には彼らの口の動きがよく見えたはずだ。下にいる人々はみな、手話でスローガンをくりかえしていた。

私は生徒会長（一六歳のアフリカ系アメリカ人）に、人種問題についてのデモもしているのかと尋ねた。すると彼女は「いまはろう者の権利についての活動だけで手いっぱい」と手話で答えた「私のきょうだいはろう者じゃないので、人種問題のデモ活動は彼らがやってくれる」。近くに立っていたろうの女性が「ろう者であることと黒人であること、どちらかを選べるとしたらあなたはどうする？」と質問を投げかけると、生徒会長は突然恥じ入った様子を見せ、「どっちもたいへんだわ」と手話で答えた。そこへ別の学生が割って入った。「私は黒人でろう者で、そしてそのことにプライドをもってる。白人になりたいとか聞こえるようになりたいとか、いまの自分とちがうふうになりたいとは思わない」。彼女の手話は大きくてはっきりしていた。生徒会長が〝プライド〟という手話（親指を胸にあてて上にすべらせる）をくりかえすと、ふたりは笑いながら去っていった。

抗議者たちは戦略を練るために、センター内の一室を占拠していた。誰かがニューヨーク州ろう者協会の理事レイ・ケニーに尋ねた。「抗議活動を主導した経験はあるのか」。ケニーは肩をすくめて手話で答えた。「このあたりでろう者を指導しているのは、じつはなにもわかっていない人たちなんですよ」。何人かの教職員も、病欠をとって抗議に参加していた。レキシントンの広報部長は、学生たちはただ授業をサボる口実がほしいだけだと説明したが、私にはそうは見えなかった。「この抗議運動は成功すると思いますか?」とひとりの教師に尋ねると、彼女は整然とした力強い手話で返してきた。「要求は徐々に高まっています。おそらく一八六四年に学校が設立されてからずっと。それがいま爆発しようとしてる。何も止めることはできません」

この学校は、耳の不自由な子どもたちにとって、とてつもなく重要な役割をはたしてきた。ろうの子どもの九〇パーセント以上は聴者の両親をもつ。つまり、自分たちの状況をよく理解しない家庭に生まれるので、しばしば準備不足のままその状況と闘う日々になる。そんな彼らが最初にろう者の流儀にふれるのが、ろう学校である。多くのろうの子どもにとって、学校は深い孤独の終わるところだ。

「私はここに来るまで、自分と同じような人がほかにいるなんて知らなかった」。レキシントン・センターで、ひとりのろうの少女が言った。「世の中の人たちはみんな、私以外の耳の聞こえる人と話したいんだと思ってた」。ろう学校はろう者が自己を認識するための第一段階なのだ。アメリカでは、三つを除くすべての州に、ろう者のための教育センターか寄宿学校が最低ひとつはある。レキシントン・センターとギャローデット大学［訳注：ワシントンDCにある聴覚障がい者のための大学］は、私が憶えた初めての手話のうちのふたつとなった。

手話と口話の歴史を知る

単語の頭を大文字にして〝ろう（Deaf）〟と表記すると、病理用語である小文字のろう（deaf）とちがって、文化を表すことになる。彼らにとって、治療（ろうを病気ととらえる）は忌み嫌うことばであり、順応（ろうを障がいととらえる）はより好ましいことば、称賛（ろうを文化ととらえる）は全面的な勝利だ。

パウロによるローマ人への手紙のなかに〝信仰は聞くことから始まる〟という一節がある〔訳注：新約聖書『ローマ人への手紙』第一〇章第一七節〕。これが、「だから耳の聞こえない人は神を信じることができない」と長らく誤解され、教会は、告解ができない者には財産や称号を受けつがせられないという立場をとっていた。そこで、貴族階級の家庭では一五世紀から、耳の不自由な子どもに口話による教育を施すようになった。しかし大方のろう者は、基本的な手話に頼らざるをえず、都市部ではそれが体系立った手話へと発展していった。

そして一八世紀のなかば、ド・レペ神父が現れた。彼はパリの恵まれないろう者に尽くした。手話を学んだ初めての聴者のひとりであり、ろう者に手話でフランス語での読み書きを教えた。これをきっかけに、ろう者はやっと、聴者の世界のことばを学ぶために口話を習得するという束縛から解放された。神父は一七五五年に、ろうあ教育のための学校も設立した。

一九世紀の初頭には、ろうの子どもの教育に興味をもったアメリカの牧師トマス・ギャローデットが、ろう教育を学ぶために渡英した。しかしイギリス側から、口話教育のやり方は秘密だと言われてフランスに渡る。フランスでは温かく迎えられ、その後、そこで知りあったろうの青年教師、ローラン・クレールをともなって、ろう学校を創設するために帰国した。コネティカット州ハートフォードに、ろう者のための教育研究施設を設立したのは、一八一七年のことだ。

続く五〇年間はまさに黄金時代だった。まず、フランス手話と、もともとあったアメリカの手話、そしてマーサズ・ヴィニヤード島（遺伝的ろう者が高い割合を占める一族が暮らしていた）で独自に発展した手話が統合されて、アメリカ手話（ＡＳＬ）が形づくられた。ろう者たちは本を書き、一般社会に進出し、多方面で成功を収めた。一八五七年にはワシントンＤＣにギャローデット大学が設立され、ろう者も高等教育を受けられるようになった。アブラハム・リンカーンはこの大学を、学位を付与できる正式な大学として認可した。

　だが、ろう者が高い能力を発揮できるとわかると、自らの〝声〟を使うよう求められるようになった。そこで、アレクサンダー・グラハム・ベル［訳注：電話の発明者］は口話法の普及を進めた。口話法は、一八八〇年のミラノ会議（第二回ろう教育者国際会議）の開催［訳注：この会議で口話法の優越性が圧倒的多数で可決された］と、子どもたちが口話を学ぶよう手話の使用を禁じる勅令をもって最盛期を迎えた。母親と妻がろうだったベルも、手話を〝パントマイム〟だと軽んじ、ろう者に口話法での教育をうながす協会を設立した。この協会はろう者同士の結婚を禁じ、ろうの生徒同士の交流も制限した。彼はさらに、ろう者の不妊治療を奨励し、ろうの子どもにも不妊手術を施すよう、聴者の両親を説得した。

　トマス・エジソンもその尻馬に乗り、口話主義の促進に手を貸した。レキシントン・センターも設立当初は、ろう者が〝現実の世界〟できちんとふるまえるよう、彼らに口話と読唇を教えることを推し進めた。その夢が失敗に終わったことは、聴者にとっての大惨事だったが、現代のろう文化はそこから築かれていったのだ。

　第一次世界大戦まで半世紀ものあいだ、ろうの子どもの約八〇パーセントは手話によらない教育を受けた。口話主義者たちは、手話が英語を学ぼうとする子どもの意欲をそぐと考え、手話を使った生徒の手を物差しで叩いた。ろうの教師が授業で手話を使おうものなら、即刻解雇された。しかし、一九一三年、全米ろう協会（ＮＤＡ）の前会長ジョージ・ベディッツがこれに抗議した。「ヨセフのことを知らない新たな王［訳注：旧約聖書『出エジプト記』第一章第八節］たちが、この地を征服しようとしている。手話の敵はすなわち、ろう者の真の幸せに対する敵である。私の願いは、われわれの美しい手話を、神がろう者に与えてくれたもっとも崇高な贈り物として、みんなの手で愛し守っていくことだ」

昔から、ろう者は頭が悪いとされてきた。それは〝口が利けない〟ということばが〝頭が悪い〟という意味で使われてきたことからも明らかだ。だがそうした決めつけは、彼らに彼らの言語を使わせることを禁じてきた結果生じたものにすぎない。社会活動家のパトリック・ブードローは口話主義を、ゲイの人々を〝標準化〟するために用いられる性転換治療になぞらえ、誤った社会ダーウィン主義［訳注：ダーウィンの唱える生物進化の二大要因である自然淘汰と生存競争を人間社会にもあてはめる考え方］が猛威を振るっていると批判した。

アリストテレスは、「生まれつきなんらかの障がいをもつ人々のなかでも、盲人はろう者より頭がいい。なぜなら理知的な会話は、耳が聞こえることによってもたらされる教育の成果にほかならないからだ」と主張した。しかし実際には、表現力と理解力があれば、たとえ聴力が欠けていてもコミュニケーションは充分に成立する。

手話が完全な言語だという認識は、一九六〇年に言語学者のウィリアム・ストコーが*Sign Language Structure*（手話の構造）を出版するまで、学術的に受け入れがたいものだった。だがストコーはこの本で、身ぶりでの幼稚なコミュニケーション方法だと見なされてきた手話が、じつは複雑で深遠な独自の文法と、論理的な法則や体系をもつ言語であることを実証した。手話は左脳（言語野を有し、手話を使わない人々にとっては、聴覚情報と文字情報を処理する部位）優位の言語であり、右脳（視覚情報と身ぶりに現れる感情面の情報を処理する部位）はほぼ使わない。つまり手話は、英語やフランス語や中国語などの外国語を操るときと同じ脳の機能を用いているのだ。その証拠に、ろう者が左脳に障がいを負うと、なんらかの身ぶりをしたり、それを理解したりする能力は保たれても、手話を理解したり使ったりする能力は失われる。

二六週の胎児は、もう音を感知できる。子宮のなかで特定の音――ある研究では『ピーターと狼』の音楽、別の研究では大阪国際空港の飛行機の音――にさらされると、新生児はそれらの音に嗜好や耐性を示す。フランス語を話す母親から生まれた生後二日の新生児は、フランス語の音には反応するが、ロシア語の音には反応しない。同様に、生後二日のアメリカ人の子どもは、アメリカ英語の音を好むが、イタリア語の音はとくに好まない。

音素［訳注：言語において言葉の意味を区別する音声の最小単位］を認識しはじめるのは生まれる数カ月前からで、その能力が洗練されたり限定されたりするのは、生後一年のあいだだという。ある研究によると、生後六カ月の子どもは一歳になるまであらゆる音素を聞き分けられるが、英語圏の環境で育てられると、その後は非西欧言語の音素を聞き分ける能力を失う。特定の言語の音素を聞き分ける能力は、驚くほど早期に決まってしまうのだ。

それぞれの音素と意味を結びつける能力の臨界期は、生後一八カ月から三六カ月で、その後一二歳ごろまでに言語獲得能力は徐々に衰えていく（とはいえ、そのずっとあとになっても言語を習得できる人はいる。言語学者のスーザン・シャラーは、それまでなんの言語も習得していなかった二七歳のろうの青年に手話を教えた）。臨界期には、文法と語義を体と心にそのまま取りこむことができる。言語というのは、そこに身をさらすことによってのみ習得できるものなのだ。この時期の子どもはどんな言語でも習得できるし、ひとたび習得すると、のちの人生で別のことばも習得できるようになる。逆に、ふれられる言語が何もない空間にいると、脳の言語中枢は衰えてしまう。

ろうの子どもは手話を、まさに聴者の子どもが最初の話しことばを覚えるのと同じように身につける。そしてたいていは話しことばも、文字で書かれたものなら第二の言語として習得できる。しかし、口語は別だ。少しずつ習得する子どももいるが、多くのろう者にとって発話は、舌と喉をはたらかせる神秘的な妙技であり、読唇は推測ゲームのようなものだから、はてしない混乱を招くことも少なくない。もし、どんな言語も充分に習得できないまま言語習得期をすぎてしまった場合、言語認識の技術を充分に発展させられず、避けられたはずの精神的な発達遅滞にも苦しむことになるだろう。

言語によらない思考が想像できないのは、思考のない言語が想像できないのと同じだ。コミュニケーション能力が欠如すれば、精神病や機能障がいにつながりかねないが、難聴者は充分に言語を習得できないことが多い。刑務所の受刑者の三分の一が、ろう者か難聴者だったという調査報告もある。平均的な聴者の二歳児が三〇〇語ほどの語彙（ごい）である一方、聴者の両親をもつ平均的なろうの二歳児は、三〇ほどしか語彙がないという。親のかかわりが充分な家庭や、手話を勉強している家庭を除いたら、語彙数はもっと憂慮すべき少なさになるはずだ。

アイオワ大学の文化史家ダグラス・ベイントンは、著書でこう記している。「幼少期からまったく耳が聞こえない人にとっての口語英語を習得するむずかしさは、たとえて言うなら聴者のアメリカ人が防音ガラスを張りめぐらされた部屋に閉じこめられて日本語を習得するようなものである」。手話を禁じることは、ろうの子どもを発話に向かわせないばかりか、言語から遠ざけてしまうのだ。

口話法重視の考え方は、たんに親子関係のなかに存在するというよりも、親子関係そのものだと言っていい。ある心理学者のチームが書いているように、親は「しばしば子どもの意思に反して、子どもの遊びと学びのパターンのなかに自分自身の考えを押しつけずにはいられなくなる」からだ。だが、なんとかして口話の技術を獲得したろうの子どもも、その多くは学校教育がそれを唯一の技術として教えようとすることに不満をもっている。彼らは何千時間ものあいだ椅子に座らされ、正しい口の形にするために言語聴覚士に無理やり顔をつかまれ、来る日も来る日も反復練習をさせられる。

「歴史の授業で、私たちは二週間かけて〝ギロチン〟の発音を教えられた。それが唯一、フランス革命について学んだことよ」。ろうの活動家ジャッキー・ロスは、レキシントン・センターでの口話教育についてそう語った。「ろう者独特の発音で〝ギロチン〟と言っても、相手は何を言っているのかまったくわからない。マクドナルドでいくら〝コーラ〟と言ってみても、まず通じない。そうすると、まるで自分たちがまぬけみたいに感じる。すべてがこのうんざりする口話にかかっていたのに、私たちはそれが苦手だった」

手話こそ「私たち」のことば

一九九〇年に成立した個別障がい者教育法（IDEA）を、障がい者を分離することは平等でなく、すべての人が普通学校に通うべきだと断言しているものと解釈する人がいる。たしかに、車いす利用者のためにスロープがつけられるのはすばらしいことだ。しかし、身体的な理由で口話を習得できないろう者にとって、普通学校に通えと言われるのは最悪の災難だろう。

一九世紀の終わり、全米には八七もの寄宿制ろう学校があったが、二〇世紀の終わりには三分の一が閉鎖された。二〇世紀のなかばには、ろうの子どもの八〇パーセントが寄宿制ろう学校に在籍していたのに、二〇〇四年には一四パーセントに減ってしまった。クリントン政権で教育次官補を務めた障がい者のジュディス・ヒューマンは、障がい児にとって分離教育は「社会倫理に反する」と宣言したが、ろう者は例外であることを見落とす誤りを犯した。

合衆国最高裁も、一九八二年の全米教育委員会対ローリー訴訟で、ろうの少女が授業に参加できているのであれば適切な教育を受けていると判断した。たとえ第一言語が手話で、読唇では半分も理解できない状況であろうと、授業に手話通訳者を派遣する必要はない、と。最高裁判事ウィリアム・レンキストはこう記している。「障がい者教育法の立法趣旨は、深く踏みこんで特別なレベルの教育を保証するというより、適切なことばを用いた授業で、障がいをもつ子どもに公教育の門戸を広げることにある。州は障がいをもつ子どもに専門的な教育サービスを提供すべきだが、そのサービスは個々の子どもの潜在能力を最大限まで高めるものであるべきだという拡大解釈には発展しない」

ろう学校でおこなわれる教育の水準は低いことがよくあるが、かといって、普通学校で教えられる多くの内容は、ろうの生徒にとって理解しにくい。つまり、いずれの場合でも、ろう者はよい教育を受けられないことになる。高校を卒業するろう者は全体のたった三分の一、大学まで進学して学位を修めるろう者はさらにそのうちのわずか五分の一である。そして彼らは成人しても、同世代の聴者の三分の一しか稼ぐことができない。

じつは、ろうの子は親もろうのほうが高い学力を身につけることが多い。ちまたで〝生粋のろう者（デフ・オブ・デフ）〟と言われるように、彼らは家庭で手話を第一言語として学ぶ。そうやって家庭で口話にふれず、手話で教育がおこなわれる学校に通うようになると、聴者の両親から生まれ、口話を使い、普通学校に通うろうの子どもより、えてして文語英語を巧みに操ることができるようになるのだ。生粋（きっすい）のろう者はまた、計算なども含めたさまざまな学問分野で高い能力を発揮し、成熟度や責任感、独立心、社交性、他者とかかわる意欲なども一歩抜きん出ている。

ヘレン・ケラーは「盲目は私たちを物から切り離し、ろうは私たちを人から切り離す」と述べたと言う。ろうの人々が手話でコミュニケーションをとることは、その点でもとても意味がある。手話を使う人々は、たとえ聴者の言語にふれたとしても、自分たちの言語を愛している。

これについて、〝ろう者の親をもつ聴者（CODA（コーダ））〟で、障がい者教育について教えている作家のレナード・デイビスは、こう記している。「今日にいたるまで、私は手話で〝ミルク〟と表現したときのほうが、ミルクということばを口から発するよりも、よりミルクらしく感じる。手話は、ことばと踊りが組みあわさったようなものだ。指の動きと顔の表情は、絶え間なくからみあう舞踏(パ・ド・ドゥ)。手話を知らない人々は、その動きを単調で漠然としたものとしか思わないが、手話を理解する人々は、そのなかに微妙な意味のちがいを見いだすことができる。たとえば、聴者が〝乾いた〟、〝干からびた〟、〝からからの〟、〝乾燥した〟、〝脱水した〟といったことばにそれぞれちがいを見つけて喜びを感じるように、ろう者も手話の身ぶりのなかに同様のちがいを感じて楽しむことができるのだ」。また、前述のろうの活動家ジャッキー・ロスはこう言っている。「公の場でも仲間内でも、私たちはつねに手話で話をしてきた。どんな理論も、私たちの言語を否定することはできない」

一般に、ろうは発生率の低い障がいであると言われる。ろうの生まれる確率は新生児一〇〇〇人にひとり、難聴は一〇〇〇人にふたり、一〇歳までに聴覚を失う子どもの割合は、一〇〇〇人にふたりか三人である。ろうの活動家、キャロル・パッデンとトム・ハンフリーズは共著書『ろう文化の内側から』(明石書店)でこう記している。「ろう文化は、ろう者が自分たちを、社会に適応できない存在ではなく過去を受けつぐ存在としてとらえ直すための道筋を与えてくれる。自分たちを未完成の聴者ではなく、共同体のなかで互いの言語をもつ文化的な存在であると認識できるようにしてくれる。現代社会で他者とともに存在する意義を与えてくれるのだ」

闘いに勝利する

レキシントン・センターまえで一週間にわたる抗議活動をしたあと、参加者たちはクイーンズ区庁舎に向かった。デモの勢いは依然として収まらず、仕事や学校を休んで参加する祭りの様相を呈してきた。そんななか、レキシントンのおそらくもっとも有名な卒業生であるグレッグ・ライバック［訳注：ろうの弁護士、活動家］がスピーチを始めた。

ギャローデット大学でも、六年前の一九八八年に学長の任命でもめたことがあった。学生たちはろうの学長を迎えようと大学に集まったが、選ばれたのは聴者だった。続く一週間、ろう者のコミュニティは突如として政治的な力を発揮した。学生の活動家が引き起こした〝ろうの学長をいまこそ（DPN）〟の運動は、ろう文化の砦となり、活動のリーダーだったライバックが、ろうのローザ・パークス［訳注：米の公民権運動活動家］となった。抗議行動の様子は国内の多数のメディアにとりあげられ、大学は混乱によって閉鎖に追いこまれた。ライバックは連邦議会議事堂でもデモ行進をし、支持者の数は二五〇〇人にふくれあがった。大成功だった。結局、大学理事長は辞職、ろうのフィル・ブレイビンが新たに理事長職につき、初のろうの学長として、心理学者のI・キング・ジョーダンを任命した。

そのグレッグ・ライバックがいま、クイーンズ区長の執務室まえで、力強いスピーチをくり広げていた。アメリカ手話は、ほかの手話と比べて、見てすぐに何を表しているのかわかる単語はわずかだが、巧みな手話者は手話と身ぶりを組みあわせることで、絵を描くように創造的に表現する。ライバックはレキシントンの取締役会を人形の家にたとえ、ろうの学生たちを小さな人形のようにあちこちに動かしては遊ぶ大人の集団だと揶揄した。彼の手話を見ていると、まるで目のまえに人形の家と、人形を動かそうとする理事会の腕があるようだった。活気づいた学生たちは、頭の上で指を広げた両手を振り、ろう者としての賛意をさかんに示した。

さらに一週間後、今度はレキシントン・センターの理事長室のまえにあるマディソン・アベニューで、デモ行進が始まった。何人かの理事も加わっていて、そのなかにはフィル・ブレイビンもいた。このデモのあと、抗議活動の中核委員会のメンバーは、ついに理事長と外部の仲介者に対面した。緊急理事会が予定されていたが、その前日にマックス・グールドは辞任、数日後には理事長もあとに続いた。

多くのろう者は喜びを表現するとき、高低さまざまの大きな音をたてる。レキシントンのホールでは、学生たちが歓喜の音を盛大に鳴らし、耳の聞こえる人々はそのあまりの物音に立ちすくんだ。理事長を引きついだフィル・ブレイビンは、数カ月後、私にこう言った。「あれは学生たちにとって最高の出来事でした。たとえ抗議のあいだにどれほどたくさんの授業を受けそびれたとしても。なかには〝おまえはろう者なんだから、高望みするんじゃない〟と言われて育った家庭の子どももいますが、いま彼らはより賢くなったのです」。一週間後のレキシントン校の卒業式で、グレッグ・ライバックは言った。「神が大地を創って以来、おそらくいまがろう者として生きるのに最高の時代だろう」

ジャッキー

ジャッキー・ロスは、ろう者として最高の時代に成長したわけではない。だが少なくとも、両親よりはいい時代を生きた。

ジャッキーの父親のウォルター・ロスはまれに見る美しい赤ん坊で、母親は大喜びしたという。ただそれは、ウォルターの耳が聞こえないとわかるまでだった。息子がろうだとわかったとたん、母親は息子に何もしてやる気がなくなった。「彼女は恥ずかしく思ったの」とジャッキーは言った。ウォルターは祖母の手で育てられた。「私の曾祖母は、ろうについて何も理解していなかったけど、やさしさがあった」とジャッキーは続けた。

ろうの孫をどうしたらいいかわからず、祖母は一一もの学校に次々とあずけた。ろう学校、聴者の通う学校、特別支援学校……。ウォルターは、小学三年生程度の読み書きしか身につけられなかったが、とにかく美男子だったので、学力の限界はあっても、うまくやっているように見えた。

やがて、彼は一〇歳年上のローズと恋に落ち、結婚した。ローズもろうだった。不妊のために最初の結婚は失敗していたが、結婚して二カ月後にジャッキーを身ごもった。ウォルターの母親はそれを非道な行為だとなじった。

ウォルターとローズは、自分たちがろうであることに誇りをもっていなかった。だから娘もろうだとわかったときは泣いた。ウォルターの母親は、ウォルターの姉が産んだ聴者の娘のためを思って、ろうの孫を遠ざけた。ウォルターのきょうだいは幸せな結婚をしていた。ニューヨークで贅沢な式をあげ、子どもたちのバル・ミツバー［訳注：ユダヤ教の成人式］もきちんととりおこなっていた。だが学のないウォルターは、印刷工場で肉体労働をし、ローズとともにつましい暮らしを強いられた。親族の集まりでは隅のテーブルに追いやられた。それでも、一員であるかのように必死に見せかけた。

「あなたならきっと、父を好きになったと思う」とジャッキーは私に言った。ウォルターにはやさしさと想像力があり、それはローズにはないものだった。「みんな父が大好きだった。でも母はずっと父に失望していた。お金を得るためなら何にでも手を出す勝負師で、いつもお金がなかったから」。一方のローズについては、「母は美しい文章を書く人だった」と言った。「父はほぼ無学だったけど、食事のときには辞書を手に単語を引いては、『これはどういう意味だ？』と私に質問してた。私の背中を押したのは父だったの。母はただ私に、結婚して子どもを産んでほしいとだけ思っていた。誰か世話をしてくれる人を見つけてほしいと」。ウォルターはまた、人前でできるだけいい印象を与えることにこだわった。「父はいつも私に言ってた。『家から出るときは、決してみじめな女の子みたいに見せちゃいけないよ。みじめな気持ちでいても、それを人に知られちゃいけない。堂々と胸を張って歩くんだ』って」

ジャッキーは、人前で手話を使うことを許されなかった。母親がそれを恥ずかしいと思っていたからだ。ジャッキーの両親には聴者の友人がいなかったにもかかわらず……。「ろう社会は、私にとって家族の拡大版のようなものだった。母はいつも、ほかのろうの人々にどう見られているかを気にし、父の行動に腹を立てていた。母のろうの友人たちがふたりを見くだしていたから。私が何かまちがったことをすると、母はいつもほかのろう者に私がどう映るかを心配してたわ」

多くのろう者には、多少なりとも残存聴力があり、大きな音や、ある一定の音域の音（高音の場合もあれば低音の場合もある）なら聞きとれる。ジャッキーはかなり残存聴力があるほうで、おまけに音の識別と読唇に関しては天賦(てんぷ)の才があった。それはつまり、補聴器があればより広い世界でも生きていけるということだ。増幅(ぞうふく)装置を使えば電話もできる。

一七歳になるまでに、ジャッキーは四つの学校に通い、自分は何者かを突きとめようとした。「私はろう者なの？　聴者なの？　って。わかっていたのは、自分が孤独だということだけだった」とジャッキーは言った。

レキシントン校では、完全なろう者でないからといじめられた。ほかの学校では、ろう者だからといじめられた。ジャッキーには妹がいたが、完全なろう者でレキシントン校の寄宿生だった妹の歩んだ道のりは、自分よりも楽に見えた。ジャッキーはいつもふたつの世界の狭間にいたし、会話の能力があるからと、家族の通訳にもなっていた。「お医者さんに会うときには、『ジャッキー、ちょっとお願い』って言われるの」と彼女はふりかえった。「弁護士に会いにいくときも、『ジャッキー、ちょっとお願い』。おかげで、あまりにいろんなものを見すぎた。私はあまりにも早く大人になったの」

一三歳になったある夜、おばが電話をかけてきた。「ジャッキー、お父さんに病院まで来てと言ってちょうだい。お父さんのお母さんが死にかけているの」。ウォルターはすすり泣きながら病院に急いだ。

そして朝の五時に帰ってくると、電気をつけたり消したりして妻と娘を起こし、体を激しく揺らしながら手話で言った。「母さんがろうになった！　母さんがろうになった！」。ウォルターの母親は、命を脅（おびや）かす感染症を治療するために投与された強い抗生物質のせいで、聴覚神経を破壊されたのだった。

　それからの数週間、ウォルターは毎日病院に通って母親の世話をした。「父は母親の愛を勝ちとりたかったのね」とジャッキーはふりかえった。「人生で初めて、母親の愛を得られるかと思ったの。でも、そんなことにはならなかった。祖母は父のアドバイスも意見も、やさしさすらも受けつけなかった」。それでも、七年後にジャッキーが祖母の葬儀を軽んじる発言をしたとき、ウォルターは娘の頬を叩いた。「父にあんなことをされたのは人生であのときだけ。そのときやっと、父は自分の母を愛していたんだと気づいた。たとえ過去に何があろうと」

　ウォルターがワシントン・ポスト紙の印刷工として雇われたのは、ジャッキーが一五歳のときだ。週末だけニューヨークに帰ってきて家族とすごす生活になったが、あと数週間で労働組合の組合員証がもらえるというときに、ひどい交通事故にあってしまった。一週間昏睡状態に陥り、数カ月入院し、一年間仕事ができなかった。まだ組合に入っていなかったので、医療保険も使えなかった。もともと経済的に困窮していた家族は、破産寸前になった。

　ジャッキーは年齢を偽って、スーパーマーケットでレジ係として働いたが、そのうち食べ物を盗むようになった。娘が解雇されて、盗みのことを知った母は震えあがった。翌日、母はプライドを捨て、ウォルターの家族に金の無心をしにいった。「でも彼らは母をあざ笑って、一セントたりともくれなかった」とジャッキーは言った。「この世で親戚と自分たちだけっていうのは、この世で自分たちだけよりもずっと悪い。徐々に心をむしばんでいくから」

　寄宿生だった妹は両親の結婚生活が崩壊するのを見ないですんだが、ジャッキーはその状況を逐一（ちくいち）目にすることになった。「だって私はふたりの通訳だったから、ふたりの仲裁役にならざるをえなかった。私にはあまりにも大きな力があった。こう言うと、すごく悲しい話に聞こえるかもしれないけど、私は悲しんでるんじゃないの。ふたりはすばらしい両親だった。持っていたお金はすべて、妹と私に注ぎこんでくれた。いつも全力をつくして、私のために奮闘してくれた。夢想家だった父は、私が歌手になりたいと言っても『ろうの女の子は歌手にはなれないよ』なんてぜったいに言わなかった。だったら歌ってごらんと言っただけ。彼らを愛しているわ」

ジャッキーは一九七〇年代初め、〈デフ・プライド〉［訳注：ろう者の意識向上を推進する機関］設立の年に、カリフォルニア大学ロサンジェルス校（ＵＣＬＡ）に入学した。ローズは大学に手話通訳者がいることが信じられず、「どうして聴者が手話なんてするの？」と娘に尋ねた。ジャッキーは家族と物理的に離れたことを機に、人生をやり直した。「大学に入って私は子どもに戻った。もう一度、成長し直すには長い時間がかかったわ」

ウォルターは一九八六年、ジャッキーが三〇歳のときに亡くなった。ローズは夫の死を悼んだが、彼がいなくなってからのほうが幸せで、娘との関係も改善された。ローズ自身が健康を害するようになると、ジャッキーはロウアー・マンハッタンの自分のアパートメントに母を呼び寄せた。「母は小さいころから味わってきた屈辱や、何年もなめさせられた辛酸をなおも思い出していた。私はあんなふうにはぜったいになりたくない」

父に背中を押してもらったおかげで、ジャッキーは両親が生きたよりもはるかに大きな世界で生きた。女優、不動産仲介人、起業家、美人コンテストの女王、活動家、映画監督。母の皮肉など意にも介さなかった。ジャッキーの輝くような美しさと強さは、彼女自身の知性と意志から生まれたものだった。

私が初めてジャッキー・ロスに会ったのは一九九三年、彼女が三〇代後半のころだったが、五〇代になったジャッキーは、手話通訳者を介してろう者と聴者がコミュニケーションをとれるインターネットサービスにたずさわるようになっていた。参加した設立委員会では、ろうの子どもの親に手話を教えたり、人工内耳を埋めこんだ子どもへの対処法を教えた。ジャッキーの仕事は、おもに文化の橋渡しだった。家族のなかで彼女が担っていた役割そのものだ。五五歳の誕生日にはパーティを開いた。その日は彼女の大好きな人がみんな招かれ、全員のいいところが引き出された。

「私はこれまでずっと、ろうと聴という完全に分断されたふたつの世界で生きてきた」とジャッキーは言った。「聴者の友人の多くは私のろうの部分を見たことがなかったし、ろう者の友人たちも聴者としての私を見たことがなかった。だから、みんながひとつの場所に集うのを見るのは、本当にすばらしい経験だった。そのおかげで、どちらの世界も私にはなくてはならないもので、結局それが私という人間なんだとわかったのだから」

俳優で脚本家のルイス・マーキンも、子どものころ、ろうをとりまく不名誉の歴史と闘った。「成長していくなかで、ごくふつうのろう者たちが脇に追いやられて尊重されないでいるのを見てきた。彼ら自身も完全に他者に頼りきり、教養がなく、自分たちを二流の人間と見なしていた」と彼は話した。「だから私は萎縮（いしゅく）した。自分がろうだと思うと胸が悪くなった。ろうであるとはどういうことか、自分の目のまえにはどんな世界が広がっているのかを理解するには、長い時間がかかりました」。ルイスはまたゲイでもあった。「軟弱なドラァグクイーンや革の服に身を包んだ人たちを見て、またもや、自分はあんなんじゃないと思った。ゲイとしての自分を見つけるのにも時間がかかったんです」

ギャローデット大学のアメリカ手話とろう教育の教授、ＭＪ・ビアンベニューは私にこう話した。「ろう者とゲイの人々が経験してきたことは、あまりにも似通っています。ろう者であるならば、ゲイであるのがどういうことかほぼ理解できる。逆もまたしかりです」

遺伝子から見えてきたこと

聴覚障がいを引き起こす遺伝子は、これまでに一〇〇以上が確認され、いまなお毎月のように新たな遺伝子が発見されているという。なかには、複数の遺伝子の相互作用によって引き起こされる聴覚障がいもあるらしい。後年になって引き起こされる聴覚障がいも、多くはやはり遺伝的なものだ。遺伝的聴覚障がいのおよそ五分の一は顕性（優性）遺伝子［訳注：発現しやすい遺伝子］に由来するもの、残りの五分の四は潜性（劣性）遺伝子［訳注：発現しにくい遺伝子］をもつ両親から生まれた子どもに現れる。

GJB2遺伝子の変異によってコネキシン26［訳注：タンパクの一種］が異常をきたすと難聴を引き起こす、という事実が発見されたのは一九九七年のことだ。じつはアメリカ人の三一人にひとりがGJB2変異遺伝子の保因者だが、多くの人は気づいていない。数は少ないが、X連鎖遺伝、つまりX染色体の異常により聴覚障がい引き起こされることもある。そのほか、ミトコンドリアに由来する、母親からの遺伝による聴覚障がいもある。そうでない難聴には、DNAの伝達プロセスの崩壊が原因だったり、蝸牛（かぎゅう）［訳注：内耳にある蝸牛（かたつむり）に形が似た器官。聴覚を司る］の発達異常が原因のものもある。そして、聴覚障がいの三分の一は症候群性難聴、つまり難聴のほかに肉体的疾患がともなう。

遺伝学者は長いあいだ、アレクサンダー・グラハム・ベルが唱えた「難聴家系がつくられることへの懸念（けねん）」を受け入れなかった。だが、寄宿制ろう学校制度がろう者同士の結婚の機会を増やし、その結果、アメリカでは過去二〇〇年のあいだに、難聴に関係する遺伝子がある人の割合を二倍に増加させた可能性は否めない。実際、聴覚障がいの世界的な広がりは、ろう者同士が子孫をつくってきた歴史と無関係ではない。目の見えない人は、かならずしも目の見えない人と結婚する必要はないが、ろう者はことばの問題があるため、ろう者同士で結婚する傾向が強い。

現在では、出生前診断で何種類かの遺伝性難聴を特定できるので、将来親となる夫婦は、聴覚障がいの子どもをもたない選択ができる。GJB2遺伝子が発見されたとき、全米ろう協会の常任理事ナンシー・ブロックは、ニューヨーク・タイムズ紙にこう書いた。「私たちは遺伝子特定技術の大きな飛躍を称賛します。しかし、こうした情報を優生学やそれに関連した目的に使うことは黙認しません」。ギャローデット大学ろう教育学教授のダークセン・バウマンも、こう記している。「生きるに値する人生とは何か、という問いの答えはいま、ナチスのT4作戦［訳注：ナチスドイツの安楽死計画。優生思想にもとづき、障がい者など多数の人々が殺された］ではなく、医師のオフィスで出されている。標準化を強要する動きは勢いを得ているようだ」

その一方、ろうの子どもをもつ聴者の親たちは、遺伝子が原因と知って安堵した。遺伝学者のクリスティーナ・パーマーは、わが子が聴覚障がいを負ったのは妊娠中にロック・コンサートに行ったせいだと思いこんで罪の意識にさいなまれていた女性が、原因は自分ではなく遺伝子だとわかると涙を流したと述べた。また以前、こんな個人広告を目にしたこともある。「独身白人男性。コネキシン26変異遺伝子保因者のパートナー募集」。妻も夫もコネキシン26変異遺伝子保因者の子どもはみな、聴覚障がい者となる。つまりそれが彼のアイデンティティであり、遺伝子という観念から見た未来地図なのだ。

手話か口話か

ほとんどの聴者は聴覚障がいを聴力の欠如と考えているが、多くのろう者は、聴覚障がいを実在と感じている。ろうとは文化であり生き方であり、言語、美学、身体的特徴であり、その文化は、ろう者以外の人々の文化よりもずっと、心と体が密接に結びついている。

社会言語学の基礎のひとつサピア＝ウォーフの仮説［訳注：アメリカのふたりの言語学者、サピアとウォーフによる仮説］によれば、ある人の話す言語は、その人の世界観を決定する。手話研究の先駆者ウィリアム・ストコーは、二〇〇〇年に亡くなる少しまえ、私にこう話した。「手話の有効性を認めてもらうために、われわれは長い時間をかけて、手話と口話の類似性を説明しなくてはならなかった。手話の有効性が広く受け入れられたいま、われわれはやっとそのおもしろさ——手話と口話のちがいや、生まれながらの手話者の人生観がまわりの聴者の人生観とどうちがってくるかといったこと——を追求できるようになったのです」

また、ろうの活動家MJ・ビアンベニューはこう書いた。「私たちは、自分をふつうだと見なすために聞こえるようになりたいとか、聞こえるようになる必要があると思っているわけではない。私たちがろうの幼児の親に求めるのは、補聴器でもなければ、増幅器や、できるだけ健聴者のように見せる訓練とも違う。幼児期からの理想的な教育プログラムとは、ろうの子どもと聴者の親を早くから手話になじませ、手話を使うろう者と交流する機会もたくさん設けてやることだ。私たちは言語、文化、伝統という面でマイノリティなのだから」

さらに、別のろうの活動家バーバラ・カナペルは「私は、自分の言語は自分自身だと信じている。手話を拒絶することは、ろう者を拒絶することだ」と記し、キャロル・パッデンとトム・ハンフリーズも次のように書いている。「ろう者は長い歴史のほとんどのあいだ、分類され、選別され、支配されてきた。この傾向はいまも、人工内耳や遺伝子工学分野で厳然と残っている」

だが、手話の尊重に真っ向から対立する人もいる。たとえば、ロサンジェルスで揺るぎない口話主義を推進する〈ジョン・トレイシー・クリニック〉所長エドガー・L・ローウェルはこう言った。「ろうの子どもの教育における手話法の意義を私に問うのは、干し草の山のなかからありもしない針を探せというようなものだ」。トム・バートリングも回想録 *A Child Sacrificed to the Deaf Culture*（ろう文化の犠牲となった子ども）のなかで、寄宿制ろう学校に入れられ、みずからの知的レベルよりもかなり低いレベルの教育を手話で受けた話にふれている。彼はみずからが〝赤ちゃんことば〟と呼ぶ手話を無理強いされたと感じ、大人になってからは口話英語で話すことを選んだ。

こうした対立について、あるろう者は私に「手話派と口話派はまさに、イスラエル人とパレスチナ人なんです」と言った。社会評論家のベリル・リーフ・ベンダーリーはそれを〝聖戦〟と表現している。一九九〇年代後半に、スミソニアン博物館がろう文化に関する展示計画を発表したときには、手話の称賛は口話主義への挑戦だと信じる親たちが憤慨し、子どもに口話教育を受けさせる自由を認めよと抗議した。それはあたかも、ろう社会が子どもの誘拐に手を染めているとでも言わんばかりだったと、ろうの歴史学者クリステン・ハーモンは指摘した。

〝わが子をろうの世界に奪われる〟という不安は、決してダーク・ファンタジーの世界にとどまった話ではない。私は、ひと世代前のろう者を実の親のように慕っている多くのろう者に出会った。ろう文化に理解ある聴者の親ですら、「ときどきろう文化が、私にはまるでカルト宗教か何かのように感じられる」と言った。「『あなたのお子さんは幸せになりますよ。ただ、もうお子さんに会えるとは思わないでください。お子さんは幸せになることに忙しいんですから』というような」

みずからもろうで、北部バージニア人材センターの理事を務め、ろうの子どもをもつ親の相談にのっているシェリル・ヘップナーは、こう言っている。「ろう者はろうの子どもたちを、自分たちの所有物のように感じています。私だってそうです。だから、どのように子どもを育てるかという親の権利に干渉しないよう気持ちを抑えていますが、同時に、子どもは親のものではないということを、親は認めなくてはならないとも思っています」

歴史的に見ると、手話で話す人々は長いあいだ、手話を言語として認めてもらうために闘わなくてはならなかった。それを認めてもらうまで、自分たちが何を求めているのかを説明することもできなかった。そして、それはときにろう者の激しい怒りを引き起こした。

ろうの心理学者ニール・グリックマンは、ろう者のアイデンティティには四段階あると述べている。第一段階は「聞こえているふりをする」。これは、地域の社交場でただひとりのユダヤ人や、郊外住宅地で唯一の黒人家庭が感じる居心地の悪さと共通するものだ。第二段階は「少数派ということを意識する」。ろう社会と聴者社会、どちらの一員でもないという感覚だ。その後ろう文化に出会い、魅せられ、「聴者の文化を見くだす」という第三段階に入る。そして最後に、ろうと聴、どちらにもよい面があるという、バランスのとれた見方ができるようになるのだ。

私はスコットランドの有名なろうのミュージシャン、エベリン・グレニーにも会った。彼女には振動を感じとる繊細な身体感覚があり、それでおおよその音を受けとっているが、耳にはまったく音が届いていない。「もし私にろうの子どもがいたら、その子とずっとくっついているわ」と彼女は言った。「そうすれば私のことばが振動で子どもに伝わるでしょう？　子どもの両手を私の喉にさわらせたり、心臓のところに手をあてさせたり、子どもをピアノの上に乗せたりして、音と音楽が空気を伝わる様子も学ばせたい。人間の耳は、音を感じるたくさんの方法のなかのひとつにすぎないのよ」

全米ろう協会の大会

一九九四年のレキシントン校の卒業式からほどなくして、私はテネシー州ノックスビルでおこなわれた全米ろう協会の大会に出席した。そこには約二〇〇〇人のろう者がいた。レキシントンでの抗議活動のあいだ、私はろう者の家庭を何軒か訪ね、彼らがどのように意思疎通しているのかを学んでいた。手話を理解する犬にも何匹か会ったし、普通教育や口話教育、視覚言語の完全性について話しあったりもした。鳴るのではなく点滅する呼び鈴にも慣れてきた。イギリスとアメリカのろう文化のちがいも知った。ギャローデットでは寮に滞在した。それでもまだ、全米ろう協会のろう者の世界と対峙（たいじ）する心の準備はできていなかった。

全米ろう協会は一八八〇年に設立されて以来、ろう者の自己実現と権利獲得運動の中核を担っていて、この大会には、もっとも熱心なろうの活動家たちが集まってくる。薄暗いところでは手話がしにくいため、会長主催の歓迎会では、照明が煌々（こうこう）と照らされていた。

会場に入ると、何千もの手が驚くほどの速さで動き、それぞれの個性と流儀でことばをつむぎだしていた。それはまるで、打ち寄せる海の波がうねりながら光に輝いているようだった。そこにいる人々はほとんど無言、言語の一部である拍手も聞こえる。手話で話すときの、ぱちぱちと手が鳴る音や空気を切る音、ときどき抑えきれずにもれる大きな笑い声……。ろう者は聴者よりもよく互いの体にふれるが、軽い友情のハグと熱烈な歓迎の抱擁のちがいには気をつけなくてはならない。ほかにも、私はこの世界の礼儀をまったく知らなかったので、すべてにおいて注意が必要だった。

このとき出会ったのは、〈デフスター・トラベル〉のアーロン・ラドナーだ。彼とは、ろう者向けの旅行産業について話しあった。ゲイのろう者に向けて初めてクルーズ旅行を企画した〈デフ・ジョイ・トラベル〉のジョイス・ブルーベイカーとも話した。アメリカ手話の用法についての講習や、エイズ、家庭内暴力についての講習にも参加した。ニューヨークろう者劇団を設立したアラン・バーウィオレクと、ろう者のために翻訳された演劇とろう演劇のちがいについても話した。

ろうのコメディアンたちのショーには、げらげら笑った。グリック教授ことケン・グリックマンは、こんな小咄（こばなし）を披露した。「おれの目隠し（ブラインド）デート［訳注：第三者の仲介による初対面の男女のデート］はいつだって〝聞こえない（デフ）〟デートになるんだ。あんたは〝聞こえない〟デートをしたことがあるかい？　誰かとどこかにでかけるだろ？　で、それっきり相手から二度とうんともすんとも聞こえてこないデートのことさ」

高い評価を受けているろうの俳優バーナード・ブラッグは、いっしょに夕食をとりながら、パスタが冷めるのもかまわずウィリアム・ブレイクの詩集を手話に翻訳してくれた。そう、手話者は食べ物を頬張りながら会話ができる。話しながら食べ物を切り刻むことはできなくても。

金曜の夜には、協会主催のミスコンテストがあった。州名の入った華やかなたすきを身につけ、豪華に着飾った美しく若い女性たちが、会場の注目を一身に集めていた。「あのもっさりした南部の手話、信じられる？」と誰かがミス・ミズーリを指さしながら言った。「あんな手話をする人がいるなんて思わなかった！」（ちなみに、手話の地域差は危険な問題になりかねない。たとえばニューヨークのスラングで〝ケーキ〟を意味する手話が、南部のいくつかの州では〝生理用ナプキン〟を意味する。また、私の下手な手話だと、誰かを〝ランチ〟に誘うつもりが〝レズビアン〟に誘うことにもなりかねない）

ロシア系ユダヤ人で、一〇歳のときにアメリカに移住してきたミス・ニューヨークのジーニー・ガーツは、アメリカで自由を見つけることについて説得力ある発表をした。彼女を社会不適格者と見なしたロシアは、障がいに寛容ではなく、ろう者として誇りをもちにくい国だった。しかしアメリカでは、ろう者であると同時に魅力的な女性にもなれる——それはアメリカン・ドリームそのものだった。

毎夜、午前二時半を過ぎても、私はろうの人々と意見交換をした。あるろうの社会学者は、ろう者の別れの挨拶について論文を書いていた。一九六〇年代に、互いにタイプでやりとりできるテレタイプライター（TTY）が発明されるまで、ろう者同士の伝達手段といえば手紙と電報、もしくは直接会うしかなかった。ちょっとしたパーティに人を呼ぶだけで二日かかった。別れの挨拶も簡単にはいかず、言い忘れたことを突然思い出して伝えることもしばしばだった。次に会うまでに時間がかかることがわかっていたので、帰ろうにも帰れなかったという。

ろう者パイロット協会のアレック・ナイマンとも話した。二〇〇五年の墜落事故で重傷を負うまで、彼は世界じゅうをめぐる旅人だった。事故は、自分が交信しているのがろうのパイロットだということを地上職員が忘れてしまったために起きた。私と会ったときは、中国旅行から帰ってきたばかりだった。

「旅行第一日目で何人かのろうの中国人に出会って、彼らの家に泊めてもらったんだよ」と彼は言った。「ろう者にはホテルなんて必要ない。いつだって、ほかのろう者の家に泊めてもらえるから。ぼくたちはちがう言語の手話を使っていたけど、お互いにわかりあえた。それぞれちがう国の出身だけど、共通のろう文化でつながりあえる。その夜は、みんなで中国のろう者の生活や政治について語りあったよ」。さらに、うなずく私にこう続けた。「あなたは中国でそんな経験はできないでしょ？　これは聴者にはできない経験だから。となると、障がいがあるのはどっちなんだろうね」

こんなふうに言ったら当惑するかもしれないが、この会議に参加しているうちに、私はろう者になりたいと思わずにはいられなくなった。ろう文化の存在は知っていたが、それがこれほど強烈なものだとは想像していなかったのだ。

ろうは障がいではない？

こうしたろう者の世界を、それ以外の世界とつなぐ土台をつくった人物に、MJ・ビアンベニューがいる。彼は〝バイ・バイ〟カリキュラムでふたつの言語（バイリンガル）とふたつの文化（バイカルチュアル）を近づけた。このカリキュラムは、ギャローデットの初等と中等のモデル校で採用されているもので、まず手話による教育をおこなったあとに、第二言語として英語を教える。口話教育のみの学校の生徒は、一八歳で卒業するときの読解レベルがたいてい小学四年生程度なのに対して、バイ・バイ・カリキュラムを終えた生徒には、実際の学年レベルの読みができる子どもが多い。

初めて会ったとき、MJは四〇代前半で、手話者のなかでも、とびきりわかりやすい表現ができる人だった。その手話がとても速いうえに簡潔で洗練されていたので、より受け入れられやすいよう手話をつくり変えているのかと思ったほどだ。

「私はろうです」と言うと、彼女はまるで顔いっぱいに広げた笑みをなぞるかのように人さし指を顎から耳まで動かし、〝ろう〟を手話で表現した。「自分自身を〝ろう〟と見なすことは、自分をレズビアンだと名乗るのと同様、選択肢のひとつです。私は自分の文化とともに生きています。自分のことを、たとえば〝耳が聞こえない〟のように、何かでは〝ない〟ということばでは定義しません。手話を否定されて英語を習うことを強要された人たちは、バイリンガルというよりセミリンガルであり障がい者です。でも、手話で話す私たちはそういう人たちとちがって障がい者ではない。それは、日本語しか話せない日本人が障がい者ではないのと同じことです」

ろうの姉妹をもつ生粋のろう者として、MJはまるで詩人が英語に愛着をいだくように、アメリカ手話に喜びを見いだしていた。「私たちの言語が認められたとき、私たちは自由を手にしたのです」。〝自由〟を表す手話は、握りしめた拳（こぶし）を体のまえで交差させ、左右に弧を描くように開きながら掌側（てのひら）を外に向ける。その手話のように、自由は爆発だ。「あなたにとって同じだけの価値があるかはわからないけれど、手話によって経験できるようになったことがたくさんあるの」

だが、ろうが障がいではないとなると、ろう者は米国障がい者法で守られるべきではなく、公共サービス施設での翻訳者や、電話交換での通訳者、テレビ番組の字幕といった、さまざまな行政サービスを受ける権利もない、と主張する人が出てくるはずだ。アメリカで日本語しか話せない日本人も、そんなサービスは受けられないのだから、と。はたしてそれは正しいのだろうか？　これは非常にデリケートな問題だ。

もし、ろうが障がいではないとしたら、州はどんな基準でろう者向けの学校を提供し、どんな基準で社会保障をし、身体障がい者保険を支払うのか？　ノースイースタン州立大学で心理学を教えている作家、ハーラン・レインはこう述べた。「そのジレンマは、ろう者がほかの人やものごととのつながりを望んでいることの表れなんです。民主主義における市民として、ろう者は公共行事や行政サービス、教育とつながる権利をもっている。でも彼らがほかとつながるために障がい者であるという定義に同意したら、それ以外の権利――ろうの子どもに、その子にいちばん合った言語で教育を受けさせることや、自分の子どもに人工内耳をつけるのをやめることや、そもそもろうの子どもが生まれないようにするのをやめることなど――を得るための自分たちの奮闘に疵（きず）をつけることになる」

私は、「ろうはもちろん障がいだ」と言うろう者にもたくさん出会った。彼らは政治的な正しさを追求するろう者の団体が掲げる「聴覚障がいという問題は問題ではない」という考え方に憤（いきどお）っていた。私はまた、自己嫌悪にさいなまれている古いタイプのろう者にも会った。彼らはろうの子どもを産んだ自分を恥じて悲しみ、しょせん自分たちは二流の人間にしかなれないのだという思いをいだいていた。彼らの不幸に満ちた声は忘れられない。問題の本質は、聴覚障がいが治るのかどうかでも、彼らの自己像のゆがみが正されるのかどうかでもない。彼らは多数派の外側に存在していて、とにかく誰かの助けを必要としているのだ。

ブリジット

ルークとマリーのオハラ夫妻は、どちらも聴者だ。若くして結婚し、アイオワの農場に移り住んですぐに子づくりを始めたが、第一子のブリジットはモンディーニ奇形という、蝸牛が完全に形成されない障がいをもって生まれた。多くは、もともとはあった聴覚が徐々に失われる退行性の聴覚障がいや、偏頭痛などの神経障がいも引き起こす。内耳の前庭器官にも影響を与えるので、平衡障がいも生じる。

ブリジットは二歳で難聴と診断された。モンディーニ奇形だと言われたのは、その数年後のことだ。それでもほかの子と同じように育てるようアドバイスされたので、ブリジットは読唇と口話を必死に学ぼうとした。

「母は家のなかのもの全部にラベルを貼って、何がどういうことばで表されるのか私にわかるようにした。それから、私に完全な文章で話させた。だから私はほかのろう者に比べると、きちんとした口語英語を話せるの」とブリジットは言った。「それでも、私は自分に自信がもてなかった。何か言うとかならず訂正されたから」。コミュニケーション方法に難があるということは、コミュニケーションの中身を家族で共有できないことを意味していた。「自分の感情をどう表現したらいいのかわからなかった。両親も妹たちもその方法がわからなかった」

ブリジットには妹が三人いた。「妹たちはしょっちゅう『うわー、お姉ちゃんてすごいバカ』という態度をとった。両親の身ぶりからも、同じことを思っているのがはっきりわかった。だからあるときから、私は質問することをやめてしまったの」。まちがいを大きな声でからかわれたせいで、ブリジットは自分のもっとも高い資質である洞察力すらも疑うようになり、精神的にひどく落ちこんだという。「私はカトリックとして育てられたので、大人の言うことはなんでも信用して、真に受けてた」

ブリジットは普通学校に初のろうの生徒として受け入れられた。手話は習ったことがなかった。一日じゅう読唇をし、疲れきって帰宅したが、英語を読むのは得意だったので、家ではたいてい丸くなって本を読んでいた。母親はいつも友だちと遊びなさいと言い、友だちがいないと答えると「どうしてそんなに怒っているの？」と訊いた。当時を思い出してブリジットは言った。「外の世界にはろう文化というものがあるなんて知らなかった。私はただ、自分は世界一ばかな人間だと思っていたの」

ブリジットと妹たちは、父親の怒りと暴力のはけ口だった。父親は娘たちをベルトで打った。ブリジットは家事より屋外での雑用が好きで、庭でよく父の手伝いをした。ある日、ふたりで落ち葉かきを終えて家に戻り、ブリジットが二階にシャワーを浴びにいくと、直後に父親が裸でバスルームに入ってきた。「私は誰とも本当の意味でのコミュニケーションができていなかったから、いろんな意味で無邪気だった。でもどういうわけか、これは正しいことじゃないってわかった。怖かったわ」

それから数カ月のうちに、父は娘の体にさわりはじめ、やがて性的な行為を強いるようになった。「最初は私も父に疑問をぶつけたけど、父は暴力をエスカレートさせるばかり。私は鞭で打たれるようになった。でも、何もしなかった母のほうが責任は重いと思ってる」。そのころ、ブリジットはバスルームで薬瓶を手にしている母に出くわしたことがあった。ブリジットを見ると、トイレに薬を流して捨てたという。「母がそこまで追いつめられていたんだと気づいたのは、大きくなってからよ」

ブリジットが九年生のとき、祖父母が彼女以外の孫をディズニーワールドに連れていった。ブリジットは以前連れていってもらったことがあったので、今度はほかの孫たちの番というわけだった。母親もついていったので、ブリジットは父親と家に残された。「その週のことはいまとなっては何も憶えていない。でも、マチルダがディズニー・ワールドから帰ってきたときに、彼女にはその話をしたみたい。マチルダは後年、父とはいっさいかかわれなくなったと言った。父が私にしたことが原因で」。父の虐待がブリジットの聴覚障がいと関係あったのかどうかはわからないが、「私はより手軽な標的だった」とブリジットは言った。彼女の友だちは、もっとはっきり言った。「あの父親は、ブリジットがろうだから何も言わないだろうと信じきっていたの。単純なことよ」

ブリジットの成績は、一〇学年になって落ちはじめた。読解以外の要素もどんどん増えて、授業についていけなくなり、あげくにクラスメイトからいじめられるようになった。トイレに行くたびに、女子グループから暴行を受け、ある日、針で縫うほどの切り傷を顔に負って帰宅した。ほどなく、女子たちは休み時間にブリジットを校務員室のクローゼットに無理やり連れていき、男子たちに性的ないたずらをさせはじめた。

「私がいちばん頭にきたのは大人たちの対応」とブリジットは言った。「大人たちに状況を話そうとしたのに、信じてもらえなかった」。またも縫合が必要なほどの切り傷をすねに負って帰ってきたとき、父親は学校に電話をした。だが、ブリジットには父親がなんと言っているのかわからず、誰も彼女に状況を説明してくれなかった。

やがて、ブリジットはめまいの発作に襲われるようになった。「いまではそれがモンディーニ奇形のせいだとわかる。でも、恐怖も原因だったと思わずにはいられないの」。耳が聞こえるようになりたいか、とブリジットは誰かに訊かれたことがある。彼女の答えは、ちっとも思わない、もう死んでしまいたい、だった。

ついにある日、彼女は学校から帰ってくるなり、もう二度と学校には行かないと宣言した。その夜、両親は初めてブリジットに、家からほんの四五分のところにろう学校があると話した。娘に〝現実の世界〟に属していてもらいたいという理由で、これまでは一度もろう学校の話をしたことがなかったのだ。ブリジットは一五歳でろう学校に転入した。「私は一カ月で、手話を流暢に操ることを憶えた。それからはめきめきと成長した」

ほかの多くのろう学校と同様、その学校の教育水準も低かったので、ブリジットの成績は抜きん出ていた。以前の学校ではばかだと見なされて人気がなかったが、ろう学校では勉学に秀でていたために人気がなかった。「それでも私は社交的になって、初めて友だちをつくった」とブリジットは過去をふりかえった。「それからは自分自身に気を配りはじめ、自分の体をいたわるようにもなったわ」

ブリジットは母親を父親から引き離そうとしたが、母はそのたびに「カトリックだから」と言った。両親が離婚するつもりだと口にしたのは、ブリジットがニューヨーク大学に行ってからだ。「母は、私にはふた親が必要だと感じてたみたい」とブリジットは説明した。「私が家を出たことで自由になれたのかも」

それからの数年、ブリジットの頭痛はひどくなっていき、気を失って倒れることが何度か続いた。やっと医師に診てもらうと、医師はすぐに手術して耳の奇形を治すべきだと診断した。ブリジットは、自分の症状はおそらく精神的なものだと説明したが、医師は「自分にそこまで厳しくなってはいけませんよ」と言った。そんなことを言ってくれたのは、その医師が初めてだった。

ブリジットは最終的に学位を取得し、金融業界で仕事を得たが、五年後、またもや頭痛がひどくなった。神経科医は、一週間に二〇時間以上の労働はやめたほうがいいと彼女に告げた。そこで、大学に戻って病院管理学を学び、ニューヨークのコロンビア長老教会病院で研修生として働きはじめた。だが、すぐにまた倒れ、神経科医から仕事を続けるのは危険だと言われた。「先生からは、あなたは自分を壊そうとしていると言われた」

三〇代になると、視覚障がいが出はじめた。彼女のつけている強力な補聴器は音をとてつもなく増幅させるため、視神経が刺激されて視力が衰えてきたのだ。医師は人工内耳を勧めた。それで偏頭痛もよくなるのではないかと考えてのことだ。ブリジットは手術を受け、いまでは人の話をいくらか理解できるようになった。「人工内耳はとても気に入ってるわ」と彼女は話してくれた。日常的だった頭痛は、週に一度ほどになった。視力も戻った。

仕事はボランティアで続けていた。雇い主は安定した勤務を求めたが、ブリジットの症状は予測できなかった。「自分が何かを生みだしているという刺激的な感覚を味わいたい、とすごく思う。でも私には障がいがある。障がいでわが身を滅ぼすか、人生の楽しみ方を学ぶか、どちらかしかないのよ。子どももほしいけど、突然症状が出てすべての活動を停止しなくちゃならないかもしれない身には、とても無理ね」

一九九七年、ブリジットの母親が、がんで余命一〇週間と宣告された。ひとりにしておけないほど弱っていた。耳の聞こえる三人の妹にはそれぞれ家庭があって、母親の面倒はみられなかったので、ブリジットが狭いアパートメントに引きとり、そこで一八カ月をともにした。

ブリジットのなかで、母に言えなかったことが耐えがたいほど心にのしかかっていった。「性的虐待にはふれなかったけど、身体的虐待のことは話した。母は泣きだしたものの、自分の責任を認める心の準備はできてなかった」。母の介護が手に負えなくなってくると、マチルダが助けにきてくれた。「マチルダと私は夜な夜な話をし、マチルダは性的虐待のことにもふれた」とブリジットは思い返した。「彼女にとっても衝撃的な出来事だったから。虐待を受けたのが彼女でなく私でも」。マチルダの怒りは、その大半が姉のためを思ってのものだったとしても、ブリジットを震えあがらせた。

メアリーが亡くなる少しまえ、ブリジットのおばがマチルダに電話をかけてきて、メアリーが病院でとんでもない妄想をしていたと話した。ブリジットが父親に性的虐待を受けていて、自分はそれに対して何もしてやれなかったと言って身も世もなく泣いていたという。「つまり、母は私に最後まで謝らなかったのよ」とブリジットは言った。「でも何が起きたのかは知っていて、別の人には謝った」

一年後、マチルダが離婚した。「二カ月ほど音信不通になったわ」とブリジットは言った。「その後、彼女はニューヨークにやってきたけど、ひどく落ちこんでいた。妹は『死んだほうがよかったのは私だわ』と言っていた」。数週間後、ブリジットはマチルダが首を吊ったことを知った。彼女は私にこう説明した。「マチルダは、私のせいで抑うつ状態に陥ったんだと思う。私の抱える問題、聴覚障がい、性的虐待、それは彼女にとっても重荷だった。私は何度も言った。『マチルダ、何か問題を抱えているのなら私に話して。私自身も充分問題を抱えていることはわかっている。でも、私はいつだってあなたのそばにいるのよ』って」

ブリジットのもうふたりの妹は、どちらも手話を習い、自分たちの子どもに教えた。いまではみんなとテレビ電話で連絡をとりあうことができる。妹のひとりが夫を白血病で亡くしたときには、葬儀の際にきちんと手話通訳者を手配してくれた。毎年の家族旅行にも、父親やブリジットを招いた。

しかし私には、ブリジットがなぜそんな旅行に耐えられるのか不思議だった。「父もいまでは年老いてる。もうなんの害もない。父が私にしたことは、遠い昔のことよ」。ブリジッドはそう言ったが、静かに泣きはじめた。「もし私が行かなかったら、妹たちは理由を知りたがるでしょ。ふたりは何があったのか知らないの。ふたりとも、マチルダや私よりずっと幼かったから。もし妹たちに話したら、どうなるか……」。それからずいぶん長いあいだ窓の外を眺め、ようやく「マチルダに打ち明けて、何が起きた？」と私に問いかけ、細い肩をすくめた。「一年に一度、一週間のディズニーランド。それくらい、たいしたことじゃないわ」

ブリジットが自分の過去を打ち明けてくれてからほどなく、ニューヨーク・タイムズ紙がある事件を報じた。ウィスコンシン州のカトリック系寄宿学校で、ローレンス・C・マーフィ神父が二二年間ろうの少年たちに性的虐待をしていたという。記事には「被害者たちは彼に法の裁きを受けさせようと、三〇年以上も力をつくした」とあった。「彼らはほかの神父たちにも訴えた。ミルウォーキーの三人の大司教にも相談した。ふたつの警察署と地区検事のところにも行った。手話、宣誓供述書、身ぶり手ぶりを使って、マーフィ神父が彼らにしたことを正確に伝えようとした。しかし、聴者は誰も彼らの訴えに耳を貸さなかった」

ろうの子どもへの虐待事件はあちこちで起きているが、ブリジットのように話をしてくれるケースはきわめてまれだ。ろうの子どもたちが自分の身に起きたことを話すのに苦労しているのは、公然の秘密となっている。あるろう者の劇団がシアトルで近親相姦と性的虐待についての作品を上演したときは、八〇〇席分のチケットが完売した。その際、劇団は劇場の外にカウンセラーを待機させた。案の定、多くの男女が泣き崩れ、上演中に劇場を飛びだした。「劇が終わるまでには、観客の半分がカウンセラーに抱きかかえられながらすすり泣いていました」と観客のひとりは語った。

ジェイコブ

こうした悲劇と対極にあるのが、メーガン・ウィリアムズとマイケル・シャンバーグの物語だ。六〇歳のメーガンは、日に焼けたいい表情をしており、アニー・ホール［訳注：ウディ・アレン監督による同名映画の主人公］のように自由な感覚の持ち主だった。理想主義というのはまさに彼女のためにあるのではないかと思えるほどで、ロサンジェルスの商業映画の世界に深く根を下ろしながらも、意義深いドキュメンタリーを制作しつづけている。一方、長年連れ添った映画プロデューサーのマイケル・シャンバーグは、メーガンとは対照的にどこか泰然としている。メーガンは電光石火のように行動する。ろうの活動家ジャッキー・ロスはこう語っている。「メーガンは世界を見て、多くのものが気に入らなかった。だからそれを自分の手でつかんで直したのよ」

ふたりの息子ジェイコブが生まれたのは、一九七九年のことだ。息子の耳が聞こえないのではないかとメーガンが疑ったのは、八カ月になったときだった。小児科医は、耳管が詰まっていると診断した。メーガンはその夜、鍋やフライパンを叩いてみたが、ジェイコブは反応しなかった。もう一度、医者に連れていくと、今度はこう言われた。「わかりました。これから風船をいくつかふくらませて息子さんのうしろに立ち、注射針を刺します。あなたはジェイコブの目を見て、まばたきするかどうか気をつけていてください」。メーガンは、そのときのことをこう語った。「医者が風船を割るたび、私がまばたきをしてしまった。だから、『もっと気の利いたテストのしかたがあるでしょう?』と言ったの」。その後、ロサンジェルス小児病院で、ジェイコブは正式にろうの診断をくだされた。

メーガンは、ろうの学生が多いカリフォルニア州立大学ノースリッジ校で、ろう教育のクラスを見つけた。「説明会に参加していた母親のなかには、子どもがもう三〇歳だというのにただ泣いてるだけの人もいた。で、思ったの。私はこのことを不幸に思ったりなんてしない、って」。メーガンとマイケルは、ろうの大人を探した。「いっしょにブランチをとりながら、どんなふうに育てられたか、何が好きか、何が嫌いか、と彼らに尋ねたわ」

家ではメーガンが編みだした原始的な手話を使った。あるとき、ジェイコブが来客のひとりにパンケーキを差しだし、両手の人さし指と親指で丸をつくると、その人は言った。「少し教えてあげないといけませんね。あなたはいま私に、陰部を差しだしたことになるんですよ」

マイケルは語った。「私たちは、〝成功しているろうの大人は、自分を哀れなどと思っていない〟ということを学んだ。そして、ろう文化にわれわれも飛びこまなくてはならないと悟った。そここそ、私たちの子どもが生きていく場所だったから」。もっとも急を要する問題は、ジェイコブに口話英語を教えるかどうかだった。ジェイコブが一歳になったとき、メーガンとマイケルは口話教育のみをおこなう学校〈ジョン・トレイシー・クリニック〉を訪ねた。そこは、スペンサー・トレイシーがろうの息子のために設立した学校で、西海岸ではろうの子どものための卓越した教育機関と見なされていた。

「でも、まるでうち捨てられた病院のように、すべて緑で塗られていたの」とメーガンは言った。「ニクソン大統領と並ぶミセス・トレイシーの写真が壁にかかってた」。マイケルはそこを「過激な口話教育の場」と表現した。メーガンは面談で手話を使って教師に言った。「手話で話しましょう。ここにはあなたと私とジェイコブしかいないのですから」。だが教師は穏やかに異を唱え、ジェイコブは賢いから一年以内に「リンゴ」と言えるようになるだろうと言った。メーガンが、娘はその歳で「ママ、いやな夢を見たの」と言えたと答え、息子にも同じことを期待していると言うと、教師は「あなたは期待が高すぎます」と返した。ジェイコブとトレイシー・クリニックとの縁はそこまでだった。

メーガンは、ブランチに招いた聴覚障がい者の多くが、家庭内でスムーズにコミュニケーションがとれないがために両親と充分に関係を築けていないことに驚いた。そこで、家族全員に手話を教えてくれる女性を雇い、できるだけ早く憶えられるように、住みこみで働いてもらった。「みんなが手話で手を動かすので、夕食のときにはしょっちゅうコップを倒してしまう」とメーガンは言った。「で、そこではたと気がつくの。手話は言語であると同時に三次元の動きであり、身体的なものでもあるんだって」

ジェイコブが二歳半になったある日、メーガンは彼におでかけ用の服を着せようとした。だがジェイコブは抵抗し、手話で「チクチクしてかゆいよ」と訴えた。そのとき彼女は、家族が言語を共有することがどれほど大切かを悟った。一見、たんなるわがままに思える行動が、じつは完璧に筋の通った行動だとわかったからだ。マイケルは、自分にもジェイコブにも役に立つ指文字とピジン手話［訳注：口話の要素が混じった単純な手話］をマスターした。

メーガンは、仕事はひとまず脇に置いてジェイコブの教育に集中し、ギャローデット大学に助言を求めた。「電話交換手をつかまえるなり言った。『このロサンジェルスで小さな子どもにどんな教育を受けさせたらいいのか話のできる人を探しています』って」。交換手はカール・キルヒナーを推薦した。彼はろう者の親をもち、手話を流暢に操り、西海岸に引っ越してきたばかりだった。

さっそくジェイコブを連れてキルヒナーの家を訪ねた。「私は家に入るなり両手を動かしていた」とメーガンは言った。ジェイコブは目を見開き、キルヒナーのふたりの娘を見ると〝女の子たち〟を表す手話をした。メーガンは言った。「私たちはいよいよ本格的に動きだしたの」

キルヒナーは、七〇年代にろうの子の親たちに向けた講習会を開き、その会を〝三脚（トライポッド）〟と呼んでいた。だからメーガンは〝トライポッド〟という名で電話相談のホットラインをつくろうと提案した。まだインターネットはなかった。誰かが〝トライポッド〟に電話をかけて「私の子どもには聴覚障がいがあるんです。歯医者さんを必要としています。メンフィスに住んでいます」と言えば、メーガンとキルヒナーがメンフィスのろう者やその家族と連絡をとり、手話がわかる歯医者を見つける。あるいは「うちの子は耳が聞こえなくて、残念ながら文字を読むことができません。デモイン在住です」と電話をかけてくる人がいれば、デモインでろう者に対応できる読み書きの専門家を探すというわけだ。

五歳になったジェイコブは、ある日メーガンに「ママはろう者なの？」と訊いた。メーガンが、自分はろう者ではないと答えると、彼はさらに「ぼくはろう者なの？」と尋ねた。メーガンがそうよと答えると、ジェイコブは手話で言った。「ママもろう者だったらいいのに」。そのときのことを思い出してメーガンはこう言った。「なんて健全な反応だろうと思ったわ。『ぼくも耳が聞こえたらよかったのに』ではなく、『ママもろう者だったらいいのに』と言ったのだから」

　メーガンは、ろう学校を見てまわった。リバーサイド〔訳注：カリフォルニア州の都市〕のろう学校では、生徒たちが店で食べ物を買う方法を学んでいた。「まるで職業訓練、もしくは社会復帰訓練だった。学校じゃなかったわ」。ロサンジェルスの公立学校でも、聴覚障がい児に手話教育をしているところはあったが、教室を訪ねたメーガンは、なんの感慨も覚えなかった。「教師の手話の内容が、怖ろしく退屈だった。私はマイケルとカールのところに戻って、『私たちに必要なのはホットラインだけじゃない。学校も必要よ』と言った」

　その後、彼らは興味をもってくれる三家庭に出会い、幼児教育施設用の小さな建物を見つけた。あとは授業を成立させるのに充分な数の生徒を集め、先生を探してくるだけだ。メーガンは、モンテッソーリ教育とろう教育両方の訓練を受けた人材を求めていた。アメリカにはその資格を満たす人間は三人しかおらず、そのうちのひとりが〈トライポッド・スクール〉の最初の教師になった。

　これまで、メーガンは何度もろう社会に入ろうとしたが、そのたびに、あなたはろう者ではないから無理だと言われた。「ええ、私はろう者ではないわ。それで終わり」と彼女は言った。ジェイコブも、ろうの両親から生まれたわけではないので、生粋のろう者とは見なされなかった。ある活動家は、メーガンにこう言った。「あなたがやろうとしていることは、とても立派なことだ。でも最善の方法は、子どもをろうの家庭に里子に出して育ててもらうことだよ」

　メーガンはそうしたことばの攻撃をいっさい無視し、統合教育とはまったく逆の流れをつくった。障がいのない子どもを、障がい児教育に重点を置いているクラスに入れ、障がい児が学んでいるのと同じことを学ばせたのだ。トライポッドでは、すべてのクラスに教師がふたりいて、そのうちのひとりはろう教育の教員資格をもっていた。生徒には一〇人のろう者と二〇人の聴者がいて、全員が手話を操った。生徒の手話のレベルを上げるために、〝生粋のろう者〟も積極的に集めた。

この計画に必要な多額の資金集めは、マイケルが買ってでた。彼はちょうど『再会の時』［訳注：ローレンス・カスダン監督・脚本の米コメディ映画］の製作を終えたばかりで、キャストはみな、次の映画の撮影に向かうところだった。マイケルはその俳優たちに、トライポッドが開校できるよう、それぞれの現場で宣伝してほしいと頼んだ。「マイケルは資金集めに奔走して私を支えてくれたけれど、彼自身、映画製作のキャリアを築いている最中でもあったから、私が全精力をトライポッドに注ぐことになったの」

メーガンは、トライポッドを公教育の一機関として認めてもらうことを望んだが、ロサンジェルス学区は、彼らのろう教育プログラムへの挑戦に困惑していた。そこで、拠点をバーバンク［訳注：カリフォルニア南部の都市］に移した。「私たちがバーバンクに引っ越したら、みんなも同じようにバーバンクに移住しはじめた。おかげでバーバンクは、ろう文化の生育の地になった。いまでもここのマクドナルドでは手話で対応してくれるし、町なかでは手話のわからない人のために誰かが通訳をしてくれる」

一般に、口話を使わない人は、書きことばの適切な使い方もよく理解できないことが多い。それが彼らにとってなじみのない言語から書き写されたことばだからだ。メーガンは、トライポッドでこの問題にも取り組んだ。前例のないことだった。「ろうにとって最大の呪いは、読み書きができないこと」とメーガンは言った。「でも、ジェイコブは私よりも書くのが得意よ」。トライポッドの子どもたちは継続して自分の学年レベル、あるいはそれ以上のレベルのテストを受けつづける。おかげで独特の社会環境ができあがった。「ここでは手話のできる人がたくさんいる。教師、聴者の子どもたち、きょうだいだから子どもたちは、どの学年にもなじめる。生徒会の運営もスポーツも、ふつうに楽しめるの」

ジェイコブが続けた。「トライポッドはいわば革命だった。ぼくには聴者の友だちもろうの友だちもいた。トライポッドはろうの子どもたちを、まるで手助けなど必要ないかのように扱うんだ。実際は必要あるんだけどね。それがぼくには大いに助けになった。でも、ある意味では、ぼくよりも母のほうが助けられたんじゃないかな。ただ、大半のろう学校よりはよかったとはいえ、トライポッドも教師の数は充分じゃなかったし、資金も潤沢とは言えず、通訳者も足りてなかった。ぼくはすばらしい家族に恵まれて本当に運がよかった、それはわかっている。それでも、不満はたくさんあった」

私がこの話をすると、メーガンはため息をついた。「息子のために正しいことをするよりも、プログラムのために正しいことをしなくてはならないときが何度もあった。あれはつらかったわ」

メーガンとマイケルは一九九一年に離婚した。そのことについて、マイケルはこんなふうに分析をした。「メーガンはトライポッドそのものになった。第一に、彼女は純粋にわれわれの息子の力になりたかった。第二に、それは強い衝動だった。その衝動は取り組む価値のあるものだったけれど、心身を消耗させた。究極的には、多くの理由があって壊れたんだろうけど、彼女はあまりにもこの問題に取りつかれていた。それが私たちの結婚生活をむしばんでいった。ときには、彼女にとって組織のほうがジェイコブ個人の教育より大事になることさえあった。わざわざこんな革新的な一大プログラムを立ちあげる代わりに、手話通訳者のいる私立学校に通わせる余裕のある親を集めて、三、四人のグループで活動することもできただろうに。私はジェイコブにもっと知的な刺激を与えてやれたらよかったと思っている。彼はそういうものを悪いものと決めつけるところが少しばかりあるけれど……」

ジェイコブはトライポッドの最大の強みを、聴者の子どもも受け入れていることだと考えていた。しかし、この教育プログラムで育ったジェイコブの聴者の姉ケイトリンは、家族の生活が弟の言語と文化を中心にまわっていたことをうらやんでいた。両親より流暢に手話を操ることのできたケイトリンは、四年生のときに学校から帰ってくるなり言った。「私たちのクラスのプロジェクトは、生徒一人ひとりが一年生に何かを教えることなの」。それに対しメーガンが「そう。あなたは何を教えるつもりなの?」と尋ねると、ケイトリンは「手話じゃないもの!」と答えた。

ジェイコブはロチェスター工科大学内にある国立ろう工科大学に進学し、一年後に中退してハワイのリゾート施設で働きはじめた。それからギャローデット大学に進んだ。「そのころ、ぼくはうつと闘ってた。正直言って、ギャローデットは本当にひどい学校だったよ。でも重要な出来事もあった。以前、ぼくはろうを見くだして、強い自己嫌悪にかられていたけど、ギャローデットでは、自分と同じことに興味のある、たくさんの優秀なろうの人々に会った。ぼくにはいわゆる〝ろう者のプライド〟というものはないけれど、ろう文化を大事に思っているし、そここそが、ぼくに許された居場所なんだ」。ジェイコブはそのとき初めて、自分がふつうだと感じたと言う。メーガンはこの遅すぎる展開を後悔していた。「ジェイコブはもう二〇代なかばだった。そこまで時間がかかってしまったのは、まちがいなく私の責任よ」

私は、ジェイコブが二八歳で視覚芸術科を卒業した直後、彼に会った。そのころにはニューヨークに落ち着いていて、両親がひんぱんに会いにきていた。言語療法を受けているにもかかわらず、話すことばは誰にでも理解できるレベルではなかった。「ぼくはずっと自分のことを、自分がろう者であることを憐れんできた。去年は自殺しようとした。本当に死にたかったわけじゃない。でも、自分の人生をコントロールできる気がしなかった。ガールフレンドとてもひどい喧嘩をして、抗てんかん剤(クロノピン)をひと瓶飲んだんだ。ただただ、何もかも放りだしたかった。意識不明で三日間病院にいた。目が覚めたとき、最初に見えたのは母の顔だった。母は最初にこう言った。『世界を止めて。私はもうおりたいわ』[訳注:六〇年代のミュージカルのタイトル]。それはまさに、ぼくの気持ちそのものだった」

ジェイコブは、精神科医の診察を受けていた。医師とは並んで座り、タイプでやりとりした。しかし本当にいい解決策は、手話のできるセラピストを見つけることだった。ジェイコブの落ちこみやすい気質は、父親ゆずりなのかもしれない。父親のマイケルも、大人になってからの大半の時期を抑うつと闘ってきた。「ジェイコブは、そこに聴覚障がいも混ざっているのだから」とマイケルは言った。「でも、あの子は強い。たとえ人類滅亡の日が来ても、彼は憤り、どうにかして生きのびる方法を見つけようとするだろうね。私はあの子に、ふつうの生活を乗りきる方法を見つけてもらいたい」

メーガンは抑うつ気質とは無縁だった。彼女は行動の人だ。だがそれでも、自分は悲しみを抱えた人間だと思っていた。「私はもう六〇歳よ。ときどき、ジェイコブの耳が聞こえていたら自分はどんなことをしていただろう、と考えてしまう」。マイケルは、そういう類いの想像はしないようにしていると語った。「私はなぜだか、ジェイコブは選ばれてろうに生まれ、そのことに立ち向かうように定められたと思っている。それが彼の生きる道なのだと。彼の耳が聞こえたらとは思うけれど、もしジェイコブがろうでなかったらどうだっただろう、といった考えはいっさいしない。ろうでなかったら幸せになっていたかどうかなんてわからないから。私自身についても同様。ただ、あの子は私の息子、それだけだよ」

ジェイコブはなぜ、たくさんの人に受け入れられ、愛されているのにあがきつづけるのだろう。彼はこう話した。「三日前の夜、クラスの仲間たちと飲みにいったんだ。ほかはみんな聴者。ぼくたちは筆談で会話してたけど、ほかのみんながしゃべっていて、ぼくだけが『いったい何が起こっているんだ?』っていう瞬間もある。みんながぼくに心を開いてくれて、ぼくは運がいいとは思ってるけど、それでも疎外感はある。ぼくにはたくさんの聴者の知りあいがいるにしても、仲のいい友人はいない。ろう文化は、世の中の見方を教えてくれたけど、耳が聞こえれば、世の中を生き抜いていくのはもっとずっと楽なはず。もしぼくにダウン症の子どもができたら、中絶してもらうと思う。でも、もし母が妊娠中にぼくがろうだとわかって中絶していたら？　ぼくは人種差別主義者にはなりたくないけど、夜ひとりで歩いていて、知らない黒人が近づいてきたら、落ち着かない気持ちになる。たとえ黒人の友だちがいても。そういう感覚をいだくのがいやなんだ。自分がろうということで人を落ち着かない気持ちにさせているとしたら、それと同じことだから。気持ちは理解できるけど、いやでたまらない。とにかく、いやでたまらないんだ」

スペンサー

クリスとバーブのモンタン夫妻の次男スペンサーは、ジェイコブが生まれた一〇年後に聴覚障がいをもって生まれた。「私はそれまでろう者に会ったことがなかったの」とバーブは言う。「だから、ただただ青天の霹靂（へきれき）だった」。クリスは〈ウォルト・ディズニー・ミュージック〉の社長。それまでの人生は音にあふれていたから、スペンサーが難聴と診断されたときは「動揺し、打ちのめされた」。心が暗い路地に迷いこんだとも言った。「この子に何が起きるのか。どうしたらこの子を守ってやれるのか。どれくらいのお金を用意しておいたらいいのか……」

バーブは、トライポッドに連絡をとった。「彼らはすぐに資料を郵送すると言ってくれた。でも私はそれが待てなくて、トライポッドのオフィスに行ったの」。さらに続けた。「最初のうちは、何もかもが悲しくて、不幸で、恐怖だった。母は、『この子は障がい者施設に行くしかないだろうね』って言った。私の母の年代では、聞こえなかったり話せなかったりする人はそうするのがふつうだったから。でも、私の息子は青い目をしたこんなにもかわいい子で、ただひたすら、にこにこと私に笑いかけてくる。『この子のどこが問題なの？』ということばが出るまでに、長い時間はかからなかった。だって、息子は本当にすばらしい子だったから」

モンタン夫妻は、ほとんど即座に手話を習うことに決めた。「スペンサーは言語療法を受けることになったけれど、私たちも彼のことばと文化を学ぶことにしたの」とバーブは言った。「この子の向かうところに、私も行かなくちゃいけない。認知力の発達を遅れさせるわけにはいかなかった」。クリスはことばの溝が、いい父親になれる能力をむしばむのを心配した。「私は、スペンサーに私が何者なのかをわかってもらえないのではないかと怖かった。耳の聞こえるスペンサーの兄とちがって。それで、バーブに言った。『スペンサーに、耳の聞こえる家庭で育つことで、のけ者にされてるような気持ちをいだかせるわけにはいかない』と」

さっそく、カリフォルニア州ノースリッジからろうの学生たちがやってきて、スペンサーと家族にアメリカ手話を教えた。「彼らは、うちの車寄せに入ってくるなり手話を始めた。『スペンサー、元気？　きみも車を持ってるんだね！』って」。バーブはそのときのことを思い出し、話しながら手話をした。「どうしてそれがことばだと息子にわかったのかはわからない。でも、スペンサーは夢中で彼らの手話を見つめていた。それからの数週間も。『こんにちは。元気？　勉強の準備はできてる？』とかね」。バーブとクリスがそうやって手話の環境を徹底してつくりあげたので、スペンサーは四、五歳まで、自分に障がいがあるとは思っていなかった。

映像記憶能力がずば抜けているバーブには、手話の才能があった。クリスも、何年もピアノを弾いていただけあって指先を器用に動かすことができ、自在に指文字を操った。そしてスペンサーは、両親の手話を一人前の手話者と同じくらいみごとに理解した。「この子が生まれたとき、私はジェフリー・カッツェンバーグ［訳注：ドリームワークス・アニメーションのCEO］やマイケル・アイズナー［訳注：ウォルト・ディズニー・カンパニーの元ＣＥＯ」といっしょに会社を立ちあげているところで、狂ったように働いていた」とクリスは語った。「一日に二〇時間働くこともあった。けれど、あるときバーブが面と向かってこう言った。『あなたは父親としてまずまずの仕事をしてくれていると思うし、ディズニーでキャリアを積んでいる最中だというのもわかってる。でも、私にはもう少し協力が必要なの。あなたにもっと人間らしくいてほしいのよ。もっと深みのある、もう少し身勝手を抑えた人になってほしいの』。だから、クリスは職場の同僚に、時短勤務をさせてほしいと申しでた。

夫妻の長男ニルスには、深刻なぜんそくと注意欠陥障がい（ＡＤＤ）があった。「ニルスのほうが、成長するときの困難は多かったかもしれない」とバーブは言う。「スペンサーのほうが楽だった。ニルスはとても思慮深い性格だけど、スペンサーははるかに本能的。彼のまわりには冗談があふれていた。とてつもないユーモア精神の持ち主で、ことばと手話で遊べるの」

公教育は五歳になるまで始まらないので、トライポッドでは民間からの資金提供で、ろう者と聴者、両方の子どものためのモンテッソーリ式幼児教育を実施していた。スペンサーはたちまち手話を憶え、聴者の子とほぼ同じ速さでプログラムを消化していった。「ほとんどの障がい児は、たいてい助けを受ける側なの。それがその子の自己評価にどういう影響をおよぼすか……。でもスペンサーは、聴者の女の子が算数でどうしたらいいかわからないときに、助けてあげることができた」。普通学校では四年生までに読むことを習い、その後は読むことを通じて学問を修得するが、ろうの子どもはそれがもっと遅くなる、とバーブは説明した。「ところがスペンサーは、読み方を憶えると飛躍的に伸びたの」

一九九三年、バーブと友人は〈トライポッド・キャプションド・フィルムズ〉を立ちあげた。音楽や銃声、電話の呼びだし音や玄関の呼び鈴といった非言語的な情報も含めて、映像に字幕をつけるサービスを提供する初めての会社だった。

スペンサーが九歳のとき、地元少年野球チームのコーチ、ルー・マリノがスペンサーにピッチングのレッスンをしてくれた。「三〇年もコーチをしてるけど、どうしていままでろうの子どもに出会わなかったんだろう」と彼は言った。その後、ルーとバーブは〈沈黙の騎士団（サイレント・ナイツ）〉を結成し、やがてそれは南カリフォルニア地区のろう者の野球リーグへと発展した。「息子は手と目を連動させることにとても長けている」とクリスは言う。「ほかの子どもよりも、よくボールが見えたんだ」。クリスとスペンサーは、いっしょに野球の練習をした。「それが私たちにとっての会話だった。ときどき手話も使ったけれど、ほとんどは野球の練習だけでいっしょにすごした。息子は内に自信を秘めていた。彼がピッチャーになると、チームが彼を中心にまとまったものだよ」

　モンタン夫妻は、人工内耳についても検討した。クリスは言った。「一九九一年当時は、この技術がどういう方向に進むのかよくわかっていなかった。もしスペンサーがいま一歳一カ月で、聴覚障がいと診断されたとしたら、たぶん手術を受けさせるだろうね。これまですばらしいろうの方々に出会い、彼らを知っているし、ろう文化の強い支持者でもあるけれど、それでも手術をすると思う。医学的にも政治的にも、いまは昔とはまったくちがうから」。だが、もしスペンサーが一〇代後半のいまから人工内耳をつけるとなれば、人工内耳によって取りこまれる音を翻訳するための聴力訓練を受けなければならない。「人間関係も軌道に乗って、自分の言語を効果的に操ることもできるというのに、高校時代の貴重な一年を犠牲にすることになるわ」とバーブは言う。「私には、それだけの価値があることとは思えない」

　当のスペンサー自身は、言語についてじつに広い視野での意見をもっていた。「声が役に立つことはわかっている。だから使えるようになればうれしい。母と父が手話の授業を受けたおかげで、ぼくたちはスムーズに会話ができる。でも、彼らが手話を身につけられたのなら、ぼくだって口話を習得できるはず。ぼくの主要な言語はアメリカ手話だけど、たくさん練習すれば、英語も先生の助けなしに話せるようになるだろうね。ぼくは声の勉強をする。そしてぼくの学校や野球リーグの子どもたちは手話の勉強をする。みんなでひとつの世界に暮らしたいんだ」

バーブは、ろう社会の〝反口話〟の気運にもやもやした思いをつのらせてきた。「スペンサーは、私の手話にもクリスの手話にも、手話の得意なろうの友人たちとの手話にも流暢に対応して会話をする。息子は文語英語と手話を完璧に操るバイリンガルなの」。もちろん、彼女はろう社会の重要性も認識している。「どんな文化でも、必要最低限の仲間は欲しいものよ。息子にもろうの友人はいる。私たちはみな、味方が必要なの」

バーブは最終的に、トライポッドの代表になった。「昨日の夜、四歳の息子のお母さんがうちにやってきたんだけど、彼女には心配事しかなかった。そのとき、スペンサーがちょうど横で化学の宿題をやっていたの。モルとか次元分裂図形（フラクタル）とか。私は宿題のプリントを持ちあげて言った。『あなたの息子さんも、こんなふうにできるようになりますよ』って」。すると、スペンサーもこう言った。「ろうの子どもの親は、怖がることなんてないし、子どもに不安を感じさせる必要もないって知るべきだよ。ぼくの両親は、ぼくがぜったいに怖がらないようにしてくれたよ」

アメリカ手話と英語の関係

口話主義と手話主義をめぐる議論は、いまも衰えを見せない。手話教育は手話だけでおこなうべきなのか？　それとも手話と英語を組みあわせ、教師がしゃべりながら手話をするというトータル・コミュニケーションや同時コミュニケーションといった技術でおこなわれるべきなのか？　後者のやり方は、ろうの子どもたちに複合的なコミュニケーション手段を提供してくれるが、その反面、関連性のない文法や構文を統合しようとすると、問題が起きやすい。

英語と手話は構造的に異なる。中国語を書きながら英語が話せないのと同様、アメリカ手話をしながら英語を話すことはできない。英語には単語の順番に明確な決まりがあるから、聞き手は次々と文の単語を把握しつつ、互いの関係性から意味をとらえる。一方、手話は同時にいくつもの要素が連動する言語で、個々の単語が統合されてひとつの意味をなす。つまり、一連の複雑で流れるような動きが「彼は東海岸から西海岸へ引っ越した」というような文章をつくるのだ。

それぞれの手話は、手の形、その手が体のどこに置かれるか、そしてどこに向かって動くかという要素を含んでいる。加えて顔の表情も、感情を伝えるだけでなく個々の手話の要素になっている。こうした統合的な動きが視覚に効果的にはたらくので、聴覚で残る記憶よりも個々のイメージがバラバラになりにくい。たとえば、最初に〝彼〟ということばを手話で表し、次に〝引っ越した〟、次に〝〜から〟というふうにことばをつなげていく必要があるとき、手話では逐一機械的に翻訳しても冗漫になるだけで、論理的文章にはならない。口でいくつかのちがう単語を同時にしゃべろうとしても、わけがわからなくなるのと同じだ。

SEE手話やピジン手話、CASE手話など、英語に対応した手話は、まるで口語英語を話しているかのように、文章を一語一語、手話に翻訳していく。だから、口語で言語を習得したあとに失聴した人には好まれるが、第一言語として手話を習得した子どもたちにとっては、口語にもとづいた手話は扱いにくく、混乱のもとでしかない。

国立ろう工科大学の〈アメリカ手話協会〉元会長ゲーリー・マウルは、自分の子どもたちが使うアメリカ手話の文法や用法を細かく正しているという。「すでに生まれながらの手話者である人に対して、どうして手話を教える必要があるのかとよく訊かれますが、だったら、すでに英語を話す学生に英語を教えるのはなぜでしょう。多くの人々が言語をまちがって使っているからでしょう?」とマウルは言う。

アメリカ手話は進化している。いまこれを使う人の〝声〟はじつにさまざまだ。両手と顔の表情を基本に忠実に動かす人もいれば、誇張して動かす人もいる。おどけた感じに動かしたり、とても厳粛に動かす人もいる。二〇世紀初頭の映画に出てくる、型にはまった手話とはもうちがう。

ギャローデット大学のアメリカ手話とろう研究の教授ベンジャミン・バハンは〝生粋のろう者〟だ。母は口話教育で育った賢い人、父は手話教育で育ったいくらか愚鈍な人だと思いながら成長したが、大学でアメリカ手話を勉強して、父親は〝独特の特徴と構造をもつ文法のアメリカ手話を美しく操っている〟一方、母親のアメリカ手話はかなり流暢さに欠けることに気づいたという。

しかし多くの手話通訳者は、アメリカ手話で重要視される正確さや壮麗さを半分訳しそこねたり、誤訳したり、会話の流れを見失ったりしている。私自身も、手話通訳者といっしょに仕事をしたときに、こうした状況を目の当たりにした。手話通訳者の多くは、アメリカ手話が言語というよりむしろ演劇に似ていることから、手話に惹きつけられた人々だ。だが、その文法は口話の文法とは概念からしてちがうので、じっくり勉強してもなかなか理解できない。かなり上級の手話通訳者でも、アメリカ手話の構造を英語に移し替えることに困難を感じるほどだ。逆もまたしかりで、そうこうするうち一連の意味をつかみそこねてしまうのだ。

聴者はしばしば、手話は万国共通と誤解しがちだが、実際にはたくさんの種類がある。ローラン・クレールの研究によると、アメリカ手話はフランス手話と密接な関連がある。その一方で、イギリス手話とはまったく異なり、アメリカ手話使用者の多くは、イギリス手話を、あまり洗練されていないと思っている。「たしかに、われわれはあんなに多くのダジャレを言わないし、アメリカ人のようにことば遊びもしません」とセントラル・ランカシャー大学でろう研究の講師をしているクラーク・デンマークは認める。「もっと文字どおりの言語です。しかし、イギリス手話ならではの力強さもあるんですよ」

なかには、聴覚障がい者にとって共通語の王様であるアメリカ手話が、ほかの手話を消失させてしまうのではないかと懸念する人もいる。世界にどれだけの手話があるか算出した人はいないが、タイとベトナムだけでも七種類の手話があることがわかっている。イランにはティー・ハウス手話とペルシャ語手話があり、カナダ人はアメリカ手話とケベック系フランス語手話を使う。

「ろう者の村」を訪ねる

二〇〇八年、私はバリ島北部のベンカラという、ろう者の村（デサ・コロック）として有名な小さな村を訪れた。ここでは、二五〇〇年前からずっと、先天性ろう者が人口の約二パーセントを占めてきた。だからベンカラの人はみな、ろう者とともに成長し、誰もがその村で使われている独自の手話を知っている。聴者とろう者の経験の溝が、おそらく世界じゅうのどんな場所よりも浅い。

私が訪れたときには、約二〇〇〇人の村人のうち四六人がろう者だった。ろうの発生は劣性遺伝によるので、各家庭にいつろう者が生まれるかは誰にもわからない。ろうの子どもをもつ聴者の親にも会ったし、聴者の子どもがいるろうの親にも、ろうの親とろうの子どもの家族にも、両親がろう者と聴者で、子どもにろう者と聴者が混じっている家族にも会った。

貧しい村ゆえに一般的な教育水準は低いが、昔からろう者の教育水準はさらに低かった。そこで二〇〇七年から、村の聴者の教師カンタが村独自の手話であるベンカラ手話（カタ・コロック）を使って、ろう者を教育しはじめた。最初のろう教育の授業には、七歳から一四歳までの子どもたちが集まった。それまでは誰も、正式な教育を受けたことがなかったという。

村の生活は部族制度にもとづいているが、ろう者は部族に参加できると同時に、部族を超えたつきあいもできる。だから、たとえば子どもの誕生日には、自分の部族の人間を招待すると同時に、村のろう者連合の人々も招待できる。一方、聴者は部族を超えて誰かを招待することはない。また、ろう者には、死者の埋葬と警備という伝統的な仕事がある。といっても、村で犯罪はほぼ起こらないので、警備の仕事は、よく不具合が起きる水道の配管の修理などになる。ほとんどの住民が、キャッサバやタロイモ、牛の飼料となるチカラシバを育てる農夫だ。村を治めるのは、宗教的儀式をとりしきる伝統的な部族長、中央のバリ政府によって選ばれ行政を監督する行政上の部族長、そして、ろう者の部族長だ。ろう者の部族長は、伝統的に最年長のろう者が務める。

私はバリ族の言語学者イ・グデ・マルサジャといっしょにベンカラ入りした。彼は近隣の村で生まれ、ベンカラ手話をかなり深く研究してきた人物だ。六〇メートル下に急流の流れる、切り立った崖に囲まれた渓谷におりていくと、何人かのろうの村人が水辺で私たちを待っていた。彼らはそこに農場を所有し、ランブータンの木々とチカラシバとさまざまな種類のとてつもなく辛い唐辛子を育てていた。

それから三〇分のあいだに、ほかのろう者も次々とやってきた。私が大きな日よけ幕の端に置かれた赤い敷物の上に座ると、ろう者たちはそのまわりを囲むようにそれぞれ座った。そして、みなが私に向けて手話を始めた。私が理解できると思いこんでいるようだった。グデが通訳をし、教師をしているカンタがその補助を買ってでた。だが驚いたことに、私はかなり楽に彼らの手話を理解でき、すぐにいくつかのことばを憶えてしまった。私が手話を使うたびに、全員がとびきりの笑顔を見せてくれた。彼らの手話には、いくつかのレベルと種類があるようだった。なぜなら、私に話しかけてくれるときの手話はどこかパントマイムのようで、私にもはっきりと理解できるのだが、彼ら同士の会話はまったくわからなかったからだ。グデと話をするときには、その中間という感じだった。

たとえば〝悲しい〟を意味するベンカラ手話は、両手の人さし指と中指を両目の目頭に置き、涙を流すように指を下に引きさげる。〝父親〟を表す手話は、一本の人さし指を上唇の上に横に重ねてひげを表し、〝母親〟を表す手話は、胸のまえで掌を上に向け、乳房を支えるようなしぐさをする。〝ろう〟は、人さし指を耳のなかに入れて回転させる。〝聞こえる〟は、握った手を耳のうしろに上げ、掌を開きながら頭から離す。頭蓋骨から何かが爆発したかのような感じだ。また、肯定的な単語にはたいてい上のほうに向かう動きが含まれ、否定的な単語には下のほうに向かう動きが含まれていた。以前、海外を旅したひとりの村人がほかの村人に、中指を立てるのは西洋では悪いことばを意味すると教えたところ、彼らはそのサインを逆さにし、いまでは中指を下に向けることが、〝怖ろしい〟を意味する手話になったという。文法はきっちりと固定されているが、語彙は絶えず増えているのだ。

第二世代が使う言語は、たいてい第一世代よりも洗練され、秩序立てられていく。そして何世代もの時を経て、その言語なりの明確な構造ができていく。ベンカラ手話はこれまで約一〇〇〇語ほどの単語が学者たちによって解明されてきたが、ベンカラのろう者たちは明らかにそれより多くの単語を知っていた。

教育を受けた西欧人にとって、人と親密になるには、ことばでお互いを知り、打ちとけあう過程が必要だ。しかし、食事の支度をしているときや性的な情熱を伝えるとき、あるいはいっしょに働いているときに、その人の本質が出ることもある。そういうとき、ことばはたんなる飾りにすぎない。この村では、聴者にとってもろう者にとっても、言語は世界とつながる第一手段ではなかった。

昼食を終えると、一四人の男性がサロン［訳注：腰に巻く布］を身につけ、ふたりの女性がレースのついたナイロンのブラウスを身につけた。大半のろう者と同様、彼らも太鼓の振動を感じとることができ、そのダンスは彼らのパントマイムに似た手話から取り入れられたような動きを含んでいた。彼らは私たちに、村の警備担当が用いる武術も見せてくれた。武器として使う両手両脚の動きには手話が組みあわされていた。

スアラヤサという若者は、最初は抵抗していたのに、母親に言われて恥ずかしそうにダンスに加わるやいなや、何度も手話で「ぼくを見て」とくりかえした。それは、荒々しくも遊び心に満ちた動きだった。

そのうち女性の踊り手たちがやってきて、みんなにスプライトを配りはじめると、男たちは川に浸かりにいこうと提案してきた。私たちは裸で泳ぎにいった。岩壁がそそり立ち、植物の長い蔓（つる）が垂れさがっている川で、ろうの男たちは泳ぎ、私は水中で宙返りをした。三点倒立をする人もいた。針に餌をつけてウナギを釣ったりもした。ときどき、誰かが水にもぐって私のすぐ隣まで泳いできて、流れのなかから急に顔を出したりもした。彼らは絶えず私に手話で話しかけてきたが、そこには熱意がこもり、喜びが満ちあふれていた。貧しく、また障がいを負った村人たちにもかかわらず、牧歌的な光景だった。

翌日は、カンタがベンカラ手話をバリ語に翻訳し、ときどき私に彼のつたない英語で説明してくれた。グデはカンタのバリ語を英語に翻訳し、ときどき彼のつたないベンカラ手話で説明してくれた。そしてろうの村人たちは、私に直接、生き生きした手話で話しかけてきた。ことばのジャングルのなかでのこのコミュニケーションは、全員の意志から生まれた。

とはいえ、もちろん、やりとりにはかぎりがあった。たとえば、ベンカラ手話には仮定法がない。また〝動物〟や抽象概念の〝名前〟といった種類を表す単語もなく、あるのは〝牛〟や誰かの実際の名前のような固有の単語だけだ。〝なぜ〟と問いかける質問の形式もなかった。

私は、聴者の両親から生まれたろうの息子サンティアと、その妻でろうの両親から生まれたろうの娘セニン・スクスティに会った。サンティアはどことなくおっとりした青年で、スクスティのほうは精力的で活発で知的だった。広大な耕作地を所有している聴者の息子とはいえ、ろうの青年と結婚することを選んだスクスティは、こう言った。「耳の聞こえる人たちをうらやましいと思ったことはありません。彼らの人生も楽というわけじゃない。私たちだって一生懸命働けば、お金を稼ぐことができます。私は牛の世話をし、種をまき、キャッサバを茹でる。みんなと会話もできる。ほかの村に住んでいたら、耳が聞こえるようになりたいと思うかもしれないけど、私はここが好きなんです」

ふたりのあいだには四人の子どもがいるが、そのうち三人がろうだ。息子のスアラ・プトラだけは九カ月のときに、夫婦の聴者の友人たちから「この子は聞こえている」と言われた。それでも一一カ月から手話を使いはじめ、口で話すほうが楽だと感じつつも、いまなお手話を自在に操る。一〇代後半となった現在では、両親のために通訳を務めることもたびたびだ。

彼は自分の聴力を決して失いたくないと言う。「ここでは多くの人がひとつのものしか持っていないのに、ぼくはふたつのものを持っている」。だが、もしもろうで生まれたとしても、同じように幸せだっただろうと言いきる。そのうえで、こう続けた。「両親は聴者の子どもがひとりいることをうれしく思っているみたい。ぼくをほかの子どもより愛しているということじゃなくて、ぼくがあまりお酒を飲まなくて、四六時中お金をせびったりしないから。もっとも、もしぼくが両親と同じろう者だったら、いっしょにいるときにもっとリラックスできるかもしれないね」。スアラ・プトラはろうのきょうだいよりずっと流暢に手話を操る、とスクスティは言った。それは口話ができるおかげで、複雑な考えをより楽に表現することができるからだ、と。

もうひと組の夫婦、サンディと妻のクビャルには、ふたりのろうの息子、ヌガルダとスダルマがいた。ヌガルダには、別の村の出身で聴者の妻モルサミがいて、四人の聴者の子が生まれたことを喜んでいた。

「ここには、すでにたくさんのろう者がいる」と彼は強調した。「全員がろう者というのは、あまりいいことじゃないでしょう？」。一方、スダルマは聴者の女性とはぜったいに結婚しないと言った。「ろう者は団結すべきだ。ぼくはろう者のなかで暮らしたいし、ろうの子どもが欲しい」

彼にかぎらず、このコミュニティの人々は、一般社会の人々が身長や人種について話題にするように、ろう者や聴者についてよく話す。ここでは、ろうはそれぞれの個人がもっている、利点や不便を備えた特徴のひとつにすぎない。彼らはろうの意義も役割も軽視しない。自分たちがろう者なのか聴者なのかを忘れることはないし、他者が忘れてくれることを期待してもいない。

ベンカラのろう者同士のつながりは、地理的な問題を除けばあらゆる意味で非常に自由で、その自由さは、彼らの村で使われる言語の豊かさから見ても断言できる。私はこの地に、障がいの社会的なモデルを探る目的で出向いたが、その結果、コミュニケーションを阻害（そがい）していなければ、聴覚障がいはさほど大きな困難にはならないことを発見した。

ザフラ

アメリカでは、ろうの子どもたちを自然に受け入れるベンカラのような世界を築くのは不可能だろう。しかし、エイプリルとラジのチョウハン夫妻は挑戦を重ねた。自分たちを受け入れてもらうためのさまざまな試みをし、ついにはコミュニティづくりに成功した。

裕福なアフリカ系アメリカ人で芸術家に囲まれて育ったエイプリルは、意志の強さや愛嬌（あいきょう）をそなえた強さを体から発散している。一方のラジはインド人とパキスタン人の血を引き、ハンサムで穏やかな青年だ。ネット取引の仕事をしており、気さくな話し方のなかにも自信が感じられる。私の出会った、ろうの子どもがいる親の多くは不安を抱えていたが、チョウハン夫妻は肩の力が抜けていた。彼らが生まれながらにもつもてなしの精神が、ほかの親が怖ろしいと思うろう社会の敵意をも取り除いたのだろう。二〇〇〇年にザフラが生まれたとき、ふたりはまだ若く、赤ん坊にまったく慣れていなかった。おまけに、娘の生まれたロサンジェルス病院は、新生児に聴力検査をしていなかった。

ザフラが三カ月のとき、夫妻が住んでいた建物で火事が起こり、非常ベルが鳴り響いた。だがエイプリルが子ども部屋に駆けこむと、ザフラはぐっすりと眠っていた。小児科医はエイプリルに、何があっても新生児が起きないことはあると話したが、ザフラはほかの子どもたちが片言でしゃべりはじめる年齢になってもまったくしゃべらず、かすかなうなり声を出すだけだった。

エイプリルとラジは、むこうを向いているザフラに手を打ち鳴らしたりして、聞こえているか確かめようとした。「反応することもあれば、しないこともあるという感じだった」とエイプリルは話した。「反応するときはふりかえって、目の端から私たちを見つめるの」。二〇カ月でようやく〝ママ〟と〝パパ〟らしきことばを発したが、それ以外は言わなかった。それでも小児科医は、三歳まで話さない子どももたくさんいると言った。

転機は二歳児検診のときだ。その日、いつもの小児科医は体調不良で休んでいて、代わりの医師は即座に、聴力検査を受けるべきだと言った。「あの失った二年間で、私たちは自分たちの知識を深めることもできたし、ザフラに積極的にことばにふれさせることも、補聴器をつけさせることもできたはずなのに」とエイプリルは後悔の念をにじませた。

娘に聴覚障がいがあるとわかったとき、エイプリルは悲しみに暮れたが、ラジはちがった。彼はこう説明した。「エイプリルには虚無感や恐怖、悲しみ、痛み、不安といった段階を経験する必要があった。でも、ぼくはそうではなかった。ぼくにとっては、ふたりが取り組まなくてはならない課題のリストに新たにひとつ項目が加わっただけのことだった」

　ロサンジェルス郡では、三歳までの子どもに無料で早期幼児教育を受けさせることができる。ザフラにもあと一年だけチャンスがあった。「私たちに何が必要なのか知るためには、私自身ができるだけ早く学ばなくちゃいけなかった」とエイプリルは言った。言語聴覚士によると、ザフラには低音域に有効な残存聴力があるとのことだった。だから、何がなんでも人工内耳をつけるという選択にはならなかった。エイプリルは言った。「ザフラには、いまの自分に自信をもってほしいの。いつか彼女が人工内耳をつけたいと思えば、それもすばらしい。けれど、私自身は彼女のためにその決断をくだすことはできなかった」

　こうしてザフラは、高い音域を残存聴力のある低い音域まで下げる、周波数変換型の補聴器をつけることになった。それをつけたからといって、聞こえるようになるわけではないことはわかっていた。「娘とコミュニケーションをとれたはずの二年という時間が失われ、私たちは『リンゴ、リンゴ』と反復することから始めた。ろうの子どもは習得するまでに何回も練習が必要だと言われたので、一日じゅうくりかえしたわ。『水、水。本、本。靴、靴』。でも、これはあまりよくないと私が思いはじめるまでに長くはかからなかった。一カ月もしないうちに、私たちは手話を憶えることに決めた。文字どおり、脳の別の部分をはたらかせている感じがした。なにしろ頭が割れそうなほどの頭痛に襲われたから」

　すでに英語とヒンディー語、それに若干のスペイン語とイタリア語を話せたラジは言った。「ぼくはいつも、グーグル検索みたいだと言ってるんだ。『マリブ、欲しい、店、ジュース』。その全部を一度に検索窓に入れる」。最初は親のほうがザフラより学ぶのが速く、彼女に教えることができたが、すぐにザフラがふたりを追い越した。

　エイプリルとラジは娘に言語療法も受けさせた。手話とともに口話も無理のない範囲で使えるようになってほしかったからだ。だが、五歳になってもなんの進歩も見られなかった。そこで、別のセラピストを探した。そのセラピストはエイプリルに、ザフラは何を食べるのが好きかと訊いた。エイプリルが、シリアル、ピーナッツバター、パン、オートミールだと答えると、それは全部軟らかい食べ物だと指摘し、「ザフラには運動性構音障がいもある。舌に音をコントロールするだけの力がないのです」と説明した。その日からエイプリルとラジは、ザフラと舌のトレーニングも始めた。

それは、ほかの筋肉トレーニングとほとんど同じだった。繊維性の舌は、じつは体のなかで一センチあたりの筋肉の強度がいちばん強く、もしも二頭筋くらいの大きさがあれば、それで車を持ちあげられるほどだ。トレーニングではしばしば舌圧子（ぜつあつし）［訳注：舌を押さえるためのヘラのような道具］が使われた。これでザフラの舌を押しさげたり、戻したりした。効果はすぐに出た。それまではずっと肉を食べるのを嫌がっていたのに、舌が強くなってからは噛むことに慣れ、肉が好きになった。音をつくりだす能力も、劇的に向上した。

こうした進歩は、並々ならぬ努力のたまものだった。エイプリルは、娘の世話にもっと集中しようと専業主婦になった。「『トイレに行きたい』と言うときでさえ、ザフラは作業をやめてあたりを見まわし、私たちの注意を引かなくちゃならない。それは全身を使った言語なの。私たちはいつも彼女を音にふれさせている。鳥がいれば、ラジは『鳥の鳴き声が聞こえた？』と問いかける。飛行機でも、ヘリコプターでも。補聴器を使えば、ホルンやフルートやピアノといった楽器のちがいがわかることもある。あの子は、技術的に想定されている以上の音を聞くことができてるのよ」

カリフォルニアで私が出会ったろう者はみな、エイプリルとラジのホームパーティに行ったことがあるようだった。「私たちはたくさんのろう者のイベントに招待されるし、こちらからもよく招く」とエイプリルは言った。「ＮＡＳＡで優秀な科学者として働いていたろうの男性の話を聞いて、彼を招待したこともある。ろう社会の人々はたいてい、ろうの子どもをもつ聴者の親と喜んで会ってくれるけど、まずはこちらからはたらきかけないとだめ。彼らのほうからは来てくれないから」

私は大人のろう者に怖じ気づく親にたくさん会ってきた。だから、エイプリルとラジはその世界に割って入っていく勇気をどこから得たのだろうと不思議に思った。率直に尋ねるとラジは、週末になるとKKK団［訳注：秘密結社クー・クラックス・クランの略。白人至上主義団体］が闊歩（かっぽ）し、黒人と白人の子どもが別々のランチルームで食事をするような町で育ったからだと答えた。「ろう文化と黒人文化とインド文化――いやでも柔軟になるよ」

一方、アフリカ系アメリカ人として歴史感覚に敏感な母親に育てられたエイプリルも、子どものときから活動家だった。「私にはゲイの友だちがいたから、学校でゲイの組織をつくったの。自分にろうの子どもができたときは、かかわるべきことがもうひとつ増えたという感じだった」。彼女は両手を差しだした。「私のこれまでの人生が、ろう社会と接する準備期間を与えてくれていたのね。いまは、ザフラがろう社会以外のあらゆる世界で快適にすごせるように準備している」

人工内耳をつける人、避ける人

一七九〇年、アレッサンドロ・ボルタ［訳注：ボルタ電池を発明したイタリアの物理学者］は、聴覚神経に電気的な刺激を与えて音をつくりだすことに成功した。彼は、自分の耳に金属の棒を突っこみ、それを電気回線につなげて電気ショックを与えたところ、「煮えたっている糊」のような音が聞こえたと報告している。また一九五七年には、フランス人医師のアンドレ・ジョルノとフランス人耳鼻咽喉医のシャルル・エリエスが、脳外科手術中の患者の聴覚神経に電極で刺激を与えた結果、患者はコオロギの鳴き声のような音を聞いた。
一九六〇年代になると、研究者たちは複数の電極を蝸牛に入れはじめた。音を増幅させる補聴器とちがって、これらの装置は音を感じとる脳の部分に直接刺激を与えるものだった。この技術は徐々に洗練され、一九八四年には食品医薬品局（ＦＤＡ）が、中途失聴者による人工内耳の使用を認めた。しかし電極一本で音が伝達されるので、音の大きさやタイミングはわかっても、音の内容までは伝達できなかった。

蝸牛のちがった場所をそれぞれ刺激する多チャンネル方式の装置が市場に出たのは、一九九〇年代に入ってからだ。そして今日では、二四チャンネル方式の人工内耳が開発されている。この方式では、マイクロフォンが周囲の音を拾ってスピーチ・プロセッサーに伝達し、そこで音が選別、整理されると、伝達装置と受信・刺激器がその情報を信号として受けとり、電気的な刺激（インパルス）に変換する。脳に埋めこまれた装置を通ることで、配列された電極が内耳の損傷分野を迂回（うかい）して、それらの刺激を聴覚神経の異なる部分に送るのだ。

人工内耳でも聴力を取り戻すことはできない。しかし、聞くのに似た体験は得られる。伝えられる音は情報に富むが、たいてい音楽性に欠けている。それでも、早いうちに人工内耳を埋めこむと、口話の発達の基礎をつくることができ、聴者の世界に溶けこみやすくなるといわれる。ただ、それははたして理にかなった（サウンド）ことなのか。もしかしたらそれは、誰もいない森で倒れた木が音を立てたかどうかを尋ねるようなことなのかもしれない［訳注：認知がなければ存在はないという哲学の命題］。

二〇一〇年末の時点で、世界でおよそ二一万九〇〇〇人（そのうち少なくとも子どもが五万人）が人工内耳の手術を受けている。アメリカでは、三歳以前に難聴と診断された子どもの四〇パーセントが人工内耳の手術を受ける。つい五年前の二五パーセントからここまで上昇した。人工内耳をつけた子どもの八五パーセントは、平均以上の年収と教育水準をもつ白人家庭に生まれた子どもだ。この手術をしたあとは、言語聴覚士が解析を担当し、装着者の脳にきちんと周波数が合うよう、定期的に調節をおこなわなければならない。つまり、費用がかかる。

いまや七〇カ国以上に普及している人工内耳について、この製造で業界最大手の〈コクレア〉社のCEOは、二〇〇五年にビジネスウィーク誌で、人工内耳の使用は潜在市場のわずか一〇パーセントにとどまっていると語った。その一方、人工内耳の限界と危険性を訴える人もいる。食品医薬品局によれば、人工内耳をつけた子どもの四人にひとりは副作用や合併症を発症する。ほとんどは自然治癒するが、さらなる外科手術が必要になる場合もある。顔面麻痺に苦しめられる人もいれば、磁気共鳴映像法（MRI）のような検査を受ける際の妨げになることもある。また、髪を伸ばせば隠せるとはいえ、耳から出るワイヤーのせいで、『スター・トレック』のエキストラのように見えてしまう怖れもある。

大人になってからの中途失聴者で、人工内耳で聴力を〝取り戻した〟ある人物は、人工内耳だとすべての声が、ひどく喉を痛めたR2-D2［訳注：映画『スター・ウォーズ』のキャラクター］のように聞こえると、自嘲気味に語った。すでに口話の技術を備えている人であれば、つくられたその音によって、聞こえてくるものの多くを理解することができるようになるが、生まれながらにろうで、大人になってから人工内耳をつけた人々は、人工内耳の効果を感じられなかったり、わずらしいとしか思えなかったりすることも多々ある。脳は情報を与えられて発達するが、音にふれずに発達した脳は、音を処理する準備ができていないのだ。

脳にどこまでの可能性があるのかは、人それぞれで予測がむずかしい。最近のインタビュー記事では、成人になってすぐ、本人の言うところの〝バイオニック耳〟をつけた女性は、最初のうちめまいに襲われ、次にゴルフボールが頭のなかを跳ねまわっているような感じがしたという。「五時間くらいのあいだ、これはとんでもないミスじゃないかと思っていました」。ところが翌朝、散歩にでかけるとまったくちがった。「小枝を踏んだらパキッと音がして、葉っぱがカサカサ鳴ったんです。感動したわ」

かつては三歳になるまで見すごされることも多かった聴覚障がいだが、いまは通例、生まれて数時間以内に検査がなされるし、たいてい三カ月になるまえには診断がくだる。新生児の検査も、いまは政府から補助金が出る。そうした検査はもともと、ろうの子どもにできるだけ早いうちに手話にふれさせることができるという理由で、全米ろう協会が推奨していたことだ。だがいまでは、そうした子どもたちの多くが、手話を習う代わりに人工内耳をつけるようになった。

これを「とても痛ましい状況だ」と言ったのは、人工内耳に反対する活動家パトリック・ブードローだ。「ろう者が最初に出会うのは、遺伝子カウンセラーと人工内耳の研究者なんだ。ろう者ではなく」。人工内耳が推奨されるのは二歳をすぎた子どもだけだが、一歳以下の子どもにも人工内耳の手術はされてきた。聴者の子どもは生まれて最初の一年で音素を学び、神経もその一年で発達を始める。

最近のオーストラリアでの研究では、七カ月や八カ月の子どもに人工内耳をつけたところ、よりよい結果が得られたという報告もある。しかし、一歳未満で人工内耳をつける利点は、乳児に麻酔をかける危険をおかしてまでやる価値があることなのかどうか。研究によっては、二歳で人工内耳をつけたろうの子どもの約半数が、同じ年齢の聴者の子どもと同じくらい、口話で発達を見せているという報告もあれば、四歳で人工内耳をつけた子どもで、聴者と同程度の発達が見られたのは一六パーセントにすぎないという報告もある。少なくとも、麻疹や髄膜炎、発達段階での遺伝子の不具合などで後発的にろうになった子どもは、どれくらい早く手術したかに人工内耳の効果がかかっている。音が聞こえないと、聴覚皮質の神経組織が徐々に衰えていくからだ。

とはいえ、こうしたデータはつねに新しいデータによって書きかえられていく。七カ月で人工内耳をつけた人が、二〇歳になったときに言語能力において優位に立っているのかどうか。それだけ長いあいだ人工内耳をつけた例がまだないため、長いスパンで見た場合に、早期の人工内耳装着がどういう結果をおよぼすのかは、まだ誰にもわからない。さらに言えば、現在移植されている人工内耳は、すでに一〇年前のものとはちがっている。つまり、どれだけ早いうちに子どもに人工内耳をつけさせるかという決断は、経験よりも仮説にもとづいてなされるしかないということだ。

人工内耳の進歩で予期されていなかった結果のひとつに、人工内耳をつけたために、ろうの子どもの親が、子どもの言語の獲得にあまり注意を払わなくなったということがある。人工内耳をつけた子どものほとんどが、充分に音を認識できるという結果を示しているが、古い型の人工内耳では、さまざまな音が混ざりやすく、言語として理解するのがむずかしいことがある。新しい人工内耳ではかなり改善されているが、それでも完全に雑音を排除することはできない。

ある研究では、人工内耳をつけた子どものおよそ半数が七〇パーセント以上、三分の二が五〇パーセント以上、一〇人中九人が四〇パーセント以上の語音を視覚による手がかりなしに理解できる。また、ギャローデットの調査では、人工内耳をつけた子どもの親のほぼ半数が、自分たちの子どもは「耳が聞こえ、ほとんどのことばを理解できる」と信じていて、「ほとんどのことばが聞こえないし理解できない」と見なしている親は五人にひとりだった。

にもかかわらず、この問題に関するあらゆる記事や文献を総括すると、人工内耳は耳ざわりで精度の粗い音の供給しかできず、それゆえ人工内耳をつけた子どもは、耳の聞こえる同年代の子どもと同じように口話をはっきりと聞きとることはできないという結論になる。となると、人工内耳をつけたことで手話を教えこまれない子どもの一部は結局、主要言語が豊かにならず、不用意に言語能力を欠くという怖ろしい事態に陥る可能性がある。コクレア社は、人工内耳をつけた子どもは〝より多くのよりよい〟

口話を学ぶと説明しているが、その子にとって口話が唯一のコミュニケーション手段なのだとしたら、〝より多くのよりよい〟というのは、正確さを欠く表現だ。

それでも、あまりにも多くの親が、人工内耳は子どもの聴力を取り戻してくれると信じたがり、それ以外の特別なろう教育は必要ないと見なしたがる。「子どもが充分に口話を習得できるということがはっきりするまで、手話と口話のふたつを習わせるべきです」と提案するのは、〈モンテフィオーリ・メディカル・センター〉の耳鼻咽頭学統合部門の元部長、ロバート・ルーベンだ。「あらゆる言語は、どういう種類であろうと、なるべく早く子どもの頭に浸透させなくてはならないのです」

人工内耳は、あらゆる残存聴力を破壊する。九〇デシベル以上の音を聞く力を失った人は重度の聴覚障がい者に分類されるが、ごく小さな子どもに正確な聴力検査をしたところで、その子がどれだけうまく残存聴力を使えているかを測るのは不可能だ。私は、残存聴力をうまく使って聴者と同じくらい話ができる重度聴覚障がい者に会ったことがある。失聴は、さまざまな音域での聴力測定結果の平均値として測られるが、ほとんどの音は多くの周波数で作用するので、一〇〇デシベル以上の聴力を失った人でも高周波の音を知覚することはできる。トム・ウェイツ［訳注：米のシンガーソングライター、俳優。独特のしゃがれた低音の声で有名］やジェイムズ・アール・ジョーンズ［訳注：米の俳優、声優。ダースベイダーの声で有名］ですら、話しているときには高周波の音を出している。なかには、直感と高周波感知能力とその他の天賦の才によって、本来の聴力以上の聴力を発揮できる人もいる。

全米ろう協会は当初、人工内耳に対して「無防備な子どもに対する立ち入った外科手術であり、子どもの人生を一変させる取り返しのつかない措置でありながら、長期的に見て身体的、感情的、社会的にどのような影響があるのかまだ充分にわかっていない」と非難した。だが、人工内耳が徐々に改良され、使用者が拡大するにつれて、いくらか態度をやわらげた。「外科手術を受けるという決断は、長期間の、そしておそらくは生涯にわたっての聴覚訓練、リハビリ、口話と視覚的言語技術の獲得、経過観察、場合によってはさらなる外科手術といったプロセスが始まるということだ」とし、そのうえで「人工内耳の手術は聴覚障がいの治癒ではない」とつけ加えている。

声によるコミュニケーションは、ろう者に負担を強いるが、手話を選択すれば、今度は家族のなかの聴者に大きな負担を強いることになる。つまり結局は、親が手話を学んでつねにたどたどしく子どもに話しかけるか、子どもに口話を習わせて、子どもがつねにたどたどしく親に話しかけるかのどちらかになる。

「親は子どものためにみずからを犠牲にするべきであり、その逆は好ましくない」という金言があるが、手話を選ぶことは、少数派の考え方を優先させることであり、声を選ぶことは、多数派の考え方を優先させることだとも言える。

エマ

ナンシーとダンのヘッシー夫妻は、娘のエマが難聴になってから、人工内耳の賛否両方に強い関心を示し、熱心に勉強している。ふたりとも大人になってから改宗した仏教徒で、出会ったのはコロラド州ボールダーにある仏教徒センターだ。その数年後にナンシーは子宮摘出手術を受け、ひどく落ちこんだが、そのとき同僚夫妻がアジアから赤ちゃんを養子に迎えるという話を聞いて、自分もそうしようと決めた。ダンは反対した。「自分たちの手に負えないかもしれない、人生を支配されるかもしれないと思ったから」と笑いながらふりかえる。しかし、ナンシーは意志を貫いた。

一九九八年六月二九日、ふたりはハノイに到着するなり孤児院に直行した。「第三世界のブルータリズム建築［訳注：打ちっぱなしのコンクリートなど、荒々しさを残した建築様式］に、ホー・チ・ミン［訳注：革命家。ベトナム民主共和国初代主席］の大きな顔写真」とダンは語った。「あそこほど疎外感を感じる場所はなかった」。おまけに孤児院の副院長は、彼らが引き取る予定の赤ん坊は肺炎にかかり、体重が四分の一ほど減ったので、抗生剤の投与がひととおり終わるまで入院しなければならないと説明した。ナンシーは赤ん坊に会わせてくれと頼んだ。「彼女を抱くと、私の目をまっすぐ見あげて微笑（ほほえ）んだの」とナンシーは言った。しかし、笑っている赤ん坊は信じられないほどやつれていた。そのとき、院長の娘が突然言った。「すぐに、あなたたちでこの子を国際病院に連れていったほうがいいと思います」

国際病院でレントゲンを撮ってくれた医師は、赤ん坊の肺炎は治りつつあると言い、セファロスポリン［訳注：抗生物質の一種］を処方した。しかし赤ん坊の顔が紅潮しているのを見て、ナンシーはアレルギー反応を起こしているのだと察した。思ったとおり、すぐに赤ん坊は吐血し、出血性の下痢を起こした。それから一〇日間、ふたりは病院に泊まりこみ、ようやくホテルに戻った。ベトナムの赤ん坊をアメリカ人が養子にする場合、手続きはバンコクでおこなわなければならない。そこで、ダンはタイに向かった。

ナンシーは、薬の吸入のために赤ん坊を毎日病院に連れていった。ある日、待合室で座っていると、イスラエル人の医師が名刺を渡し、私の病院はアメリカ大使館に医療サービスを提供していますと言った。ナンシーはその医師のところにすべての医療記録を持っていった。医師は血液検査をし、赤ん坊はサイトメガロウイルスとＨＩＶの両方に感染していると説明したうえで、病院では赤ん坊の面倒を亡くなるまでみる、あなたたちは別の赤ん坊を養子にできると言った。

それを聞いたダンは憤慨した。「ぼくたちがどうすると思ったのか。洗って食べる価値もない魚みたいに、あの子を海に投げ捨てるとでも？」。アメリカの法律では、ＨＩＶ陽性の子どもが移民になるのは禁じられていたが、幸い夫妻は、かつてエイズで死にかけていた地元の仏教徒を自宅で世話したことがあり、その縁で力になってくれそうなエイズ・プロジェクトのメンバーを知っていた。ダンがその人と連絡をとっているあいだ、ナンシーはベトナム政府が養子縁組を認めてくれることをひたすら待った。まる二カ月ののち、双方が合意に達し、家族全員の帰国がかなった。

夫妻がエマと名づけた赤ん坊は、アメリカに到着するとすぐ、デンバーのコロラド小児病院に入院した。その四日後、医師から新たな事実が告げられた。なんと、エマはＨＩＶ陽性ではなかったのだ。「喜びのさざ波があたり一面に広がった」とナンシーは言った。しかし二週間後、エマは大きな音しか聞きとれないことがわかった。子宮内でサイトメガロウイルスにさらされた可能性が高く、そのせいで聴力がほぼ失われてしまっていた。

ヘッシー夫妻と同じ地域に住むあるろう者は、ろうの子は両親もろうのほうがずっと快適な生活をおくれると言った。それを聞いたナンシーとダンは、ならば自分たちはろうの両親のようになろうと決意した。さらにダンは、人工内耳に嫌悪感をいだくろう者の意見を読み、「エマの聴力を改善させるのではなく、ありのままに尊重しよう」と決めた。

だが、ボールダーにはろう学校がなかった。言語聴覚士には、ろう教育のさかんなボストンかサンフランシスコかオースティンに引っ越したらどうかと提案された。そこで、エマが一四カ月のとき、一家はオースティンに移住し、テキサスろう学校の早期教育プログラムを彼女に受けさせた。すると、ちょうど歩きはじめたばかりだったエマが、歩くのをやめた。手話だけに集中したためだ。ダンとナンシーもアメリカ手話のレッスンを始めたが、どちらもその方面にはあまり才能がなかった。

「いつかきっと『ろうの子をもつこの両親は、ついに手話を習得できなかった。どうしてそんなことができるのだろう』と陰口を叩かれるんだろうね。でも、どうにもこうにも、ぼくたちは手話を身につけることができなかった」とダンは言った。ナンシーが続けた。「でも、私たちは公立学校の口話の授業を見にいって、手話を許されない子どもたちを目にした。あれはひどかった。ろうの子どもに口話を強要するのがまぎれもない虐待だというのは、私たちの目には明らかだったわ」

エマはテキサスでぜんそくを悪化させ、一家は気づけば毎週のように救命救急室にいた。ダンとナンシーは仕事を見つけるのに苦労し、結婚生活はついに崩壊した。ダンは言った。「ナンシーの意識はすべて、エマを生きのびさせることに集中していた。あの時点では、それが唯一の確たる問題だったからね。彼女にはもう、ぼくと力を合わせて生きていく気があるとは思えなかった。ぼくは彼女を陰で支える助手に成りさがっていたんだ」。ダンがコロラドに戻りたいと告げたとき、ナンシーはいっしょに行くことを拒んだ。とはいえ、テキサスに残って死ぬ思いをするのも嫌だった。結局、マサチューセッツ州フレイミングハムのろう学校の校長と意気投合し、その校長が仕事をくれた。娘と国の半分もの距離を置きたくなかったダンは、すぐ近くのバーモント州に引っ越した。

ろう学校でフルタイムで働きはじめたナンシーは、ダンにもエマの面倒をみてほしいと訴えた。ダンは腹を立てると同時に、ひとりでエマの面倒をみることに恐怖を覚えた。「思いやりというのは、無条件に相手を気にかける能力のことであって、期待されて何かをすることではない。その理屈はよくわかっていたけれど、あまりにハードルが上がりすぎてしまった。自分の未熟さを思い知らされたよ」とダンは言った。ふたりとも、相変わらず手話が苦手だった。「私の手話はさんざんなものだった。仕事でも必要だというのに」とナンシーは言った。彼女はダンに、人工内耳のことを相談しはじめていた。ふたりは、ろうの友人たちから〝子どもに最高の手話教育を受けさせるために、はるばる遠くまで移住した英雄だ〟と称賛されていた。そんな彼らが、ろう社会の価値観を裏切ることをしようとしていた。

結局、エマは四歳のとき、七時間の手術を経て片方の耳に人工内耳を埋めこんだが、術後検診で、傷痕がひどい感染症を起こしていて命に危険があるかもしれないと告げられた。以後、抗生物質の点滴が始まった。エマのぜんそくは乳製品、大豆、小麦、その他のアレルギーに関連したもので、食事制限とステロイド吸引の治療を続けていたが、外科手術後に再発し、もはや手の打ちようがなさそうだった。

ナンシーは仕事を辞めた。そして、離婚はしていたものの、ダンとナンシーはどちらもボールダーに戻ることを決意した。「まるでぐるっと一周したかのようだった」とナンシーは言った。「あの子は聞こえる状態でボールダーに来て、聞こえなくなってボールダーを去り、また聞こえるようになって戻ってきた」

エマはふたつの文化、ふたつの言語の板ばさみになっていた。それはまさに、両親がもっとも避けたかった状況だった。その夏、エマは一週間に四日、人工内耳の訓練キャンプに行き、聴覚訓練を受けた。最初の外科手術の苦い記憶はあったが、ダンの主張もあって、もう片方の耳にも人工内耳を埋めこんだ。今度は何もかもが順調にいった。

私がエマと会ったのは、彼女が九歳になったころだった。エマの文法と語法は、同い年の子どもより少し劣っていたが、人目を気にせずなめらかに話していた。ナンシーは言った。「私たちがこれまでに出会った専門家はみんな、これほどうまく口話ができている例を見たことがないって言うわ。彼らは、口話を習うまえに手話を流暢に操れたからだろうと考えているみたい」。両方の耳に人工内耳を埋めこんだことで、エマの音声の認識率は、それまでの二五パーセントから七五パーセントにまで上がった。

しかし、そのことによって、エマがふたつの文化にかかわることはどんどんむずかしくなった。手話も口話もできるようになったエマは、つねに口話を使いたがった。エマが七歳くらいのころから、両親は徐々に彼女が手話を使わないのを許すようになった。離婚後の友好的な家庭環境もできていった。エマは私にこう話した。「私たちは家に帰り着くまでにずいぶんとつらい旅をしたけど、最後には帰ってこられた。それは、私たちが三人とも強くてやさしかったからよ」

　ダンは言う。「障がいのある子どもができたとき、人はふたつに分かれる。『人生に幸せと誇りをもたらしてくれる新しい存在を授かった』と思うか、『全面的に手助けが必要な子どもの奴隷となって、年老いて疲れはてて死ぬ』と思うか。真実にはつねに、両方の側面が含まれている。仏教はそのふたつの意味を問いつづけることにほかならない。それで人生が楽になったかって？　ならなかったよ。だから、もう一度修行をしなければならなかった。もう趣味ではなくなったんだ」


　ほとんどの医療保険はいま、人工内耳の埋めこみ手術や、推奨される聴覚訓練などの費用まで負担してくれる。六万ドル（約六六〇万円）をゆうに超える費用がかかるが、それでも埋めこみ手術は保険会社にとって経済的に正しい選択だ。ジョンズ・ホプキンス大学とカリフォルニア大学サンディエゴ校での産業資金に関する研究では、埋めこみ手術をすると、聴覚障がい関連のその他あらゆる設備やサービス面で、子どもひとりにつき平均五万三〇〇〇ドル（約五八〇万円）の節約になるという結果が出ている。しかし、人工内耳になかなか慣れないまま支払いを滞らせている人は大勢いるし、早いうちに手話をしっかりと習得したろう者は、子ども時代の心の傷を癒やす必要のあるろう者ほど費用がかからないという面もある。

　それでも、ほとんどの聴者の両親にとって、外科手術を受けるという選択は、いたって当然のことのようだ。ある母親はこう言った。「もし子どもに眼鏡が必要だったら眼鏡を買ってやる。脚が必要だったら義肢をつけてやる。それと同じことですよ」。また別の母親はこう言った。「二〇歳になって、娘が自分の声をもう使いたくないと思ったら、それはそれでかまわない。私は娘に選択肢を与えたいの」

　人工内耳をつけたことで聴者に再分類された人々は、障がい者として受けられたであろう便宜を受けることはない。問題は、人工内耳をつけていない人々が、〝治療法〟をまえにしながら、治療しないという状況を〝選んだ〟と見なされる場合だ。その時点で彼らは、納税者の〝慈悲〟を受けるに値しないとされる。人工内耳は、ほかのろう者から障がい者という立場を奪う可能性を秘めている。

ローリー

ローリー・オスブリンクは聴者として生まれた。意欲的で活発な子どもだった。だが、一九八一年一二月のある金曜日、三歳の誕生日をすぎてすぐ、インフルエンザらしきものにかかった。両親のボブとメアリーは息子をベッドに寝かせ、薬を飲ませ、つきっきりで看病したが、翌日になってもよくならなかった。それればかりか、日曜になって突然悪化した。ふたりは息子を救命救急室に連れていった。検査をするあいだじっと待っていると、ようやくひとりの医師が診察室から出てきて言った。「おそらく助かるでしょう」。ボブは呆然とした。「息子はインフルエンザですよね？」。すると医師は「息子さんは急性髄膜炎で、いまは昏睡状態です」と返した。

ローリーはその後五日間、酸素吸入用テントに入れられ、四〇日間は入退院をくりかえした。「息子は腰椎穿刺（ようついせんし）［訳注：脊髄液採取や薬剤投与のために腰椎に針を刺すこと］を何度も受けた。白血球数を減らす可能性があるので、麻酔をかけることはできなかった」とボブはふりかえる。「腰椎穿刺のあいだ、泣き叫ぶ息子を押さえていられるのはぼくだけだった。三歳の子どもの叫び声が聞こえると、いまだにドキッとするよ」

ボブ・オスブリンクはプロのミュージシャンで、毎晩ローリーのためにギターを弾いて歌うのが習慣だった。だが、病院でローリーはボブの歌に反応しなくなった。夫妻の心の傷をどうにかやわらげようと、病院のみながローリーの聴力はいずれ戻ると励ましたが、本当はスタッフ全員が、聴力は永遠に戻らないと知っていた。「偽りの希望は残酷だ」とボブは言った。

ローリーの退院は新年に間にあった。花火が打ちあがると、夫妻は息子のもとに駆けよって安心させようとしたが、ローリーはずっと眠っていた。そして、立ちあがれるくらいまで回復したある日、転んだ。髄膜炎が蝸牛のみならず内耳全体に損傷を与えることはよくある。ローリーはバランス感覚を失っていた。

ボブはそれ以来ずっと、罪悪感にさいなまれた。「もっと早く病院に連れていっていたら？」と自問した。でもある日、専門家が「それでもたぶんインフルエンザと診断して、入院の必要はないと言ったでしょうね」と言った。それを聞いてからは活動的になった。ローリーにも何かにかかわらせようとした。

一方、メアリーはひたすら息子を守ることに専念した。「あるとき彼女が『こんな私にイライラしない？』と言ったんだ」とボブはふりかえる。「ぼくは頭にきて言い返した。『もちろんイライラするさ。心が引き裂かれそうだ。きみは座って泣いてるだけ。ぼくは何もせずに座ってなんていられない』って」。ボブは音楽をあきらめ、一年間、ラジオすら聴かなかった。

ボブもメアリーも、難聴のわが子をどうしたらいいのかまったくわからなかった。「息子はそもそも、よくしゃべるほうではなかった」とボブは言う。「兄のほうはとてもことばが早く、明瞭にはきはきと話すことができたんだ。三歳になるまえにはしっかりした話もした。でも、ローリーはちがった」

あるときボブは、両親の知人の紹介で〈ハウス聴覚研究所〉の創設者ハワード・ハウス博士に会った。博士はボブに最新技術と、当時まだ子どもには承認されていなかった人工内耳について話してくれた。「人工内耳を埋めこんだ大人に会って、彼らが音を聞きとっている様子を見学させてもらった。人工内耳をつけた少女の研究結果にも目を通して、少女が両親の声に反応する様子も見た。でも、ローリーはすでに病院で長い時間をすごしてた。また病院ですごさせることになっていいのか？　と悩んだんだ」

ボブはまた、食品医薬品局が成長期の脳に異物を入れたときの反応を懸念して、子どもへの人工内耳の埋めこみを推奨していないことも知っていた。それに、当時の人工内耳はまだ単チャンネル方式で、埋めこんでも不自由なくしゃべれるようになった大人はいなかった。だがそんなとき、ローリーが通りに出て、サイレンを鳴らしながら猛スピードで走ってきた消防車に危うく轢かれそうになった。それがきっかけとなり、ローリーは四歳で人工内耳を移植したふたりめの子どもとなった。

「音がわかることで、ローリーはより安全になるし、読唇にも役立つと思った。あの子がテスト用ブースに座って音に反応した日は、じつに感動的だった」。だが、ローリーが受けとった音はきわめて原始的で、結局あまり役に立たなかった。

おまけに、ローリーはその後もしばらく両足でしっかり立てなかった。ボブはローリーに運動能力を取り戻させようと、長いあいだ奮闘した。普通学校に入学したローリーは、校内の野球チームで活動した。ボブはその野球チームのコーチになり、朝と放課後には息子に特訓をした。そのかいあって、八歳になるころには花形選手となり、手話を始め、ろう者の野球チームにも加わった。ボブはそこでも同じくコーチを務めた。ローリーは父の唇を読み、チームメイトに手話で通訳をして伝えた。

「国際的なサッカー・チームだって、コートのみんながちがうことばをしゃべってるのに問題なくプレイしている」とボブは言う。「ゲーム自体が人と人とをつないでくれるんだ。そこには独自のことばがある。息子も『あの耳の聞こえない子』ではなく、『あのすばらしい野球選手』として認識されたんだよ」。ボブは、長男とは音楽で、ローリーとはスポーツでつながった。

ボブは手話に興味をもちはしたが、勉強はしなかった。そんな父にローリーは、「ずっと話しかけつづけて」と頼んだ。「コーチをするとき、ほかの子よりもたくさんぼくに話しかけてよ、パパ。パパの唇が読めれば、ぼくの読唇もうまくなるから」。だがボブはのちに、ろう者は実際より多くを読みとれていると思いこみがちであることを思い知る。「息子はいつも、いろんなことを読み取りそこねていた。それがあとになるまでわからなかったんだ」とボブは言った。「ローリーが賢いことはわかってたけど、代数ではそれが発揮できていなかった。それで一度授業を見学させてもらったら、先生は黒板に公式を書きながら、生徒に背中を向けて説明していた」

中学生になると、ローリーはアメリカ手話を本格的に勉強しはじめ、高校では、ろう者のアイデンティティについて勉強した。そして、野球で奨学金をもらってアリゾナ大学に進学した。「あらかじめコーチに何度も何度も電話して、ローリーの状況について話してあった」とボブは言った。「『ローリーの読唇はすばらしいから、彼の目をまっすぐ見て話せばいいだけです』って。ところが、ローリーに会いに部屋に入ってきたコーチは、下を向いていた。ローリーは、『コーチ、顔を上げてくれたら唇をちゃんと読むことができます。少しゆっくりしゃべってください。そうすればわかります』と言ったのに、コーチは紙を取りだして机の上に置き、何か書きはじめた。偉そうな態度で。ローリーはその紙を丸めて『あなたのもとで野球はできない』と言った。そしてその夜のうちにアリゾナを離れ、ギャローデット大学に行ったんだ」

それ以降、ローリーは二度と聴者の世界には戻らなかった。ギャローデットではろう研究と哲学を専攻し、寮の管理人を務め、野球チームでプレイした。卒業するとき、ドジャーズから適性試験を受けないかと誘われた。ローリーは難聴のプロ野球選手カーティス・プライドと連絡をとった。するとカーティスは、プロスポーツの世界では誰も〝耳の聞こえないやつ〟を助けてくれないと言った。結局、ローリーはドジャーズからの申し入れを断り、代わりに教育学の修士課程に進んだ。

「すべては、アリゾナ大学でのあの経験のせいだ」とボブは言った。「これからもときどきローリーと野球場に行って、誰かが野球をしているのを見ることがあるだろう。ローリーが『パパ、ぼくはあの子と同じくらい野球がうまかったよね』と訊いたら、ぼくは『ああ、まったくだ』と答えるんだろうな」

ローリーはのちに、五世代続くろうの家庭の女性と結婚した。いまは人工内耳のスイッチも切って、二度と使うことはない。ローリーいわく、人工内耳を使っていると〝ニワトリの世界にいるアヒル〟のような気分になるそうだ。ろう者の世界が彼の故郷になったのだ。

現在は、五年生と六年生のろうの子どもの先生をしている。カリフォルニアのろう教育のカリキュラムも組みかえた。野球はあきらめたが、ろう者のチームのコーチをして、優勝できるレベルにまで押しあげた。また、熱狂的な自転車愛好家でもある。ボブは「音の記憶は少しだけあると話してくれたが、もう、あまり鮮明な記憶ではないらしい」と言った。

ローリーは、幼い子どもに人工内耳をつけようとする親たちに反対していて、「子どもへの人工内耳の埋めこみは認められるべきではない。それは子どもの選ぶ権利を無視している」と書いている。これに対して、ボブはこう語った。「あのときは正しいと思ったからそうした。聞こえないことと聞こえることについて哲学的に考えたわけじゃない。当時は、その手がかりすらつかめなかった」。ローリーはなぜ両親がそう決断をしたのか理解しているし、ボブもなぜ息子がそれをひっくりかえしたのかを理解している。

「息子は、聞こえる環境にいたときには九〇パーセントくらい理解していたと思う」とボブは言う。「それなら充分だと思うかもしれないが、まわりの人々にものすごく関心があるときには――ちなみに息子はとても人に共感するタイプだ――すべてを理解したいと思うものだろう？　ぼくは息子の人格と彼が望むことを、すべて受け入れて尊重している。かつては『自分には、ろうの息子がひとりいる』と言っていた。でもいまは、『私のことばに聞く耳をもたない息子が三人いる』だ。身勝手なことを言えば、ローリーが歌ったり、いっしょにギターを弾いたりできたらうれしい。だけど息子は息子で、こっちがもっと手話を使えればいいのにと思ってるよ」

こういう話を聞くたびに私は、「いつも子どもが勝利するべきなのだろうか」と思ってしまう。親はなんとしてでも難局に対処し、子どもはただそのままでいればいい、と書かれた令状でもあるのだろうか。ボブは、私がインタビューした人々のなかでもより多くの誇りと鬱屈(うっくつ)を抱えているように見えた。彼の息子は三歳で聴力を失った。三年というのは親にとっても子どもにとっても長い時間だ。ボブの鬱屈はおそらく、一度ならず二度も、息子との深いつながりを失った経験に根ざしているのだろう。一度目は音楽、二度目はスポーツだ。

「自分が見すごしていた数々のことを思うと胸が痛む。たとえば、息子は理解できてないときにもわかっているふりをしていた。そのことを、こっちは何も知らなかった」とボブは言った。「みんなが笑っているから笑ったけど、どういう冗談なのかぜんぜんわからなかったこともあったはずだ。必要なすべてのことを息子はひとりでくぐり抜けてきたのだと思うと、とても悲しい。ぼくのなかの一部は、これからもずっと悲しいままだ。でも、息子はちがうと思う。いまの彼について悲しいことは何もないよ」

ミリアム

聴者の親は独特の二分法に放りこまれる――自分たちはろうの子どもをもっているのか？　それとも聴者の子どもを欠いているのか？

フェリックス・フェルドマンは、ボブ・オスブリンクと同じように、我が子には聴者の世界で活動できる能力が重要だと考えていた。社会に適応することが、自然で唯一の目的なのだと。彼にろうの娘が生まれたときには、人工内耳などというものはまだなかった。ろうの孫が生まれたときには、人工内耳はかなり発達していたが、子どもたちが興味を示さなかった。

フェリックスはもともと古いタイプのユダヤ人で、どんなに明るい希望に満ちていても、そのなかに暗い影を見つけようとする癖があった。そんな彼だから、子や孫たちを愛してはいても、その子がろうであることは、とても祝福できなかった。

妻レイチェルとのあいだに生まれた次女エスターは、脳性麻痺だった。難聴だったが、補聴器を使えばことばの発達をうながすのに充分な音を認識できた。しかし一九六一年、家族がエスターのことで必死になっていたそのとき、長女のミリアムがろうであると小児科医から告げられた。

夫妻はエスターと同様、ミリアムにも口話教育を受けさせることにした。口話教育を受ける子どもは手話を憶えるべきではない、という考え方がまだ一般的な時代だった。彼らの家でも、手話は禁止された。「ミリアムが手話を使おうものなら、彼女の腕を折りかねない勢いだった」とフェリックスは言った。フェリックスとレイチェルは自分たちも授業に参加し、家庭でも口話教育を強化するにはどうしたらいいかを学んだ。サンタモニカに優秀な言語聴覚士がいると聞いて、その地に引っ越すことまでした。生活はまるまる聴覚障がいを中心にまわっていた。「ろうの人と連絡もとったけれど、みなさん口話だけだった」とフェリックスは言った。

エスターは、いまでこそ日常生活をかなり支障なくおくっているが、ここまでの道のりは長く険(けわ)しかった。それに比べて姉のミリアムは、エスターよりひどい難聴ながら、模範的な子どもだった。学校で毎日言語療法を受け、一週間に三日は個人レッスンも受けていた。そして、フィギュア・スケートに熱中した。スケートのコーチはミリアムに、三つだけ手話を使った。ひとつは音楽が始まったとき、ふたつめは演技の中ほどでスピードを速めるかゆるめるかを伝えるとき、三つめは最後に音楽が終わったときだ。「ひとつも音符を聞きとれないのに、音楽に合わせて競技をするんだよ」と父親は言った。「学校ではずっとクラスで一番だった。聴者ばかりの子どものなかで。先生の唇を読んで、完璧に授業を理解していた。ミリアムは自分を障がい者とはまったく思っていなかった」

一九七五年、一五歳になったミリアムは、ニューヨーク州レイク・プラシッドで開催された聴覚障がい者向けの冬季世界大会に出場した。そのとき初めて、主要言語が手話である世界に身を浸した。「それからというもの、ミリアムはものすごい速さで手話を修得したんだ」とフェリックスは当時をふりかえった。「私たちにできることは何もなかった」

ミリアムは私にこう話してくれた。「手話を学ぶのはたいへんだった。出会ったのがとても遅かったので、修得に何年もかかったの。それに心配事もたくさんあった。父と母がいつも『手話はだめ。手話はだめ』と言っていたから。聴覚障がい者オリンピックでは、ほかのみんなは手話を使っているのに、私だけが知らなかった。あれは屈辱的だったわ」。フェリックスは、ミリアムが手話を使いはじめたので裏切られた気分になったが、彼女の口話の技術が高い水準を保っていることは認めている。

ミリアムはいま故郷のカリフォルニアの町で、ユダヤ人ろう者のためのコミュニティ・センターを立ちあげ、出版物を刊行したり、ユダヤの休日に催しを企画したりして、地域のリーダーとして活躍している。コミュニケーション手段は八〇パーセントが手話で、二〇パーセントが口話だ。「だけど子どものころに手話を許されていたら、手話も口話ももっと上達していたわね」

ミリアムが二〇代になり、人工内耳が実用化されたころ、フェリックスは手術を受けさせようとしたことがある。だが、ろう文化に魅了されていたミリアムにとって、その考えはわずらわしいだけだった。

「話しあい、口論し、互いにわめきあったよ」とフェリックスは言った。「そして私が負けた。人工内耳をつけている若い人も大人も知っていたが、彼らは人の話を聞けるし、電話も使える。ニュースを聞き、テレビも観る。どうしてつけない手がある？　でも残念ながら、ミリアムもミリアムの元夫も、人工内耳はまるで集団虐殺のようだと思っているようだね」

　ミリアムの三人の子どもは――私が会ったときは一七歳、一五歳、一三歳だった――みなろう者だ。フェリックスは三人にも口話訓練を受けるよう勧めたが、耳の聞こえない両親が口話訓練をサポートすることはむずかしい。「ミリアムは楽なほうをとった」とフェリックスは言った。「もし手話を選択しなければ、孫たちは話せていただろう。なんとも胸の痛むことだよ」

　フェリックスは、ミリアムとは簡単にコミュニケーションがとれたものの、孫たちとは会話ができなかった。ミリアムのいちばん上の子はいま、世界で唯一のろう者のための正統派タルムード学院［訳注：正統派ユダヤ人にユダヤ教に関する高等教育を施す専門学校］に入学し、ヘブライ語とイディッシュ語を学んでいる。ミリアムは言う。「私は一日じゅう人の唇を読まなくてはならなかった。わが子にはそんな目にはあわせたくないの。私の子どもたちは幸せよ。八カ月から手話を習いはじめたんだから。自分の気持ちも、何が欲しいのかも私に伝えることができたし、綴り方も知っている」。学校に聴者の友だちはいるのか、と聞いたときの答えはこうだった。「あの子が学校に行きはじめたときは、同じ学年にろうの友だちはいなかった。で、娘はどうしたと思う？　聴者の友だちに手話を教えたの。そのうちの何人かはいまだにいい友だちよ」

　しかしフェリックスは、孫たちが人工内耳をつけることを切望しつづけた。ミリアムが「家族で集まれば、いつもその話ばかりだった」と言ったほどだ。フェリックスは孫たちそれぞれに、手術費用として一〇〇万ドル（約一億一〇〇〇万円）ずつ与えていた。彼は言った。「こうなったら、奥の手を使うべきなんだろうね。孫たちが人工内耳をつけないのなら、一〇〇万ドルを引きあげてよそに寄付するとか」。さらに、大げさに声を低め、はっきりと聞こえるようにささやいた。「本当のことを言えば、ミリアムは私に幸せになってほしくないんだよ」

するとミリアムが私のほうを向いて言った。「私だって、ろうの子を授かって、いまはとても幸せ。なぜって彼らはみな私の属している世界の一部で、私がどこから来たのか理解してくれるから。もし聴者の子どもがいたら、家族は私をいま以上に愛してくれるだろうけど」。そこでふたりは笑い声をあげた。フェリックスが言った。「まあ、それがわれわれの物語だ。あなたの本の題名は、『パパはなんでも知っている』［訳注：アメリカの中流家庭を描いたコメディドラマのタイトル］にすべきだね」

人工内耳をつけた人々がヴェルディのオペラの微妙な音色を楽しんだり、たくさんのカラスのなかにいる一羽のキジバトの鳴き声を聞き分けたりするには、まだ時間がかかるだろう。しかし人工内耳の開発者は、聴覚障がい者が充分に耳からの情報を認識し、口話を流暢に操れるよう日々努力している。いまなお残っている反論は、主に考え方についてだ。フェリックスが苦々（にがにが）しく言ったように、多くのろうの活動家は、人工内耳はろう社会を破壊し、抹消しようとする大量虐殺兵器のようなものだと主張している。たとえばイギリスのろうの活動家パディ・ラッドは、人工内耳を「最後の手段」だと言っているし、パトリック・ブードローは、文化とことばの撲滅キャンペーンだと訴えている。ノースイースタン州立大学のハーラン・レインも「誰かが立ちあがって、『数年後に黒人文化を滅ぼすことができるでしょう』と言う事態を想像できるだろうか」と書いている。みな、人工内耳を文化に対する攻撃と見なしているのだ。「耳の聞こえる人々が、ろう社会をたんに障がいをもった人の集まりではなく、独自の言語を有する少数民族社会と見なせば、このような深刻な誤解は生じないだろう」

　じつのところ、人工内耳をつければ、ろう者のなかにひそむ聴者が解放されるのだろうか？　あるいは生まれながらのろう者はいなくなるのだろうか？　子どもに人工内耳を埋めこむまえに、両親がろう者から話を聞く機会を設ける運動もあるが、聴覚の専門家と医療機関は残念ながら、そうした運動を支援する方向には動いていない。多くの医者は、親がろう社会と接する機会を提供しておらず、進んで接触しようとする親もまれだ。唯一の例外はスウェーデンで、子どもに人工内耳を埋めこむ決断をくだすまえに、ろうの人々と会わせ、彼らの生活を知ってもらうよう法律で定めている。

　私が思うに、人工内耳の真の問題は「親子関係をどのように定義するか」にある。一〇〇年前は、子どもは実質的に親の所有物だった。殺しさえしなければ、ほぼどんなことをしてもよかった。いまでは子どもにも社会的な権利が与えられている。だがそれでも、親は子どもが何を着るべきか、何を食べるべきか、いつ寝るべきかといったことを決めている。では体の状態は？　それも親の管轄なのだろうか。

　人工内耳に反対する人のなかには、一八歳になったときに子どもが自分で選択するべきだと主張する人もいる。しかしこの主張には、神経の発達の問題以外にも欠陥がある。一八歳になると、もはやたんに聞こえるか聞こえないかを選ぶのではなく、なじんだ文化とまったくなじみのない文化を選ぶ問題になってしまうからだ。そのころには本人は、ろう者として生きている。それを捨てるということは、そこまでの自分を捨てるということだ。

　実際、人工内耳を埋めこんだ子どもたちは、社会のなかで困難を経験してきた。人工内耳の目的が子どもたちに自信をもたせることにあるのなら、この結果は矛盾している。なかには、聴者の世界にもろう者の世界にも属することができず、カリフォルニア大学のウィリアム・エバンズ教授の言う「文化的ホームレス」になってしまう人さえいる。

たいていの人間は二元論を好み、それが同性愛恐怖や人種差別、外国人嫌いなど、自分と他人を区別したい衝動に拍車をかける。だが、聴者とろう者のあいだの壁はいま、世界的な技術革新（たとえば一部の活動家が「サイボーグ・ミックス」と呼ぶ補聴器と人工内耳）によって壊されつつある。

ちなみに、人工内耳をつけた若者には、一〇代で使用をやめてしまう人もいるものの、ほとんどがとても便利だと認識している。二〇〇二年のある研究では、親の三分の二が、人工内耳の使用を我が子が拒んだことはないと報告している。おそらく、シートベルトをつけたがらない子どものほうが多いくらいだろう。

ニックとブリタニー

バーバラ・マタスキーは夫のラルフ・コメンガに、欲しいのなら子どもを産んでもいいと言った。夫は欲しいと言った。息子のニックを身ごもって臨月になったとき、バーバラはまだウェスト・バージニアのP&G社の倉庫でフォークリフトを運転していた。一九八七年のことで、聴覚学などということばは聞いたことすらなかった。

バーバラが、息子は耳の感染症を患って（わずら）いるのではないかと疑ったのは、生後六カ月のときだ。専門医に予約をとると、三カ月待たされた。医師は夫妻に、ジョンズ・ホプキンス大学で精密検査を受けるようアドバイスし、そこでまた三カ月待たされた。ようやく診断が出たとき、バーバラは周囲の、彼女はきっと悲嘆に暮れるにちがいないという予想に腹を立てた。でも、私にはこう告白した。「あなたからこのインタビューの依頼があったとき、私は、『もし子どもの障がいで打ちのめされている人を探しているのなら、ほかを当たってください。私は役に立てないので』と言ったわね。でも、いまだから言うけれど、当初は眠れなかったし夜にはたくさん泣いた。ベッドに横になって、『あの子の耳がもし聞こえなくて、サッカーがやりたいと言ったら、どうすればいいの？』とつぶやいたりもした。息子の将来を想像して、すべてにおいてそんなふうに考えていた。ええ、すべてにおいて」

最初、バーバラとラルフはニックのために口話教育を受けさせた。「とてもすばらしい治療法で成果をあげているという先生に行きついたの」とバーバラは言った。「毎日、『今日こそ彼女が奇跡を起こしてくれる』と思った。でも、そんなことは起きなかった」。ニックはゴミ収集車が大好きだった。そこでバーバラは息子を外に連れだし、何時間もゴミ収集車を追いかけ、自分たちが見ているものをことばにして教えようとした。興味をもっているものに関することばなら、憶えてくれるのではないかと期待して。「口話を続けるのはたいへんだった。何から何までことばにして話す、そればかり。集中力が必要で、あまりにも不自然で、頭がおかしくなりそうだったわ」

ラルフは、当時まだ目新しい技術だった人工内耳を検討したがったが、バーバラは拒絶した。「私にはとてもできない決断だった。わが子の頭を切り開くなんて。もう少し大人になってからなら決断もできるけど、でも、目のまえにいるのは赤ちゃんよ。人工内耳をつけるかどうかは、その個人の人となりにかかわってくる問題なのに、赤ちゃんの人となりなんてわかるわけがない」

バーバラはニックが孤立しているのを見て、もうひとり子どもをもとうと決意した。今度はニックのためにことばの理解を手伝ってくれる聴者のきょうだいを。生まれたてのブリタニーに聴力検査をしてもらうと、この子は難聴ではないと言われた。「ブリタニーは新生児室のベビーベッドで泣いていて、私はニックと遊んでいた。そのとき大声で、『ブリタニー、あなたはだいじょうぶ。私の声が聞こえるでしょ。でもニックには私が必要なの』と言ったのを憶えてる。自分が本当に望んでいたのが、ニックにろうのきょうだいを与えてあげることだなんて気づいてなかった。だから二カ月後に、ブリタニーもろうだとわかったとき、私はすぐ言語聴覚士に電話をして、『補聴器を注文してください』と言った。学校にも、『娘は難聴なんです。でも学校に行く必要があるんです』と電話した。三カ月でもうブリタニーは補聴器をつけ、手話を憶えはじめた。ニックとは大ちがいだったわ」

ふたりの教師が家に来て、バーバラに手話を、ブリタニーにはことばを教えた。しかし、彼らの態度はひどく高圧的だった。「私が『子どもたちはそれなりにちゃんと育っています』とくりかえし訴えても、『もっと早く教育を始めていたら、どれほど賢くなったか考えてみてください』なんて言う。そのとおりかもしれないけど、彼らの意見には耳を傾けたくなかった」

ブリタニーは口話教育の模範的な生徒で、広範囲の音素をつくりだすことができた。一方のニックは、すでに口話教育を受けていたにもかかわらず、人に理解してもらえるようには話せなかった。「ニックに口話教育がうまくいかないことは、私にもわかった。だから、当時は自問自答する日々だった。『私はブリタニーのためにニックを犠牲にしているの？　それとも逆？　口話と手話を同時にはできないわ』って。それで、手話を始めようって決意したの」

バーバラはふたりの子どもを、家から二時間のところにある寄宿制のメリーランドろう学校に入学させた。その学校は当時、二言語二文化（バイ・バイ）教育を掲げていたが、授業は手話でおこなわれていた。そしてバーバラ自身は、学校の近くのアメリカ手話通訳訓練講座に通いはじめた。ラルフは地元の高校のアメリカ手話のクラスでがまんした。

バーバラは、ふたりの子どもを寄宿舎にあずけなかった。「私は子どもたちに恋していたから」。代わりに毎日、ふたりの送り迎えをした。教師たちはいい顔をしなかったが、ゆずらなかった。「ろう者から生まれたろう者がもっともすばらしくて、聴者から生まれたろう者はその下、たいしたことない、という考え方はどうしても好きになれない。私の子どもたちも、そうした考え方の否定的側面を肌で感じている。ろう社会特有の考え方には大きな疑問を覚えるわ。でも私も、一歩まちがえば『さあ、私の子どもたちを連れていって。ふたりに寄宿舎暮らしをさせて。どうぞよろしく。あなたたちはベテランでしょう』って言っていたかもしれない。そうすれば、私の子どもたちはもっと能力を伸ばせていたかって？　ひとつだけ断言できるのは、事実上両親を失った子どもは発達が遅れるということ」

バーバラは手話通訳訓練講座を終えると、学校でボランティアを始めた。最終的には、事務員として働くことになる。「子どもたちが大人になるまでのあいだ、私はずっと『あなたたちは、やりたいことはなんでもできる。限界なんてどこにもない』と言いつづけた。そのうち、そのことばが私自身の胸に響きはじめた。子どもたちとは関係なくね」

気がつくと、バーバラはろう文化の擁護者になっていた。「私はろう文化を長いこと受け入れなかった。でもいまは、ろうの子どもの親に会うと、こんなふうに言うの。『アメリカ手話を習うのは、これまでの人生で経験したことがないくらいたいへんですよ。決して流暢に操れるようにはならないでしょう。手話を習ったからといって、自分の子どもを理解できるともかぎらないし、いつでも自分の言いたいことを言えるわけでもない』。そう、簡単なことじゃないのよ」

私が会ったとき、彼女は地元の大学でろう者の家族を支援する部署の責任者になっていた。ニックとブリタニーは母親ほど、ろう者の活動に興味がなかった。ニックは、自分がろう者のためにできる最善のことは、自分自身が外の世界に出ていって働き、自分らしくいることだと言った。子どもたちに自信をつけさせるために懸命にがんばってきたバーバラは、そのことばに満足していた。「ろう社会にはプライドが満ちあふれていて、彼らはそれを手離したがらない」とバーバラはもらした。「ろう学校で育てられ、ギャローデット大学に進学し、またろう学校に戻って教える子どもたちは、結局、世の中に関する知識がその世界のことだけになる。新しいもの、異質なものは何も持ちこまれない」。だからバーバラは、自分の子どもたちをこの大学にやらず、カリフォルニア州立大学ノースリッジ校に行かせた。ここには充実したろう研究のプログラムがあり、ろうの学生の割合も高い。

子どもはふたりとも、文語英語でめざましい才能を見せた。ニックは口話があまり得意ではないが、ブリタニーは大学でもう一度言語療法を受けることにした。人工内耳の埋めこみも考えている。将来は映画製作会社で働いて、聴者の世界に心地よさを見いだしたいと思っている。「ブリタニーは聴者が自分のことばを聞きとりやすいように、できるだけのことをしたいと思ってる」とバーバラは言った。「口話が得意なの。問題は、それを使うのを恥ずかしがっていること。大学では通訳者がいるんだけど、その人がブリタニーに『あなたはしゃべらないほうがいい。ろう者が話すとひどい発音だから』って言うせいよ。ブリタニーは夫にメールで『私の発音、ひどいかな?』と書いてきた。コミュニケーションの命綱である通訳者がこれだから。その女性に会ったら、きっと絞め殺してしまうわね」

ブリタニーは、人工内耳をつけたら、ろうの友だちがどういう反応をするかも心配していた。「だったらあの子はどうすればいいの?」とバーバラは言う。「夢をあきらめておとなしくする? それとも夢見ていた仕事を手に入れやすくするために人工内耳をつける? どっちにしても結局、彼らは聴者の世界にいるろう者。それが現実なの」

とはいえバーバラは、聴者の世界で生きる子どもたちのことを後悔してはいない。「もしあの子たちの耳が聞こえていたら、娘とはうまくやれなかったかもしれない。私も娘も個性が強いから。息子もきっとたいへんな思いをしたわね。もし、あの子たちの耳が聞こえていたら、私は働きに出て、子どもたちは保育園に行っていたはず。ろうの子どもをもったことで、私はいい母親になれたと思う。もともと、何かのために闘うのが好きなの。人を勇気づけるのが。私たち家族はとてもうまくいっている、本当に。彼らにも、ろうの子どもができたらと思うくらいよ。自分たちによく似た子どもをもってほしいわ」

聴者の世界で生きるろう者は、つねに不利な立場に置かれている。問題は、主流派のなかの少数でいることを好むか、少数派のなかで主流になるのを好むかであり、多くの人は後者を好む。だが、少数派の世界にも問題はある。人工内耳に反対する人々は――場合によっては、補聴器その他の技術に反対する人々も含まれる――何かとうるさく意見を言い、自分の価値観を押しつけようとすることも多い。実際、彼らの価値観は強制力をもちがちだ。

「一部のろう者から、補聴器をやめろという微妙な圧力があるようだ。そういうのは戦闘的な女性解放運動と同様、ある種の過激なろう者解放運動である」と書いているのは、カナダ人ろう者のキャスリン・ウッドコックだ。「ろう社会には、どんなかたちであれ聞こえることに対する偏見がある。進行性の失聴状態にある私は現時点で、静かな部屋で何度も強くドアをノックされれば聞きとることができる。そのせいで、うさんくさい目で見られてきたし、なぜろう者のなかに混ざっているのかとあからさまな質問もぶつけられてきた。こんなのは、ばかげている」

また、コメンテーターのイレーネ・リーは次のように記している。「私はろう社会の流儀をよく理解し、ろう文化にもうまく溶けこめている一方で、口話で人々と会話することもできます。そのせいで、ときどき真のろう者ではなく、聴者の心をもったろう者というレッテルを貼られるのです」

ジョシュ・スウィラーは聴者の世界で育ち、補聴器などの機器を使いつつ、口話教育を受けたろう者だ。ろう者としてのアイデンティティを獲得したのは後年のことだが、それについてじつにうまく表現している。「補聴器をつけると、ことばはつねに口語に変換される。偽の身分証明書を持って大学のバーにもぐりこんでいる高校二年生みたいに、自分がなりたい人物になりきって、周囲を信じこませることができる。こうした世渡りのしかたが、基本的には不安定な基盤、双方向の嘘によって成り立っているという事実に、ぼくはずっと苦しめられてきた。相手にとってぼくは、耳の聞こえる人間だ。そしてぼくは、耳の聞こえる人間だと相手が思っているかぎり、どんなに孤独でも、どんなに人恋しくても問題じゃない」

スウィラーがギャローデット大学に入学してすぐに、校内新聞で調査があった。「もしも、たちまち耳が聞こえるようになる薬があったら飲むか？」。すると、大多数が「飲まない」と答えた。なぜならみんな、いまの自分に誇りをもっているから。スウィラーはこう書いた。「でも、ぼくたちは何者なのか？　ぼくはそれが知りたかった。ぼくたちは誰の視点で外の世界を見ているのか？」

数年後、彼は自分のホームページのプロフィール欄にこう記した。「二〇〇五年、人工内耳の手術を受ける。手術は大成功。また、大いに誇りをもってアメリカ手話を使用。ろう社会を分断する自己防御と不信感を断固拒否し、ろう者はみな同じ思いで分断を克服すべきであり、それはいつの日か克服できると信じている」

医学はどこまで解明したか

人工内耳の是非をめぐって議論が続くなか、埋めこみ型の補聴器やその他の補助具もかなり改良されてきた。また、生物学的な、つまり人工装具を使わない難聴の治療法の研究も、成果が出はじめている。失聴にはさまざまな種類があるが、ほとんどは蝸牛の有毛細胞のダメージに起因する。そしてこれまでは、「音を受けとって伝達できる形に変え、神経を通して脳に伝えるこの細胞は、胎児期の最初の三カ月で形成され、再生されることはない」とされてきた。しかし一九八〇年代の初めに、現在バージニア大学の生物学者であるジェフリー・T・コーウィンが、魚類と両生類は有毛細胞を失っても再生できることをつきとめた。

それから数年後、ボストン大学の細胞分子聴覚調査研究所の所長ダグラス・コタンシュが、有毛細胞を完全に破壊されたひよこも、その細胞を再生させたことを発見した。これらのひよこは聴力を回復した。この発見により、似たようなプロセスが人間にも見られるのかという研究が始まった。

一九九二年、コーウィンの研究室で、胚の状態のマウスにレチノイン酸を注入したところ、そのマウスは通常の三つよりも多い六つないし九つの有毛細胞をもって生まれた。一九九三年には、アルバート・アインシュタイン医療センターで働く医療チームがサイエンス誌に、青年期のネズミの損傷した有毛細胞の再生に成功したと発表した。だが、ほとんどの難聴は退行性なので、新しい有毛細胞は生き残れるのか、あるいはふたたび死に絶えるかが課題として残った。

そしていま、カンザス大学耳鼻咽喉学教授のハインリッヒ・シュテッカーが、神経幹細胞が有毛細胞と接合するときに（それによって蝸牛の反応が脳に送られる）何が必要なのかをつきとめようとしている。一九九〇年代後半に幹細胞の研究が急速に進んで以来、幹細胞がどのように分化して聴覚有毛細胞になり、内耳に取りこまれるのかの研究も始まった。二〇〇三年には、スタンフォード大学教授のステファン・ヘラーと同僚たちが、マウスの幹細胞から聴覚有毛細胞を培養することに成功した。その六年後には、シェフィールド大学の研究チームが、人間の胎児の聴覚幹細胞が試験管培養できることを実証した。将来は、聴覚神経細胞や有毛細胞をつくれそうだ。

難聴の遺伝子研究は、中絶に妥当性を与えるという理由でろう社会を怒らせてきたが、もともとの目的は、妊娠中絶への利用ではない。科学者たちは、聴覚有毛細胞の成長を促進させるために、遺伝子治療の発展を願ってきた。ATOH1遺伝子が聴覚有毛細胞の発達に必要不可欠だとわかってからは、現存する細胞の破壊を阻止する治療の開発に焦点をあててきた。酸化ストレスも破壊活動のひとつで、それが加齢による失聴のおもな要因とされている。そのほか、聴覚有毛細胞から脳に信号を伝達する機能をコントロールする遺伝子も注目されている。

こうして今日では、聴覚神経繊維を刺激する電極の埋めこみ、人工内耳の小型化、完全埋めこみ型人工内耳、埋めこみ型補聴器といった複数の技術が発展している。

〝ろう文化〟の衰退

一九六〇年代初め、アメリカでは風疹が流行し、それが原因で難聴の子どもが増大した。現在中年期を迎えているこの世代は、風疹世代（ルーベラ・バルジ）と呼ばれる。だが、いまではワクチンによって、アメリカの母親は妊娠中の風疹を防ぐことができるし、子どもも風疹や髄膜炎を予防できるため、ろう者の人口は減少している。

また、人工内耳の埋めこみによって、かなりの割合のろうの子どもが聴者の世界でうまくやっていけるようになった。そうなると、人工内耳の手術をしない親は、縮小していく世界を選択することになる。

ろう者の社会運動は、一九六〇年にストコーが初めてアメリカ手話の奥深さを認識したときに始まった。だが、一九八四年に食品医薬品局が人工内耳の手術を認めたことで、アメリカ手話は消滅に向かいはじめたとする人がいる。このような状況に対して、パトリック・ブードローはこう言っている。「われわれはいまでも、われわれ自身の問いへの答えを探している。たとえば、自分たちは何者なのか。われわれにとって言語とはどんな意味があるのか。世界とろう者はどのようにして対話するのか。そしていま、われわれは追いつめられている」。また、クリスティーナ・パーマーは「優生学と多文化主義が向かいあって火花を散らしている」と言った。

二〇〇六年、ろう者のグループがサウス・ダコタで「ろう者の町をつくろう」と提案した。その町はローラン・クレールにちなんで〝ローラン〟と呼ばれる予定で、二五〇〇人ほどの人口が想定されていた。計画の支援者マービン・T・ミラー〔訳注：ギャローデット大学でろう者学を教えている〕は言った。「社会はわれわれを〝統合する〟このようなすばらしい仕事をしてくれない。私の子どもたちは人生において、ろうの市長や工場長、郵便局員、事業主といった模範となる人物を目にすることができない。だから、われわれ独自の文化、独自の社会を世に示せる場所を、われわれ自身でつくるのだ」

だが、郡計画委員会がその提案を認めなかったため、結局は頓挫してしまった。一九五〇年代に、白人郊外居住区の人々が黒人居住区を新設するというニュースを聞いたら、おそらく同様の反応を示しただろう。サウス・ダコタの人々は、〝ろう者の町〟に過剰反応したのだ。じつは、ろう者もまた複雑な感情をいだいていた。ろう者のためのウェブサイト〈デフウィークリー・ドットコム〉には、こんな記事が載った。「そうした町をつくることに疑問をもつ人もいる。そのような〝孤立化〟は時代遅れなのではないかと」

フェリックス・フェルドマンのような聴者にとっては、人工内耳のほうが、ろうよりもずっと〝自然〟で、それに抗うほうが不自然に感じられる。彼のような認識は今後も広まり、より多くの人々が人工内耳の手術をし、少数派の文化の担い手は減少し、人工内耳を推進する圧力が増し、ろう社会で暮らす人々はごくわずかになっていくだろう。

ろう文化の喪失は、たしかに大いなる悲しみだと思う。だが、すべての子どもに人工内耳を否定するのは残酷だ。子どもの選択肢を狭める親は、わが子を独立した人間ではなく、自分自身の延長と見なしていると言ってもいい。もちろん、人工内耳はろう社会で満ち足りて暮らすという選択肢を危うくする可能性もある。そして、どのようなアイデンティティを選択するにしろ、一度選んだらもう引き返すことはできない。

変化はほかにもある。長年、ろう社会におけるコミュニケーションの手段は、ろう者の社交クラブでの直接交流だったが、オンラインで交流できるいまでは、そのような場がほとんど消滅している。また、かつてろう者はろう者向けの映画館に集まっていたものだが、字幕つきのテレビや映画の出現により、その必要性もなくなった。

さらに、主流派の文化もろう文化を取り入れはじめている。なにしろ、いまや二〇〇万もの人々がアメリカ手話を知っている。新しい世紀の最初の数年間で、アメリカ手話の講座の受講者は四三二パーセント増加した。現在では、アメリカ手話は大学で五番目に多くの人に教えられている言語となり、一般の人々のあいだでも、一五番目に多い受講者がいる言語となった。それだけの人々が、手話という身体的なコミュニケーション手段に見られる詩的な美しさに魅了されているのだ。

人工内耳が隆盛になって、ろうの赤ん坊には手話を教えなくなった一方、しゃべるのに必要な口内筋が発達するまでは手話を利用すればいいという理由で、聴者の赤ん坊に手話を教える人もいるという。ギャローデット大学に志願する聴者の学生も増えている。

ただし、ろう者はこうした一連の流れに複雑な感情をいだいているようだ。手話が〝文化〟と切り離され、手話を習う聴者の多くが、〝ろうであること（デフフッド）〟について何も知らないこと、たんなる流行の言語にすぎないことに気づいているからだ。ギャローデット大学の英語学教授エドナ・エディス・セイヤーズは、手話の講座についてこう言及している。「どういうわけか、手話の人気は質の低下という犠牲をともなって、教会の地下で熱心なボランティアが教えるキルトやエアロビクスといった、手芸や趣味の域に達してしまった」

私はろう文化というものがあることに納得しているし、それが豊かな文化であることも認めている。

しかし、子どもたちが日常的に親から引き離され、別の集団で育てられるような社会は、今後はもう現れないだろうと思う。聴者の親のもとに生まれたろうの子どもの九〇パーセント以上は、その両親がいいと思う方法で育てられる。人工内耳が改良されれば、あるいは遺伝子治療が進んで聴覚障がいが効果的に治療されるようになれば、それらが勝利を収めるはずだ。これについてハーラン・レインは、怒りをこめてこう書いている。「聴者の親とろうの幼い子どものかかわりは、聴者社会とろう社会のかかわりの縮図である。家父長主義的で、医療中心主義的で、自民族中心主義的だ」

これは本当だ。だが、ろう者が口話を憶えるのがむずかしいように、親が手話を習うのがむずかしいのも本当だ。それは親が怠惰だったり独善的だったりするからではなく、彼らの脳が口語表現にもとづいて機能しているせいで、親になる年齢までには、どちらにも対応できる柔軟性の大部分を失っているからだ。その点からすれば、自分の子どもとコミュニケーションがとれるように、子どもに人工内耳を埋めこむ親は賢明なのかもしれない。親密な親子関係は、親と子双方の心の健康に不可欠なのだから。

文化の焼却炉

人工内耳をめぐる議論は、さらにより大きな問題も含んでいる。すなわち、「人間集団の標準化は称賛に値する進歩の印なのか、それともうわべだけをとりつくろった優生学にすぎないのか」。難聴研究基金の会長ジャック・ホイーラーはこう言っている。「アメリカでは、新生児の難聴は克服できる。すべての赤ん坊を検査し、両親の貧富にかかわらず、すべての赤ん坊に必要な処置を施すことができれば、毎年生まれる一万二〇〇〇人の難聴の子どもは、一万二〇〇〇人の聴者の子どもになるだろう」

さて、これは望ましいことなのだろうか？　現実には、ふたつの勢力がせめぎあっている。一方の勢力は、ろう者の耳を聞こえるようにしている医師の集団。いわば人道主義にもとづく奇跡の集団だ。もう一方の勢力はろう文化の唱道者たち。明確なビジョンをもつ理想主義者だ。それぞれが、お互いを相容れない存在と見なしている。

そしていま、ろう文化は力を増しながらも滅びつつある。「ろうはほとんどの場合、一代で終わる」と宣言するのは、映画『Through Deaf Eyes（ろうの目を通して）』の監督、ローレンス・ホットとダイアン・ゲイリーだ。また、ある学者はろうのことを〝変換期の文化〟と呼ぶ。

「幼児期に病気の治療をするのは、いまや世界的な流れだ」。全米ろう協会で会ったロブ・ロスは、私にそう言った。「でも、治療でぼくのろうやゲイが治ることはない。だからといって自分は愛されないと思ったり、卑下することはないけれど、それが事実だということはわかってる」

もし、完璧な治療法が生まれるまえに、ろう文化がいまのゲイ文化と同じくらい世間に知られ、隆盛となり、ろう者自身が自分を誇らしく思うようになったら、おそらく風疹世代の活動家たちも、ろう文化が脈々と続いてきたことを認めるだろう。でも、そのまえに治療法が確立したら、事実上すべての聴者の親と多くのろうの親が、自分の子どもたちを治療するだろう。

人工内耳に対するギャローデットの抗議に加わったジェイコブ・シャンバーグは、私に次のような手紙をくれた。「ぼくは自分の障がいを難なく受け入れていて、人工内耳を、ろう文化を破壊しようとする邪悪な力だとは見なしていません。ただ一方では、この文化の絶滅が近いことも感じています。ろう者はこれからも存在するでしょうが、先進国では五〇年から一〇〇年以内に、ろう者がほぼいなくなるという現実的な可能性があるのです。ぼくはあえて〝ほぼ〟と言います。なぜなら移民、治療が不可能な人、文化的な理由で治療を拒絶する人は今後も存在するだろうからです。でも、ぼくのような人間はもういなくなるでしょう」

私は、より多くの文化があるほうが、世界はよりよい場所になると思っている。人々が種の絶滅を嘆き、生物の多様性が失われて地球に壊滅的な影響が出ることを怖れているのも、同じような理由からだろう。思考や言語や意見の多様性は世界を活気づける源だ。だから、われわれはその消失を危惧すべきだろう。マリ人の民俗学者アマドゥ・ハンパテ・バーは、西アフリカの部族語と伝統的な口承文学の消滅について「ひとりの老人の死、それはひとつの図書館が焼け落ちるのと同じことだ」と言っている。

いま、ろう者に起きていることは、かつてクエーカー教徒にもアメリカ先住民にも、あらゆる部族や国にも起きたことだ。われわれは、文化の焼却炉のなかに生きている。今世紀の終わりまでには、現在地球上で話されている六〇〇〇のことばのうち、少なくとも半分が消滅すると言われている。多くの伝統的な生活様式も、同様の道をたどるだろう。このままだと、ろう者は多くの民族とともに消え、その言語も多くの言語とともに消える運命なのだ。

この意気消沈させる統計データに直面しながら、希望をもちつづける唯一の道は、つねに新しい文化が生まれていることを思い出すことだ。本書に登場するあまたのコミュニティは、インターネットが出現しなければ明らかにならなかった。考えてみれば、いまこの瞬間、私が見ているこの画面上で、私の指の動きとともに文章を綴っているコンピュータ・コードもまた言語であり、そのような言語は急速に生まれている。歴史的価値があるものを保存するのはすばらしいが、新たなものの誕生を阻害してはならない。

思えば、私の父も文化を失ったひとりだ。ユダヤ人の父はブロンクスの安アパートで育ち、知的職業階級までのぼりつめ、弟と私を恵まれた環境で育ててくれたが、ときおり自分が去った世界への郷愁をもらし、私たちにもそれを説明しようとした。だが、私たちにとってそれは現実感のあるものでなかった。実際、もう誰の現実でもなかった。父の時代の文化はすでに消え去った。昨今の東欧からのユダヤ系移民は、肉体労働をしてイディッシュ語を話す。何かが失われたことは疑問の余地もないが、私は自分の育ったアメリカ的な流儀のほうが好きだ。

ジャッキー・ロスは、最近の正統派ユダヤ人についてこう話した。「彼らは、仲間内でいれば安心していられる。金曜の夜は安息日にし、シナゴーグに行く。自分たちの学校があって、自分たちの伝統があり、何もかも自分たちのものがある。どうしてほかの世界のことであれこれ思い悩まなければならないのか。ろう社会で起きていることも、これと同じ。ろう社会はどんどん小さくなっている。基準からはずれたものは、どんどん辺境に追いやられる。私たちは、ろう者を演じることをやめなくては」

私の最初の本は、残虐な圧政のもとで勇気と才能を示したソ連の芸術家グループに関するものだった。その後、冷戦が終結し、彼らが成しとげたおびただしい数の功績は歴史に名を残した。そのうちの何人かは、西側のアートビジネスの世界や美術館に活躍の場を見いだした。だが、多くは二度とまともな作品をつくりださなかった。

ろう文化はいつの時代も、壮大な試みとされてきた。それは美しく独創的で、驚異に満ちた文化だった。なのにいまでは、ソ連の反体制派やイディッシュ語の映画館のように、世界のつながりからこぼれ落ちようとしている。そこから次の時代に伝えられていくものもあるのだろうが、彼らの尊厳を示す機会は見すごされつつある。すべての進歩は、何かを殺すと同時にその起源を変換して記録する。私は父が捨て去った人生を欲しいとは思わないが、その不運のなかで培われたなんらかの精神が、私にさまざまなことを可能にさせたことを知っている。

聴者のあいだで手話が流行(はや)っていることについて、活動家のキャロル・パッデンはこう問いかけた。「ろうを撲滅しようとする勢力と、人類史上もっとも独特な言語形態を創造し維持してきた、その輝かしい価値を称賛する勢力――ふたつの相反する勢力が、どうしたら同時に存在できるのでしょう」

ふたつはたしかに相容れないが、ろう文化を称賛しつつ、自分の子どもをそこに入らせない道を選ぶことはできる。多様性の喪失はじつに嘆かわしいが、多様性のための多様性はまやかしにすぎない。誰もが聞こえるようにできる時代にろう文化を純粋なまま保つというのは、まるでそこが一八世紀であるふりをして暮らしている、歴史的建造物の保存地区のようなものだ。

聴力をもたずに生まれた人々が、これからも互いに何かを共有しつづけることは可能なのか？　彼らの言語は今後もずっと使われつづけるのか？　電気の時代にもろうそくは残り、マイクロファイバーの時代にも綿製品が着られ、テレビがあっても人は本を読む。それと同じように、われわれはろう文化が与えてくれたものを失うことはないだろう。ろう文化の〝どこ〟が貴重なのか、〝なぜ〟貴重なのかをくわしく語ることにも価値があるはずだ。

しかし、医療はつねに垂直方向（バーティカル）に進歩していく。それはどんなものであれ、横並び（ホリゾンタル）になろうとする力をしのぐのである。

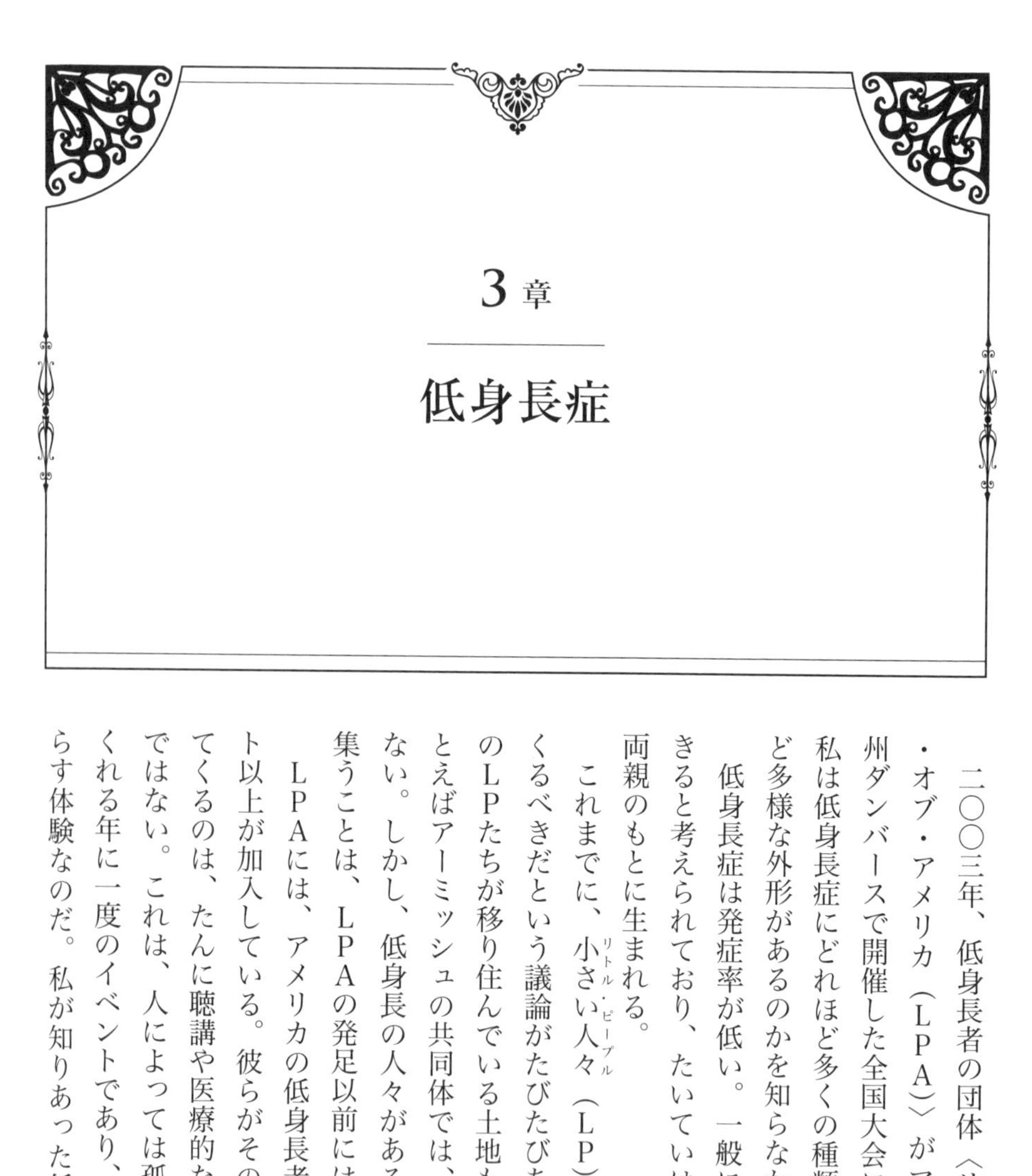

3章

低身長症

二〇〇三年、低身長者の団体〈リトル・ピープル・オブ・アメリカ（ＬＰＡ）〉がマサチューセッツ州ダンバースで開催した全国大会に参加するまで、私は低身長症にどれほど多くの種類があり、どれほど多様な外形があるのかを知らなかった。

　低身長症は発症率が低い。一般に、突然変異で起きると考えられており、たいていはふつうの身長の両親のもとに生まれる。

　これまでに、小さい人々（リトル・ピープル）（ＬＰ）のための町をつくるべきだという議論がたびたびあったし、活動家のＬＰたちが移り住んでいる土地もある。また、たとえばアーミッシュの共同体では、低身長も珍しくない。しかし、低身長の人々がある地域に大挙して集うことは、ＬＰＡの発足以前にはなかった。

　ＬＰＡには、アメリカの低身長者の一〇パーセント以上が加入している。彼らがその年次大会にやってくるのは、たんに聴講や医療的な相談をするためではない。これは、人によっては孤独を忘れさせてくれる年に一度のイベントであり、強い感動をもたらす体験なのだ。私が知りあった低身長者は、「この一週間のおかげで一年じゅう幸せでいられる」と言った。同じ規模の似たような組織もあるが、ＬＰ社会でこれほど重要な役割ははたしていない。

私の彼らに対する認識が変わったのは、大会会場の〈シェラトン・フェーンクロフト・リゾート〉ホテルに到着し、ＬＰの大集団を見た瞬間だ。そのことに自分でも驚いた。まず何よりも私の目を引いたのは、彼らの短い体躯（たいく）ではなく、際だって美しい女性や、低身長にしても並はずれて背が低い人、よく大笑いをする男性、とても賢そうな顔をした人たちだった。やがて、それまで彼らを〝低身長者〟とひとくくりにしていた自分に気がついた。ここでは誰ひとり身長を意識しておらず、どれほど安堵しているのかもよくわかった。背丈を意識せずにすむのは、やはりありがたいことなのだ。

The Lives of Dwarfs and Dwarfism（低身長者の生活と低身長症）の著者ベティ・アデルソンは、「政治的に正（P）しい（C）アメリカにおいて唯一許容されている偏見は、低身長者に対するものだ」と述べている。コロンビア大学病院産婦人科の主任で、ハイリスク妊娠の分野で指導的立場にあるメアリー・ダルトンも、低身長症は、期待に満ちた両親に伝えるにはもっとも困難な診断だと私に語った。「あなたの赤ちゃんの心臓には穴があると告げても、親は『でも、治療はできますね？』と訊いてきます。ところが、低身長者だと伝えると、嫌な顔をする親が多いのです」

初日の夜、ディスコ会場にいくと、原発性低身長症の兄妹がいた。体はバランスよく発育しているが、身長は七〇センチくらいしかない。両親がかたわらに立ち、子どもが踏みつぶされることがないように気をつけていた（低身長者の大会でもその危険はあるのだ）。妹のほうは、高校のブラスバンドで打楽器を担当しているそうだ。級友が押す小さな車いすに座り、太鼓を膝にのせたその姿を見て、わずか一一〇センチしかないほかのＬＰも、「まるで人形劇のお人形さんみたいだね」と言った。

大会の出しものには、運動競技、クリスチャンミュージックからブレイクダンスまで延々と続く演芸会、そして小さなモデルによるカジュアルやフォーマルのファッションショーがある。デート相手を探すためのプログラムも大人気だ。低身長のコメディアンが冗談を飛ばしていた。「今週だけで、去年の一年間よりもボーイフレンドが見つかるよ。LPAであなたもティーンエイジャーだ」

サム

大会の二日目に会ったメアリー・ボッグズは、LPAが人生を変えてくれたと語った。一九八八年に娘のサムを産んだ当初、赤ん坊が小さいのは早産のせいだと産科医に言われたが、一カ月たってもサムはまだ新生児集中治療室にいて、軟骨無形成症と診断された。「目や耳が不自由な子のほうがまし」とメアリーは言った。「低身長でなければ、なんでもよかった。妊娠中にどんな問題が生じるか考えるときにも、子どもが低身長になるなんて、ふつう思いつきもしないでしょう？　夫婦で『どうしてまた子どもをつくってしまったのだろう』と思ったわ」

サムは酸素吸入器とモニターにつながれて、ワシントンDC郊外の両親の家に戻った。娘を初めて地元のLPAの会合へ連れていったのは、六カ月がたち、医者から健康に問題なしと言明されたあとだった。一歳半になったサムには、水頭症〔訳注：脳脊髄液が頭蓋骨の中にたまる病気〕を軽くするためのシャント（チューブ）が頭に埋めこまれていた。ただ幸運にも、多くの人が苦しむ骨格障がいはなかった。

メアリーと夫は、踏み台を買って家じゅうに置き、子ども用の電気スイッチ補助具を購入した。サムの手が届くように、キッチンシンクの蛇口やコックも長く伸ばした。だが、家の環境は調整できても、外の世界では難題が待ち受けていた。「食料品店の通路までつきまとって質問してくる人がいたの」とメアリーは言った。「そんな人は睨（にら）みつけて追いはらうことを憶えた。サムがほかの子たちと遊べずにいるのもよく見た。体が小さいせいで同じことができないなんて、悲しすぎる」

両親は入学前のサムに、学校に行けば、ほかの子どもたちからひどいことを言われるだろうと告げた。言われそうな悪口をいくつか想定し、どう言い返せばいいのかも教えた。また、メアリーは学校まで出向き、サムには特別な配慮が必要なことを説明し、生徒たちに読み聞かせてほしいと低身長に関する本を託(たく)した。学校側は洗面台や冷水器を低くし、トイレに手すりを設置してサムが便器に上がれるようにしてくれた。

そのかいあって、クラスの子どもたちはサムのそれまでの暮らしを理解した。それでも、学校には毎年新しい生徒が入ってくるし、何も知らずに悪口を言う子もいるかもしれない。そこで、サムは新入生のすべてのクラスを訪ね、自分について発表することにした。「私は小さいけど八歳なの。三年生よ。低身長だけど、あなたたちと何もちがわない。ただ背が低いだけ」。小学校を卒業するまで毎年こんなふうに話したおかげで、いじめもなくなった。

五歳のとき、初めて一家でLPAの全国大会に参加した。「会場に入ると、たくさんの低身長者がいた」とメアリーは言った。「サムはショックを受けたみたい。うちのもうひとりの娘はふつうの背丈だけど、泣きだすんじゃないかと思った。私たち家族がこの状況を受け入れるのに二、三日はかかったわ」。一家はその後も長年にわたり、親類や友人たちに大会を訪れるよう勧め、サム以外の低身長者のことを知ってもらおうとした。

「サムの祖父母は成人した低身長者たちを見て、『なるほど、いつかサムもこんなふうになるんだな』とわかったみたい」とメアリーは言い、少し考えこんだ。「参加したのは、もちろんサムのため。でも、私たちが彼女と気持ちよくすごすためでもあった。もっときちんとサムを愛せるようにね」

中学校に入ると、状況はさらに厳しくなった。「ずっと仲のよかった子たちが、突然サムとつきあわなくなったの」とメアリーは言った。「ローラースケートや金曜の夜の映画にも誘われなくなった。低身長だから誘わないわけじゃない、と友だちは言ったみたい。でも、サムにはわかった」。サムは陸上部のマネジャーを立派に務めたことで体育科から表彰され、生徒会活動に参加したり、学年の会計係にも選ばれた。にもかかわらず、友だちはふたりだけになっていた。「やっぱり寂しかったんだと思う。学校で男の子に夢中になっても、ふつうの身長の人はつきあってくれないって気づいて。LPAはそんなサムにとって大きな転換点だった。会場のすてきな男性に熱い視線をおくるようになったのよ」

私がサムと会ったとき、彼女は初恋の苦しみのまっただなかにいた。もうすぐ一六歳で、魅力があり、はっとするほど大人びていたが、一一〇センチ弱という身長は、軟骨無形成症のティーンエイジャーとしてもかなり低いほうだった。だが、メアリーは娘の将来を楽観していた。「サムの恋人や夫はLPがいいと思う。そのほうがサムも楽だから。おもしろいわよね、低身長の子どもがいるっていうのは。しかも、これで終わりじゃなくて永遠に続くんだから。私たちの義理の息子はたぶん低身長で、孫も低身長。ふつうの背丈だった家族が、私たちが亡くなるころには、低身長の家族になるなんて！　サムを妊娠したばかりのころに気づいていたら、中絶したかもしれない」

本人も低身長で、初めて身体障がいについてのすぐれた回想録を著したウィリアム・ヘイは、一七五四年にある将軍を訪ねたときの様子をこう述べている。「背が高く、制帽によってさらに長身となった武官たちに囲まれて将軍と行進したときほど、自分の卑小さを感じたことはなかった。まるで虫けらになった気分だった。そして、彼らと同じく国と王子のために尽力したいと願いながらも、そうする力が自分にはないことを嘆いた」。無力感にさいなまれながらそれを克服したいと願うのは、古来、低身長者に共通する物語だが、最初期のヘイの威厳に満ちた文章から、現代文学でLPの体験が語られるようになるまで、おぞましい偏見はずっと続いた。

かつてウッディ・アレンは、〝こびと(ドワーフ)〟は英語のなかでもっとも笑える四つのことばのひとつだと皮肉った。自分が喜劇的な存在に見られることは、重い苦しみである。私がこの本で扱っているほかの障がいについて説明すると、人々はたいていその深刻さに黙りこんでしまうが、〝こびと〟と聞くと噴きだす。友人たちに、不心得者の低身長者がLPA大会中の朝八時に爆破予告をしたという話をしたときもそうだった。ホテル客の大半は前夜のパーティの興奮から醒(さ)めやらぬまま、とにかく建物から避難しなければならなかった。なのに、二日酔いの小さな人が約五〇〇人、ホテルの前庭で眠たそうに立っているのを想像して、友人たちは笑った。

そのとき私は思った。少し昔なら、その五〇〇人が同性愛者であっても、みな同じように笑ったかもしれない、と。だが同性愛は隠せる。それに、ゲイであることに視覚的な可笑しさはない。車いすに乗る人からは巧みに視線をそらす歩行者も、低身長者ならじろじろ見る。目の見える女性が見えない人と結婚すると称賛されるが、ふつうの背丈の女性が低身長者と結婚すると低身長フェチなのかと疑われる。

低身長者はいまでも見世物小屋や、こびと投げ競争に登場している。ポルノのなかにも、人を物扱いする、のぞき趣味的な低身長者のセックスというジャンルがある。いずれも、人々の心が麻痺していることの証であり、これほどの非情さはほかのどんな障がい者にも向けられていない。LPAで地域への宣伝活動をしているバーバラ・スピーゲルは、祖母に言われたことばを教えてくれた。「おまえはきれいだけど、男は誰も結婚したいとは思わない。全部自分でできるようにならないとね。ずっとひとりでいるんだから」。バーバラの継母は、町で彼女といっしょにいるところを見られるのさえ嫌がったという。

ローロフ家の平等主義

低身長をもたらす主な原因は骨系統の疾患で、そのなかでもっとも一般的な軟骨無形成症にかかると、胴体はふつうのまま手足が短くて頭が大きくなる。骨系統疾患の八割以上は、家系に低身長者がいない。ごくふつうの両親のもとに生まれる場合、新たな突然変異か、両親が劣性遺伝子をもっていたのが原因だと考えられる。ほかには、成長ホルモン分泌不全性低身長症や、ひどい身体的虐待によって引き起こされる愛情遮断性低身長症（あいじょうしゃだんせい）がある。

だが現在でも親たちは、母親に原因があるという昔ながらの非難と向きあっている。中世から一八世紀まで、〝異常出産〟は好色な女の満たされない欲望の印とされ、淫ら（みだ）な願望が奇形を生みだすのだと言われていた。〝想像作用説〟と呼ばれるこの考えは、何百年ものあいだ物議をかもしてきた。プリンストン大学の歴史家マリ＝エレーヌ・ユエは、こう書いている。「一九世紀に、胎生学や遺伝子研究の分野で発見があり、科学者は親子が似ていることについて新たな説明ができるようになった。しかし医学上、相似の要因として母親の〝想像力〟が除外されても、子どもの外形をつくるのは母親だという考えが消え去らなかった」。小児外科のジョン・マリケンも著作のなかで、親はみな自分の何が原因でそうなったのかを知りたがるが、「ほとんどの場合その答えはない。にもかかわらず、責められるのはかならず母親だ」と述べている。

じつは、低身長症は両親が相談した医師にとっても未経験であることが多い。親たちはよく、医師から無神経に病名を伝えられたことを思い出す。アデルソンによると、ある医師は子どもを診察するなり両親に、「サーカスのこびとが生まれました」と告げた。別の医師は非情にも、診察した子を「施設に入れるか、フロリダのこびと一座に送ってはどうか」と勧めた。ある母親は、娘をほとんどの医師が欠陥品のように見なし、〝本物の〟新生児として扱ってくれなかったと訴えた。別の母親は、分娩室で低身長の夫に付き添われていたにもかかわらず、医師から「まことにお気の毒ですが、お子さんはこびとです」と言われた。

こんな医師のふるまいを、ただの不作法ですますことはできない。低身長という事実を両親に伝える言い方ひとつで、その後どこまで彼らが子どもを愛し育んでいけるかが決まるのだから。まっ先に両親に知らせるべきことは、妊娠中の夫婦のいかなる行為も低身長とは関係なく、子どもは充分長く生き、幸せで健康な自立した人生をおくれるということのはずだ。そうすれば、母親も父親もかなり救われるだろう。

現在では、LPAに加えて〈マジック基金〉や〈ヒューマン・グロース基金〉といった団体がある。いずれも有益な情報や体験談を豊富にのせたウェブサイトを運営し、オンラインのチャットルームや地元の支援グループに資金を提供している。低身長の子をもつ親が、前向きで充実した人生をおくる低身長者と知りあう機会は増えている。

それでも多くの親は悲しみや現実の否定、衝撃から出発する。ジニー・サージェントという低身長者がチャットルームに投稿している。「生きることのすばらしさを（低身長者として）どれほど感じていても、自分がみんなとちがうことに不快になり、混乱し、傷つき、失望するものだ。そんなふうに打ちのめされたとき、母のほうが私よりずっとつらいのだと思わずにはいられない」

LPAの元会長で、人気番組『リトル・ピープル、ビッグ・ワールド』に父親役で出演したマット・ローロフは語る。「両親は私が将来何をして、どんな女性と結婚して、子どもは何人できるかなんてまるで考えていなかった。私が何をすれば生計を立てられるのか、そもそも結婚できるのか、子どもはつくれるのかなんてことばかり心配していたよ」。彼は同じ低身長者のエイミーと結婚し、四人の子どもがいる。『リトル・ピープル、ビッグ・ワールド』は、オレゴン州ポートランドの農場で暮らす彼らの生活をドキュメンタリーふうに描いた番組で、教育系のケーブルテレビで四年近く放映された。多少のぞき見的だが、扇情的な要素はいっさいなく、ＬＰに対する偏りがちな認識を改めるのにひと役買った。

エイミーの親は、彼女の背丈に合わせた家の改修はほとんどしなかった。家にやってきた友だちは、なぜ踏み台に乗らないと手が届かないようなところに電話があるのだろうと思った。「母は『家の外に慣れるつもりなら、家のなかでも慣れて快適にやっていかなきゃね』と言っていた。私の必要に応じて何かを変えることはまったくなかったの。いい判断だった。そのほうが自立できるから」

ローロフ家にはふつうの背丈の子どもが三人（息子ふたりと娘）と、軟骨無形成症のザックがいるが、エイミーの家と同じように〝標準〟に合わせた。ザックに対しては、低身長であることに誇りをもって、あまり気にしないようにと励ました。「あの子がある日、『ママ、遊んでたときに友だちがちょっと乱暴だったんだ』と言った。そのとき私は、『ザック、それは感謝すべきかもね。たぶん友だちはあなたを低身長だと思っていなかったのよ。ただいっしょにふざけてたんでしょう？　それはいいことよ』と言ってあげたの」

この平等の精神は、子どもたち全員におよんでいる。ジェレミーは長兄で身長もいちばん高い。「マットには、背が高いという理由でジェレミーを使わないでと言い聞かせているの。家族のなかで背が高いのだけが取り柄だと思ってほしくないから」。しかし、ニューヨーク・タイムズ紙でさえ、番組に登場した彼らについて、「ジェレミーは〝サッカーボールを優雅にさばく、若くかっこいいスポーツマン〟、弟のザックは〝聡明で情熱的な人格（ペルソナ）〟」と表現した。聡明で情熱的な人格と評することに問題はないが、興味深いのは、私たちの因習から判断して美しいと言えない人を描写するときは、親切にせよ、種類の異なることばを使うことだ。

ローズ

リサ・ヘドリーは、NPR〔訳注：アメリカの非営利・公共のラジオ局〕の番組ホストにして、複数のスパ施設のCEO、かつてはバレリーナだった。彼女がケーブルテレビ局HBOで制作、監督した映画『Dwarfs: Not a Fairy Tale（こびと――おとぎ話ではなく）』は、楽しいだけでなく、登場する人々の困難を透徹した洞察力で描いている。しかし、娘のローズが軟骨無形成症で生まれたときにはまだ、リサにそんな洞察力はなかったという。「娘を出産して入院しているうちに、*My Child Is a Dwarf*（わが子は低身長者）という冊子を渡された。歯のない男性が道路掃除をしている写真や、羊の世話をする低身長者の写真が載った資料も」と彼女は当時を思い出した。低身長者に対する世間の考え方を知って、何がなんでもローズを守ってやる、とそのとき心に決めたのだった。

ローズが二歳のころ、リサはニューヨーク・タイムズ紙の日曜版の付録雑誌にこんな一文を寄せた。「ひと口に言うと、夫と私はいつのまにか、あるコミュニティの一員になっていた。そこでは、親として当然な幸福感と苦労だけでなく、混乱した深い悲しみ――偶然の出来事を初めて理解し、ゆがんでしまった現実感――がみんなの絆だった。ほかと異なる子どもをもつというのは、途方もなく悲惨なシナリオのなかでも想定外だった。その子が好奇の目を集めるせいで、買い物に行く道や砂浜の歩き方まで変わってしまうとは思ってもみなかった。私は早い時期に、ちがいのある子どもに対する他人の反応が、その子の感じ方や考え方に大きく影響を与えることを知った。そして、もっとも大事なことは、彼らはおそらく私から手がかりを得て反応しているということだった。つまり、親の私が明るく前向きであれば、人々は喜んで娘の生き生きとした目や、かわいらしい笑顔に気づいてくれるのだ」

ローズが四歳になって自分のことを意識するようになったころ、リサは彼女を児童心理学者のカウンセリングに通わせはじめた。娘が世間とかかわって難局に直面しても人間関係を維持できるように、という配慮だった。「ローズは週に一回、学校が終わるとカウンセリングに行った。でも、ずっと嫌がっていた。自分のことを話そうとしないし、行きたくないと暴れるほどだった。私たちは愚かにも、ローズには治療が必要だと思って、医療行為の対象にしていたの。実際には、治療なんてまったく必要なかったのに」

リサにはほかに、ローズより年上の子がふたりと、年下の子がひとりいたが、「どうしてもローズのことに敏感になった。神経症的なくらい。ローズの学校がカーネギー・ホールで音楽の発表会を開いたとき、彼女は低身長者の足どりでひょこひょこと座席に向かった。それを見た私は夫のほうを向いて、『私たち、あの子が低身長だってことを忘れてた?』と言ったのを覚えているわ。ああいうことがあると改めてショックを受けるし、悲しい気持ちになる」

そうでないふりをするのは、自分にもローズにも、また世間に対しても不誠実だとリサは思った。「ローズが大好きなの。あの子のいない生活なんて想像できない。全世界をやると言われても、ローズは渡せない。でも、私は長身でスリム、昔はバレリーナだった。あの子も同じ経験ができたらとつい想像してしまう。それができないとわかったとき、親は空想上の人生が失われたことを嘆く。だけど、ローズはいまのままでいいと狂おしいくらい思ってもいるの」

ローズは、決して自分を憐れんだりしなかった。「勇敢で強い子よ」とリサは言った。「あの子の闘いはずっと続いた。有名になどなりたくないのに有名人でありつづけるのと同じ。私のようにひとりを好む人間には無理ね。道を歩くと、みんなが『こんにちは、ローズ』と声をかける。ローズはそんな状況からつねに逃げようとするけれど、できない」

ローズがほかの低身長者に関心を示さなかったので、一家はLPAに加わらなかった。こうした選択がローズの態度を形成したのか、それともローズの姿勢がそういう選択をさせたのか、真実を知るのはむずかしい。「娘がふつうだったら、支援グループや集会に参加しているか？　何かの団体に加わったり、集まりに行ったり？　もちろん、やらないと思う。ローズに『小さな人の知りあいがいてもいいんじゃない？』と訊いたけど、娘は『ううん、ここでこのまま暮らしたい。友だちもたくさんいるし、自分のこともわかってる』と答えた」。リサには、ローズより一歳下の低身長の娘をもつ友人がいる。その家族はLPAと深くかかわっていて、大会が終わると「本当にかわいいティーンエイジのLPたち」の写真を持ってくるが、ローズは興味を示さない。「根本的な問題は、どこまで私たちが現実を認めているかよ」とリサは言った。

低身長者はたいてい〝生きがよく(ファイスティ)〟（きわめて不快なことばだ）とか「小さな体に大きな人格」といった言い古された表現で書かれる。これらのことばは彼らを見くだしているが、ほぼ万人の好奇の的となった結果、彼らがそのような性格になったことの表れでもある。「うちのほかの子たちは、ローズほどタフじゃない。夫や私だってそう」とリサは言う。「ローズはいつも怒っているの。周囲の好奇心に、いつでも対処しなければならないから」

家族は、リサが自覚している以上にローズ中心の生活をおくっている。ロンドンに移り住む機会もあったが、彼女を不安にさせたくないのでアメリカにとどまったくらいだ。あの子は乗馬に打ちこんでいる、とリサは誇らしげに言った。「長男が乗馬で全米でも上位にランクされていて、ローズは彼の栄光に憧れた。いまでは自分も競技場に入り、審判団のまえに堂々と馬を進める。ふつうの背丈の子たちと競いあって賞をもらう。得意げに背筋をのばしてね。みんなが『すごいですね』と言うけど、ローズは

〝低身長なのにすごい〟とは思われたくない。ほかの人と同じように評価してもらいたいの」

リサはこれまで、助言を求められるたびに、低身長者を妊娠したとわかっても中絶をしないようにと説得してきた。養子縁組も勧めてきた。それでもある母親は、子どもが障がい者であることにどうしても展望がもてず、赤ん坊を養子に出した。リサによると「チアリーダーをやっている年長の娘が『そんな化け物の妹ができたらショックで打ちのめされてしまう』と言ったって。ウェストチェスターでチアリーダーになれそうもない赤ちゃんだったから、愛せなかったってわけ」

また、別の家族にはすでに低身長の子どもがいた。「経済状態も家族構成もうちとよく似ていたから、『ちょうどいい。女の子同士でいっしょに成長できる』と思ったわ」。だが、その両親が娘の骨延長手術を決めた。この手術は、何度も骨を切ったり、無理やり筋肉を伸ばしたりするので異論も多い。リサはショックだった。「つらい教訓だった。お互いの娘の体が小さいというだけでは、精神的、感情的に一致できないことを知った。医学的に見ても骨延長手術は怖い、まして子どもがアイデンティティを形成するのに忙しい時期に……。五年間も車いすを使いつづけるのよ。いくら細部を変えつづけたところで、最良の自分にはなれないというのに」

リサは、いくつものことを自問してきたが、最初のころにぎょっとしたある出来事は、心の奥で問われぬままになっていると語った。「何年もまえ、ローズの治療でジョンズ・ホプキンス病院にいたときのことよ。ふたりでエレベーターに乗っていると、子連れの母親が入ってきた。子どもは口から涎をたらしている。明らかに重度のダウン症だった。そのとき私は心から同情して彼女を見た。まるで『ああ、うちの子は私の手に負えるけど、あなたの子はお手あげね』というふうに。だけど、その母親もまったく同じように私を見ていたの」

低身長者のアイデンティティ

親たちは、低身長者の大会にでかけたり、子どもの人生に低身長者をかかわらせたり、低い背に合わせて明かりのスイッチを設置したり、キッチンをつくり直したりして、低身長のわが子との結びつきを自分のアイデンティティにすることができる。しかし、低身長をアイデンティティとして成長していく子どものほうは、自分が望みもしなかった状況にとらわれていると感じる危険性がある。そう感じないにせよ、低身長ならではの限界にいつか直面せざるをえないだろう。宗教、民族、性的指向、政治的信念、娯楽の好み、社会経済的な地位などなら、似たような人々との結びつきを選択できるが、低身長者の人口は彼らだけの社会を構成するほど多くないという限界に。

親は、あらゆる点で主流を好みがちだ。背が低くても高くても大差はないと子どもに諭し、身長に関係なく誰とでも仲よくするようにうながし、背の高い世界が本当の世界だから慣れることが必要だと告げる。だが、子どもにとって、たいした障がいではないと絶えず言われるのは、かえって重圧になることがある。バーバラ・スピーゲルは、よく「飾り棚からグラスを取って」と父親に頼んだが、母親は決まって「そんなこと自分でできるでしょう」と言い、脚立を持ってこさせようとした。グラスを取ってくれるのはまれだったという。「少しやりすぎじゃないかって思うこともあった」とバーバラは言った。

「自分はみなとまったく同じで、ただ背が低いだけ」という考え方は、LPの世界を避けることになり、その代償として大きな孤立感を味わう可能性もある。中学や高校に進めば、つらいことも増す。背丈が一一〇センチ足らずの子とデートするティーンエイジャーは少ないだろう。「魅力的で男っぽい人は、たいてい背がすごく高いの」とバーバラは言った。「自分がLPといっしょにいるところはとても思い描けない。もちろん結婚とか想像したこともない……LPのカップルなんてね」

もちろん、ある低身長者やその家族にとって正しいことが、別の低身長者の家族の正解になるとはかぎらない。ほとんどの家庭はさまざまな手法を組みあわせて、LP社会と接触する機会をつくったり、日常社会でも子どもが安心していられる策を講じたり、子どもの必要や欲求に対応する治療法を利用したりしているが、そのバランスのとり方は家族によって微妙にちがう。

ある研究では、低身長者は総合的な満足度でたいてい両親を上まわっているという結果が出た。低身長者自身よりも、親のほうがつらいということだ。別の調査でも、軟骨無形成症の人は近親者ほど悲観的でなく、自分の症状を〝重病〟とか〝致命的〟と思わず、〝深刻ではない〟と考える人数が、同様に考える親類の数の四倍だった。通常、自分のアイデンティティは、たとえ問題が多かろうと、他人のアイデンティティより耐えやすい。興味深いことに、低身長が当人にとって重荷であると考えている近親者ほど、幸福度の調査で自己評価が低かった。

言うまでもなく、考え方のちがいをもたらす要素には、収入や教育の格差もあるし、障がいの度合もある。知的障がいやひどい骨格異常、あるいは健康面で問題のある低身長の子どもを養うのは、ただ小さいだけの子どもを育てるより明らかにたいへんだ。

そもそも、どこからが〝障がい〟かを明確に示すのは案外むずかしい。アメリカでは、低身長症はADA（障がいをもつアメリカ人法）のもとで障がいに認定され、〝整形外科的懸案〟に分類されているが、LPAは低身長症を障がいに含める考え方に長らく抵抗してきた（現在は見解を変えている）。そのためか、いまでも、高い棚から商品を取るための措置をスーパーマーケットに義務づける法律は存在しない。ガソリンの給油ポンプやATMを、背の低い人でも手が届くように設置させる法律も全国的には広まっていない。また、短い体躯でも車の運転ができる補助用具を購入しても、政府は費用を負担しない。

これに対して、軟骨無形成症の低身長者ポール・スティーブン・ミラーは、クリントン政権下で雇用機会均等委員会に入り、「LPAは障がい者のためのめざましい活動はしていないと言っていいが、活動の方向性は、本委員会と一致していると思う」と述べた。権利擁護派の会長が先頭に立つようになって、LPAも変化していった。ミラーよりも一世代若いジョー・ストラモンドやゲイリー・アーノルドといった指導者は、〝障がい〟の定義を絶えず広げ、障がいの程度に応じた行政サービスを拡大したいと考えている。

ローズマリー・ガーランド・トンプソンは、著書 *Extraordinary Bodies*（非凡な肉体）で「〝身体障がい者〟は、合法的、医学的、政治的、文化的、文学的な言論を通じて生みだされる。それらのなかには排他的な物言いが含まれる」と書いている。だが、低身長者ができないことの大部分は、社会意識というよりも、多数派の身長に合わせてつくった物理的なしくみが原因だ。障がいに関する高尚なレトリックは、一部の低身長者にとっては不快な騒音でしかない。

ある低身長者の母親は悩んでいた。「障がい者用の駐車証を申請すべきかどうか、決められなかった。そんなことをしたら、娘は烙印（らくいん）を押されたように感じるかもしれないから。学校のトイレに専用の踏み台をつけてもらうのも迷った。娘が不便を感じないようにしてやるのは、いつもたいへん。でも、それを障がいと呼ぶべきかしら？」。LPの女優リンダ・ハントは、かってこう書いた。「低身長症は、つまるところ、がんや心臓病のようなものではない。致命的ではないし、病ですらない。それは身体的な特徴だが、逃れられない。克服することもできない。それは自分自身だが、自分の一部でしかない。そこが重要なちがいだ」

世間の人々は、小さい人を表すさまざまなことばの微妙なちがいを、まだ理解していない。LPAの第一回大会（一九五七年にネバダ州リノで市の宣伝も兼ねて開催された）は〝全米小人大会（ミジェッツ・オブ・アメリカ）〟と呼ばれたが、一九六〇年に、あらゆる種類の小さな人たちが受け入れられるようにLPAと改められた。最初の名前の〝ミジェット〟は、LPを見世物にするときにつくられたことばで、語源は迷惑な小虫を意味するmidgeだ。現在では、黒人に対する蔑称の〝ニガー〟、ラテンアメリカ系への〝スピック〟、男性同性愛者への〝ファゴット〟に相当する、きわめて侮蔑的なことばとされ、わが子がそのひどい単語で呼ばれることを怖れる母親は多い。

しかし、ほとんどの人は〝ミジェット〟が無礼なことばであることを知らず、なんの悪意もなく使う。相手を傷つけるとは知らずに使った場合、それは偏見になるのだろうか。P・T・バーナム［訳注：アメリカの興行師。サーカスを確立した］の出しものに登場する、もっとも有名な小さいスターたちは、平均的な人をそのまま縮尺したような、四肢のバランスがとれた低身長者だった。〝ミジェット〟という呼称は、骨格形成異常よりも、そうした下垂体の異常から生まれた小さな体を指すのによく使われてきた。たとえば二〇〇九年にはニューヨーク・タイムズ紙もビジネス欄の記事で〝ミジェット〟を使った。このときは、LPAから激しい抗議の声があがり、タイムズ紙は執筆要項の見直しを迫られた。

同じく低身長の人々を指す〝ドワーフ〟という語にもやっかいな連想がともなう。軟骨無形成症の子どもがふたりいるバーバラ・スピーゲルは、低身長であることに誇りをもつよう彼らを育ててきたが、年長の娘から幼稚園で自分の姿をどう表現すればいいかと尋ねられたとき、「こびと(ドワーフ)って言えばいいでしょ」と答えた。すると娘はさも憤慨したように、両手を腰にあてて言った。「でも、私はおとぎ話のキャラクターじゃないわ」

ベティ・アデルソンは、低身長の人々はどう呼ばれるのを好むかと、ジャーナリストのリン・ハリスに訊かれてこう言った。「ほとんどの人は、ファーストネームで呼ばれたいだけよ」

ベッキー

ベッキー・ケネディは、一九九二年にボストンで生まれたとき、胎便（出生前の糞便）を飲みこんでしまったかもしれないと診断され、ただちに特別新生児室に連れていかれた。だが、頭がかなり大きくて手足が小さいことがわかると、医師のひとりは両親のダンとバーバラに、赤ん坊には「低身長症か脳損傷」の可能性があると告げた。わが子の脳損傷について考えるのは怖ろしい。だからふたりは、三日後にレントゲン写真から軟骨無形成症と診断されて心底ほっとした。

病院関係者は楽観していた。「一世代前なら、親にはもっと悲観的な見通しが告げられただろうね」とダンは語った。「でも私たちには、かなり前向きな未来図が示された――あまりに楽観的だったかもしれないけど。医師は『すべて順調です。彼女と楽しくすごしてください。家に連れて帰ってもだいじょうぶです』と説明したんだ」。この医師のことばは、障がい者がめざしてきた意識の変化を如実に表している。ただ、たいていの障がいには適応するための措置が必要だ。医師が将来起こりうる問題をことさら軽視するのは、親のためにならない。

それから五カ月、すべて順調に進んでいるように見えたベッキーは、ウイルス性の呼吸器疾患にかかり、虚弱な体はさらに弱っていった。結局、ひと月以上も集中治療室に入れられて気管切開をした。そこから二年間は酸素投与を受け、立ち働く看護師たちの姿がケネディ家の日常になった。二歳半になるころ、やっと気道も安定して切開孔が閉鎖された。その後はまずまず健康だ。「低身長症自体は、それほどたいしたことじゃない。たいへんだったのは、ほかの病気だった」とダンは回想する。「この二年間の気管切開やら夜間の看護やらが、あの子の人格形成にどう影響するのかが心配だよ。いまはまだわからない」

ベッキーが病気になったとき、ダンは初めてＬＰＡを知り、ルース・リッカーと連絡をとるようになった。「ルースはいい仕事についていて、私と同じ大学に通っていた。頭がよく、愉快な性格で、将来ベッキーが彼女みたいになれば最高だと思った」。ルースを通じて、一家はLPAの地方大会に顔を出すようになった。ときはインターネットの創成期、ダンとルースはLPAのホームページを開設し、ダンは長年にわたってサイトの運営と編集を続けた。

ベッキーには学習障がいくつかあるが、ダンはそれを難聴のせいだと考えている。こうした合併症は軟骨無形成症の人たちには珍しくない。ダンにインタビューしたときベッキーは一〇歳半で、思春期のむずかしい状況にいる娘を案じていた。「ベッキーは鏡に映る自分が気に入っている。でも、現実はごまかせない。低身長であることをもっとも痛烈に批評されるのはこれからだから。話をした低身長者は、ほぼ例外なく言っていた。二〇代を迎えるころには、低身長であることに誇りをもち、何も変える気はなくなったけれど、一〇代は地獄だったと。あの子は友だちもそう多くない。これからつらくなっていくだろうね」

ダンは、*Little People: Learning to See the World Through My Daughter's Eyes*（リトル・ピープル――娘の目で世界を見て学んだこと）の執筆を始めた。「私は低身長を〝ちがい〟という概念としてとらえているんだ。それを大切に思うにせよ、怖れるにせよ、機会があれば根絶しようとするにせよ」

調査で培った見識で、ダンはベッキーの力となってきた。たとえば車に障がい者マークをつけたのは、脊椎の骨が圧迫されている人が長距離を歩くのはよくないと知ったからだ。「LPAの元会長のリー・キッチンズが、『ベッキーも三〇になったら、スクーターより障がい者マークね』と言っていたんだ」

ダンは著書のなかで不満も述べている。ベッキーのことで質問してくる人の屈託のない雰囲気には、「ベッキーが公の所有物であり、親は娘について世間に説明すべきだという暗黙のメッセージがある」と。

低身長児の親たちは、好むと好まざるとにかかわらず、家族を多様性のシンボルのように見せなければならないと感じがちだ。「こうやって四苦八苦することで、よりよい人間になっていると思いたい」とダンは言った。「でも、まだそこまで強くはない。正直に言えば、人生は見えざる他者の手にゆだねられている。なるようにしかならない。そう考えたほうがうまくいく気がするよ」

低身長症の特徴

極端な低身長を引き起こす遺伝病は、二〇〇種類以上ある。低身長者のほぼ七〇パーセントは軟骨無形成症だが、ほかに偽性軟骨無形成症、先天性脊椎骨端異形成症（ＳＥＤ）、捻曲性骨異形成症がある。ＬＰＡは低身長者の定義を、「疾患により身長が四フィート一〇インチ［訳注：約一四七センチ］以下の者」としている。だとすれば、一四七センチを超える人は正式には低身長者ではない。遺伝子の異常が原因ではなく、栄養不良、親からの虐待や育児放棄などで低身長になった人も該当しない。にもかかわらず、ＬＰＡはそういう人たちも喜んで迎え入れている。

軟骨無形成症の女性の平均身長は一二二センチ、男性は一三〇センチだ。アメリカには低身長の人間が二〇万人以上いて、結合組織の疾病を専門とする遺伝学者ビクター・マキュージックによると、全世界では数百万人いる。彼らの多くは専門家の支援を求めて長い距離を移動し、医療費も莫大になるが、保険でカバーできるのは家族の負担分のごく一部だ。そのため、ＬＰＡの医療諮問委員会には二〇名以上の医師が所属し、相談会を開いては専門的なアドバイスをしている。

軟骨無形成症は、遺伝子の過剰な活動によって起きる。平均的身長の人は、思春期の終わりになると、遺伝子が骨の成長を止めるようにはたらくが、この病気では、一個のヌクレオチド［訳注：ＤＮＡやＲＮＡの構成単位］の変異によって、骨の成長を止める作用がかなり早い時期に始まってしまう。〝エイコンズ〟（軟骨無形成症 achondroplasia の人たちの俗称）は、ほぼ平均的な胴体のわりに手足が短く、大きい頭と隆起した額をもっている。

一方、ＳＥＤは軟骨無形成症より体が小さく、障がいはいっそう重い——内反足で、小さい口に口蓋裂があり、目と目のあいだが離れ、背骨よりも肋骨（ろっこつ）の発育が早いので、胸郭（きょうかく）［訳注：胸のまわりの骨格］が樽のようになることが多い。

また、捻曲性骨異形成症の場合は、内反足と口蓋裂、そして硬直した親指が掌のかなり下につき、いわゆる〝ヒッチハイカーの親指〟のように外へ反（そ）りだしている。耳はボクサーの固く変形した〝カリフラワー耳〟に似ており、歩行が困難になるほど腰が曲がってしまうこともよくある。原因は劣性遺伝子なので、保因者（キャリア）であるはずの両親はたいてい気づかない。

数字の幅はあるが、ほぼ二万人にひとりが軟骨無形成症で生まれ、致命的な症状も含めて一万人にひとりが低身長で生まれるという。ただ、新生児の手足は頭部や胴体に比べて短いので、出産直後には低身長症かどうかわからないこともある。たいていは二歳になるまでに診断される。彼らは胸郭が狭いせいで気道が危険なほど細くなることがあり、過呼吸、気道閉塞（へいそく）、睡眠障がいを引き起こしやすい。また、軟骨無形成症の小児は、脳幹圧迫症（脳機能を阻害する）のリスクが増大する。そのうえ、死亡率は生後四年以内では五〇人中ひとり以上、小児期、思春期、青年期においてもきわめて高い。

低身長の新生児は、平均的な乳児より体温がやや高く、体内に二酸化炭素が蓄積するので発汗も多い。さらに脳水腫と、頭蓋・顔面の変形によって頻発する中耳炎が問題を複雑にする。それらより発生率は低いものの、精神発達遅滞の症状が出ることもある。ＬＰの知的発育はおおむね早いが、学校では困難に立ち向かわなければならない。肺系統の発育不全で酸素欠乏症を患い、中耳炎を何度もくりかえすことで聴覚に障がいを抱えることもある。そうでなくても、社会的な不名誉の回復に全エネルギーを注がなければならない。

ただし、適切な予防治療をすれば重い合併症は避けられる。だからこそ、軟骨無形成症の子どもには早い段階での診察が欠かせない。もし顎が小さくて歯の大きさに合わなければ、歯科治療も必要だ。また、一部の子どもは脊柱管(せきちゅうかん)が細く、神経がなかにうまく収まらない。神経が圧迫された状態を放置すると、体は衰弱し、麻痺し、激痛にみまわれる。低身長者は気道も狭いので、意識喪失のリスクが高い。背骨が湾曲している場合は早期に治さないと、脊柱後彎症(こうわんしょう)［訳注：脊柱が後ろに曲がって猫背になる］になる。骨系統疾患の幼児は、体を起こした状態で座らせてはならない。頭の重さを背骨が支えきれないからだ。背骨を曲がった状態にするいかなる場所にも座らせるべきではない。車の座席では、子どもの顎が胸につかないようにクッションなどをあてがう。

それから、軟骨無形成症の赤ん坊の多くは、首で頭を支えられないので四つんばいができない。ふつうのハイハイができる子は、わずか五分の一だ。おもな移動法には、〝除雪車(スノー・プラウ)〟［訳注：前頭部だけ床に押しつけ、両足で蹴るようにして前進する］、〝逆除雪車(リバース・スノー・プラウ)〟［訳注：後頭部を床につけて反り返ったまま、両足で蹴って進む］、〝スパイダー・クロール〟［訳注：膝はつかずに両手と両足で這う］、〝丸太転がり〟、〝アーミー・クロール〟［訳注：匍匐(ほふく)前進のように、腹をつけたまま腕と脚の力で動く］、〝シート・スクーター〟［訳注：座った状態で脚と尻の力で前進する］などがある。どれも名前どおりの元気いっぱいの動きだ。

そうして歩けるようになると、多くの子が体を逆V字形に折り曲げて立ちあがる。頭は床につけたままで両脚をまっすぐ伸ばし、次に上体を持ちあげて直立するのだ。筋肉量が少なく、関節も異常に固いか柔らかいせいだ。低身長の子どもは、のちの成長段階でも、こうした数々のユニークな技を見せる。

さらに成長すると、体操競技や高飛びこみ、軽業(かるわざ)まがいのこと、体の接触をともなうスポーツは避けたほうがいいと言われる。また、骨や関節のトラブルを避けるために、スポーツであれば水泳やゴルフなど、体への衝撃が少ないものが推奨される。子どものＬＰの食事量は、同年代の平均的な子どもの半分ほどでいいが、多くは肥満と闘っている。これはＬＰＡが教育的な議論やパネルディスカッションのなかで取り組んでいる問題のひとつだ。

成人期になっても、ＬＰには苦しい症状がいろいろあらわれる。たとえば慢性の腰痛、アレルギー、副鼻腔炎（ふくびくうえん）、ぜんそく、リウマチ、聴覚障がい、脊椎の変形、不眠症、慢性的な首の痛み、上下肢の麻痺や虚弱感など。同年代の平均的な人に比べて、生涯に手術を受ける機会もはるかに多い。大人のＬＰに特徴的なのは骨格的な病態だ。骨の異形成は脊柱の狭窄（きょうさく）、関節の変形や劣化、椎間板の病気をともないやすい。軟骨無形成症の大人たちは、脚部に生じる急激な痛み、虚弱感、麻痺、うずき、ピリピリする感覚などの症状を軽減するために、細くなった脊柱の減圧手術を受けることも多い。

さらに、背骨の湾曲が、動作だけでなく心肺機能に影響を与えるような身体的、神経的な合併症をもたらすことがある。低身長者がよく受ける外科手術には、脊柱狭窄症の麻痺と痛みを防ぐ腰椎手術、四肢を動きやすくする頸椎（けいつい）手術、Ｏ脚を治療するための骨の分離や切開、水頭症シャントの挿入手術、閉塞性睡眠時無呼吸の改善治療などがある。

ジェイク

アラバマ州ハンツビルの高校三年生レスリー・パークスの両親は、娘がクリス・ケリーとつきあいはじめたことが気に入らなかった。娘のために描いていた未来図には、低身長者との恋愛は入っていなかったからだ。たとえ、その男が地元の有名人で、ラジオの冠番組をもつディスク・ジョッキーだったとしても。「私はいわゆるまんなかっ子で、人とちがうところは何もなかった」とレスリーは言った。「そして彼と恋に落ちた。私は学生自治会で活動していて、彼はDJパーティをやってたの。両親は初めから、『悪い芽は若いうちにつみ取らなきゃ。彼は離婚して、子どもがいて、低身長者で、DJで、つまらない男よ』という感じだった」。レスリーはスターとデートしている気分だったが、親はそんなふうには考えず、高三の娘を家から追いだした。数カ月もたたないうちに、レスリーとクリスは結婚した。

クリスが幼いころ、両親は市場に出まわっていた新〝療法〟をすべて試した（猿の脳下垂体から分泌された成長ホルモンの注射も含めて）。そのおかげと言うべきか、それにもかかわらずと言うべきか、彼は一四七センチまで背が伸びた。軟骨無形成症としては高身長で、自分の低身長が治療を要する病気だとは頑として認めなかった。「ＤＪやコメディアンの仕事を始めたのは、たくさんの人から認めてもらうと自信になるからよ」とレスリーは言った。「彼には一対一の関係はそれほど必要じゃなかったの」

クリスがまえの結婚でもうけた子どもは、ふたりともふつうの身長だった。だから、結婚して数カ月で妊娠したレスリーは、まさか低身長者を宿していようとは思わなかった。それなのに、妊娠七カ月で超音波検査を受けるとこう言われた。「七カ月にしては頭が大きいね。でも大腿骨は小さい。どういうことだろう」。レスリーにはどういうことか正確にわかった。「ショックだった。でも先にわかってよかった。あの子を産むまでのあいだに、嘆き悲しむのをすませられたから」。ただ、夫には彼に似た子が生まれてくるという絶望を話せなかった。

じつは、早熟な思春期をすごしたおてんば娘レスリーのいだく自己像は、つねにゆがんでいた。「小学三年なのに体が大人びていて、よくからかわれた。ふつうの体じゃないことがいつも恥ずかしかったの」。クリスと出会ったころから太りすぎで、結婚後はさらに太り、ジェイクを身ごもったときには巨大としか言いようがなく、うつ気味になった。「ジェイクを抱いて病院から家に戻った日のことを憶えてる。ベビーシッターはやったことがあったけど、これはいままでで最悪、この子の母親はいつ迎えにくるの、なんて考えてた」

レスリーの両親は、最初こそ低身長の孫に強い嫌悪を示したが、時とともに態度を軟化させた。小児科の看護師だった母親は、バーミングハム小児病院で長くＬＰ治療にたずさわっている神経科の専門医のところへ娘を行かせた。それまで診てもらっていた小児科医は、ジェイクがよく吐くのは自然なことで、背中を反らせて寝ていたら、まっすぐに直したほうがいいと言っていたが、大まちがいだとわかった。「その専門のお医者さんは、『ジェイクは眠るときに、頭をうしろに反らして首を弓なりに曲げてますか？　それがいちばん楽に呼吸をしている状態なんですよ。だから頭は動かさないように』って。そんなの初耳だった」

クリスは地元の医師たちと同じように息子の病気を軽視しがちだったが、レスリーの両親は娘の人生が苦難に満ちたものになることを疑わなかった。案の定、レスリーとクリスは問題をあれこれ切り抜けていくうちに次第に心が離れ、結局ジェイクが二歳のときに離婚した。

幼い息子はときどき、「小さいのはイヤだ」と泣いた。レスリーもいっしょに泣きたかった。「ママも心が痛むんだとジェイクにわからせるのは、悪いことじゃないでしょ？　親が子どもの状況を絶望的だと思っていることは悟られたくないけど、子どもが感じていることは受けとめてやりたい。でも、『その気持ちをパパに言ったことはある？』と訊いたら、ジェイクは『ないよ。ぼくは、ぼくみたいになりたくないから泣いてる。それはパパみたいになりたくないってことだ。パパが傷つくよ』って」

ジェイクには、学習の遅れが見られた。勉強より友だちづきあいに関心があって、小学三年を終えるころには授業についていけなくなった。心配したレスリーが検査を受けさせると、学習障がいと判定された。それで、特殊教育をしているマグネットスクール［訳注：芸術科目などにすぐれた生徒を集めて高等課程を指導する公立学校］に転校させた。ジェイクは嫌がったけれど。「あの子は演技がうまいのよ」とレスリーは言った。「テレビに出たこともある。とっても社交的。考えて、話すことはできるの。けど、それを紙に書くとなると、ぜんぜんだめ。若い低身長者の手足の運動機能を向上させる無料セラピーも受けさせたかったけど、それには小児科医の紹介がいるんだって。申請が必要だなんて知らなかった」

ジェイクが四、五歳のころクリスは再婚し、ほどなく新妻のドナが妊娠した。彼女もレスリーと同じように、ふつうの子どもが生まれると思っていたので、息子が軟骨無形成症とわかって愕然とした。ドナは電話でレスリーにアドバイスを求めた。当然、レスリーはいきりたった。「何よこの女、って感じだった。あの男がすっからかんになるまであんたと遊びまわって養育費を払わないから、訴えてやるつもりだったのに、今度はあんたの悩みを解決してほしいって？」。だが、赤ん坊のアンディを実際に見た瞬間、レスリーは自分のはたすべき役割に気づいた。「すぐに『ジェイクの兄弟になってくれるのは、この子しかいない。喧嘩はおしまいにします』と祈った。そして和解したの」

ドナの庇護者になったレスリーは、バーミングハムの専門医を紹介し、予期される外科的な問題点を教えた。「一年前だったわ、クリスとドナが訪ねてきて言った。『いま遺言を書いているの。もし私たちふたりに何かが起きたら、アンディを引き取ってもらえない？　あの子の親になってもらいたいの』って。私、涙が止まらなかった。『ええ、ええ、いいわよ』って答えたわ」

レスリーとクリスの子育ての考え方は、まったくちがっていた。「パパは心配するほうだった」とジェイクは言った。「でも、ママはいつも『できる。あなたはやれる、野球だってなんだって。みんなと同じよ』って感じさ」。レスリーはこんなふうに言った。「ジェイクは私にべったりだった。すぐ『ママ、どこ行くの？』って。『トイレよ。四五秒以内に出るわ』と答えてもパニック寸前になる。そういうときは『ばか言わないで！　あなたはもう生まれたのよ！　おなかの中から出て！』って言ってやるんだけど、ジェイクにはやっぱり『だいじょうぶ、きみならできる』と言ってくれる誰かが必要でしょ」

実家の行事に一二歳のジェイクを連れていったときには、親戚じゅうから責められた。ジェイクが廊下を歩きまわるのが監督不行き届きだというのだ。「私は言い返した。『あの子はもう七年生なのよ。彼にお守りが必要かどうか、あなたたちは年齢じゃなくて身長で決めてる』ってね」

そしていよいよ、思春期の典型的な問題が始まった。「ぼくはよく自分が低身長ってことを忘れるんだ。ふつうは誰かが気づかせてくれるけどね」とジェイクは言った。それにレスリーが説明を加えた。「みんなジェイクを愛している。人気者よ。『いいわ、友だちとしてダンスに行きましょう』と言われるの。誰からも好かれているから、女の子の最初のデートやダンスの相手にもなる。この二年間で担当してくれたカウンセラーふたりは、どちらも『子どもたちがみんな彼みたいな自尊心をもってくれたらいいのに』って言った。でも、私にはわかってるの。ガールフレンドが欲しくてたまらない、あの痛ましい時期に彼が足を踏み入れているのが」

ジェイクが一三歳のときに、レスリーはLPAの大会に彼を連れていこうと決めた。「知りあいはひとりもいなかった。ジェイクのプランは『友だちをたくさんつくる。ダンスにも行く。あれもこれも全部やる』だった。でも行ったとたん彼は度肝を抜かれ、私もあっけにとられた」。あとでジェイクが私に話してくれた。「ふだんは、体が小さいことを会話のきっかけにして人と仲よくなるんだ。だけど、あの初めての大会では、身長を抜きにして自分を語らなくちゃいけなかった」。一週間でジェイクが親しくなったのは背の高い人だけで、そのほとんどが低身長者の兄弟姉妹だった。「ふだんの生活と同じじゃないの！　なんで低身長の友だちをつくらないの？」とレスリーは息子に言ったが、彼にはまだ心の準備ができていなかった。

ところが、翌年は別人だった。「本物のティーンエイジャーになったの」とレスリーは言った。「私がこっそりダンス会場に行って、奥の壁に体を張りつけて見てたら、あの子が踊ってた！　それもチークダンスを！」。レスリーはまた、息子が年齢を偽ってずっと年上の女の子と話しているのを見た。低身長者の年齢は推測しづらいときがあり、ジェイクは背が高いほうだ。「ジェイクに、『あなたは一八歳じゃないって彼女に告げ口しなきゃね』と言ってやったわ。でも同時に、彼がうまくやったことがうれしくてしかたなかった」。ジェイクはＬＰＡに夢中になったが、レスリーにとっては、息子がそれ以外の世界でも幸せであることが重要だ。ジェイクはそれをこう言った。「低身長であることは、ぼくのすべてじゃないってこと」

ところで、本書で一貫して問いかける〝治療〟か〝受容〟かという永遠の問題は、レスリー本人にとっても重みをもっていた。私が会ったとき、彼女は胃のバイパス手術を受けたばかりで、すでに一四キロ近く体重を落としたのに、さらに四五キロ減らしたがっていた。「私の背負うべき十字架は肥満、ジェイクの十字架は小さいこと。私のなかには、彼を放置しているという、ひどい罪悪感がずっとある。息子に『己を受け入れ、己に満足せよ』なんてどうして言える？――私が自分に満足できていないのに。ジェイクの背が高くなることはそれほど望んでないけど、例の遺伝子操作の規制が裁判になるなら、私は喜んで規制反対にまわる。自分の体が大嫌いだから、彼のためになるならなんでも受け入れるけど、自分の問題を息子に押しつけたくはない。残念だけど、この矛盾を解決するのはほとんど不可能ね」

低身長者ならではの苦悩

あまたの低身長者が世間のあざけりに苦しみ、深刻な不自由や健康問題に直面しているにもかかわらず、彼らが〝陽気な子ども〟であるという決まり文句はすたれる気配がない。新しい研究によると、この〝陽気さ〟は、生物学的な特性というよりも、おそらく社会的境遇から不安を取り除くための補償作用だという。どちらにしても、多くのLPは、このような見方は低身長者の苦悩を軽視していると感じている。たしかに、彼らの初期段階の感情発達は悪くない。幸福度の調査からも、幼児期のLPは、一般の子よりかなりうまくやっていることがわかる。だが次第に、なぜ自分はほかの人とちがうのかと親に問いはじめる。それで親は苦労する。

事実を遠まわしな表現でごまかすのは、瑣末なことを強調するのと同じくらい有害だ。文化人類学者のジョアン・アブロンは、著書 *Living with Difference*（ちがいとともに生きる）のなかで、「過保護とは、たいていの親が一、二度は餌食となる落とし穴である」と述べているが、低身長の子どもはとくに、幼児扱いされているという不満をいだきがちだ。カルフォルニアを拠点とする〈低身長者財団〉の設立者リチャード・クランドルは、彼らの親たちに次のように勧めている。「ベビーカーを使う平均的年齢を越えたら、それに乗せたいという誘惑に屈してはいけない。たしかに、そうなると親もショッピングモールでゆっくり歩かざるをえない。しかし、三〇分早めに現地に着いて、子どものペースでいっしょに歩くほうが、赤ん坊のようにベビーカーに乗せておくより本人のためにはなる」。また、LPAのイギリス版である〈成長制限者協会（RGA）〉は、二〇〇七年の調査結果として、より平均的な育て方をされた子どものほうが自信をもちやすく、大人になってからも成功しやすいとしている。

一般に、思春期を迎えたLPは、平均的身長のきょうだいに比べて、感情の落ちこみと自己評価の低下が目立つようになる。また、親が低身長である場合よりも、平均的身長であるほうが憂鬱の程度は強いようだ。どちらの親も最大限努力するにせよ、低身長の苦難を身をもって知る親のほうが、子どもの経験に対して親身に、あるいは細やかに対応できるからかもしれない。さらに言うなら、これはバーティカル・アイデンティティによって育つことと、ホリゾンタル・アイデンティティによって育つことのちがいである。自分の体とよく似た大人のそばで成長した低身長者は、平均的な体躯の家族に囲まれて育った低身長者よりも、自己肯定的な〝ふつう〟の概念を内面化できる。

いずれにしろ、ティーンエイジャーの成長が完了するころには、低身長者と、同い年の平均的な若者とのちがいが際だつようになる。すると、平均的人々のなかで満足して暮らしてきた多くの低身長者も、小さな体に健全な性的魅力を感じあえるような、ほかのLPとの出会いを痛切に求めるようになる。だから、LPAや同様の組織の存在はありがたい。だが同時に、そこがつらい試練の場となることもある。アブロンは、自分の問題をすべて低身長のせいにする人や、個人的な欠点をまだ受け入れられない人は、LPAへの参加がトラウマになってしまう場合があると指摘する。


低身長者は大人になるにつれ、実際より若く見られることが少なくなり、ますます遠慮のない視線を浴びるようになっていく。最近の調査によると、軟骨無形成症の成人は、平均的な大人に比べて「自己評価、学歴、年収、そして配偶者を得る可能性のいずれにおいても低い」。所得の統計は、LPに対する差別を如実に物語っている。低身長者の親族の四分の三は、年収が五万ドル（約五五〇万円）以上あるのに対し、年収がそこまで達する低身長者は三分の一に満たない。背の高さ以外はあまり変わらないというのに。LPAに加入してない低身長者の所得となると、おそらくさらにずっと少ない。

軟骨無形成症で、ジョンズ・ホプキンス病院の小児整形外科医でもあるマイケル・エインは、医学校へ願書を出したときのことを回想した。「人間に対してもっとも理解があると思われる場所のひとつで、もっとも偏見に満ちた扱いを受けました。医師たちは、『きみに医者は無理だ。志望するまでもない』と言った。最初に面接した人は、その体では患者の信頼を得られないと言ったのです」

ひどい偏見には本当に茫然（ぼうぜん）とすることがある。LPAの元会長ルース・リッカーは、所有するコンドミニアムの間借人を夕食に連れていったときの話をしてくれた。そのとき、店のウェイターは間借人のほうにばかり話しかけ、「彼女には何をお出ししますか？」と訊いた。リッカーは言う。「いい仕事についているのは私。いい教育を受けているのも私。コンドミニアムを所有しているのも私。彼女が家賃を払っている相手も私。なのに、私はまるで無能者扱いだった」

低身長者のなかには、考え方のちがいからLPAに加入しない人もいる。マイアミ・ヘラルド紙のスポーツ記者でLPのジョン・ウォリンは、それをこうまとめた。「自分がほかとちがうときや、自分が何者であるかを決める能力があるときには、どうしても反抗したくなるものだ」。また、ニューズデイ紙はこんなLPのことばを引用した。「信じられないかもしれないけど、低身長者にとってもっともつらいのは、初めてほかの低身長者を見ることさ。鏡のなかの自分を見ても、低身長者はいない。みんな自分の見たいものしか見ないから。だけど、通りで別の低身長者を見てしまうと、真実に気づくんだ」

LPAの会員はこうした人々を、現実を受け入れられない自己嫌悪者だと言う。たしかにウォリンも、年下だが長年LPAに入っている女性に大会を案内してもらったときのことを、こう語っていた。「彼女は自己受容という点で、私のはるか先をいっていた」

ビバリー

一九七三年、ビバリー・チャールズが生まれた日、母親のジャネットは、あなたの娘さんはずっと小さいままでしょうと医師から告げられた。だが彼女は、教育もなく、低身長について何も知らなかったので、それがどのくらい小さいのかわからなかった。ベトナム退役軍人で一生車いすから離れられない夫にそれを伝えると、彼は、「小さかろうが大きかろうが、同じように愛していこう」と言った。

それから何カ月ものあいだ、ジャネットは週に一回ビバリーを小児科医に診せた。ビバリーは食が細く、体重はいっこうに増えなかった。「減らなければ心配しなくてもいい、って先生は言ったけど、ほぼ三カ月ごとに減っていたから、心配で気が変になりそうだった」とジャネットは当時をふりかえった。やがて、ビバリーの鼻腔が完全にふさがっていることが判明した。息をしながら飲めなかったから、母乳を飲むのにひと苦労だったのだ。

チャールズ一家が暮らすペンシルベニア州ランカスターの医師は、ジャネットをハーシーの専門医たちに紹介した。そのなかのひとりがドイツの診療所で治療を受けることを勧め、さらに親子ふたりがドイツまで行けるようにお金を集めると言ってくれた。「でも怖かった」とジャネットは語った。「あの子がまったく大きくならないので、私から引き離すつもりじゃないかと思って」

ビバリーの低身長には形成異常症の特徴がなく、脳下垂体の不全が原因である可能性が高かったが、医師たちは手の打ちようがないと言った。二時間足らずで行けるジョンズ・ホプキンス病院が低身長症の治療で抜きん出ていることも、ビバリーのような低身長は成長ホルモンを適時に注射することでたぶん快方に向かうことも、教えてくれなかった。

ほどなく、ビバリーに深刻な学習障がいもあることがわかった。彼女がひとりきりにならないように、ジャネットは毎日スクールバスのなかまで付き添った。「みんな私をからかうだけからかったわ」とビバリーは私に話した。小学校時代はさびしく、高校生活はひどかった。「みんな私をからかうだけからかったわ」とビバリーにとって、ビバリーは私に話した。ある少年からは執拗ないじめにあった。「暴力には反対」とジャネットは言った。「でも、ビバリーに言ったの。『今度あの子があなたを困らせたら、鼻を思いっきり殴ってやりなさい』って」ある日、少年の両親がジャネットの家を訪れ、「うちの息子の顔をぶん殴った娘さんはどこ？」と尋ねた。ジャネットは、ソファにちょこんと座っている身長一〇九センチの娘を指さした。いじめはなくなった。

ビバリーは、高校卒業後も自宅で暮らした。はじめは救世軍が経営する小売店に勤め、次は印刷会社で働いた。そしてビバリーが二七歳だった二〇〇一年、ジャネットはテレビで初めてLPAの存在を知った。それまでは聞いたこともなく、小さい人たちの社会が存在することさえ知らなかった。過去にビバリーと彼女が遭遇した小さい人といえば、ランカスターの繁華街の雑貨店で働く年老いた夫婦だけだった。

ジャネットは地元のLPA支部に電話をかけて、支部長に言った。「娘のことで話がしたいんです。ファミレスでお昼をいっしょにいかがですか?」。このランチこそ、ジャネットがビバリーの「再生」と呼ぶ出来事の始まりだった。母と娘はそろってLPAの支部大会にでかけるようになり、翌年には全国大会に参加した。

私がチャールズ一家と会ったとき、ビバリーはあと数日で三〇歳になるところだったが、まだ実家暮らしだった。彼女は話をするあいだも、母親の膝の上に体を丸めて座っていた。その子どもっぽさに強い印象を受けた。ジャネットは、仕事の日以外ふたりは決して離れないと言った。「この子ひとりでは、どこへも行かせない。誘拐でもされたらどうするんです? どんな危険もおかしたくないわ」

レスリー

一九五〇年代後半のニューイングランドでは、低身長は恥ずべきものと考えられていた。だから、低身長の子レスリー・スナイダーを産んだ母親は神経症になり、精神科の病院で三年間すごした。「母は三八歳だった」とレスリーは言った。「そもそも気が弱くて、どうしても現実を受け入れられなかったの。私の顔も見ないし、抱こうともしなかった。私が生まれて失意のどん底だったのよ」。父親も似たりよったりだった。「赤ん坊が低身長になると医者から宣告されたうえに、妻がマクリーンの病院に送られて、だめ押しになったみたい。父は実家に帰ってしまい、私はメイン州のあちこちで母方の祖母とふたりのおばに育てられたの」

レスリーの母親は、退院してから「できるだけのことはしていた」という。「でも、私が低身長であることは受け入れられなかった。ふたりで買い物にでかけて、人から何か言われたり、じろじろ見られたりすると、『もうイヤ！　なんでこんなことに耐えなくちゃいけないの』とよく言ってた」。父親は相変わらずよそよそしかった。レスリーが親密になったのはベビーシッターたちで、たいがいメイン州に移住してきたフランス系カナダ人だった。「本当にやさしくてすばらしい、フランス系のカトリック教徒の家族だった。私の両親は正統派ユダヤ教徒だったけど、私は彼女たちとよく教会に行った。もしあの人たちがいなかったら自分の人生はどうなっていたかって考えると、ぞっとするわ」

一一歳になっても、レスリーはまだ自分以外の低身長者を見たことがなかったが、その年、母親はLPAの存在を知り、娘を地方大会に連れていった。初めての全国大会は一六歳のときだった。「本部からしょっちゅう会報が届いて、楽しそうな若者たちの写真がかならず載っていたの。LPAの会員のなかには、傍観者を決めこんでいる人や目立たずに参加している人もいるけど、活動にのめりこんでる人もいる。私は、のめりこんでるほうの人たちとつきあうようになった」

レスリーの高校生活はみじめだった。しかし、「LPAは、私がふつうの身長だったら高校はこうじゃないかって思うような世界だった」。レスリーは積極的にデートの相手を探したが、その人が長く信頼関係を結ぶに足る人かどうかを一週間で知るのはむずかしかった。「もう少し考える時間があれば終わらなかったかもしれない関係を、多くの人が終わらせてしまう。私もすばらしい人と別れてしまったけれど、それは関心事が何光年もかけ離れていたのがわかったからよ」

長いあいだレスリーは、なぜ母親が長期入院したのか教えてもらえなかったが、心のどこかではわかっていた。母親をあんな状態にしたのは自分だという思いは、重く心にのしかかった。「そのおかげで、幼児期の発達や対象関係論に深い関心をもつようになったの。たぶん、そのもうひとつの結果は、子どもをもたなかったこと。代わりに、行き場のない怒りをたくさんもってる」

ＬＰＡの親友の多くがカリフォルニア出身だったので、レスリーはＵＣＬＡに入学した。あるセラピストを見つけて抗うつ治療も始め、それは現在も続けている。「ずっと長いこと、本来の調子じゃなかったんだってわかった。いきなり気分が晴れて、うわーって感じ。これがふつうの人の感じ方なんだと思ったわ」

私たちが会ったとき、レスリーは五〇歳を目前に控え、自分の人生と和解をすませていた。「折にふれて感じるのは、いまとちがう人生をおくりたかったとは思わないってこと。低身長だからこそ、びっくりするような経験ができたから」。彼女は、低身長者らとあるプロジェクトに取り組んでいたダスティン・ホフマンと知りあって仲よくなった。雇用機会均等委員会の委員を務めたポール・スティーブン・ミラーとは九年間もつきあい、第一期クリントン政権の人たちとも数多く知りあえた。「考えもしなかった別の人生をおくれた。ポールは私が大学に戻ることにも力をつくしてくれたし」

私と会ったときのレスリーは、アルバカーキの市役所で障がい者の権利を擁護する重要な部署を率いていた。「ときどき、どっちが自分の人生に大きな影響を与えたんだろうって考える――低身長か、それとも私自身とまわりにある、さまざまなうつか。低身長は、悲しみより乗り越えやすかったわ」

ポールと別れてからは、低身長者のアーティスト、ブルース・ジョンソンとつきあっている。「もし私が低身長でなければ、ブルースといっしょにいることはなかった。ここまで導いてくれたのに、どうしてＬＰであることを悔やむの？」。ブルースの家族は、レスリーの家とちがって、寛大で素直な人たちだった。彼が生まれたとき、両親は医師から「家に連れ帰って、ほかの赤ちゃんと同じように扱いなさい」と言われて、そのとおりにした。とはいえブルースも、「ほかの低身長者を見ていると、自分たちは大人のふりをしてるだけじゃないかと感じるよ。自分の外見をしっかり把握することは、人生の課題だね」と認める。ブルースの障がいは重い。「もし人生をやり直せるのなら、低身長者でないほうがいい。たいへんなんだ、レスリーよりもたくさんの合併症やら手術やらで。ぼくに言わせれば、彼女は恵まれすぎている。けど、愛していることに変わりはないよ」

多くの低身長者は、〝こびと投げ〟の廃止を世間に訴えてきた。こびと投げとは、ハーネスを装着した低身長者を、たいてい酔っ払った平均的身長の者が、マットレスや柔らかい床をめがけてできるだけ遠くまで投げる〝スポーツ競技〟である。いまのところ、これを禁止する法律があるのは、フランス、フロリダ州、ミシガン州、ニューヨーク州、イリノイ州スプリングフィールド市だけだ。フロリダとフランスはどちらも、禁止に反対する訴訟をなんとか退けてきた。

ニューヨークで禁止法が成立したのは一九九〇年、以来適用されるケースが増えてきた。二〇〇二年三月、ロングアイランドのパブで開かれたこの競争の参加者には、警察が出頭命令を出した。スタテン島のバー経営者が二〇〇八年二月に企画した〝こびとボウリング〟大会は中止になった。地元紙が、こびと投げを少し変えただけの競技（低身長者を乗せたスケートボードを転がしてピンを倒す）も違法だと書きたてたからだ。二〇〇五年にも、証券取引委員会が、投資家に対する過度で不適切な贈与を調査した際、こびと投げが発覚した。〈フィデリティ証券〉が成績優秀な社員のために一六万ドルかけて開いた男だけのパーティで、呼びもののひとつにされていたのだ。

人をモノのように扱うこのような行為がいまも起きているのは、ショックとしか言いようがない。低身長者に共通する骨格の病気が、衝撃によって悪化する危険性を考えると、なおさら悪魔の所業に思える。こんな競争に参加する低身長者がいるのは、彼らの多くが困難な境遇で、収入に困っているからだ。なかには、好きなやり方で生計を立てるのは許されるべきだと主張したり、アメフトだって体を傷つけるではないかと指摘する人もいる。だが一方では、こんな慣習を黙認すれば、投げられる低身長者だけでなく、低身長者の社会全体をも不当に扱うことになると考える人もいる。低身長者が人間以下だという認識を世間に広め、彼らをあざ笑う精神風土を恒久化してしまう、と。反対派が主張するのは、何人かの低身長者を投げていいのなら、すべての低身長者を投げていいことになるという点だ。だから彼らは、女性投げはもちろん、犬投げにも反対する。

LPAのなかには、低身長者が〈ラジオシティ〉のクリスマス特別興業で小妖精（エルフ）を演じるのさえ屈辱的だと主張する人がいる。しかし、多くの低身長者にとって、ラジオシティなどの劇場は楽に金を稼げる場所である。低身長の俳優たちは、ごく少数の例外を除けば、主流の作品で役を得ることはめったにない。とはいえ、ピーター・ディンクレイジのような例外もいる。彼は映画 *The Station Agent*（駅長）や『ハウエルズ家のちょっとおかしなお葬式』で大役をこなし、HBOのテレビドラマ『ゲーム・オブ・スローンズ』の演技でエミー賞を贈られた。

「安楽に暮らせるのなら人に笑われようがかまわない、という古いスペインのことわざがある」と言ったのは、LPの俳優マーク・ポビネリだ。「台本を初めてもらうと、ざっと眺めて探すんだ。どの場面で相手のくるぶしに噛みついたり、股間を殴ったり、大男とファイトするかを」

二〇〇九年、LPAはラジオシティのスカウトたちを大会から締（し）めだしたが、「私の娘は一度出演して、すっかり気に入ってしまった」と、ある低身長者の親は言った。「小児がんの看護師なのに。仕事でエルフになるなんて考えたこともなかったはずです」。また、LPAの権利擁護委員会議長で、ミシガン州立大学の生物倫理学の博士号取得候補者であるジョー・ストラモンドはこう言った。「低身長者が否定的に描かれている場面は、たいてい低身長者が描いていて、それが問題を複雑にしている」
固定観念（ステレオタイプ）はしつこくつきまとう。NBCのリアリティ番組『セレブリティ・アプレンティス』では、ハーシェル・ウォーカー［訳注：アメリカンフットボール選手］が〈オール〉という洗剤のネット広告をつくってほしいと頼まれる。そこで彼が「小さい人たちを風呂に入れ、〈オール〉で洗って、外に干して乾かすというのはどう？」と言うと、ジョーン・リバーズ［訳注：アメリカの女優、コメディアン］が、「うちのテラスに吊るしてもいいわ」と答える。低身長者の娘がいるジミー・コーペイは、こういう有名人が娘を指さして笑う行為を助長しているのだと言った。低身長者がかならず体験する、じつにうんざりする行為だ。コーペイは「想像してほしい。もしハーシェル・ウォーカーが言ったことを、私が黒人に言ったらどうなるか」と指摘し、連邦通信委員会（FCC）に苦情を申し立てた。

以前、低身長者の一種族と思われる骸骨がインドネシアのフローレス島で発見されたとき、ジャーナリストのアレクサンダー・チャンセラーは、メディアの使った軽蔑的な口調についてガーディアン紙上で批判した。「メディアはまず、この古代の低身長者は〝ヒト〟に属すると報道しながらも、次に彼らを『物（シングズ）』や『生き物（クリーチャーズ）』と呼び、現代人からできるだけ遠い位置に置いた。彼らが明らかに石器をつくり、マッチなしで火を熾（おこ）し、組織的な狩猟をしていたにもかかわらずである」

中央アフリカのアカ族、エフェ族、そしてムブティ族の身長は、通常一五〇センチに満たない。彼らをまとめて指すときに、よく〝ピグミー〟ということばが使われていたが、いまは侮蔑語とされている。ただ、彼らが抱える問題を思えば、呼び名は数のうちにも入らないくらいだ。アフリカの小人族は、しばしば死ぬまで奴隷として働かされ、大量虐殺（ジェノサイド）の標的にされ［訳注：一九九四年のルワンダ虐殺では、低身長のトゥワ族の約三〇パーセントが殺害された］、その肉を食べて〝魔力〟を得ようとする侵略者に殺されてきたのだから。

二〇〇九年、オンラインのサロン誌で、リン・ハリス〔訳注：アメリカのフェミニスト、ジャーナリスト、コメディアン〕が〝ミジェット〟ということばを排除すべきだと論じたとき、教養があり洗練されているはずの読者層から異常な反応があった。たとえば「面の皮を厚くしてなんとかやっていけよ。おっと、面の皮が厚いのは低身長者だっけ？　ミジェットは繊細なやつらだった。哀れだ。ああはなりたくないね」。別の読者はこう書いた。「自分たちをこう呼んでほしいという個人や団体は全面的に支持する。ただ、彼らが認めることばしか使ってはいけないと言うのなら、こっちの答えは『くそくらえ』だ」

アンナ

アンナ・アデルソンは、一九七四年にニューヨークのベス・イスラエル病院で生まれた。初めて彼女を見たとき、両親のベティとソールは喜びに満たされた。だが、ベティが娘を抱いたのはほんの短い時間だった。翌朝も、その午後になっても、看護師は赤ん坊を連れてこなかった。娘を見たいとくりかえすと、ようやく連れてきたものの、どこかしかたなくという感じだった。その夜、ソールが四歳の息子デイビッドと家に帰ると、産科医がベティの病室に入ってきた。「彼は『赤ちゃんは五分五分の確率でハーラー症候群だと思います。知能に障がいが出て、早く亡くなる病気です』と言って、部屋から出ていったの。夜どおし泣きつづけたわ」

さらに次の日、ベティとソールがアンナを連れて退院する間際に、新生児学の専門医が告げた。アンナは「軟骨無形成症と呼ばれる病気」だと。「ご家族で誰か身長の低い方はいませんか？」。ベティが「私たちの祖父母は東ヨーロッパの出身です。背の低い親戚はたくさんいます」と答えると、医師は重ねて訊いた。「頭がかなり大きい方は？」。「私かしら。大きな帽子をかぶってます」。医師の表情が険しくなった。「娘さんは背が低くなります」。「どのくらい低く?」。「一五〇センチに届かないでしょう」

その医師は合併症の可能性については語らず、軟骨無形成症の女性の身長は一五〇センチより一二〇センチに近いことにもふれなかった。ベティはニューヨーク大学の医学部図書館に行き、病気について調べた。さらに、またいとこにあたる小児科の内分泌医に手紙を書くと返事が来た。「〈ヒューマン・グロース基金〉やLPAといった団体があって、加入者の多くが幸せに暮らしています。娘さんはおそらく、この状況にあなたほどは戸惑わないでしょう」

ベティはソールと近所のブルックリン界隈を散歩し、障がいのある人を見るたびに涙がこみあげた。「人は社会で闘っても、帰宅してドアを閉じればほっとできる。でも、あのときには閉めるドアがなかった。低身長の子どもがいる家族と会ってみたかった。幸福な大人の低身長者に会いたかった。彼らに出会えるまで私は休みなく動いて、やっとまた呼吸ができるようになったの」

アンナが四カ月のころ、一家はようやくジョンズ・ホプキンス病院とスティーブン・コーピッツ博士にたどり着いた。「博士は娘を抱きあげて、ハンガリー訛りで感きわまったように、『なんてかわいいお嬢ちゃんだ!』と言ったの。そして、患者の家族が知らなくてはいけない注意すべきことを教えてくれた。かかりつけの小児科医に長い手紙を書いてくれたり、次の診察の予約までとってくれたり。いつ行っても、博士なら、ちゃんと病状に対応してくれるとわかっていた」。二〇〇二年にコーピッツが亡くなったとき、捻曲性骨異形成症を患う子どもの母親は、「自分の父親の葬式のときより泣いた」。軟骨無形成症の子どもの母親は、「博士は、私が生涯出会ったなかでもっとも偉大な人物です」と書いた。

一九七〇年代、ジョンズ・ホプキンス病院のムーア・クリニックは、LPとその家族のために毎年シンポジウムを開いていた。初めてベティが出席したのは、アンナが一〇カ月のときだった。「プールには、見たこともない変わった姿の人たちがたくさんいた。大人から子どもまで、体の形や大きさもさまざまだったわ」と彼女は思い出した。「それも水着姿で！　最初はおずおずと見ていたのに、つい見入ってしまって、じろじろ見ている自分が恥ずかしくなって目を閉じた。なのに、またすぐ見てしまうの。結局、落ち着くまで眺めて、その日の終わりには、全員の名前を憶えて知りあいになった。三〇年たっても、あのたくさんの人たちとは友だちよ。そのおかげで、前より深みのある、よりよい人間になれたと思ってる」

　まもなく、活動家ベティ・アデルソンとしての人生が始まった。アンナが五歳のとき、ムーア・クリニックのソーシャルワーカーが週末セミナーを開いて、低身長児の親がほかの親の助言者になれるようにしてくれた。ベティとソールはそこに参加してすぐ、東海岸に暮らすほかの数十の家族とともに〈ペアレンツ・オブ・ドワーフ・チルドレン（低身長の子どもの親たち）〉という団体を立ちあげた。

　ベティと三人の母親は、自分たちの地域に低身長の子が生まれたらすぐに家族を招き、病院や診療所に手紙を書いて支援した。「情報提供や病院の紹介をしたけれど、おそらくいちばん重要だったのは、すでに同じ道を歩んできた家族同士の橋渡しができたこと」とベティは言った。

　そうして多くの親たちを助けてきたが、なかには彼女の申し出を拒む人もいた。妊娠七カ月で低身長者を宿していることを知った女性とは、こんな会話をしたという。「私は『そう、たしかにバラの園じゃないけど、すばらしいものがたくさんあるのよ』と言った。その女性から電話がなかったので、翌日こちらから電話すると、『私たち、堕ろすって決めました』と言われたわ」。ベティはその女性に、ＬＰＡには幼い低身長者を養子にしたいという人もいることを説明したが、「夫も私も再婚なんです。ふたりともスタイルがよくて、スキーもする。過去につらいことはあったけれど、いまの生活は完璧です。そういうことはとてもできそうにないんです」と返されたという。その一件を語り終えたベティに、私は尋ねた。「あなた自身は、もし妊娠の早い段階で低身長者だとわかっていたら、堕胎も考えましたか?」。すると、ベティの目に涙があふれた。「そうであってほしくないわ。本当にそう思う」

ベティはそのころまでに、低身長者の親がぶつかる障がいを充分すぎるほど経験していたが、娘のアンナは活発で社交的だった。「あの子は、やれそうなことは全部やった。アレチネズミをつかんで遊んだり、私と別行動したり、絵を描いたりね」。ベティはアンナを自分と同じ地元のモンテッソーリ学校に入れようとしたが、学校側は受け入れられないと言ってきた。階段から転げ落ちる危険があるからだという。手紙のやりとりを続けるうちに校長は譲歩しはじめたが、そのころにはもう地元のユダヤ教会堂付属の保育園に入学させることを決めていた。新入生のオリエンテーションでその園長は「お嬢さんのために特別に必要なことがあれば、なんなりと言ってください。お役に立ちたいのです!」と言った。アンナはそこで大きく開花した。

一二歳からベジタリアンになったアンナは、リプロダクティブ・ライツ［訳注：妊娠中絶・受胎調節など性と生殖に関する女性の自己決定権］を訴えるデモ行進に加わり、ペンシルベニア州に行き、ジョン・ケリー［訳注：第二期オバマ政権の国務長官］やオバマの票集めのために各家庭をまわった。中学時代には、彼女のスキー旅行の参加を認めない学校に対し、友人たちを動員して校長室のまえでピケも張った。当時を思い出してベティは笑った。「そう、それが私のアンナなの。あの子がいることに感謝しないではいられないわ」

アンナは思春期に入ってもおしなべて成績優秀だったが、次第に勉学に専念できなくなった。そしてある日、自分が同性愛者であることを公表した。「あの子は大学から電話をかけてきて、カミングアウトしたの」とベティは言った。「私は次の日、彼女に長い手紙を書いた――私にとってなにより大切なことは、あなたが男性を愛するか女性を愛するかではなく、よく愛し愛されているかよ。だから、全身で情熱を感じ、出会えた幸運と胸いっぱいの愛をあなたと同じくらい強く感じている人を見つけてほしいって。娘にとって母親の反応がどれほど重要かわかっていたから、同性愛も、男女の愛と同じように真実で合法的だと心から言えたことがうれしかったわ」。父親も、兄も、アンナの選択に賛同した。

だが、アンナ自身が低身長者であることを受容するには、性的指向を理解する以上の時間がかかった。彼女は一〇代の初めにLPAのイベントへの参加をやめていた。平均的身長の家族や友だちに囲まれた世界で充分だと感じていたからだ。ところが二五歳のときに、多少ためらいながらもLPAに戻った。まもなく地元の支部長となり、全国大会では、人種や宗教、障がい、性的選択などでLPのなかでも異質な人たちのために、〝ちがいのなかのちがい〟というワークショップを開いた。二〇〇四年のサンフランシスコ大会でも、LGBTの出席者のための第一回ワークショップと歓迎会を実現して、保守的な人の多いLPAが組織として躍進するきっかけとなった。以後、彼女はほとんどの大会で同じワークショップを主催している。

一方ベティは、アンナがまだティーンエイジャーのころに、それまで知りあい、愛してきた低身長者たちへの敬意と称賛の印として、二冊の本を書こうと決めた――ひとつは一般読者向け、もうひとつは専門家向けに。アンナは「それはいいけど、私のことは書かないで」と言った。だがその数年後、ベティの書斎がフォルダーの山だらけになっているのに気づいたアンナは、真っ赤なリボンを結んだファイリング・キャビネットを贈って、母を驚かせた。添えられたカードには「ママ、整理整頓よ！」とあった。

本の最終稿が書かれるころには、アンナは三〇歳になろうとしていて、娘のことを書きたいという母の願いも聞き入れた。きわめて貴重なベティの著書 *The Lives of Dwarfs*（低身長者たちの人生）のあとがきには、アンナのことが巧みに、愛情深く語られている。

ベティの著作や数多くの論文は、エジプト王朝や古代ギリシャから現在にいたるまで、低身長だった可能性がある歴史上の人物を示し、彼らの歴史を体系的にまとめることに貢献した。そのほとんどは、苦難と虐待の物語だ。異様な体は罪の顕在化であり神々の警告だとされ、嘲笑、憐れみ、懲罰に値すると考えられてきた。旧約聖書の『レビ記』も、完璧な肉体を有する者だけが司祭になれると規定している。古来より標準的な体型が重視されていたことの証だ。

「自分がしていることの先例を探したの」とベティは言った。「少し古い時代の本のタイトルは、『畸形(フリークス)』、『ビクトリア時代の奇怪(グロテスク)な人間』、『異形の者たち(ヒューマン・オディティーズ)』なんていうのがほとんどだった。低身長者は人間がこの世に生まれてからずっと存在してきたけれど、実際にはどんな人たちだったのか？　どんな生活をしていたのか？　LPAが設立されるまで、低身長者同士が知りあうことはほとんどなかった。興行の世界で働く人たちや、古くは王や女王によって宮廷に召し抱えられた低身長者を除いてね」

また、ベティは長年、LPAで低身長者の権利を擁護する委員会を率いてきた。二〇〇九年には新世代の意欲的な低身長者たちにバトンを託そうと決め、大会の晩餐会で理事会から功労賞を授与された。その際には、家から数区先でガールフレンドと幸せに暮らしていたアンナが、感動的なスピーチをした。

「アンナは、よく愛し愛されているわ。私の願いどおりに」とベティは言う。「もしアンナが平均的な子だったら、私の世界はもっと狭かったはず。アンナは私に授けられた贈り物よ。もし誰かに『ベティ、レズビアンの低身長者を産みたい？』と訊かれていたら、イエスとは言わなかった。でも、それがアンナならかまわない。アンナは家族の要(かなめ)。彼女の道のりは、見ているのがつらくなるほど険しかったけれど、品位を失わずに乗り越えてくれた。私はそれが本当にうれしいの」

あるとき、マーサ・アンダーコファーという低身長者が〈ヤフー〉のニュースグループ〈リトル・ピープルとその親たち〉にメールを送った。「安全で使い勝手のいいものを考えつきました。それは名刺で、その表にはこうある。『はい、私はあなたの態度に気づきました』（どういうわけか、世間の人は私たちが彼らの態度に気づいていないと思っているらしい）。そして裏はこう。『あなたがたの身ぶりやことばに、おそらくなんの悪意もないことはわかっています。しかし、それは私の心を傷つけ、嫌な思いをさせました。低身長の人間について知りたければ、http://www.lpaonline.org を見てください』

　別のLPは、オンライン上にこんな投稿をした。「ぼくのことを人がなんと言っているか聞こえないように、小型のMP3プレイヤーを買って音楽を聴く。ぼくは自分の小さな世界のなかにいて、そこではやりたいことがなんでもできる」。インターネットは、LPたちにとって欠かせないものになっている。「いまの若い低身長者みたいにネットで情報交換するなんて、私の世代では最大級の妄想だった」と、年配の低身長者は私に言った。

　ハリー・ウィーダーは、低身長者のコミュニティを代表する精力的な活動家だった。体に障がいがあり、松葉杖で歩き、ゲイで、耳はほとんど聞こえず、失禁も多く、ホロコーストを生きのびた両親のひとりっ子だった。高圧的で周囲をうんざりさせることもあり、活動にはつねに怒りがこもっていたが、同時に激しい生命力に満ちていた。

　ニューヨークでタクシーにはねられ、五七歳でその生涯を終えるまで、彼はハンディキャップを名誉の王冠と考え、きわめて率直に勇気ある発言をしつづけた。LPAには汚名を怖れてゲイであることを明かさない低身長者が多いなか、ハリーは「自分は他人の意見になど左右されない」と私に語った。

「ゲイは妖精（フェアリー）と呼ばれるけど、おれが妖精でこびとなら、子どものための新しい魔法の物語ができそうだな。ジュディ・ガーランド［訳注：アメリカの映画女優。『オズの魔法使い』のドロシー役で有名］がどこで登場するかはわからんが」

　ハリーの不満は、多くの低身長者が社会から除外されまいと政治的かけひきに明け暮れ、自分たちを障がい者として認めようとしない点にあった。「自分を障がい者だと認められないなら、ゲイだと認められるわけがないだろう？」。ハリーが両親の戦時中の体験から学んだのは、〝自己のアイデンティティから目を背けてもわが身は守れない〟ということだった。彼はその信念を貫いて多大な敬意を集めた。

ハリーの八七歳の母親シャーロット・ウィーダーは、息子の葬儀で大群衆が深く悲しんでいること、ニューヨーク市議会議長や州の上院議員、その他の高位高官など、多数の公人が参列したことに面食らった。新聞記者には、自分は息子の功績に力を貸さなかった、むしろ息子が働きすぎるのを止めることが多かったと語った。それは彼の健康を案じたからだが、恥をさらけ出すことを嫌悪したからでもあった。「息子を守ってやりたいという気持ちはとても強かったけれど、彼の善行をやめさせることはできませんでした」

低身長者はどこにいても目立ってしまう。おとぎ話に超自然的、象徴的な存在として出てくるから、なおさらだ。ほかのいかなる障がい者や特別支援対象者も、このような重荷は負わされていない。ニューヨーク・タイムズ紙の論説で、人類学者ジョアン・アブロンは、低身長者が〝醜いルンペルシュティルツヒェン〟［訳注：グリム童話に登場するこびとで、粉屋の娘を助けて王妃にするが、最後に名前を言い当てられて滅びる］だという〝残酷な伝承〟にふれた。「低身長者は歴史的、文化的なトラウマを抱えている。それは特殊な性質をもち、魔法的とさえ言える。一般の人々は大いに好奇心を刺激され、信じられないというふうに彼らをじろじろと見つめ、たまたま出会った低身長者を写真に収めようとする」

低身長者は、中傷されているという不安、何より自分たちの特異性を強く感じている。低身長のイギリス人、アン・ラモットは、小さいということを、歯があるのと同じくらいあたりまえに考えていると語った。たんに自分の一部にすぎず、とくに意識を集中させることではない、と。だが、彼女に会うほとんどの人の関心がそこに向けられることは、認めざるをえなかった。

テイラー

テイラー・バン・パッテンは、コズロウスキー型の脊椎骨幹端異形成症だ。発症率が一〇〇万分の一以下とされるこの病気の特徴は、彼が身長一三七センチであるように、低身長者としては比較的背が高いこと、そして軟骨無形成症に特有の顔つきではないことだ。

テイラーが生まれたときの身長は五三センチ、体重は三八八三グラム。低身長症を予想させるような数字ではなかった。二歳の誕生日まで、身長も九〇パーセンタイル値［訳注：一〇〇人中小さいほうから九〇番目以内］だった。それにもかかわらず、彼は数多くの困難にみまわれた。母親のトレーシーがおむつを替えようと足を動かすだけで、痛がって泣き声をあげた。歩きはじめた一歳のころには歩行がいかにもつらそうで、いつも抱っこしてもらいたがった。「何かがおかしかった」とテイラーの父親カールトンは言った。しかし、内分泌医も整形外科医も、悪いところを何も見つけられなかった。二歳半のとき、ついに両親がスタンフォード大学の遺伝学者に診断を仰ぎ、そこでＵＣＬＡの低身長症の専門医を紹介された。やっと正しい診断がくだされたのだ。

私がテイラーと会ったのは彼が一六歳のときだったが、すでに四肢の骨延長手術を四回受け、ひどい腰痛にさいなまれ、両肺は胸郭に圧迫されていた。医師たちは左右の股関節の人工股関節置換術をしてはどうかと勧めた。「体にギプスを合計四〇週間はめていた。ぼくには一年ぐらいの長さに感じたよ」と彼は言った。そればかりか、生あるかぎり一定の痛みに耐えつづけるしかないことが徐々に判明した。

テイラーの父カールトンの母親は、ノースカロライナ州のチェロキー族［訳注：アメリカ先住民の部族のひとつ］の家に生まれた一一人の子どものひとりだった。一家は、チェロキーのために用意された特別保留地に入らないことを選択したため、同族の人々から排斥（はいせき）された。また有色人種だったので、白人社会からもつまはじきにされた。子どもたちは、母親が土の床を尿で消毒するような家で育った。

それでも大学に進んだ彼女は、カリブ諸島出身の黒人、カールトンの父と出会う。ふたりが結婚してすぐ、カールトンの父はカルフォルニアに仕事を見つけたが、アメリカ大陸を移動する途中、多くのホテルが夫妻を同じ部屋に泊めようとしなかった。夫が黒人で、妻はちがったからだ。「両親の話があったので、テイラーの父親になる心の準備はできていた」とカールトンは言った。「母さんがホテルに入っていけば、ホテルの人にとって彼女は白人。でも本人は、自分は黒人だと思っている。われわれが自分をどう見るか、そして世間はどう見るか。そのふたつのあいだには、ときとして大きな隔たりがある」

テイラーの診断結果を知った家族は、はじめのうち彼を標準的な人間にしようと奮闘した。「ポジティブ・シンキングの本ばかり読んで、頭をプラス思考で満たしたものよ」とトレイシーは言った。「テイラーに自尊心をもってもらうこと、それが私のおもな関心事だった。でもたぶん、少しやりすぎた。この子はうぬぼれ屋になったから。どこへ行っても、自分の面倒をみてくれるボディガードみたいな子を見つけるの。ロッカーとかゴミ箱に押しこめられてしまうのを想像していたけど、それはまったくなかったわ」。これを聞いたテイラーが笑った。「ぼくがロッカーに入れられたのは一度だけだよ。一〇ドル払うからって言われてさ。やる価値はあった」

父の仕事で一家はふたたび東部に戻ることになり、ボストン地区の小学校に通いはじめたテイラーは、本人のことばを借りると、「全校の有名人」になった。兄のアレックスは、「テイラーは王様だった」と言った。実際、テイラーははっとするほどハンサムで、手足のバランスも一〇歳くらいまでは低身長者らしくなかった。「そのころからだよ。みんながじろじろ見るようになったのは」と彼は言った。「自然な興味なんだろうけど、まるで交通事故を見たときみたいに。歩くのが遅くなって誰か死んでないか知りたがるのと同じだった。血は流れてないか、とかね。こっちはすぐ気づく」

サンディエゴ近郊に引っ越したのは、テイラーが五年生を終えるころだった。中学校に通うようになってもとくに問題はなかったが、何キロか離れたポーウェイに家を買うと、また学区が変わった。「あのころは友だちもいなくなって、ずいぶん荒れた時期だった」とテイラーは言った。「誰もが七年生までに友だちをつくるからね。『なんでまた初めからやるんだよ』って感じだった。鏡を見ては、『こんなのイヤだ、脚が短くてずんぐりで、曲がっていて、体とつりあってない。腕から手から、足の指の爪まで全部キライだ』って言ってた」

そのころ、ある外科手術を受けたあとに、テイラーは強い痛み止めを処方された。「ハイになっていくのがわかったし、薬をのむのが楽しくなった。で、たっぷりマリファナをやった。エクスタシー、LSD、マジックマッシュルーム、嫌と言うほどやったよ」。トレイシーは動揺したが、驚きはしなかった。「あの子は私たちに怒り、私たちを罰することにしたの」

テイラーの人生では、宗教がつねに重要な意味をもってきた。敬虔（けいけん）なクリスチャンの父カールトンは、毎週礼拝で賛美歌を歌い、カールトン・デイビッドという名前でキリスト教の音楽CDまで出している。彼は言った。「私は、神は存在すると信じている。神がこの世にがらくたを生みだすはずはないと。残念なことに、テイラーはつらい重荷を背負っているけれど、人に担いきれない重荷を神が与えるはずはない」。テイラーは次のように説明した。「ぼくは生まれてからずっと教会に通ってる。いまもね。毎日荒れてたときには、自分にキリスト教は向かないと思ってた。だって、一〇〇パーセントの愛と力があるのに、文明が腐り膿（う）んでいくのを放っておいたり、こんな痛みをもつ人間が生まれるのを許すような人形使いがいるわけないだろう」。だが、時とともに怒りは解けはじめた。「いま抱えてる問題は解決できないけど、少しずつ受け入れることはできる。ドラッグをやめてから、一一年生（高校二年生）の去年はこれまでで最高の友だちに恵まれて、大学レベルの科目を四つ履修した」

　本当に欲しいものは、いつもなんとか手に入れてきた、とテイラーはのちに語った。「たいていの人より一、二歩よけいには必要になるよ。体もつらい。脚と足首がとくに痛い。だけど健康でいたいし、見た目も気になるから、ウェイトリフティングと水泳は欠かさずやってる。ほんとは友だちとハイキングに行くだけでも、背骨が折れて股関節がはずれそうになるんだ。休まなきゃいけないけど、『おーい、テイラー、どうした？　行こうぜ』って言われる。死にそうだよ。ほとんどの人はわからないだろうな。誰かが低身長者のジョークを言ったときも、わざと笑ってやるんだ。おもしろくなくても、ぼくを傷つけようとしてるわけじゃないから。〈コメディ・セントラル〉［訳注：コメディを中心としたケーブルテレビチャンネル］に聖戦を挑む気もないしね。小学生のころはクラスでピエロみたいな存在、中学では教室の隅っこにいる静かなやつという感じだった。いまはそのあいだでバランスをとってる。ぼくみたいになるのがどういうことか、ほかの人にはたぶん理解できない。その反面、ぼくにはふつうってことがわからない」

　以前は生涯独身でいたいと思っていたが、いまはパートナーを見つけたいと彼は言った。改めて思い描く未来像に勇気を与えてくれたのは祖父だった。「考えてみてよ。母方の家族が敢然と立ち向かった相手を。それでわかったのは――〝悟り〟と言ってもいいんだけど――低身長を、自分のやることすべてのなかの一要素にしてしまうってこと。それから、低身長であることを憎まず、低身長という制限以外の制限は自分にかけないようにするってこと」

　低身長者が立ちあげた出会い系サイトには、〈デートアリトル・ドットコム〉、〈リトルピープルミート・ドットコム〉、〈lpデート・ドットコム〉、〈ショートパッションズ・ドットコム〉などがある。

「たいていの低身長者は、恋愛の基本ルールを学ぶ時期を逃している」とあるLPは言った。「みんな、うぶなんだ。映画館で寄り添って座り、恋人の胸のあたりにそっと手をまわして映画を観るなんてことはない。第一にデートはしないし、第二に腕がそれほど長くない」

ジョン・ウォリンはもっとくわしく述べている。「われわれの多くは性交に苦労する。手足は短いか曲がりにくいかで、相手の体に巻きつけられない。多くにある脊髄の損傷が原因で勃起しなかったり、オーガズムも気まぐれな客のようにしか訪れなかったりする」。また、低身長者が平均的な人たち（アベレージ・ピープル）（AP）と性的関係を結ぶときには、相手が低身長者であるとき以上によく配慮する必要がある。ある女性はLPAのサイト上で、APとキスをすることや、性行為中に相手と目を合わせることがむずかしいと不満を訴えていた。ハリー・ウィーダーも言った。「背丈が同じ人間同士にとって、下半身は神秘的で、手を伸ばしたくなるものだ――そこに性的魅力があるから。でも自分の場合、それが逆転している。毎日、朝から晩まで人の腰から下ばかり見ているからね。相手の顔をしっかり見つめる瞬間こそが、愛の表現なんだ。だからAPとセックスをするときには、相手の上半身に気持ちをこめすぎず、下半身に注意を傾けなきゃならない。この感情は解決しがたいよ」

多くのLPにとって、パートナーにLPを選ぶかAPを選ぶかは政治的な選択となる。なかには、APと結婚するLPは低身長であることを受け入れておらず、同じ身長の伴侶を求めるLPのパートナーを減らしていると主張する者もいる。うつ病の発症率は、身長差のある結婚をした場合のほうが少し高い。LPAでは既婚者の大半が同じLPを選んでいるが、だんだんAPと結ばれる例も増えている。かつてそのような結婚は恥ずべきことだったが、現在はより広く受け入れられるようになったからだ。それでも、低身長者同士の結婚が大多数であることに変わりはない。

私はこの章を書くための調査を進めるうちに、若くて魅力的な低身長の娘がいる母親と知りあった。あるときその母親に、お嬢さんを気に入りそうな男性を知っていると言ってみた。すると、その母親は涙ぐんだ。「あの子は三〇を越えてるんです。これまであなたのように相手を勧めてくれる人はいなかった。息子のほうは平均的な身長で、誰からも自分の娘や友人を紹介したいと言われるのに。誰も私の娘を女性として見ていないんです」。ジョン・ウォリンは、妻と出会うまえの自分についてこう書いている。「私は怖れていた。あの荒々しい感情を〝怖れ〟ということばではとても言い表せないけれど、自分はぜったい結婚できないだろうと思っていた」

低身長者は出産もたいへんだ。多くの低身長の女性は胎児が出られるほど骨盤が開かないので、たいていは帝王切開になる。つまり麻酔が使われるが、LPにとって麻酔は危険だ。妊娠するだけでも、身体にはかなり負担がかかる。さらに、世間は子づくりや出産の体験について厚かましく尋ねてくる。「例のごとく、いちばんバカげたことを言うのは大人たちよ」とある母親はオンライン上で語った。「そ、いい、いい、いい、それはあなたの赤ちゃん？　赤ん坊を抱いている人間に対して考えられない質問だけど、週に何度か、そう訊かれる」

アデルソンが書いたように、「子どもをもとうと決めたLPの全夫婦にとって、その決断は自分たちの人生の肯定であり、生まれてくる者の将来に希望を託す賭けでもある」。多くの小さい人たちが、平均的身長の親に見捨てられた低身長の赤ん坊を養子に迎えるのも、まさに同じ理由からである。

クリントン

クリントン・ブラウン・ジュニアが生まれたときのことを、父親のクリントン・ブラウン・シニアはこう言った。「すぐにわかった。あの子の腕も脚もまっすぐで、胴体は小さかった。気を失いそうになったよ」。分娩室にはカーテンが引かれ、母親のシェリルは視界をさえぎられていたが、声は聞こえていた。

赤ん坊の泣き声が聞こえず、医師も看護師も誰ひとり話をしていないので、「どうかしたの?」とシェリルは呼びかけた。すると、医師のひとりが声をひそめて「問題が起きました」と言った。おまけに、わが子を見て抱きたかったのに、さっさと運び去られてしまった。そのあと医師から、息子さんは捻曲性骨異形成症という病気で、体のひどい変形があって死ぬ怖れがあると説明された。

クリントンのように症状が重い場合、ふつう医師は、家族の手をわずらわせずに病院側で赤ん坊を別の施設に移すことを申しでる。子どもを見せないほうが、親があきらめやすくなるからだ。だが、シェリルは憤慨した。「私の赤ちゃんなのよ。あの子に会わせて」。病気の今後の見通しについて、医師たちはことばを濁した。捻曲性骨異形成による低身長者は、世界でもわずか数千人しかいなかったからだ。「症例の説明がふた言三言あっただけで、それ以上は医師にもわからなかった。私たちの未来も、それ以上はわからなかった」

シェリルはようやく、保育器のなかのクリントンを見た。唯一ふれることを許された爪先をさわると、赤ん坊の両目がぱっちりと開き、青く美しい目が見えた。あとから知ることになる捻曲性骨異形成症の特徴も、すべてそのときに見た。掌のかなり下から飛び出た、節のないヒッチハイカーの親指、カリフラワー耳、平たい鼻、そして口蓋裂。背骨が横に湾曲し、内反足の両脚は飛行機の車輪のように尻の下にたたまれ、頭は巨大だった。「もう少し症状の軽い子もいるけど、息子には症状のすべてがそろっていた」とシェリルは言った。「豪華セットだよ」とクリントン・シニアも言った。「あの日ふたりだけで家に帰った。車が私たちの町に入ってふとシェリルの顔を見ると、完全な虚脱状態だった。わかるだろ？」
クリントン・シニアはケーブルテレビ局の技師の仕事に戻り、シェリルはコールセンターに復職した。クリントンは生後二週間で最初の手術をして、臍ヘルニア［訳注：腸が入り込んで臍が異様に膨らんでしまう］を治療した。ひと月後に家に連れ帰ったときにも、その体はまだ小さく、クリントン・シニアの片手に収まるほどだった。シェリルは懸命にクリントンの面倒をみようとした。「若いころは、人生はスケジュールどおりに進むものと思っていた。高校に行って、仕事を見つけて、結婚して——ところがクリントンのような子どもをもってみると、期待してたことはみんなどうなっちゃったの、という感じで……」

だが、クリントンが一一カ月のころ、シェリルはスティーブン・コーピッツと出会った。「その日から、博士はクリントンの体に起きるすべてをコントロールしてくれた。博士がいなかったら、息子は歩くこともできなかったはずよ」。クリントン・シニアも言う。「診察室にどんなに暗い気持ちで入っても、出るときには啓発され、新しい希望が湧いてるんだ」。シェリルが続けた。「博士にとって、患者はわが子だった。そんな境地に達した人はいないし、これからも現れない。地上にあんな天使は二度と降りてこないわ」

コーピッツは、患者の長期的な手術プランを立てることで知られていた。無理を承知で問題のすべてを一度に解決するのではなく、患者に恩恵をもたらし、次の手術への橋渡しとなるような段階的な手術をおこなったのだ。クリントンの手術は、最終的に二九回に達した。「息子がどんな容姿になるかをかかりつけの小児科医に訊いたとき、サーカスの人々に関する本を渡されたの」とシェリルは言った。「でもコーピッツ先生のところへ行くと、『教えてあげましょうか。きっとハンサムな若者になりますよ』と言ってくれた」。コーピッツの診察の待ち時間は長いことで有名で、一日がかりになることも珍しくなかった。「でも、一〇時間待っても平気だった。『申し訳ない。いまこの子を診なければならないので』とよく言われたけど、私たちの子どもにそういう必要が生じたら、彼がほかの家族に同じことを言うのはわかってたから」

クリントンの手術は、内反足、腓骨（ひこつ）、脛骨（けいこつ）〔訳注：腓骨と同じく下腿の骨〕、膝関節、股関節におよんだ。そこに一一回の背骨の手術と、口蓋裂と鼠径（そけい）ヘルニア〔訳注：いわゆる脱腸〕の手術が加わった。クリントンは仰向けのまま、全身を装具で固定されて六カ月をすごした。首と脊椎が動かないように、頭には四本のボルトで頭蓋骨に固定された金属製の輪がはまっていた。

シェリルは職場のコールセンターから特別休暇をもらった。「私はクリントンといっしょに病院で暮らしたの。一カ月、二カ月、この子が回復するまで何カ月かかろうとかまわなかった」。ブラウン家はクリントンの手術費用のためにふたつの子ども保険に入っていたが、それでも自己負担は途方もない金額になった。コーピッツ博士は、六カ月にわたる継続的な手術を終えると、三歳になろうとしていたクリントンをスタッフの理学療法士に託した。ついに、クリントンは歩きはじめた。「〝六〇〇万ドルの男〟ってテレビドラマがあったでしょ？」とシェリルは息子を指して言った。「いまあなたが話をしているのは、六〇〇万ドル（約六億六〇〇〇万円）の低身長者よ」

捻曲性骨異形成症は劣性遺伝だ。シェリルとクリントン・シニアのあいだに生まれる子どもにその症状が出る可能性は四人にひとり。ふたりはもう子どもをつくらないと決めた。「まず、六カ月単位で人生を生きるようになった」とクリントン・シニアは言い、「うちの子みたいな子どもがいたら、遠い先など見ていられない」とシェリルが続けた。「いちばんつらかったのは、人前に出ることだった。嫌なことを言われたり、じろじろ見られたりするから。クリントンと私は出会った人すべての教訓にしてもらうために策を練った。『あれー、あの人見てよ、ママ。ぼくのことじろじろ見てる！』とクリントンがわざと言って、かわいらしく相手に手を振って微笑むようにしたの」

「ある日、息子とスーパーマーケットにいたとき、男の子がつきまとって離れなくてね」とシニアは言った。「クリントンは一二歳だったけど、走って隣の通路に曲がっていった。そしてその子が追ってきたところを、わっといきなり飛びだして驚かせたんだ。度肝を抜かれた相手は、泣いてへたりこんだ。クリントンに『あれはよくなかったぞ』と注意したけど、『でも、すごくいい気分だったよ、パパ』って。私は『まあ、いいか。でも今度だけだぞ』と言ったよ」

クリントンは言う。「子どものころは、小さいという事実が憎くてたまらなかった。みんなと同じ機会が与えられないことに怒りも感じた。闘うか、屈するか。みんなの問題は低身長とどう向きあうかだったけど、ぼくの問題はそれをどうやってみんなにわからせるかだった」。シニアが言い添えた。「息子は『もしぼくがふつうの大きさだったら、きっとすごい人だったよね？』と言ったことがある。まだ一一歳で、病室にいたときだ。私は部屋から出ていくしかなかった。泣いてしまって、どうしていいかわからなかったから。病室に戻ると、彼が言った。『だいじょうぶ、パパ。答えはわかってるから』」

「スポーツが大好きで、スポーツ選手になりたかった」とクリントンは言った。「よく通りでホッケーをやったよ。でも、みんなは体がどんどん大きくなって、ぼくは弾き飛ばされて、いっしょに遊べなくなった。子ども時代にあれを失ったのは大きかったな」

身動きもできず手術を受けつづける長い日々、クリントンの勉強は自宅学習になった。ほかに気晴らしもなく、学業に励んだ。「できることはそれしかないと思った。だからたいていの科目でみんなより進んだよ。ぼくは、本当に勉強ができるようになろうと決心した。何かで一番にならなきゃならなかったんだ」

そうして高校卒業後、ホフストラ大学に進学した。家族のなかで大学に入ったのは彼が初めてだった。

大学では銀行経営と財政学を専攻して、ピアカウンセラー〔訳注：同じ悩みや障がいをもつ仲間の相談にのる人〕を進んで務め、新入生のオリエンテーションの運営も手伝った。「一生ずっと大学生活だったらいいのにと思うよ。大規模で男臭い友愛会に入って、キャンパスじゅうの女子と友だちになって、あちこちでデートして、楽しいから」

クリントンは、指の関節が曲がらないのでシャツのボタンを留めるのに介助を必要としたが、ほかのことは人の手を借りずになんでもこなした。運転免許も取り、特別仕様の車も手に入れた。「息子が運転していたと友人から聞いた日のことを思い出すよ」とシニアは言う。「クリントンを見たと彼が言うんだ。なんとロング・アイランド高速道路で！　すぐに訊き返した。『クリントンがバンに乗ってLIE高速を走ってた？』。息子の時間割を調べて、こっそり大学へ行ってみた。息子に知られたくないから、奥のほうに駐車してね。あの大学の先生は酔っ払ってたか聖人かだな。クリントンが運転できるように、特別なシートやハンドルが車についてたから。息子は車でさっと出ていった。私は何も言わなかった。なぜって——なんというか、ことばを失ったんだ。驚いたよ」

「この子はホフストラ大学で知りあいになった人たちと、四年間ずっとつきあっていた」とシェリルは言った。「バーとかに行ったりして。『ねえ、どうやってスツールに腰かけるの？』と尋ねたら、『みんなが持ちあげてくれるんだよ、ママ』だって。私は注意した。『あなたの身長は九〇センチ、ほかの人たちは一八〇センチ。あなたがビールを二本飲めば、それは彼らの四本分なのよ』と。息子がお酒を飲んで運転するのが怖かったから。バーのそばを通ったとき、息子の車が駐まっているのに気がついたときもある——いろいろな装備がついているからすぐわかるの。店に入っていきたかったけど、メッセージを三回送って家に帰り、電話のそばで息子からの連絡を待ったわ。でも、この話をクリントンの同級生のお母さんにしたら、彼女は言った。『彼がそうしてバーで酒を飲んでいるなんて、あなたは幸運なのよ』。それで思ったの。たしかに、もしあの子が生まれたときに、いつか大学の友だちとお酒を飲んでドライブするのを心配するようになるなんて言われていたら、大喜びしただろうなって」

成長したクリントンは、彼の体が小さいというだけで失礼なことをする人とはつきあわないことを学んだ。「昔は本当に悲しくなった」と彼は言った。「よく泣いたよ。でも、いまは立ち向かっていく。ママは『やさしくしなさい、やさしくね』ってそればっかり。でも、やさしくできないときもあるよ。ある男のテーブルの横を通ったとき、彼が連れに、『うわ、おい、あのちび（ミジェット）を見ろよ』と言ったから、ぼくは『二度と言うな』と諭して、彼のビールを膝の上にぶちまけてやった。でも、子どもには文句を言っても始まらない。ものがわかってないからね。そういうときには親に向かって『いいですか。お子さんに礼儀を教えたほうがいい。親の品位にかかわりますよ』と言うんだ。どんな上品なレストランでも、それだけは変えなかった」

一年後、クリントンと昼食をともにしたとき、私はこの話を思い出した。場所はマンハッタンのミッドタウン。彼のオフィス近くにあるしゃれたレストランだった。テーブルに向かうあいだ、私たちがそばを通ると誰もが話をやめ、じろじろ眺めた。目の端からこっそり視線をおくる人はわずかばかり。もし私が縞模様の長いしっぽのキツネザル、あるいはマドンナと歩いていたとしても、これほどの注目は集めなかっただろう。敵意のこもった視線ではないものの、まちがいなく居心地は悪かった――その感じは、たとえばサンディエゴの埠頭（ふとう）で重複障がい者の子を車いすで押したときとはまったく別物だった。やさしい憐れみにもうんざりすることがあるが、好奇に満ちた驚きよりはがまんできる。

クリントンは一八歳の夏休みに金融関係のアルバイトを見つけた。仕事は週に五日、片道一時間半をかけ、ひとりでスクーターと電車と地下鉄を乗り継いで、マンハッタンのメリルリンチのオフィスまで通っていた。「学べることはすべて学んでおきたいんだ。両親はぼくのことを心配しすぎだから。それを忘れてもらうには、ぼくが経済的にも物理的にも自立すればいい。いまは限界なんて考えず、遠慮せずにとことんやってみたい」

クリントンの日常生活の最大の問題は、移動だ。長めの移動にはスクーターを使うが、距離の長短にかかわらず、歩くとかならず足が痛くなるからだ。痛みが始まるのは、たとえば、テイラー・バン・パッテンよりずっと早い。「股関節、膝、関節は本当に具合が悪い。骨と骨のあいだの軟骨が足りないんだ。寒いと症状は悪化する」。にもかかわらず、彼がすんなりと体の向きを変えるので私は感心した。

食事をするときには、曲がらない指のあいだにフォークやナイフの柄（え）をからませるようにうまく差しこむ。「自分でずいぶん工夫したよ。ピザやサンドイッチをすくいあげて、掌にのせる。書くときは二本の指を使う。でも、もしひとつだけ変えられるなら、ふつうの人のように歩いてみたい。いまでもひと晩じゅう踊ったりするし、なんでもやってるけどね」。たしかにＬＰＡで初めて会ったときも、彼は踊っていた。私が部屋に寝に戻っても、ダンス会場に残っていた。翌朝、クリントンは痛む足を引きずりながらもご機嫌で、私のことをダンスフロアにいた唯一の平均的身長者だったとからかった。「小さい人みたいに目立ってたよ」

クリントンの夏休みのバイトは、メリルリンチ法務部での単純な事務作業だった。彼は昇進しようと決意していた。大学卒業後は〈ミューチュアル・オブ・アメリカ・キャピタル・マネジメント・コーポレーション〉に採用され、専門のアナリスト向けに損益計算書やレポートを作成し、リアルタイムの株の取引値を調べ、投資家がインターネット株の動向を見きわめる手助けをした。さらに、そこで働いているあいだ、利用者にやさしいとは言いがたい地下鉄でつらい体験をした彼は、ニューヨーク都市圏交通公社（ＭＴＡ）の役員が開く公聴会で意見を述べることにした。

私がミッドタウンの会議場に着くと、彼の友人や親戚がたくさん応援にきていた。「私は障がいをもつすべてのニューヨーク市民を代表して、あなたがたのまえに立っています」。クリントンは落ち着いて堂々と話した。「これから述べることは、障がいをもつアメリカ人法の違反、公民権の侵害、そしてMTAの地下鉄と列車を利用する全ニューヨークの車いす使用者に対する目に余る危険な状況についてです。このスピーチの目的は、あなたがたの輸送システムで生じている問題を説明し、それが人々におよぼしている影響を知らせ、議論して解決にいたることです。平等を追求する同じチームの仲間となって、問題解決に取り組んでいただくよう、ぜひお願いしたい」。あとで私といっしょに朝食をとったシェリルは、自分にはあんなことはぜったいできないと打ち明けた。

いまとはちがう状況だったら？　そう考えることがよくあるとシェリルは言った。「彼が生まれたとき、看護師のひとりが泣きだして、『ああ、ほんとうにひどいわ。なぜあなたたちなの？　こんなにいい人たちなのに』と言ったの。でも、いま私は誰とも交替したくない」。クリントン・シニアも同じだった。「新米の若い連中と仕事をすると、怠けたり、それはできませんなんて言ったりする。そういうときには、わが子だとは明かさずに、ある知りあいは朝起きて服を着て外で新鮮な空気を吸うだけでも三〇分かかると話すんだ。『きみたちにはふたつの手、二本の腕、ひとつの頭がある。神様がくれる道具は全部そろってるのに無駄にしてるな』とね」。そして間を置いて続けた。「じつは、私も昔は無駄にしていた。これはクリントンが教えてくれたことだ」

シェリルもクリントン・シニアも、息子をどこか畏れ敬っている――彼の勇気、学業や仕事の成果、広い心を。「私たちが何かをしたから、いまの彼になったとは思わない」とシェリルは言った。「私がしたこと？　彼を愛した。それだけよ。少しまえに、私たちよりずっと社会的に上で、教育のあるご夫婦から電話があって、自分たちの手には負えなかったと言われたの。テキサスの政界にいるその人たちは、不名誉なことは仕事のマイナスになると考え、子どもを養子に出した。それは私がやろうとしたことの正反対だった。このあいだ、クリントンが家に帰ってきてこう言ったのよ。『今日、マンハッタンに杖をついた目の見えない人がいて、人が行き交うなかで立ちつくしてた。泣きたくなったよ。本当に気の毒になって、行きたいところまで手を引かせてくださいって声をかけた』。クリントンの心には、いつもやさしい光がともっている。その輝きを誰よりも先に見られる私たちは幸せ者よ」

遺伝子検査に賛成か、反対か

低身長症には、原因遺伝子がまだ発見されていないものもあるが、発症頻度はごく低く、ほとんどの原因遺伝子は染色体上の位置が特定されている。たとえば、軟骨無形成症はたいてい、線維芽細胞増殖因子受容体3(FGFR3)の優性突然変異が原因だ。FGFR3で別の変異が生じると、低身長としてはより軽症の低軟骨形成症を引き起こす。同じ場所でまた別の変異があるとタナトフォリック骨異形成症となるが、これは骨系統疾患のなかでは致命的な病気だ。

軟骨無形成症は優性遺伝で、両親ともこの患者の場合、低身長の子どもが生まれる確率は五〇パーセント、標準的身長の子どもは二五パーセントとなる。親の両方から軟骨無形成症の遺伝子を受けついだ子どものうちの二五パーセントは、幼児期に亡くなる。ほかの多くの骨系統疾患では、誕生時か生後まもなく死に至る。

軟骨無形成症の原因遺伝子が発見されたことで、この病態への理解が深まった。また、出産前に胎児がこの遺伝子を二重にもっているかどうかを検査すれば、悲劇的な妊娠を中絶するという選択肢もできた。だが同時に、健全な軟骨無形成症の子どもを産まないという選択も可能になった。

この遺伝子は、一九九四年にジョン・ワズムスが解明した。以来、SED、偽性軟骨無形成症、捻曲性骨異形成症などの原因遺伝子の発見が相次いだ。ワズムスは自分の発見がその後どう利用されるかを懸念していた。発表の記者会見でワズムスと壇上に立ったレスリー・スナイダーは、「彼はその発見の意味を理解していた」と回想する。「幸福ではつらつとして健康そうな私たちが、ニュース発表の瞬間にいっしょに立っているところを世間に見せたかったのよ」

ワズムスは、「検査は胎児が低身長症の遺伝子を二重にもっているかどうかを確認する目的にかぎるべきだ」という意見だった。低身長症はまれにしか見られないので、通常の遺伝子検査で調べることはない。だが、軟骨無形成症の検査を依頼することはできるし、体外受精をした受精卵の着床前診断や羊水穿刺［訳注：羊水を採取し性別・染色体異常を調べる検査］、あるいは絨毛検査［訳注：子宮内の絨毛組織を検査し胎児の状態を調べる］もできる。実際には、低身長症の多くは妊娠後の超音波検査で見つかる。最近の調査によると、回答者の四分の一が「その場合には堕胎を選ぶだろう」と答えている。さらに目を引くのは、同じ選択をする医療関係者が半数以上にのぼったことだ。

検査の是非については、その後、低身長者のなかに、あえて低身長の子どもが欲しいと表明する夫婦が何組か現れ、激論が交わされた。マサチューセッツ大学のダルシャク・サンガビ博士は、そうした選択をする低身長者の権利を支持して、「多くの親には、自分たちと似た子どもをもつことで家族の絆や社会とのつながりが強まるという心温まる信念がある」と述べた。LPAの権利擁護委員会の長、ベティ・アデルソンとジョー・ストラモンドも、ニューヨーク・タイムズ紙に宛てた手紙のなかで、そうした夫婦の要請を拒んだ医師は「強制的な優生学を積極的に推し進めている」と批判した。

あるLPの夫婦は、子どもが低身長の遺伝子を二重にもっているかどうかを確かめるために着床前診断を受けようとしたが、複数の病院から、〝健康的な〟妊娠を支持しているので低身長者の胎芽は着床させないと言われたという。夫婦ともに軟骨無形成症であるキャロル・ギブソンは言った。「私が自分そっくりの子どもを産んではいけないなんて、誰に言えるの？　信じがたいおこがましさだわ」。こうしたやりとりにうんざりして、低身長の子どもを養子にとることを選ぶ低身長者も多い。養子になるのは、とくに開発途上国で実の家族から育児放棄されている子どもたちなどだ。

ジニー・フース夫妻には軟骨無形成症の子どもがふたりいるが、ひとりは実子、ひとりは養子だ。「実の息子に『あんたたちのせいだ』と言われたら悪夢ね」とジニーは言った。「私も夫も親にはそう言えなかった。すべて偶然だったから。でも、あの子はちゃんと言える。『遺伝するのを知ってたのに、そのまま進んでぼくを低身長にした』って」。ふたりめをつくらずに低身長の養子をとることにした理由はこうだ。「低身長症は、肉体だけでなく魂もつくると思う。LPがふたりいれば深い絆が生まれる。同性の友だちであれ、生涯の伴侶であれ、どんな関係であっても。私が夫と出会ったときにも、共通点があった。それは体の特徴以上のもので、人生経験と呼んでもいい。夫はベイルート育ちで――それも内戦中の！――私はボストン育ちだから、生い立ちはどこも似ていない。でも、ふたりはよく似てるの。低身長者だという、ただそれだけの理由で」

多くの低身長者は充実した豊かな生活をおくっていて、〝障がいを背負う〟というより〝不便に耐えている〟くらいに見えることが多い。だがこれから先、出生前診断が発達すれば、裕福な親ほど高価な検査を受けて中絶し、貧しい親ほど検査をせずに低身長者を生みだすことになり、人口統計学的に困ったことが起きるのではないかと懸念する人もいる。

自身も軟骨無形成症である活動家のトム・シェイクスピアは、BBCラジオのインタビューでこの問題を取りあげた。「障がいについては態度を決めかねている。悲劇だとは思わない――それは昔の考え方だ。けれども、とるに足らないとも思わない――こっちは急進的すぎる考え方だ。私に言えるのは、障がいはひとつの困った状況だということだ」。妊娠後の遺伝子検査については、してもしなくても問題が残る、と彼は指摘した。低身長者が生まれることを早い段階で知ることのメリットは、心の準備ができて、嘆くこと（もしそれが子どもをもつ際の感情の一部なら）をあらかじめすませておける点だ。あるいは中絶も可能だろう。それに対して、知らないでいることのメリットは、選択の苦しみを背負わなくてもいいことだ。もし知れば、出産が怖ろしく耐えがたいものになりうる。

ＬＰＡは、遺伝子検査についての声明を発表している。一部を抜粋するとこうだ。「私たちは低身長の人間として、社会の有意義な構成員だ。困難はあるものの、その大半は（ほかの障がいと同じく）社会環境的なものであり、私たちは機会あるごとに、社会の多様性に独自の視点を提供している。そのことを広く知ってもらいたい。ＬＰＡの会員は、自己受容、自尊心、コミュニティや文化について共通の認識をもっている」

遺伝に関するカウンセラーで、ＬＰＡの声明の作成にたずさわった低身長者のエリカ・ピーズリーは、遺伝子検査が人間の多様性を排除するために利用され**ない**ことを強く望んでいる。「基本的に死ぬとわかっている赤ん坊なら、生まれるまで全妊娠期をすごすより、早期に決断できる機会が与えられるほうがいいでしょう。でも私たちは、軟骨無形成症もほかの骨系統疾患の人たちも、健康的で生産的な生活ができると考えています。妊娠中絶は権利であり、それに異を唱えることはできませんが、中絶が正当化されないケースもありうるという認識をつくりだしていきたいです」

いまのところ遺伝子検査は通常、診断のために実施され、何を予期し、どうすべきかを家族に教えている。たとえば、モルキオ症候群の子どもは、視力と聴力が低下するので観察下におく必要がある。また首が不安定になることがあるので、脊椎骨の上部を融合させ、脊髄への深刻な損傷を防ぐことができる。低身長症に関しては、骨の成長を阻害する低身長症遺伝子のはたらきを停止させる研究をしている学者たちがいる。遺伝子そのものを排除するのではなく、活動を変化させて病が発症できないようにするのだという。

バージニア・ヘッファーマンはニューヨーク・タイムズ紙で、低身長症について「大切な遺産——難聴のようにひとつの特質ではあるが汚名であり、ハンディキャップでありながら誇りの源であり、複雑でカリスマ的できわめて排他的な文化に属するための必要条件でもある」と述べている。また、エリカ・ピーズリーはこう言った。「成長期には、こういう姿になることをとくに嫌悪はしていませんでした。ただ、みんながどうしてあんなふうに私を見るのか理解できなくて、ずっと傷ついてきた。年齢を重ねるうちに、首にも問題が生じて慢性的に痛むようになりました。低身長の人たちの寿命が短くなっているという話も聞きます。LPならではの視点を社会に浸透させることは、はたして現実の障がいと痛み以上に重要なのか、そこを考えてもらいたいです。私たちのなかには、小さい体はそのままで手術と痛みだけを取り去ってくれたら最高だと言う人もいますから」

アナトール

ニューヨーク在住のフランス人モニク・デュラは、妊娠五カ月の超音波検査を受けに、ロシア人のパートナー、オレグ・プリゴフとでかけた。すべて順調で五分で終わると思っていた。「赤ちゃんが男の子か女の子か知りたくて待ってたの。でも、何かおかしい。問題があったのかと訊くと、『診断書が出ればわかります』と言われた」とモニクは言った。「ようやくお医者さんに会えると、お子さんは手足の長さと頭の大きさのバランスがとれていないと言われた。でも、とくに強い警告じゃなかったのよ」。その産婦人科医は、専門の研究所での再検査を勧めた。研究所の医師は胎児の頭が大きいことは確認したが、オレグの頭も大きいことに気づくと、ふたりに夏の休暇を楽しむようううながした。

休暇から戻るころ、モニクは妊娠七カ月目を迎えていた。かかりつけの医師から追加の超音波検査を勧められて、また別の医師の検査を受けた。すると、その医師から遺伝カウンセラーを紹介され、カウンセラーからは骨系統疾患の怖れがあると言われた。「医学用語を使われたことで、どこかよそよそしい、はるか遠い出来事のような気がした。そして突然、不安が重くのしかかってきたの」

遺伝カウンセラーは、「まず悪い知らせから。お子さんには問題があります」と言った。「いい知らせは、それが何であるか正確にわかっていることです。軟骨無形成症は、低身長症のなかでももっとも一般的な病気で、ほかの低身長症に比べて合併症も少ない。ただ、水頭症、頸部脊髄（けいぶせきずい）圧迫症、脊柱管狭窄症、慢性閉塞性肺疾患、中耳炎、脛骨の湾曲などを発症する危険があります」。モニクは気絶しそうだった。「現実と向きあいたくなかった。そのときほぼ妊娠八カ月よ。『検査なんてもうイヤ。何も知らないほうがよかった』と思ったわ。『もっと早くわかっていたら――』とも。産婦人科の先生は何もアドバイスしてくれなかった。何も助けてくれなかった。ＬＰＡについて調べてみればと言ったけど、アドバイスらしきものはそれだけだった」

モニクはフランスにいる知りあいの医師たちに相談した。「誰もが、避けられる苦労や問題や困難を引き受けることはないと言った。みんな堕ろすべきだと思ってた」。ニューヨークの遺伝カウンセラーは、遺伝学の知識がある心理学者を紹介してくれたが、「どちらを選んでもかならず後悔するときが来ると言われたの。そのインパクトが強くて、とても前向きになれなかった。『後悔する決断はしたくない』。単純だけど、それが基本的な考え方だった」

オレグは言った。「妊娠中絶は、ぼくの家族にとっては問題外の選択でした。家族はロシア正教からカトリックに改宗していて、それを厚く信仰していたので。母は考え直すようにとロシアからファックスを送ってきた。だけど、モニクには見せませんでした。決めるのは母じゃないから」。「オレグは、ほかの人の考えを気にしないの」とモニクは言った。「でも、私はみんなの意見を知りたい。いつも、あらゆる人に訊いて、それから決めるの。結局、私たちは中絶を決めた。フランスでは妊娠のどの段階でも堕胎ができる。私はニューヨークから離れて、自分の家族の近くに行った。子どもを産むことに反対だった彼らに支えてもらいたかったから」

フランスに行ったオレグとモニクは、彼女の故郷リヨンの病院を訪れた。ふたりが予約をとった医師は、フランス中東部の複雑な出産前の遺伝病はすべて診るというベテランだった。「彼女は経験豊富で、患者はかならずというくらい中絶を選ぶと言ったわ」とモニクは語った。「私たちは座って話を始めた。やがて助手が手術のまえに署名する書類を抱えてやってきた。でもそのとき、『ここで私は何をやっているんだろう』と思ったの。体が震えていた。医師は、『もし手術をしたくないのなら、やってはいけません』と言った。私はすっかり怖ろしくなった。そのときオレグが『赤ん坊が生まれても、うまくいくさ』と言った。私は自分の本当の望みを知るために、その寸前まで行く必要があったのね。突然、この赤ちゃんを産みたいということがはっきりした」。モニクは涙を流しながら語ったが、最後は微笑みを浮かべていた。「そう、突然、本当にはっきりしたの」

こうして、モニクとオレグはニューヨークへの帰路についた。「すぐに時間との競争が始まった。低身長についてわかることをすべて知るためのレースよ」。ふたりはまず、友だちの友だちだったリサ・ヘドリーと、その娘ローズに会った。「もう明確な意志をもって進んでいたから、肢体異常や合併症にまつわる多くの困難を知っても、怖れはなかった。あの心理学者はまちがっていた。私は一度だって後悔してない。当時は選択から逃げたかったけれど、いまは自分で選んだことがうれしいの――この子を産んだことが私の積極的な決断であって、偶然の出来事ではないことが」

私が初めてモニクとオレグに会ったとき、アナトールは四歳だった。「アナトールには同じ低身長の弟か妹をつくってあげたかった」とモニクは言った。「でも私たちにはそれができない。そもそも彼の症状はまったくの偶然だったから。アナトールが仲間はずれになったみたいに、寂しくならないようにしないと。だからＬＰＡと交流するつもり。つながりができたら続けていくわ」

薬品については熱烈なフランス支持者のモニクだが、社会環境となるとそれに劣らぬ親米派である。夫妻はアナトールを、ジョンズ・ホプキンス病院の整形外科医、低身長者のマイケル・エインのところへ連れていった。「アナトールが彼をロールモデルにしているのはいいことよ」とモニクは言った。エインの患者がほとんど低身長者のみであることも、彼らに必要な手術に精通していることも気に入っている。でもアナトールには、障がい者だけでなく非障がい者も含めた同世代の子どもたちとも交流させたがっている。

「いまは、ちがいを養うことに熱中してるの」とモニクは言った。「アナトールには『そう、あなたはちがっている。じゃあそこから何を得る？』と伝えている。私はアナトールの体のバランス、あの小さくまとまった感じが好きになりはじめているけど、ある日、あの子は『スパイダーマンやママやパパみたいに大きくて強くなりたい』と言った。私が『アナトール、あなたはスパイダーマンやママやパパみたいにはなれないの。でもとても強くて、とても小さくなれるのよ』と答えたら、アナトールは『ちがっているのはイヤなんだ！』と返してきた。ここからがたいへんだと思ったわ」

「ある優秀な学校のパンフレットを見ていたら、最後のところに『障がいのあるお子様を歓迎します』とあった」とモニクは言った。「ニューヨークは、暮らすにはまちがいなく最高の場所だし、いまが最良のときだとも思う。祖父母の時代だったら、アナトールの世話はとてもできなかったわね」。ヨーロッパの多くの地域で尊重されるアイデンティティ――カトリック、フランス人、白人などは、いまだに集団的で同調圧力が強い。そのせいか、南ヨーロッパでは驚くほど骨延長手術の人気が高い。

モニクとフランスの家族のあいだにも、気持ちのへだたりがある。「むこうでは美しいことが何よりも大事だから。いまでも母は〝かわいそうなアナトール〟という見方しかできない。孫を愛しているのはわかるけど、母にとって私の人生はあまりにも奇妙なの。私の選択に敬意ははらっても、理解はできない。つまり、私のつくった家族は、私をつくってくれた家族から私を引き離してしまったのよ」

数年後、私は七歳になろうとしていたアナトールに、低身長者として生きることについて訊いてみた。彼にはすでに弟がいて、ちょうど弟のほうが背が高くなったころだった。そのことでつらい思いをしているのではないかと気になったが、アナトールは少し考えてからこう言った。「ううん——ぼくの代わりにものを取ってくれるからうれしいよ」。そして、兄弟の部屋では上段のベッドを使っていると自慢し、学校の成績も優秀だと言った。「アナトールは方法を考えては、なんでも自分でやってしまう」とモニクは言った。続けて「子どもたちって、意外にやさしいものよ。いじめがないわけじゃないけど」と笑った。「わかるでしょう？　アナトールはやさしくて、人のなかのやさしさを引きだすの。だから、あの子にとって人生はあまりつらくならないと思う」

骨延長手術の利点と難点

低身長者の身体的な能力は、その体型で決まる。彼らがつねに声を大にするふたつの問題は、〝自分たちがほかの人間にどう見えるか〟と〝世界が自分たちの寸法に合っていない〟だ。その両方がもっとも複雑に混在するのが、長期間の骨延長手術（ＥＬＬ）をめぐる論争である。この治療は、ふつう八、九歳の急激な成長期から始める。具体的には鎮静剤を投与され、両脚の膝下から足首までの骨に、金属のボルトを四センチ間隔で埋めこまれる。そのボルトは脚の肉から突きだす。さらに下腿部の骨を一〇カ所ほど切り、本来の機能がはたせなくなった脚の外側に、それぞれのボルトをはめこむ大きな固定器をつける。一カ月もたつと、折れた骨は互いにつながろうとするが、結合する寸前で固定器を調節してまた骨同士を引き離し、間隔を維持しながら脚の長さを伸ばしていく。これをほぼ一年間、定期的にくりかえすのだ。つまり、骨は何度も折れ、何度も回復する。靭帯（じんたい）も筋肉も神経もつねに引っぱられた状態だ。

下腿部の治療が終わると、次は同じことを前腕部でくりかえし、上腿部、そして上腕部に移る。必然的に、骨延長手術を受けると体の組織を打ち砕かれ、児童期の終わりから思春期の大部分を激しい痛みのうちにすごすことになる。体に大きな金属の固定器をつけ、金属ボルトが両腕と両脚から飛びでたままで、その年月をすごすのだ。しかし、それに耐えれば、身長を三六センチも伸ばすことができる。一二〇センチと一五五センチのちがいは、奇形と見られるか正常と見られるかのちがいになる。費用は、八万～一三万ドル（約八八〇～一四三〇万円）だ。

ＥＬＬは美容と機能の両面にかかわる治療だが、手術を受けた多くの人は美容面については語らない。懐疑派は、ＥＬＬは複雑で痛みをともない、多くのやっかいな副作用があるうえ、手術をしなくても社会で充分活動できることを考えれば、治療には根拠がないと主張する。人工内耳に反対する人と同様に、ＥＬＬ反対論者も、手術によって自分たちが〝治療を要する人〟と見なされることに抗議する。

何が正しいかの判断はむずかしい。ＥＬＬの経験者は、総じて手術を好意的にとらえる傾向があり、調査によると、手術によって自己評価が高まっている。「いつも上ばかり見ているのはつらい」とＥＬＬを受けたあるＬＰは言った。「首がつらいだけじゃない、心もつらいんだ」。こうした回答にはどことなく、予言の自己成就［訳注：たとえ根拠のない予言でも、それを信じて行動することで、結果として現実が予言どおりになる現象］を感じさせるものがある。手術を選択した人は、おそらく術前から自信をもちたいと願っていたのだろうし、人生の長い時間を捧げた手術を軽視したくはないだろう。ただし、ＥＬＬで合併症を経験した人たちは、この治療法にもっとも強硬に反対するようになる。

ＥＬＬをめぐっては、ＬＰＡ内にも緊張関係がある。二〇〇二年の全国大会では、ＥＬＬの権威である外科医ドロール・ペイリーを招くことになっていたが、会員の反対で中止になった。子どものころ手術を受けたジリアン・ミュラーは、ＥＬＬの積極的支持者だ。「どんな親にもできるいちばん重要なことは、まず子どもを受け入れて、子どもにも自分自身を受け入れるように教えること。子どもが、いずれ親に〝治療〟される病気をもっていると思いながら育つことは、ぜったいあってはならないわ」。その前提のうえで、ＥＬＬは低身長による不便を感じずに生きていく手助けになると彼女は言う。長い手足を得たときにはわくわくした、と。

あるＬＰＡの幹部は、「手術を受ける人が、とことん話しあうことができて、はっきり自分で決断できるようになるまで待つ必要があります。長期にわたって心理学者などと本音で話しあい、それから結論にいたることを勧めます」と言った。だが、人工内耳の埋めこみと同様に、この治療法が有効なのは児童期後半から思春期前半にかけての成長期のあいだだ。言語の習得時期よりはあとだが、体が完全に成長するかなりまえに実施しなければならない。

なかには、骨延長手術は、低身長に関連した脊椎疾患やほかの整形外科的な病状の防止になると言う医者もいる。これは緊急に論議すべき問題だろう。娘にＥＬＬをしなかったダン・ケネディでさえ、ざっくばらんに書いている。「骨延長手術が低身長者にもたらす恩恵は、腕が長くなるというだけでもそうとう大きい。そうなれば、自分の全身をふくことができる。それより大事なことがあるだろうか」

ＥＬＬを実施する症例は一つひとつ異なる。だから、リスクと見返りについても一概(いちがい)には言えない。治療法としてかなり新しく、長期的な術後の検証もまだできていない。ただ、合併症を起こす割合は、軽症だったり一時的なものから、重く永続的なものまで含めて、ほかのどんな整形外科手術よりも高いのは事実だ。また、治療対象となる年齢層は手術がなくても整形外科的に多くの問題を抱えているので、ELLはその混乱をさらに引っかきまわすことになる。

世の中には、同じ低身長でも、それを苦もなく受け入れている子どもがいる一方、人とちがうことにほとんど耐えられなくなっている子どもがいる。同じように、ほかとちがう子どもをもつことを甘受できる親もいれば、できない親もいる。

私は九歳のころ、ゲイをやめられるのなら何を投げだしてもいいと思っていた。治療法があれば、ELLのような手術でも耐え抜いただろう。だが四八歳になったいま、自分の体を傷つけずにすんでよかったと思っている。

肝心なのは、九歳児の思考のうち、どれが時とともに変わる偏見で、どれが大人になるまで消えない心の真実かを読みとることだ。両親の態度が子どもの思考を形づくる場合も多いから、外科医はそれも考えたうえで、手術をする者の真の利益を見きわめる必要がある。

「娘は低身長であることを憎んでいた」と、ある母親は私に言った。「家に招いた低身長者たちを指さすの。『あんな人間になるなら死んだほうがまし。みんなできそこない。大嫌い』って。かわいい人たちなのに、彼らの世界に加わろうとしなかった。仲よくできるよう私たちはがんばったけど、だめだった」。その娘は手術を強く希望し、受けたことを喜んでいる。

子どもに救急ではない任意の手術をすることについて、医療倫理学者のアーサー・フランクは「治療という選択肢があることで、治療すべきか否かという疑問から逃れられなくなっている」とヘイスティングス・センター・リポート誌［訳注：シンクタンクである同センターが発行する生命倫理の専門誌］に書いている。

そもそも、外科手術は摘出手術として始まった。現代の施術はその発展形だ。整形外科手術に関する記述は古代ギリシャまでさかのぼることができるが、見てそれとわかるものは、一八世紀のフランス人医師ニコラス・アンドリーが始めた。アンドリーの*Orthopaedia: Or, the Art of Correcting and Preventing Deformities in Children*（整形術、もしくは幼児の体の奇形の予防・矯正術）の挿し絵を、ミシェル・フーコーが自著『監獄の誕生――監視と処罰』（新潮社）の巻頭に載せたのは有名で、その図版は虐待の象徴だった。まっすぐな杭（くい）にしばりつけられた一本の曲がった木、それだけを描いた絵である。

フーコーなら、ＥＬＬは体制順応を強要する社会がもたらした拷問の一形態だと考えただろう。低身長者にもっとやさしい社会にしようという考えは崇高だ。しかし、いかなる場合でも、低身長者を社会に合わせるほうが簡単だ。問題は、世の中の流れにしたがう低身長者たちが、社会的不正義を助長しているのかどうかということだ。彼らは、世の中のほうを低身長者に合わせるために、ＥＬＬを拒否して社会に圧力をかける道義的な責任まで負っているのか？　人としての満足を求めて生きようとしているＬＰに、そこまで要求するのは無理だろう。

近年では、一般の人々のあいだにも、身長をもっと高くしたい若者や、わが子の身長が低くて社会的な不利益をこうむるのではないかと案ずる親がいて、美容上の理由からヒト成長ホルモン（ＨＧＨ）を使用するケースが増えている。ＨＧＨは、骨系統疾患の人の身長を伸ばすことはできないが、下垂体性の低身長症［訳注：成長ホルモンの分泌が少ないことによるもの］への効果は昔から認められてきた。いくつかの研究では、一〇センチまでは身長が伸びるとされている。なお、ＥＬＬと同様にこのホルモン療法も、通常一〇代初めの成長期に受けなければならない。

また食品医薬品局は最近、〝原因不明の低身長〟（最終身長が男性で一六〇センチ未満、女性で一五〇センチ未満）に対して、ヒューマトロープ［訳注：アメリカの製薬会社の成長ホルモン製剤］の使用を認めた。もちろん、最終的な身長は成長が止まるまでわからないし、その時点で使用したのでは遅すぎるから、すべて統計と推測にもとづいて進めることになる。その費用は、成長期を通じて実施した場合、一万二〇〇〇〜四万ドル（約一三三万〜四四〇万円）になる。なかには、子どもの背を高くしてやることが親の愛と信じて、平均的身長の子どものためにＨＧＨを求める裕福な親もいる。

たしかに、長身の利点は幅広く証明されている。選挙でも、背の高い人間のほうが票を集めやすい。最近の調査では、身長一八三センチ以上の人は、それより低い人よりも平均で一二パーセント高い給料を得ていた。映画や広告の世界、ファッションショーの舞台でも、背の高い人々は美の象徴である。古代より、均整は美の本質と称えられてきた。ウィトルーウィウス［訳注：前一世紀のローマの建築家］は、その著作のなかで、ギリシャの彫刻家は均整を完全に理解して普遍的理想を表現したと述べている。「なぜなら、人体は自然によって設計されており、顎から額の最上部、髪の生えぎわまでの顔の長さは、身長の一〇分の一となる」に始まって、低身長からかけ離れた体型を提唱しているのだ。

英語には、褒めことばの stand tall and proud（堂々とふるまう）や、批判をするときの fall short of（不足する）、comes up short（期待はずれ）、paltry（とるに足らない）、puny（弱小）など、大きさにかかわる表現が豊富にある。動詞の dwarf（卑小に見せる）も、たいてい貶す意味で使われ、事態を悪化させる。政治評論家のウィリアム・サファイヤは、かつてニューヨーク・タイムズ紙に、冥王星は「新たに dwarf planet（矮惑星）と分類され、あらゆる言語の教科書において、その中傷的な呼び名を用いるよう指示されている」と書いた［訳注：日本語では〝準惑星〟の表記が推奨されている］。また、ＬＰの日常を取材したジャーナリストのジョン・リチャードソンはこう書いた。「低身長者が一般社会に同化することはないだろう。スター女優がふっくらした唇と卵形の顔であるかぎり、女性が〝長身で黒髪のハンサム〟に憧れるかぎり、低身長者は明らかな差異でありつづける」

キキ

キキ・ペックは、クニースト異形成症という病を背負って生まれた。遺伝子の突然変異によって軟骨や眼球の硝子体に含まれる2型コラーゲンが欠乏するという、低身長症のなかでもまれな病気だ。症状は低身長だけでなく、関節の肥大、平たい鼻、極度の近視、難聴、そして軟骨が重要な働きをするほかのすべての部位における湾曲などがある。さらには、すかすかの〝スイスチーズのような軟骨〟、関節炎と似た症状や関節部の硬直、樽状胸郭（たるじょう）、肥大した手、幅広の足、それに担当医のひとりに言わせると〝溶けかけの氷のような〟すべりやすい股関節、両端が異常に太い不自然なほど細い骨……。

出産時には何もわからなかった。だが、母親のクリッシー・トラパニが一カ月検診に連れていくと、キキの体重が減っていた。医師はクリッシーに、母乳をやめてキキの栄養摂取の状況を正確に記録しておくよう指示した。

それから数週間は怖ろしい毎日だった。キキは〝成長障がい〟と診断され、生きていけるのかどうかもわからぬまま、家から車で行けるミシガン大学病院に連れていかれた。医師たちは誰ひとり、クニースト異形成症の患者を見たことがなかったが（当時、世界じゅうでも症例はたったの二〇〇だった）、ほかとまったく異なる形をした骨のレントゲン写真から、正しい診断にたどり着いた。

続く数カ月は、遺伝学者などの専門家を訪ねることに費やされた。「あの子がどうなるのか、知っている人に訊きたかったから」とクリッシーは言った。「でも、誰も知らなかった」。キキが強度の近視だとわかり、生後二カ月で眼鏡をつくった。「ちっちゃな顔に合う眼鏡を探して、四つもちがう店に行った」とクリッシーは思い出す。「女性の店員が眼鏡をキキにかけようとしたら、あの子はずっと泣いて、泣いて、泣いていた。それが急に泣きやんで、目を開いてじっと眺めはじめた。表情でわかったわ。『私、見える！』って言ってた」

耳の内部組織の一部も軟骨なので、キキは聴覚障がいもひどく、生後六カ月で今度は補聴器をつくった。「それはまったく別の大仕事だった。六カ月の子どもに補聴器をつけさせておくのはたいへんなの。しょっちゅうなくなった。安いものじゃないのに」。ただそのころには、キキも少しは大きくなりはじめ、病気のことを考えれば成長は安定していた。

クリッシーの両親も、孫の病気にひどく動揺した。「母の話によると、私から知らされた父は家から飛びだしていって、ゴルフセンターでボールをひとかご打ちつくしたらしい。そのあと、すぐ戻って病気について調べはじめ、ミネソタ州にクニースト症患者の団体があるのを見つけたの」。その人たちに会うために、家族全員でミネソタに飛んだ。「この病気の大人に会ってもショックを受けないように、心の準備をしたのを憶えている。そして、ひとりの女性に会った。すばらしい人だったわ。ものすごく気さくで、やさしくて、どんな種類の質問にも答えられる。私も両親も、彼女に会えて本当によかった」

生活には大きな困難がともなったが、クリッシーは詩という心のはけ口を見いだした。詩を書くことで自分をコントロールし、無力な状況にも耐えることができた。「キキが助かるのかどうかわからなかった。どんな手術が必要なのか、脊椎、椎間板、軟骨がどうなってしまうのか。二歳になってようやく歩きはじめたけれど、それもやっと立てるくらい。まるで関節炎の八〇歳のおばあさんみたいだった」

だがクリッシーは、クニースト症の人は自信家で意志が強いとも言った。「そして、すごく頭がいい。たぶん、生まれたその日から問題解決を迫られるからね。幼稚園の先生たちも、キキはいつも自分の欲しいものがわかっていて、すばらしい自己イメージをもっているって言っていたわ」

　私が会ったとき、キキは五年生で一一歳になるところだった。話をしたリビングルームで、彼女はソファに座って松葉杖を横に置き、最近つけたという背骨をまっすぐに保持する装具をまとっていた。クリッシーも私もジーンズ姿だったが、キキはこの日のためにパーティ用のドレスを着て、大きなブーツをはいていた。彼女には、どこか徹底した陽気さが感じられた。

「朝起きると全身がこわばってるの。げんこつがうまく握れないし、学校に行っても、指が曲がらないからまだ字が書けない」。校舎内は三輪歩行器で移動すると言い、でも将来は獣医師とロックスターになるつもりだと教えてくれた。クリッシーは、「この子が本当に望んでいるのなら、いつかかならず実現すると思うわ」と言った。ただし、小さいもの同士でいっしょにいられるからと、ペットにチワワが欲しいとキキがせがんだときは、家計が逼迫していて、買ってもらったのはハムスターだった。

　私が訪問しているあいだに、キキと兄のジョシュは口喧嘩を始めた。彼女が何かを蹴って、それがジョシュにぶつかったのだ。「これをどかしたかったの」とキキは言った。ジョシュが「屈んでどかせばいいじゃないか」と言うと、「そんなのやりたくない。また立ちあがるのがたいへんだもん」と言い返した。ジョシュが怒るのはもっともだが、キキはどこか遠くを見るような目をしていた。私も気づくようになっていたが、それは、障がいをもつ子が自分のために障がいをどこまで利用していいのかわからないときに浮かべる表情だった。

「お兄ちゃんはときどき、私が注目されすぎだと思ってる。それは私のせいじゃないって言ってるのに」とキキ。「いや、おまえのせいだろ」とジョシュ。「ふたりで大嫌いって言いあうこともあるの」とキキは私に鋭い語調で言った。そして少し考え、腕組みをしてから断言した。「でもほんとは、お兄ちゃんも私も、お互いがだーい好きなんだ」

クリッシーは、キキが二年生のときに、キキの父親であるケイレブと離婚した。「あの人は、私が思うほどキキに治療は必要ないと思っていた。キキが手術を受けても、病院に来なかったんだと思う。この一〇年間、私は水面からかろうじて顔を出して、空気を求めてあえいでいた。怖かったんだて、ミシガン大学病院ですごしてきたわ」。そしていまも、クリッシーは出口の見えない通院生活をしている。整形外科医を年に四回から六回訪ね、検眼を年に一、二回、聴覚訓練士と耳鼻咽喉科医の検診をそれぞれ少なくとも年二回、リウマチ専門医の診察も定期的に受けなければならない。理学療法の訓練にも休むことなく連れていき、家では毎日いっしょにストレッチ運動をする。

「決断を迫られることがたくさんあるの。人工股関節置換手術をすれば、あの子の苦しみも少しはやわらぐかもしれない。でも、手術が早すぎたらほかの部分の成長を妨げてしまう。なら、いつすればいいの？　まれな病気だから情報が少ない。最悪なのはそこ」。クリッシーはため息をついた。「昔マラソンをやっていて、ずっと笑顔で走っていれば苦しくならないって言われたけど、そのとおりだった。だから今回もそれでいくわ」

キキの母親になったことで、クリッシーは啓示めいたものを得たという。「私は嫌になるくらい内気に育ったの。ちょっと体重が多すぎやしないかとか、髪型や化粧がちゃんとしてるかとか、そんなことをいつも気にする娘だった。でもあの子が人生にやってきて、『ひとつのやり方でなきゃいけないなんてどうして言えるの？　キキがそんなふうにやれないとわかってるのに』と思うようになった。昔の私はなぜ、あんなことにとらわれていたのかしら。ふたりとも不機嫌で私がせっぱつまっているときでも、キキは強い。私はいつも人からどう見られるかばかり気にして、あまり自分を好きになれなかったけど、あの子は、あんなに極端な状況でも自尊心のかたまりなの。本当に驚かされる」。クリッシーはのちにこうも書いている。「私は〝勇気〟ということばを思い浮かべる。この短い単語を、呪文のように力強く唱えつづける。キキは私よりも勇気がある、と」

じつはケイレブと離婚して数年後、そしてキキの脚の大手術の数カ月後に、クリッシーは乳がんと診断されている。そのときは手術に加え、化学療法と放射線療法も受けた。「キキと、どっちが多くお医者さんに行くかなってジョークを交わした」とクリッシーは言った。「あの子と長く暮らしていると、がんもそれほど大事とは思えなくなる。これもなんとか乗り越えなきゃいけないことのひとつにすぎないんだから進むしかない、そんな感じ。がんになったことは、子どもたちに隠さなかった。ジョシュのほうが怖がったわね。キキはいつもどおり真っ正面からとらえて、『いつもママが私を病院に連れていってくれたから、今度は私が連れてくね』って。乳腺腫瘤を摘出して私がベッドで休んでいると、キキは濡れタオルを額にあててくれたり、オレンジを切って食べさせてくれたりした」

キキはさらに、化学療法を受けるまえに母が頭を剃らなければならないと知ると、自分にやらせてほしいと申しでた。そしてそれが終わると、自分の頭も剃ると宣言した。クリッシーは思いとどまらせようとしたが、断固としてゆずらなかった。当時を思い出してキキは言った。「ママは私の手術にとことんつきあってくれた。それががんの原因でないといいけど……。私はずっと、人とちがうと感じながら生きてきたから、それがどんなにつらいことかわかる。ママの仲間になりたかったの。自分だけちがうと思ってほしくなかったのよ」

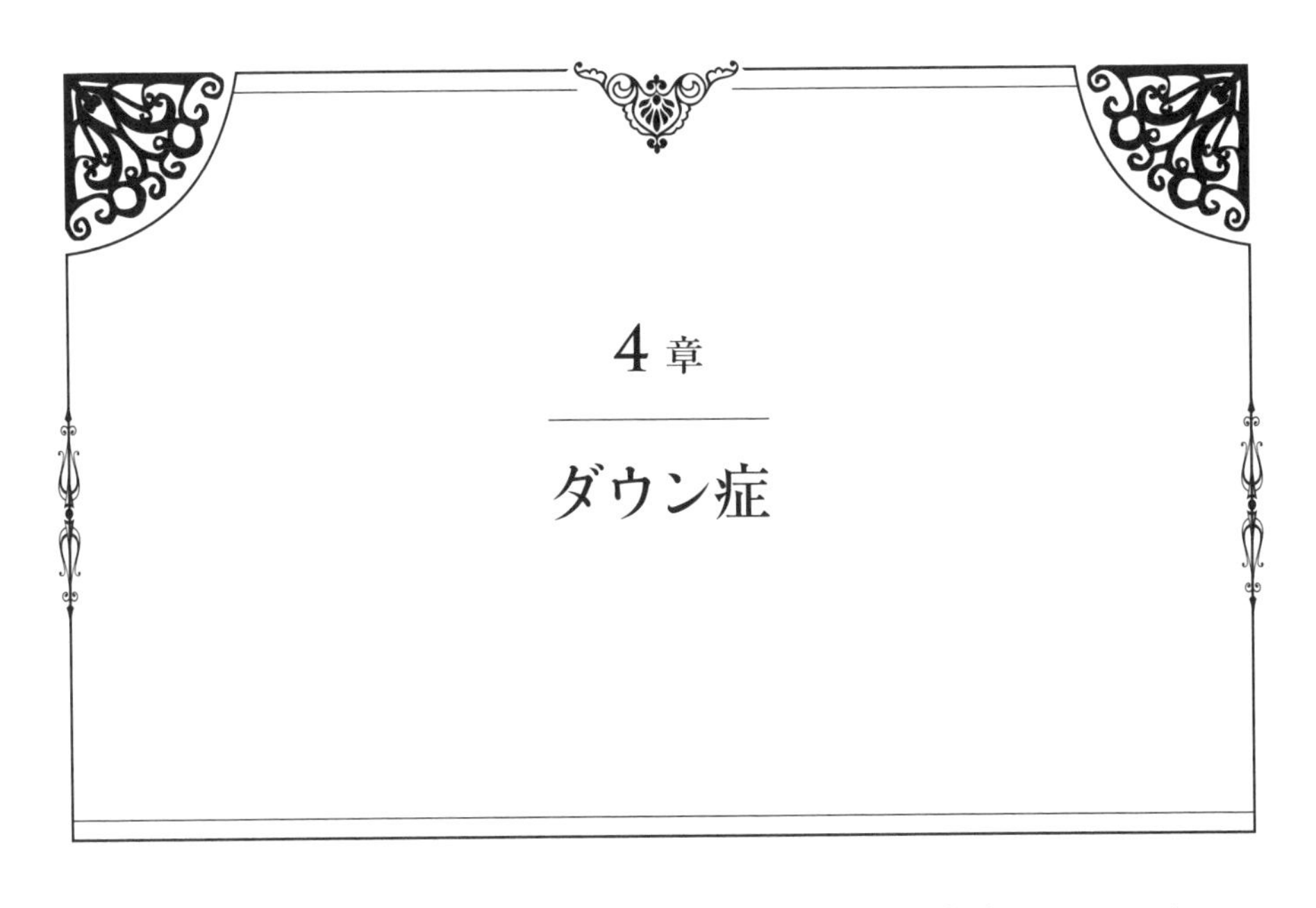

4章

ダウン症

どんなかたちであれ、障がいとかかわる人は誰でも、『オランダへようこそ』に出会う。一九八七年に、ダウン症の息子をもつエミリー・キングスレーが書いた寓話だ。私が本書の執筆をはじめてからも、何百という人が、このごく短いお話を送ってきた。グーグルで検索すれば、白血病から脳神経異常まで、あらゆる障がいに関連して、この寓話にまつわる投稿をごまんと見つけることができるはずだ。

たとえば『ディア・アビー』〔訳注：アメリカで人気の人生相談〕は、毎年一〇月にこの寓話を掲載している。それが、障がいを抱えた新生児の親に対する医師からの標準的な回答だから。フォークソングやカンタータなどのメロディにのせて歌になったこともある。会議のテーマにもなったし、『こころのチキンスープ』（ダイヤモンド社）といった本に掲載されたこともある。

さらには、わが子の名前を、この寓話にちなんで「ホランド〔訳注：オランダの別称〕」にした人すらいる。『あなたをどんなに愛しているか』〔訳注：エリザベス・ブラウニングの詩〕がロマンスの象徴であるように、『オランダへようこそ』は障がい児の親の象徴なのだ。

とにかく多くの人が、このエッセイから希望と、いい親になるための勇気をもらったと私に言った。だが、なかにはあまりにも楽観的で、誤った期待をいだかせる文章だと言う人もいた。特別な支援を必要とする子どもをもつ親の特別な喜びを充分に表せていない、と言う人もいた。

以下に、その全文を掲載しよう。


障がいのある子どもを育てるのってどんな感じ？　と私はよく訊かれます。まだその特異な経験をしていない人たちが、それを理解し、想像できるように教えて、と。それは、こんな感じです。

赤ちゃんがもうすぐ生まれるのを待つのは、最高にわくわくする休暇の計画を練るみたいなものです。たとえばイタリア旅行。あなたはガイドブックを山ほど買いこんで、極上の旅の計画を練る。コロセウム、ミケランジェロのダビデ像、ベネツィアのゴンドラ。イタリア語の便利な言いまわしなんかも、少しは勉強したほうがいいかも……。なんて心躍る時間でしょう。

期待でいっぱいの数カ月をすごしたあと、ついにその日がやってきます。荷物をかばんに詰めて、いざ出発。数時間後、飛行機が着陸します。ところが客室乗務員がやってきて、あなたにこう言うのです。「オランダへようこそ」

「オランダ!?」とあなたは返す。「オランダってどういうこと？　私はイタリア旅行に申しこんだのよ。イタリアにいるはずなの。生まれてこのかた、イタリアに行くのを夢見ていたんだから」

でも、フライトに変更があったのです。飛行機はオランダに着陸し、あなたはそこにいなくてはなりません。

重要なのは、あなたは疫病や飢饉（ききん）や病気が蔓延（まんえん）する、吐き気をもよおすほど怖ろしい、不愉快きわまりない場所に連れてこられたのではない、ということです。ただちょっと、ちがう場所だというだけです。

あなたは外に出ていって、新しいガイドブックを買わなくてはなりません。そして、まったく新しいことばを学ばなくてはなりません。きっと、これまで会ったこともないような、まったく新しい人たちとも知りあいになるでしょう。

ただちょっと場所がちがうだけ。たしかにイタリアよりものんびりと時が流れ、イタリアほど華やかさはないかもしれないけれど、しばらくそこで暮らし、ほっとひと息ついてあたりを見まわせば、気づくはずです。オランダには風車がある、チューリップがある。それにレンブラントの絵だってある、と。

とはいえ、あなたの知りあいはみんなイタリアへ行き、そこでどんなすてきな時間をすごしているかを自慢します。一方、あなたはこれから一生、こう言いつづけることになる。「ええ、私もイタリアに行くはずだったの。そのつもりだったのに……」

胸の痛みは決して、決して消えることはありません。なぜなら、夢を失った悲しみは、あまりにも大きすぎるからです。

でも、人生の残りをずっと、イタリアに行けなかったと嘆き悲しんですごすのですか？ そうしているかぎり、あなたはいつまでたっても、オランダならではのすばらしさを心から楽しむことはできないでしょう。

現在、アメリカ人の八〇〇万人に七人が知的障がいを抱えており、一〇家庭のうち一家庭が知的障がいと直接的にかかわっている。なかでももっとも知られているのは、21番染色体が三本あるために起きるダウン症だ。アメリカでは新生児の約八〇〇人にひとりが発症し、その数は四〇万人以上。胎児全体ではさらに多く発症するが、そのうちの四〇パーセント以上が流産もしくは死産する。

ダウン症は、知的障がいに加えて心臓疾患（約四〇パーセントに発症）、動揺関節［訳注：関節がゆるく安定しないこと］、甲状腺疾患、消化管奇形、白血病、早期アルツハイマー病（少なくとも二五パーセントに発症し、六〇歳以上生きる場合にはそれ以上の確率で発症する）、セリアック病［訳注：自己免疫疾患のひとつ］、低身長、肥満、聴覚や視覚の障がい、不妊、免疫不全、てんかん、小さな口、舌突出などがともなうこともある。筋肉の緊張が弱いため、しゃべるのにも支障がある。ただし、精神発達の遅れを除けば、これらのなかにすべてのダウン症に共通する症状はない。

ダウン症の人の脳は小さめで、たいていの部位で萎縮が見られ、大脳皮質の神経が少ない。またシナプス密度の低下と髄鞘（ずいしょう）（神経のまわりを取り囲む層）形成の遅れも見られる。抑うつや精神障がい、破壊的行動、不安、自閉症のリスクも高い。その一方、がんの発症率は並はずれて低く、動脈硬化も起こりにくい。

これまで、ダウン症は人類の歴史のあらゆる集団に発生してきた。チンパンジーやゴリラにも見られる。古くからあるダウン症の出生前診断でもっとも信頼できるのは、羊水穿刺による検査だ。この検査では、医師が針で子宮内から少量の羊水を抜き取り、そこに含まれる胎児細胞を分析してさまざまな状態を調べる。だが、流産の危険や、胎児をそこまで調べるのは踏みこみすぎだという考えから、これを拒む人もいる。羊水検査に先だって絨毛検査がおこなわれることもあるが、こちらは流産のリスクがさらに高い。

妊娠第二期［訳注：四カ月から六カ月のあいだ］になると、三種類のスクリーニング検査があり、母親の血液からダウン症に関係するタンパク質やホルモンがないかが調べられる。一九八八年に導入されたこの検査によって、およそ三分の二から四分の三の症例を発見できるようになった。四種類のスクリーニング検査では別のホルモンも探すので、発見の成功率は五分の四まで上がる。

一九七〇年代以降、出生異常の発見といえば超音波検査が用いられてきたが、時代とともに映像技術や画像解析能力が上がり、いまではダウン症診断でも信頼度が高い。妊娠初期に絨毛検査と同じころにおこなわれる超音波検査では、胎児項部透過像診断［訳注：染色体異常などの早期発見のために、超音波で胎児の首のうしろを測定する。むくみがある場合には異常が疑われる］もなされる。

さらに妊娠後期には、3D超音波画像がより正確な情報を提供してくれる。たとえば、母親の血中に流れでる胎盤由来のmRNAを調べる方法や、同じく血中の21番染色体の破片を調べる方法などだ。体内に器具を挿入しないですむ血液検査も進化しているので、今後は従来の検査にとって代わるかもしれない。

とはいえ、予想される障がいを正確に診断できる技術はまだ確立していない。

ジェイソン

『オランダへようこそ』を書いたエミリー・キングスレーと夫のチャールズは、胎児を傷つけるリスクがあまりにも高いという理由から、妊娠中の羊水検査はおこなわなかった。「もし受けていたら、中絶していたと思う」とエミリーは言った。「そして、自分の人生でもっとも困難にして、もっとも心を豊かにしてくれる経験をふいにしていたわね」

夫妻の息子ジェイソンは一九七四年、ニューヨーク州北部のウェストチェスター郡で生まれた。医師はチャールズに、こうした子どもは施設にやるのがふつうだと言い、夫妻を生まれた了どもに会わせなかった。その医師はまた、〝このモンゴロイド［訳注：ダウン症者の蔑称］〟は決してことばを学ばないし、考えたり歩いたりしゃべったりもしないとも言った。

エミリーには鎮静剤と、母乳を止める薬が与えられた。赤ん坊を家に連れ帰ることはないと思われたからだ。「この子は、ほかの大人と親を区別することすらできないと言われたのよ」とエミリーはふりかえった。「創造的なこともしないし、想像力をもつこともないって。私はルイス・キャロルの初版本を集めていて、大好きなギルバート&サリバンの本も取ってあった。どれもすばらしい本ばかり。この子といっしょに読もうと思って箱にためていたの。でも、出産したあと家に帰ってテレビをつけると、突然、どの人も自分とはちがって見えた。誰もがあまりに完璧に見えて打ちひしがれた。それから五日間は、ずっと泣いていたわ」

それはちょうど、知的障がい者施設であるウィローブルック州立学校の劣悪な環境が暴露されてまもないころだった。一九七二年、ここで非道な人体実験がおこなわれた。施設内は異様なほど入所者であふれかえり、衛生設備も最悪で、施設職員は入所者を虐待した。「子どもたちのなかには、自分の大便にまみれている子もいた。多くは服を着ておらず、部屋に一日じゅう閉じこめられていた」とニューヨーク・タイムズ紙は伝えた。「技術者が録音した唯一の音は、不気味な泣き声の合唱だけだった」。劣悪な施設の入所者たちは、引きこもり、関心の喪失、服従、主導権の欠如、異常な判断、退所の忌避といった〝施設症〟を引き起こしていた。ある研究者はそれを〝精神の床ずれ〟と呼んだ。だから、エミリーとチャールズはわが子を施設に入れるという考えに耐えられなかった。でも同時に、一九七〇年代はまだ、障がい児は施設にあずけて養育するもの、という考えが支配的だった。専門家のほうが、子どものさまざまな深刻な症状を改善できるとされていたのだ。

そんなとき、ジェイソンが生まれた病院のソーシャルワーカーが、ダウン症の子どもたちが基本的な技術を学ぶのを手伝う〝早期介入（ＥＩ）〟と呼ばれる実験的なプログラムがあることを教えてくれた。「試してみるほかなかった。もしもさんざんな結果になったら、そのときはこの子を施設に入れようと思ったの。誰かに言われてそうするのではなく」

エミリーとチャールズはジェイソンを家に連れて帰り、生後一〇日のジェイソンを〈発達遅滞研究所〉に連れていった。「でも、研究所の名前が書いてあるドアまで歩いていくことができなかった。生まれて一〇日の赤ちゃんを抱いて、駐車場に立っていたわ」とエミリーはふりかえった。「体が麻痺したように動かなかった。車の中にいたチャールズが突っ立ったままの私に気づき、肘をつかんで建物のほうまで引っぱっていったのよ」

研究所の医師は、夫妻が分娩室で言われたのとほぼ反対のことを言った。あらゆる種類の刺激を与えることから始めなくてはならない、と。とくに、ジェイソンの感覚が刺激にどう反応するのかを見きわめなくてはいけないとのことだった。そこで、夫妻はまず、用意していた上品なパステルカラーの子ども部屋を大々的に模様替えした。壁は鮮やかな赤に塗り、緑と紫の花模様をステンシルで描いた。エミリーは地元のスーパーマーケットに頼んで、クリスマス飾りに使われていた大きなレースの雪片を分けてもらい、それも壁に飾った。天井からはバネを吊して飾りをぶらさげ、いつでも動いたり上下に揺れたりするおもちゃをこしらえた。「子ども部屋に入るたびに、胸がむかむかするような感じだったわ」

さらに、いつでも音楽が聴けるように、ラジオとレコードプレイヤーも用意した。そのうえで、昼も夜もジェイソンに話しかけ、手足を動かしてストレッチや筋肉を鍛える運動をさせた。六カ月のあいだ、エミリーは毎晩、泣きに泣いてから眠りについた。「涙であの子が溺れるんじゃないかっていうほどだった。とても精巧なピンセットを開発して、あの子の細胞のなかの余分な染色体をひとつ残らず取り除けたらどんなにいいだろう、なんて幻想をいだいたりもした」

ある日エミリーは、四カ月のジェイソンに「お花が見える？」と話しかけた。もう八〇〇回はくりかえしたことばだったが、その日初めてジェイソンが手を伸ばし、花を指さした。「ただ伸びをしただけなのかもしれないけれど、私は彼が『うん、ママ。見えるよ』と言ったと思った。それは私へのメッセージだった。『ぼくはマッシュポテトのかたまりなんかじゃないよ。人間なんだ』という」。エミリーはすぐにチャールズを呼んで言った。「この子はちゃんとここにいるわ！」。エミリーは大いに元気づけられた。

それからは、有頂天な気分のなかで事態が展開していった。エミリーもチャールズもジェイソンにほぼ毎日、新しい体験をさせようとした。エミリーは数センチごとに異なる生地（テリークロス、ベルベット、人工芝）でキルトを縫った。ジェイソンが動くたびに、ちがった感触を得られるように。足の裏をブラシでくすぐって、爪先を丸める反応を引きだしたりもした。ジェイソンが六カ月になったときは、ロースト用の巨大な深鍋を買い、それを約四〇袋分のゼリーで満たしたところに、ジェイソンを浸してあげた。彼は身をよじるたびに触れるおかしな感触を楽しみながら、合間にときどきゼリーを食べたりした。

ジェイソンは、夫妻が期待した以上のものを吸収していった。彼の発することばは、知的障がいに特有の不明瞭なものだったものの、コミュニケーションをとることはできた。エミリーはアルファベットを教えた。数もわかるようになった。そのうえ、エミリーが一九七〇年から脚本を書いている『セサミストリート』を見て、スペイン語の単語まで憶えた。

四歳になると、文字を読みはじめた。ジェイソンは、同じ障がいのある仲間の誰よりも先を行っていた。そしてついに、アルファベットを組みあわせてことばをつくった——〝サムの息子（サン・オブ・サム）〟［訳注：一九七六〜七七年にニューヨーク市で起きた連続殺人事件の犯人のあだ名］。その後は六歳で四年生の読解レベルに達し、基本的な算数も習得した。

その一方でキングスレー夫妻は、ダウン症の子どもを授かった家族のカウンセリングを始めた。「それは、熱心な啓蒙活動になっていった。あなたたちの子どもにはなんの可能性もないなんて、誰にも言わせてはいけない。私たちはダウン症児が生まれて二四時間以内に両親に会い、こう言ったの。『あなたたちはこれから忙しくなるわ。でも、そんなの無理だなんて誰にも言わせてはだめ』と」

ジェイソンは、七歳になるころには一二カ国語で一〇まで数えられるようになった。英語と同時に手話も憶え、バッハやモーツァルトやストラヴィンスキーも聞き分けられるようになった。エミリーはジェイソンを外に連れだし、ダウン症の子の親だけでなく、産科医や看護師、精神科医に向けても講演をした。七歳のときには、親子で一〇四もの講演をこなした。エミリーはダウン症を打ち負かした気分だった。勝利の感覚に酔いしれていた。

やがて、ジェイソンは『セサミストリート』にゲストとしてレギュラー出演するようになった。番組の中で彼は、障がいを白い目で見たりせず、きちんと認めてくれるほかの子どもたちといっしょに遊んだ。そのことで新しい世代に、障がい者を寛容に受け入れる態度を広めた。

エミリーは、自分たちの経験にもとづいたドラマの脚本も書いた。そしてプロデューサーに、たとえ前例がなくても、ダウン症の子どもをキャスティングしてくれと訴えた。そのドラマでジェイソンは、彼をモデルにしたキャラクターを演じた。

ジャーナリストのジェイン・ポーリーは、ジェイソンと、同じくダウン症で早期介入プログラムを受けた彼の友人のために心を砕いてくれた。ふたりの少年は最終的に、『仲間に入れてよ――ぼくらはダウン症候群』（メディカ出版）という本を書いた。そのなかでジェイソンは、この子は親を認識することも話すこともできないだろうと両親に告げた産科医にふれている。「障がいのある子どもに充実した人生をおくるチャンスをください。コップに水がもう半分しかないと思うのではなく、まだ半分もあると思えるような経験をさせてください。できないことではなく、できることを考えてください」

こうしてジェイソンは、ダウン症者で初の有名人になった。彼の名声は、ダウン症の人も同じ人間なのだという認識を人々に印象づけた。三〇年後、エミリーは障がいのある人たちを主流メディアに参画させた功績を称えられ、保健福祉省から特別賞を授けられた。

エミリーは最初、あなたの子どもは人並み以下だと言われた。だが、それが真実でないことがわかって、昔からあるダウン症についてのあらゆる思いこみに疑問をもつようになった。ジェイソンは、それまでの記録を打ち破り、いい意味で期待を裏切った。彼は従来のダウン症の人々の誰よりも多くを学ぶことができた。

とはいえ、限界はあった。彼にはものごとの微妙なちがいが理解できなかった。読んでいるものを理解するよりも、ただ読むだけのほうが得意だった。

エミリーは言った。「こういう子どもたちが実際どこまでやれるかわかる人なんかいやしない、と本気で思っていた。実際、ジェイソンは誰にもできないことを成しとげたんだし。でも八歳くらいになると、まわりの世界が彼に追いついて、追い越していった。そのとき私は初めて、ジェイソンができなかったすべてのこと、今後できないであろうすべてのことを理解しはじめたの。訓練で身につく知性はすばらしいけれど、現実の世界では、たくさんの言語で数を数えられる知性は、社会的知性ほど重要ではない。ジェイソンは、社会的知性がほぼなかった。ダウン症を蹴散らすことはできなかったの」

ジェイソンは見知らぬ人を抱きしめるが、彼らが友だちでないということは理解していなかった。宿泊キャンプに行きたがったので参加させたものの、一週間後に電話がかかってきた。ほかの子どもたちが、彼が誰彼かまわずハグするのを嫌だと言っている、ジェイソンが帰らないのなら、自分の子どもを連れて帰ると言いだした親もいる、と言われた。

　サッカーをしても、自分がどっちのチームにいるのか忘れてしまう、あるいは理解していない。友だちだった子どもたちも、だんだんジェイソンを陰で笑いはじめた。ジェイソンは相変わらず小さい子ども向けのおもちゃで遊びつづけ、彼の半分の年齢の子ども向けに放送されているテレビアニメを観た。奇跡の糸がほどけはじめていた。ジェイソンはテレビの人気者になり、のちには本もヒットしたが、現実世界の舞台の上ではうまく立ちまわれなかった。

「私にとっては信じられない、怖ろしいやり直しだった」とエミリーは言ったが、ジェイソンもまた苦しんでいた。ある夜、エミリーが彼をベッドに寝かせると彼は言った。「この顔が嫌い。新しい顔をくれるお店を見つけてくれない？　ふつうの顔をくれるお店を」。また別の夜にはこう言った。「ダウン症にはもううんざりだ。むかむかするんだよ。いつになったらどっかに行ってくれるの？」。エミリーはただ息子の額にキスをして、眠りなさいと言うことしかできなかった。

　次第に、エミリーは講演の内容を改めはじめたが、それでも、親が子どもを施設に入れないように励ましつづけたかった。自分は息子を愛し、息子も自分を愛していると、言いつづけたかった。ただし、うわべだけをとりつくろうことはしたくなかった。そんなときに書いたのが『オランダへようこそ』だった。ジェイソンを育てるのは、彼が生まれたときに医師から言われたような地獄ではなかったが、イタリアでもなかった。息子は古い慣習や概念を打ち破って有名になった。だが、彼をさらなる高みへ無理やり引きあげつづけるべきか、本人が心地よくすごせる場所にいさせてやるべきかを判断するのはむずかしかった。もっと多くのことを達成させて、より幸せな人生をおくらせてやるのか、そのような達成は虚栄心から出た計画にすぎないのだと観念するのか……。

　ジェイソンが思春期に近づくにつれ、クラスメイトたちは何かとパーティを開くようになったが、彼は招待されず、土曜の夜は家でテレビを観るか、ふさぎこんでいるかだった。あるとき、エミリーはほかのダウン症のティーンエイジャーの親に電話をして「あなたのお子さんもうちの子と同じように、土曜の夜はひとりぼっち？」と尋ねてみた。答えはイエスだった。

そこで、キングスレー夫妻は自宅で毎月パーティを開くことにした。ジェイソンが一四歳のときだ。料理や飲み物をふるまい、ダンスを企画した。「みんなとても自然に受け入れてくれた。そのパーティをすごく気に入ってくれたの」。親たちは二階でくつろぎ、自分たちの体験を語りあった。つまりふたつのパーティがおこなわれていたわけだ。

私がエミリーに会ったとき、その毎月恒例のパーティはもう一五年も続いていた。彼女はカラオケ・マシンを購入していた。子どもたちは（もはや誰も子どもではなかったが）、はしゃぎまわって楽しそうだった。「私はいつもみんなに言うの。『包括教育はどんどん利用して。でも、片足はしっかりとダウン症コミュニティにすえたままにしてね』って」とエミリーは言った。「最終的に、あなたの子どもの友情が育つのはそこなんだから、って」

ジェイソンは特別支援学級に通っていたが、高校の卒業証書を取得するのに必要な試験に受かった。エミリーはニューヨーク州アメニアに、高校卒業後の教育機関を見つけ、彼をそこに入れた。ここでは学習障がいのある若者たち（そのほとんどが、学習障がい以外の障がいはない）が、事務や資金管理や時間管理、料理、家事などを学んでいた。ジェイソンの入学資格テストの成績は、ほかの多くの志願者よりかなりよかった。「でも、ジェイソンがここに志願しているのを知って、ほかの父兄は騒然となったの」とエミリーは言った。「〝発達遅滞のための学校〟に成りさがってしまうのではないかと心配したみたい。だから私は校長に会いにいった。『この学校の入学基準はなんですか？　目の形ですか？　どれだけかわいいかですか？　もしそうなら廊下の先までついてきてください。あなたが追いだすべき生徒を何人か見せますから』」。エミリーが訴訟も辞さないかまえを見せてほどなく、ジェイソンは入学を認められた。のちに彼は学校から〝模範生〟として評価された。

それでも多くのことで、答えは出されないままになった。たとえば運転。ジェイソンは車の運転がしたかった。「男の子にとっては楽しいし、女の子にとってはかっこいいことです」と彼は『仲間に入れてよ』に書いている。「運転ができれば、ガールフレンドもできるかもしれない」。免許がとれる年齢になると、ジェイソンはサーブの赤いターボ・コンバーティブルが欲しいと訴えた。エミリーはこの話を始めると間を置き、やりきれない様子で言った。「どうしたって運転はできないのだということを、いったいどう説明したらいいのか……。私は、『あなたはほかの人よりも反応が遅いのよ』と言った。つまり身体的な問題にしようとしたの。息子はばかじゃない。運転すべきでないのは判断力がないからよ。でもそんなこと、どう説明できる？」

ジェイソンは孤立した位置にいる。ほかの大半のダウン症者よりはるかに聡明で、誰も彼の言語やダジャレやゲームの能力についていけないが、障がいのない人々に比べると、聡明とは言えない。「彼には仲間がいないの」とエミリーは、誇らしさと深い悲しみがない交ぜになった様子で言った。

ジェイソン自身は、自分の将来をこんなふうに思い描いていた。白い柵で囲まれた家に、家族がいて犬がいる。ガールフレンドもいて、やはりダウン症だ。だがエミリーは、彼に精管切除手術を受けさせた。ダウン症の男性の多くは生殖能力がないが、なかにはある人もいる。「生殖に必要なのは、たったひとつの精子」とエミリーは言った。「妊娠の責任を、女の子のほうだけに押しつけたくなかったから。もしジェイソンが誰かと結婚して所帯をもちたいと思ったら、時代に合った結婚式をあげさせてやりたいわ。でもいい親になれるかどうかは……正直、あの子にそれができるかどうかはわからない」

チャールズの夢は、息子が自活することだった。そこでジェイソンにアパートメントをあてがった。

ジェイソンは〈バーンズ&ノーブル〉で最初の職を見つけた。だが、リサイクルにまわされる雑誌の表紙を破るその仕事は耐えがたいほど退屈で、退屈をまぎらわすことをつねに考えていないとやっていられなかった。上司が、そうやって遊ぶのはきみの仕事ではないと注意すると、ジェイソンは「ぼくは自立した大人です。なんでも自分で判断できます」と答えた。まさにチャールズとエミリーが育んだ精神を示したわけだが、披露した場がまちがっていた。

ほどなく、ジェイソンは解雇された。次の職場はホワイトプレーンズ公立図書館だった。ジェイソンは独自の方法でビデオを棚に並べたが、当然、図書館の職員には別の並べ方があった。職員と言いあいになり、結局ここも辞めさせられた。

「息子は、ディズニー映画に隠されたメッセージを人に伝える店を開きたいと思っているの」とエミリーは話してくれた。「列に並ぶとジェイソンが呼ぶ。『次の方!』。すると、その人はまえに進んでこう言う。『お願い、ジェイソン。「ノートルダムの鐘」の隠されたメッセージを教えて』。彼が答える。『その映画の隠された意味はね、大事なことは人の心のなかにあるということだよ。いい人かどうか、それが重要なんだ。見た目よりも。さて、五〇ドルになります。次の方!』。みんなそんなことはもうとっくに知っているなんて、あの子に説明することはできないわ。それを知るために、わざわざお店に行ったりしないなんて。ごくごく初歩的な意味で、あの子は無知なの」。エミリーはあきらめたように両手をあげ、悲しげに言った。「親の大事な仕事は、あなたはなんでもできると自分の子どもに信じさせること。でも私の大事な仕事は、彼をへこませることなの。要するに『あなたは自分のやりたいことができるほど賢くないのよ』と言うこと。それがどんなにつらいか、わかるかしら?」

ジェイソンが二〇歳になったとき、チャールズががんと診断され、三年後に亡くなった。ジェイソンはひどく落ちこんだ。エミリーも同じだったが、なんとかジェイソンにセラピストを見つけ、ウェストチェスターの〈アーク〉（〝知的障がい者連合〟の頭文字）に助けを求めた。そこは以前、チャールズが理事長を務めていたところだった。エミリーはジェイソンに在宅訓練を受けさせたかった。支援スタッフが個人宅を訪ねて、自活の技術をつけさせるための支援や指示をするというシステムだ。しかし、エミリーはお役所的な手続きであちこちをたらいまわしにされた。ついに理事たちのまえで泣きくずれ、涙ながらに訴えた。「息子はもう崩壊寸前なんです。私ひとりで何もかもなんてできません」

ようやく、一週間に二四時間、ケースワーカーが来ることになった。「あれは大いに助かった」とエミリーは言った。「でもすぐに、それだけじゃ足りないと気づいた。私は涙をのんで、息子の知能ではもっとしっかりした体制と管理が必要なのだと認めなくてはならなかった。あの子は毎日決まった時間に健康的な食事をとることも、自分で起きて時間どおりに仕事に行くこともできないの」

ジェイソンはグループホームに入れたほうがいいと、エミリーは決意した。「挫折感を覚えたわ。彼がそんなものを必要としないダウン症者になるよう、一生懸命に心を砕いてきたのだから。でも、彼にとって何がいちばんいいかに目を向けなくてはならなかった。私の理想に目を向けるんじゃなくて」

そこで、エミリーは地元施設の待機リストにジェイソンの名前を書きこんだが、順番がまわってくるのは、信じがたいことに八年後だと知った。「ジェイソンはいつもそばにいて、行政の融通のきかなさやら何やらに私が押しつぶされそうになるたびに、抱きしめてくれた」。行政サービスは、窓口と闘う気のない人には敷居が高い。それに、何度も交渉するには教養と時間とお金が必要だ。本来こうしたサービスが、その三つが不足している人々の利益のために設けられていることを考えると、なんとも皮肉である。

ある日、エミリーはニューヨーク州ハーツデイルで一軒の売り家を見つけた。寝室が三つあり、ジェイソンと、彼と気が合うふたりの友人が住むには充分だ。バス停にも近く、通りの向かいにはスーパーマーケットと銀行と薬局もあった。グループホームにうってつけだった。エミリーはその家を買い、アークに運営してもらえないかと問いあわせた。

いまその家は、〈知的障がいと発達障がいのためのニューヨーク州オフィス〉がエミリーから借り受け、彼女がローンの支払いに充てられるよう賃貸料を払っている。ジェイソンは、エミリーが毎月開いていたパーティで仲よくなった友人ふたりと、その家に引っ越した。三人とも障がい者手当を受けとっている。その給付金は直接アークに払いこまれ、アークはそれを家の維持管理やスタッフの派遣に使っている。

「彼らはお互いが大好きなの」とエミリーは言った。「自分たちのことを三銃士と呼んでるのよ」。ジェイソンは地元のラジオ局で職を得て、楽しそうに働いている。「私は一歩離れて見守っているの。私の究極の仕事は、息子をありのままに評価すること。ありのままの息子は、本当にすばらしい子。彼が成しとげてきたことはどれも、必死にがんばった成果。どんなことも彼にとっては簡単じゃないのだから」。エミリーはそこで間を置いた。「息子は困難に直面しても、いつだって毅然としていた。私は本当に、心から、彼を立派だと思っているの。でも同時に、かわいそうだとも思う。なぜなら、あの子は自分ができないことをほとんどの人はできるとわかっているから。自分の人生は人とはちがうということが理解できるくらいには、賢いから」

たとえ自活に必要な技術を身につけられないとしても、学んだ経験と歴史は積みあげられていく。「ジェイソンが私に、このビデオが欲しいと言ったとする。かつての私なら、『あなたは頭がいいんだから、それよりももっとむずかしいビデオを観ることができるのよ』と答えていた。励ましつづけていれば、もっといい人生がおくれると考えていたから。でも、いまはこう思っているわ。〝それがあの子の観たいものなら、なにを邪魔することがあるの？〟。だから、もし彼が『いさましいちびのトースター』［訳注：取り残された電気器具が自分たちを使ってくれる人間を探して旅に出る話］みたいなビデオを自分で買いたいと言っても、反対はしない。チューリップや風車はありあまるほどあっても、イタリアのウフィッツィ美術館に行くことはぜったいにない。そういうことなのよ」

数年後、ジェイソンはまた抑うつ状態に陥った。心配したエミリーは、彼を史上最高の能力をもったダウン症児に仕立てあげた、昔のさまざまな試みを思い返した。「完璧な洞察力があったら、私はもっとちがうことをしたかしら？　ジェイソンの知性は、私たちの関係をとても豊かにしてくれた。私はその経験を捨て去りたくはない。でも、もっと能力の低いダウン症児のほうが幸せで、彼らがダウン症を不公平だと思い悩むことも少ないのは認めざるをえない。彼らはあらゆる面で、もっと楽に生きている。だけど、それがいいことなの？　ジェイソンがことばを操ったり頭を使ったりすることに喜びを見いだしているのは確かよ」

ジェイソンが友人と書いた本が再版されたとき、私はバーンズ＆ノーブルで彼らが開いた朗読会に行った。ジェイソンは観客の質問に対し、落ち着いてすらすらと答えていた。エミリーは生き生きしていた。もちろんジェイソンもだ。彼の知性の高さを互いに喜ぶ気持ちであふれていた。朗読会に来たダウン症の子どもたちの親もまた、希望を感じて晴れやかな顔をしていた。本にサインをする段になると、みんながジェイソンに恭しく近づいた。彼とエミリーはヒーローで、ジェイソンはヒーローになるのが大好きだ。

私はかつてエミリーの家を訪ね、ちょうどジェイソンに電話をかけているところに居あわせたことがある。彼女は息子に、ルームメイトといっしょにコミックオペラの『ペンザンスの海賊』を観に行かない？　と誘っていた。しばしの沈黙のあと、エミリーが沈みがちにこう言うのが聞こえた。「ええ、わかったわ。私はひとりで行ったほうがよさそうね」。ダウン症の人は驚くほどやさしいとよく言われる。実際そうだ。しかし、彼らの思考はえてして細かな機微に欠けている。だからエミリーの微妙な失望は、ジェイソンに伝わらなかった。「息子はあまり内省的ではないの」とエミリーは言った。「自分の感情の原因すら、よく理解できない。だから、私が何を思っているのか察するなんて、とても無理」

だがその数年後、彼女はこう言った。「それでも、ある意味で彼は最初の内省的なダウン症児だとも言えるわね。ダウン症を抱えつつ自分の内側に目を向けるなんて、ありがたいことじゃない。自分の内面を見ようとしたら、見えてくるのは欠陥なんだから。でもとにかく息子は、それだけ深く自分の内側を見ることができる。このあいだなんて、ダウン症じゃなかったら何をしていただろうという話をしていたわ。私にはそんな幻想を思い描くなんてできない。私にとってはあまりに危険なことだから」

ダウン症者のたどってきた道

〝知的障がいのある人間は、改善の試みにおとなしくしたがう〟という考えは、一九世紀初めにアベロンの野生児を教育しようとしたジャン・マルク・ガスパール・イタールの逸話（いつわ）に端を発している［訳注：一七九七年頃に南フランスの森で野生化した少年が発見された。人間らしい生活に戻すために五年にわたり教育が施されたが、完全に戻ることはなかった］。イタールの理論はその後、弟子でパリのホスピス院長だったエドゥアール・セガンによって発展した。彼は知的障がいを診断するシステムをつくりあげ、初めて早期治療の利点を説いた。「もし障がいのある人間が幼児期の早いうちに教育を施されなかったら、その年月のあいだ、ほかに彼の知性の黄金の扉を開くどんな神秘的な方法があるだろう？」と書いている。セガンは一九世紀なかばにはアメリカに移住し、障がい者のための教育治療機関を設立して、障がい者が社会生活にかかわること（多くは肉体労働を通じて）を可能にした。

　しかし、それらの変革にもかかわらず、知的障がい者は頭が悪いだけでなく、邪悪で堕落（だらく）しているなどと言う者もいた。人間性までも疑うその種のことばは、低身長の子どもは淫らな女性から生まれるというたわ言を彷彿（ほうふつ）とさせる。

　こうした非人道的な考え方は、サミュエル・G・ハウ［訳注：パーキンス盲学校の初代校長］が一八四八年に書いた、*Report Made to the Legislature of Massachusetts*（マサチューセッツ州議会への報告）にもはっきりと記されている。「この種の人間はつねに社会の重荷である。怠惰でしばしば迷惑であり、州の物質的繁栄の負担でしかない。役に立たないどころか有害ですらある。彼らはおしなべて、自分たちのまわりの清澄（せいちょう）な空気を毒するウパスの木［訳注：樹皮に猛毒を含む木。有害物のたとえ］のようなものだ」

　一八六六年には、ジョン・ラングドン・ダウンが初めてダウン症について述べた。彼は自分の研究対象を、少し吊りあがった目など顔の特徴がモンゴル人に似ていることから、〝蒙古人（モンゴロイド）〟や〝蒙古人痴呆（モンゴロイド・イディオット）〟などと言った。そして、人類は黒人が起源で、そこからアジア人、白人へと進化していったと論じ、ダウン症の白人は、アジア人への先祖返りだとした。

　その後一九〇〇年までに、セガンが訓練した知的障がい者たちが担ってきた仕事は、大量にアメリカに流入してきた、もっと効率的に作業のできる移民労働者に奪われた。以後、知的障がい者を教育するために設立されたはずの障がい者施設は、彼らを社会から締めだして収容する場所になっていった。当時の医学書には、〝痴呆〟、〝精神薄弱〟、〝愚鈍〟などの項目があった。また優生学者は、知的障がいと犯罪行為に関連性があるという検証結果をでっちあげ、不妊手術を奨励する法律も制定された。

　一九二四年になると、イギリスの科学者が、ダウン症の子どもは生物学的にも蒙古人種であるとする研究結果を発表した。だがこの考えは、一九三〇年代にライオネル・ペンローズによって否定された。

イギリス人医師のペンローズは、血液検査を用いて、ダウン症の白人が遺伝子学的にもアジア人より白人と似通っていることを証明した。彼はまた、ダウン症が発症する最大の危険因子は妊娠時の母親の年齢であると言い、三五歳をリスクが高まる分岐点とした。

それでも差別は続いた。元合衆国最高裁判事のオリバー・ウェンデル・ホームズは、一九二七年に最高裁の判決文でこう書いている。「堕落した人々が犯罪に手を染めて処刑されたり、愚かさゆえに飢え死にしたりするのを待つ代わりに、環境に明らかにそぐわないそうした人々が種を維持することを社会が阻(はば)めば、それは全世界にとって最善の策である。愚者は三代続けば充分だ」。障がいや欠陥を抱えた人に適用される(しかしおもに知的障がい者に的が絞られている)強制不妊手術法は、およそ五〇年のあいだ改正されることはなかった。

一九四四年、精神分析学者のエリック・エリクソン(〝自己同一性の危機(アイデンティティ・クライシス)〟ということばの考案者)は、友人のマーガレット・ミード［訳注：米の文化人類学者］の強い勧めで、生後数日の息子ニールをとある施設にあずけ、その存在をニールのきょうだいにも秘密にしつづけた。〝知恵遅れ〟の子が生まれたことを知られたら評判に疵がつくと怖れたのだ。ニールは二年以上は生きられないだろうと言われていたが、実際には二〇年生きた。

そして一九五八年、フランス人遺伝学者のジェローム・ルジューヌが、「ダウン症とは本来二本の21番遺伝子が三本あるために起きる症状である」という学説を国際遺伝学会で発表した。ダウン症の学名は「21トリソミー」である。

〝障がいのある子どもはまぎれもない悲劇である〟という考え方は、サイモン・オルシャンスキー［訳注：障がい児の親のカウンセラー］の「親がいだく絶え間ない悲しみ」ということばで頂点に達した。一九六一年、精神科医のアルバート・ソルニットとメアリー・スタークは、ダウン症児を産んだ母親に〝肉体的安静〟を勧めた。「(それは)授かった待望の子どもについて、自分の考えや気持ちを整理する時間である。医師や看護師の言う望まれない心配な子どもであるわが子を、現実的にどう受けとめるか、未来に向けてどういう投資をするか。そしてわが子にできるだけの対処をし、人生設計をしてやるために、どう積極的な役割をはたしていくか。これらは母親が負担を最小限にするための、あるいは知的障がい児を産んだ心の傷を克服するための指標である」

一九六六年、劇作家のアーサー・ミラーと妻で写真家のインゲ・モラスは、ダウン症のわが子を施設にあずけ、以後はほぼ誰にもその存在を知らせなかった。一九六八年、思想家のジョゼフ・フレッチャーは、アトランティック・マンスリー誌にこう書いた。「ダウン症の赤ん坊を遠くにやることに罪悪感を感じる理由などない。それがたとえ施設に隠すという意味での〝遠くにやる〟であろうと、もっと積極的に死に至らしめるような意味であろうと。もちろん、それは悲しいことである。怖ろしいことだ。しかし、そこに罪はない。本来罪とは、人に対して攻撃したときに生じるものだ。ダウン症児は人ではない」。一九六〇年代と七〇年代前半の地獄の館、ウィローブルック州立学校の事件は、まさにそうした理由から起きた。親たちは、知的障がい児は人ではないのだからと説かれ、子どもを劣悪な環境に置くことを黙認したのだ。

しかしその一方、障がい者に手を差しのべる新しい動きも起きていた。障がい者もしかるべき教育を受けるべきだという議論が、早期教育の理念のなかで新たな啓蒙活動を生んだのだ。専門家の知見が早期教育に役立つという考えは、一九世紀初頭のドイツにおける最初の幼稚園設立から始まった。一九世紀の終わりには、イタリアの教育者マリア・モンテッソーリがローマで、知的障がい者を相手に働いた経験から学んだ教育法を一般の子どもに施した。

ヨーロッパではすぐに幼稚園が広まった。アメリカでも、まずニューディール政策の教育職助成で幼稚園がつくられ、第二次世界大戦で母親が労働力として駆りだされたことで、全土に広がった。

このころには、幼児の死亡率を減らすための活動もおこなわれた。とくに対策が強化されたのは貧困層だ。優生学に対抗して行動主義という新たな科学も生まれ、人は生まれるのではなくつくられるもので、教育によりどんなふうにもなれる、という考え方が提唱された。また、精神分析学では、幼少期のトラウマが子どもの健全な発達を阻害すると考えられ、その理論の支持者の何人かが、貧困や障がいから生じる欠陥は、生まれながらの原因よりも、幼少期の養育不足によるほうが大きいのではないかと主張しはじめた。

刺激的で豊かな環境によって、恵まれない子どもたちが傍目(はため)にわかる欠点をどう克服できるのか? さっそく調査が始められた。愛着理論の生みの親であるジョン・ボウルビィ〔訳注:英の精神科医〕は、母親の充分な愛情が子どもの健全な発達にきわめて重要だと説いた。今日ではあまりにも明白な洞察なので、つい六〇年前にはそれが急進的な考えだったということは忘れてしまいがちだ。

優生学の信用は、それが大量虐殺にたとえられるようになって、ついに失墜した。また、第二次世界大戦後、身体障がい者となった退役軍人が急増したことで、生まれつきの障がい者に対する社会的偏見もやわらぐこととなった。一九四六年、合衆国教育省は特殊児部門を設立した。そこから、特別な支援を必要とする子どもに、よりよい教育プログラムを提供しようという動きにつながっていった。だが、そうした子どもたち自身は、社会から隔離されたままだった。

ダウン症児の母アン・グリーンバーグが、心配事を共有してくれる親の仲間を探す広告をニューヨーク・ポスト紙に掲載したのは、一九四九年のことだ。一年後、彼らは知的障がい者協会を設立した。それが、現在〈アーク〉として知られる団体で、いまでもその分野ではもっとも有名な機関のひとつである。グリーンバーグは、ダウン症児には遺伝子変異があるが、それに対してできることはある、という姿勢を貫いている。

ジョン・F・ケネディが大統領の時代には、知的障がいとその予防を研究する委員会が設置された。障がい者の社会復帰については、ケネディの妹ユーニス・ケネディ・シュライバーも陣頭指揮に加わった。彼女が一九六二年にサタデー・イブニング・ポスト紙に寄せた、姉［訳注：ケネディ家の長女ローズマリー。知的障がいがあり、ロボトミー手術を受けさせられた］についての記事では、著名で知的な家族にも知的障がい児が生まれる可能性があることが強調されていた。ユーニスは、ほとんどの知的障がい者が追いやられる貧しい生活環境を、悲痛な思いで視察した。

彼女の変革への想いは、公民権運動で社会的不平等が再考されたことで、さらに意義深いかたちになった。黒人は長いあいだ、生まれつき劣った人種だと見なされてきたが、彼らがそれに反発して立ちあがったとき、黒人以外の少数派のドアも開かれたのだ。一九六五年に始まったヘッドスタート・プログラム［訳注：環境不遇児のための就学援助］は、「人々が貧困のなかで暮らしているのは、自力では改善できない生まれつきの欠陥のせいではなく、幼児期に適切かつ建設的な刺激を与えられなかったためである」という考えにもとづいており、健康、教育、社会サービス、活動的な親として子育てをするための親の訓練、といった分野の促進に力を入れていた。

一九六〇年代の終わりには、ヘッドスタートの活動の成果が、知的障がい者、とくにダウン症児に適用された。それによって、ダウン症の人々が本当は幅広い能力の持ち主であること、診断結果だけで新生児の能力を予測するのはばかげていることなどが明らかになった。また、ダウン症の赤ん坊を無価値な人間と見なすのは不当であり、彼らの可能性は、彼らによりよい人生を与えるためにも、またのちのコストを削減するためにも、最大限まで見積もられるべきだという考えも広がっていった。実際、早期介入プログラムは、治療面以上に経済面で価値がある。

一九七三年に制定されたリハビリテーション法には、こう書かれている。「合衆国において障がい者と認められた個人は、その障がいが理由で社会への参加を拒まれたり、社会から恩恵を受けることを否定されたり、連邦政府が経済援助をするプログラムや活動で差別されたりすべきではない」

その後、レーガン政権下で予算の削減があったものの、障がい児支援プログラムは存続し、障がい者保護の動きも定着し、広く社会的な共感を集めた。さらに一九九〇年の米国障がい者法の成立で、勝利のムードは最高潮に達した。この法律は、一九七三年の法案をさらに拡大し、連邦政府の助成によるプログラムの枠を越えて、障がい者保護を適用させるものだった。親たちが、障がい者自身の活躍に支えられながら、人間性について、世の中の考え方の変化を求めつづけた結果である。長らく無価値と見なされてきた命を、価値あるものだと実証したのだ。人種的マイノリティや貧困者が支援と敬意を受けるに値するのならば、ダウン症や類似の障がいをもつ人々もそうであるべきだし、人種的マイノリティや貧困者に早い段階で支援の手を差しのべるのが最善ならば、知的障がい者の支援もそうあるべきだ。

早期介入は現在、低出生体重や脳性麻痺、ダウン症、自閉症など、あらゆる病気や障がいをもつ子どもに対して連邦政府がおこなっており、個々人の機能向上に大いに貢献している。たとえば、子どもが三歳になるまでに提供される早期介入サービスには、親への支援と訓練はもちろん、理学療法、作業療法、栄養カウンセリング、聴覚と視覚に関するサービス、育児支援、音声言語療法、支援技術についての指導などがある。当然ながら、あらゆる種類の感覚を刺激することにとくに焦点があてられている。病院は、これらのサービスについて親に説明する義務がある。また、あらゆる経済的レベルの人に適用され、ときには在宅訪問や特別な施設でも受けられる。

こうしたサービスは親業訓練の一環でもあり、家族が子どもを家庭で養育しやすくする手助けにもなる。とはいえ、特定の障がいをもつ子どもへのサービスの質は、州によってかなりばらつきがある。そのため、たとえばダウン症児への早期介入サービスがとくに充実しているニューヨーク州に、わざわざ引っ越しをする人々もいる。

いずれにしても早期介入は、〝生まれながらの障がいを養育が乗り越える〟という考え方を実現したものであり、精神分析学と公民権の勝利、そしてまた優生学と不妊手術と差別に対する勝利である。しかし、ダウン症に世間がどう対処し、どう受け入れるかは、依然として親によって大きく変わる。事実、何人もの親たちが、障がいのない子どもに対するのと同じ敬意をもってダウン症児に対処してほしいと医師に要求することで、ダウン症の平均寿命は驚異的に伸びた。

早期介入は、障がい者の人生を根本から見直し、考え方を整理する役に立つ。科学的治療はなかなか前進しないが、障がいの社会モデル〔訳注：障がいは、個人ではなく社会にあるという考え方〕は華々しい勝利を収めている。要するに、障がいのない子どもたちと同様、障がいのある子どもたちも、人からの注目や周囲とのかかわり、刺激や希望を糧として成長するということだ。

リン

一九七〇年、ジェイソン・キングスレーが生まれる数年前、エレイン・グレゴリーに娘のリンが生まれた。そのとき、産科医は赤ん坊の父親に「あなたの娘さんは蒙古痴呆症です」と告げた。二三歳のエレインにはすでに二歳半の息子ジョーがいたので、子どもはもうこれで終わりにしようと思った。早期介入については、それまで聞いたこともなかった。「リンは長いことずっと赤ちゃんで、一歳になるまでおすわりができなかった。二歳になるまで歩かなかった」。転機は、エレインが〈ＹＡＩ〉〔訳注：ニューヨークに本部があり、知的障がい者にさまざまなサービスを提供する協会〕に行き、そこの医師から、親子でできるちょっとした訓練を教えてもらったことだった。さらに、その二年後にふたたび訪ねたとき、パートタイムで働いてみないかと誘われた。てんかんをもっている重度障がいの少女がいて、看護師が要るからというのが理由だった。

「というわけでリンは、ブルックリンで最初の早期介入プログラムを受けることになった。一週間に二度、二時間。そして私はそこで、自分に何ができるのかを学んだの」とエレインは言った。彼女は早期介入というまったく新しい分野に夢中になり、リンの学校からも、プログラムを実践してほしいと依頼されるまでになった。

ジェイソンと同様、リンも初期の早期介入プログラムでめざましい成長をとげた。体操とアイス・スケートの選手として、スペシャル・オリンピックにも出場した。リンの運動技能は認知能力より勝っていたので、エレインは普通学級のレクリエーション・プログラムに通わせた。一般のガールスカウトにも入り、健常児といっしょに水泳教室に参加した。「でも、一〇歳だったリンは、いつも六歳の子たちといっしょだった。あの子が成功体験を得られる場所に、あえていさせたから」とエレインは言った。

エレインは、息子のジョーにも気をくばり、褒めるよう心がけた。リンはほぼ二歳でようやく歩きはじめたが、体が小さかったのでもっと幼く見えた。「それで、誰もがうちに来ては『リンが歩いてる！』って言った。そうしたらある日、息子が私のところに来て『ママ、見て！』と私のまえで行ったり来たりしはじめたの。『ぼくも歩き方を知ってるよ』って。それからというもの、私はみんなに『うちに来るときは、どっちの子どもも見て褒めてあげて』と言うようになった」

リンに注目が集まりがちだったにもかかわらず、ジョーと妹の関係はおおむね良好だった。おまえの妹はバカだとジョーに言った同級生がいた。それは明らかに侮辱だったが、ジョーは気づかず、ただ「うん、そうだよ」と言って、同級生にその意味を説明した。

「そのことばをあらかじめ教えていたので、たいして衝撃ではなかったんだろうけど、ジョーが正しく理解していたのは本当に驚きだった。まるで、リンは茶色い髪だとか茶色い目だと言うのと同じ感じだったわ」。それから何年もたって、ジョーの妻が子どもを妊娠するたびに、産科医は夫婦に遺伝学者と相談するよう勧めた。ジョーは勧めにしたがったが、毎回、たとえダウン症でもその子を授かりたいと言った。「驚いた」とエレインは言った。「そのときに知ったの。ジョーは本当にリンを負の存在だなんて思ってなかったんだって」

大人になったリンは、カフェテリアで働き、最低限の賃金を稼ぎ、地域の共同住宅で暮らしている。私がグレゴリー夫妻を訪ねたとき、リンはそこに一〇年ほど住んでいた。読解力は小学校一年生レベルで、計算機を使えば基本的な計算はできる。「リンはよく、いまの早期介入プログラムを受けられていたら、自分の能力はさらにどれくらい向上していただろうと考えてる」とエレインは言った。

あるときエレインに会うと、彼女はリンとジョー夫妻とそのふたりの小さな子どもたちといっしょに、ディズニーワールド旅行から帰ってきたばかりだと言った。「リンがおばさんになったのよ」と言ってからエレインは続けた。「あの子はふたりの男の子を乗り物に乗せてやって、シャツを買ってあげた。本当に立派なおばさんぶりだったわ。甥っ子たちもリンが大好き。いっしょに遊んで楽しませてくれるから。リンが先生になれたら、どんなにいいか。それともお医者さん？　でも、彼女はカフェテリアの店員として完璧にやっている。給料支払小切手が大好きでね。銀行に行って現金に換えて、銀行口座に入れる。自分の小切手に自分で記入する。それが彼女には重大なことなの。だから、私もそういうことを好きになるようにした」

二〇〇八年の引退まで、エレインはＹＡＩの副協会長を務めた。彼女はそこで、早期介入について親たちに説明した。「親はみんな、わが子を助けてほしいと思っている。たとえ貧困や薬物依存で自分がいっぱいいっぱいでも。早期介入プログラムは無料なので、みんなやろうとするわ。ただ、ソーシャル・ワーカーが去ったあとはたいてい、まえの生活に戻ってしまう」

ＹＡＩでは、心理カウンセリングと、障がい者を抱える家族のための休息ケア［訳注：家族の負担を軽くするために障がい者を一時的にあずかるサービス］をおこなっている。利用者は一日に二万人。エレインも、出生前診断でダウン症とされた両親のカウンセリングをしていた。「妊娠四カ月だと、一、二週間のうちに中絶するか産むかを決めなくてはいけない。私は、ダウン症の子を育てるいい点と、いくらかの困難について話した。親たちは、わが身に起きたことを受けとめられないときでも、子どもは受け入れる。親のむなしさと、彼らがたいていは愛するようになるわが子とは、まったく別なのよ」

早期介入が終了したあとの障がい児教育には、おもにふたつの方針がある。主流教育（メインストリーム）と包括教育（インクルージョン）だ。一九七〇年代と八〇年代には、親たちは主流教育を支持し、障がい児はおもに一般の公立学校内にある特別支援学級で学んでいた。だが一九九〇年代から、教育現場は包括教育に舵（かじ）を切り、障がい児も健常児と同じ混合学級で教育を受けるようになった。たいていは、そこに特別な補助要員が派遣される。

この分野で最近制定されたもっとも重要な法律が、一九九〇年の個別障がい者教育法（ＩＤＥＡ）だ。この法律は、すべての障がい児が自由に適切な公教育を、可能なかぎり制限を取りはらわれた環境で受けられることを保証している。いま、知的障がいのある子どもたちの多くは、特別支援学級と混合学級のあいだのどこかの形態のクラスで学んでいる。

そこで生じるのが、障がい児教育についての基本的なふたつの問い、すなわち「障がい児にとってよりよい教育とはなんなのか」と「健常児（障がいのない子ども）にとってよりよい教育とはなんなのか」である。クラスに障がい児がいると、ほかの子どもの気を散らし、授業の進みが遅くなると不平をもらす親もいる。反対に、自身もダウン症の息子の父で、障がい学を教えているマイケル・ベルーベ教授のように、包括教育のもたらす利益は〝じつに普遍的である〟と主張する人もいる。なぜなら、障がい者と同じクラスで学ぶことで、健常児はより思いやりがもてるようになるからだ、と。

では、包括教育で学ぶダウン症児はどうか。彼らはまわりに手本があるので言語を発達させやすく、行動基準を学び、かぎられた環境で学んだ場合よりずっと大きく潜在能力を開花させる傾向にある。包括教育がめざすのは、ダウン症の人々が昔ながらの福祉作業場から解放されて、指導者のもとで開かれた職につくことだ。そして、より多くのダウン症者ができるだけ独立した生活をおくれるようにすることだ。

懸念があるとすれば、包括教育を受けているダウン症児が、同じ境遇の仲間と断絶しがちなこと。また、ダウン症でない子が、ダウン症の子と関係を築くなかで、ある程度の距離を置きたがるという問題もある。「学校の責任者と校長と教師の全員が包括教育を認め、みずからもそれについて学んでいる場合は、とてもうまく機能すると思います」と話すのは、全米ダウン症協会（ＮＤＳＳ）創設者のひとり、アーデン・モルトンだ。「しかし、子どもにもよるでしょう。なかには包括プログラムに入れるべきでない子どももいます。イェール大学に入るべきでない子どもがいるように」。もうひとりの創設者であるベッツィ・グッドウィンも、こう言っている。「画一的な対応は子どもを孤独にします。一〇代というのはそれだけでもむずかしい年代です。ふつうのティーンエイジャーが障がいのある子と親友になるなんてことは期待できません。そんなふうにはいかないものなのです」

カーソン

ベッツィ・グッドウィンは若く健康で、障がい児が生まれるとは少しも思っていなかった。しかし、一九七八年にニューヨークで生まれた娘のカーソンはダウン症だった。当時、個人経営の病院は一般的に、ダウン症児を施設に入れることを勧め、総合病院は家に連れ帰るよう指導した。その理由についてベッツィは、親と個人的なつきあいのある医者は、目にしたものを自分の失敗として恥じるからではないか、と言った。彼女の産科医はこう言った。「健康な赤ちゃんをつくりましょう。この子のことは忘れて」

夫のバートン・グッドウィンは、カーソンを手離す可能性も視野に入れていた。妻を障がい者の世界に奪われることを怖れたからだ。ベッツィも恐怖は感じていたが、その理由は別だった。彼女はソーシャル・ワーカーをしている幼なじみのアーデン・モルトンに電話をし、医師たちから子どもを施設に入れるように勧められていることを話した。アーデンは、それは極力避けるべきだと言ったが、ダウン症の赤ん坊とその家族に向けられる社会的支援が足りないことは、すぐに明らかになった。数カ月後、それまでインテリア・デザイナーだったベッツィは、同じ状況にある親のための機関を立ちあげようと決意した。当時を思い返してアーデンが言った。「ベッツィには、親として問題を見抜く目がありました」。こうして一九七九年に、全米ダウン症協会が発足した。

この協会の最初のプロジェクトは、ダウン症について研究している科学者の会議を開催することだった。そうした集まりはかつて一度もなかったため、準備には膨大な作業が必要だった。当時、アメリカにおけるダウン症の総合研究には毎年約二〇〇万ドル（約二億二〇〇〇万円）しか予算が投入されていなかった。現在は一二〇〇万ドル（約一三億二〇〇〇万円）に達しようとしているが、それでも、この研究が多くの人に影響することを考えると、低い額だと言わざるをえない。

ベッツィがワシントンを訪れて国立衛生研究所の所長と面会したとき、所長は彼女に、羊水検査によって近々ダウン症児は生まれなくなるだろうと言った。「この人はカトリックの人に会ったことがないのかしらと思ったわ」[訳注：カトリックは中絶を認めない]。二五年後のいま、ベッツィは淡々とそう語った。

カーソンが二歳になったとき、ベッツィはふたたび妊娠した。今度は羊水検査を受けた。

「なぜそんなことをしているのか、自分でもわからなかった。中絶するため？　正直、なんとも言えない。少なくとも、知りたかった。でもどういうわけか、おなかの子はいつも針の邪魔になる場所にいた。それで結局、きちんとした判断ができずじまいだった。羊水検査をするのは二二週までで、胎児は二四週をすぎれば母親のおなかから出ても生きのびられる。だから羊水検査がだんだん苦痛になっていった。私はついにバートンに言った。『明日、離婚してくれてもかまわない。私はもうあの検査を受けるつもりはないわ。いまおなかにいるこの子を産みます』って」

生まれた息子に障がいはなかった。数年後に産んだ次男も同様だ。「私の三人の子どもは、お互いにとてもうまくやってるわ。羊水検査は産婦人科医からの脅（おど）しみたいなものね。あなたがたの結婚生活は破綻する、生まれてくる子どもはきっと苦しむ、という。でも、これは心の底から言えることだけど、ダウン症の子のきょうだいは、まちがいなく、ほかの子どもより繊細で思慮深い子に、ときにはもっと満ち足りた子に育つわ」

グッドウィン夫妻はニューヨークを愛していたが、判断力に乏しいダウン症児を育てるのにいい場所ではないと考えた。「それで、カーソンが一一歳になったとき、コネチカット州のグレニッチに行くことを思いついた。グレニッチにはそこらじゅうに警察官がいて、カーソンのような若い女の子が歩きまわるのには、とても安全な町に思えたから」

穏やかな性格のカーソンは、そこで心地よく社会生活をおくり、弟たちが高校に入学するころには、ダンスが大好きになった。「彼女の部屋から手が伸びてくるの。弟たちの友だちを引っぱっては、いっしょにダンスをさせていたわ」とベッツィは言った。「いまでは立派な大人になった彼らが、『カーソンがいなかったら、あんなステップを憶えていなかったよ』なんて言うの」

私が会ったときカーソンは、どうしてもトマトを買い物袋の底に入れてしまうという理由で、〈ホール・フーズ〉での職を失ったばかりだった。「あの子は、ドーナツならまちがいなく、いちばん上に入れるんだけどって言った」。カーソンは、ほかの人が自分とちがう考え方や感じ方をするということが、なかなか理解できなかった。たとえば、母親がブリトニー・スピアーズよりもジョン・コルトレーンが好きだとわかると混乱した。ただ、ダウン症のせいで自分が人とはちがうことはだいたい理解していた。だからこそ、ダンスはカーソンに大きな喜びを与えてくれるのだとベッツィは言った。「カーソンは、自分とほかの人との垣根を取り払ってくれるものはなんでも好き」

この三〇年余り、全米ダウン症協会は組織をふるい立たせてくれる子どもたちとともに成長してきた。そして、科学の発展のために何百万ドルもの資金を提供し、知的障がい者のためによりよい教育方法を確立しようと奮闘している社会科学者を支援してきた。科学者たちは、一年に一度開かれる協会の大会で研究の成果を発表している。また毎年、アメリカ全土の二〇〇の場所で〝バディ・ウォーク〟というイベントも開催されている。寄付と啓蒙を目的に、ダウン症の人々が友だちといっしょに歩くチャリティ・イベントだ。現在では、これが毎年五〇万ドル（約五五〇〇万円）の寄付を協会にもたらしている。そのほか、ダウン症者と家族のためのコミュニティづくりも推進している。

とはいえ、協会はつねに荒波のなかを進んでいる。たとえば、障がい児の中絶に反対する活動家のなかには、協会に対し、中絶反対の姿勢を強く示してほしいと迫る人がいる。協会は、ダウン症児の親になることをより多くの人に選んでほしいと願いつつも、それを法律によって強制するべきではないという立場だからだ。

　一九八四年に制定された児童虐待改正法で、障がい児の育児放棄や治療放棄は児童虐待と見なされるようになった。それまでは親も医師も基本的に、そういう子を見殺しにしても罪には問われなかった。プリンストン大学の倫理学者ピーター・シンガーは、もしそれがみずからの選択であるならば、妊娠末期の中絶と新生児殺しの権利を擁護すると主張してきた。望まない子どもを中絶するほとんどの女性は、いずれ望んだ子どもを産むのであり、（満足のいく人生をおくれなかったであろう）中絶された子どもの幸せは、次に生まれる健康な子どもの幸せによって補われるという考えだ。

　シンガーの主張は、極端ではあるものの、世間にはびこるダウン症者の命を軽んじる風潮と、彼らの存在が本人を含めたみなを不幸にするという思いこみを反映している。ある母親は精神科医に、ダウン症の息子とどんなふうにやっているのかと尋ねられた。彼女が「すこぶるうまくやっている」と答えると、医師は「もっと正直に言ってもいいんですよ」と返したという。全米障がい者委員会の委員長マルカ・ブリストはこう言った。「シンガーの主張は要するに、大量虐殺の擁護だ」

　二〇〇〇年までには、出生前診断に関する意見の対立が表面化した。障がい学の学者エイドリアン・アッシュとエリック・パレンスは、それを次のように表現した。「出生前診断は、解決すべき問題は障がい者に対する差別ではなく障がいそのものだという〝医療モデル〟を強化する。だが、選択的中絶につながる出生前診断は道義的に見て問題であり、誤情報に左右されることもある」

　さらに数年後、アッシュはこう書いた。「医療の調査員や専門家や政治家は、障がいに関する誤情報によって中絶される可能性もある出生前診断を無批判に認め、現在もこの先も障がい者とともに暮らすすべての人々の状況を、さらに悪化させている」。また、ジョージ・W・ブッシュのもとで生命倫理学に関する大統領諮問委員会の委員長を務めたレオン・カスは、われわれは出生前に診断された病気を、その発現者を助けるのではなく〝撲滅する〟ことによって〝治療〟しているのだと述べた。

どんな障がいをもっているのであれ、出生を妨げるということは、その人の価値を認めていないということだ。ダウン症の胎児が日常的に中絶される社会では、明らかにダウン症が深刻な不幸ととらえられている。もちろん、誰もがダウン症の人々を憎み、抹殺したがっているのではない。実際、ダウン症児の中絶を選んだ多くの人は、実際に生きているダウン症の人々にことさらやさしくなる。しかし、私は個人的な経験から、思いやりや同情心が不愉快な偏見となりうることも知っている。私自身、ゲイだということで私を憐れむ人々といっしょにすごすのは好きではない。たとえ彼らの同情心が寛大な心の表れで、礼をわきまえて対応してくれるにしてもだ。

アッシュは、女性が障がいのある胎児を中絶するのは、このまま生まれても不幸な人生しかないと考えるからであり、そうした考えは差別主義の産物だとしたうえで、差別主義は正すことができると主張した。ニューカッスル大学の社会学教授ジャニス・マクラフリンは、こう書いている。「女性が強いられる選択について私たちが嘆くとしても、それはその女性を非難したいからではない。私たちは、あなたもまた被害者だということを指摘しているのだ」

しかし、そうした女性たちの行動は、たんに社会を反映しているだけでなく、社会をつくっているとも言える。障がい児が社会に適応できるかどうかは、その社会に暮らす人々次第である。障がい者がいたるところにいればこそ、彼らの権利についての議論を活性化できるのであって、障がい者の人口が減少すれば、適応の機会は減っていく。こうして、障がい児が中絶されればされるほど、将来にわたってさらに中絶は増えることになるだろう。

アメリカでは、ダウン症をともなって生まれる子どもが毎年約五五〇〇人いる。そのうち六二五人ほどは、出生前診断を受けても中絶しないことを選んだ女性から生まれている。出生前診断を受けたひとり、ティアニー・テンプル・フェアチャイルドは医師に、「起きてほしいと思うことはすべて起きます。ただ、思っていたのとはちがうスケジュールで起きるだけです」と励まされた。これは厳密には真実ではない。ダウン症の人々には、あまりにも多くのことが、どんなスケジュールにもよらずに起きる。それでも、こうした医師のことばは、ダウン症の子どもを育てると決めた家族にとって助けになる。実際、ティアニーは次に子どもができたときには羊水検査をしなかった。「私は選択をした結果、命をとった」と彼女は書いた。「さて、私は中絶賛成派になるのか、反対派になるのか？　この国の政党は、両方の立場を支持することはできないと言っている。私は命を選んだけれど、自分に選択肢があったことをありがたいとも思っている」

キャサリン

ろうや低身長と同様、ダウン症もひとつのアイデンティティもしくは悲劇、あるいはその両方と言えるのかもしれない。それは大切にしたいものかもしれないし、根絶したいものかもしれない。直接かかわる人や彼らを愛する人にとっては、心を豊かにし、満足感を与えてくれるものかもしれないが、一方では、心身を消耗させられる不毛な労働かもしれない。それとも、それらすべてが混ざりあったものなのだろうか。

「私はダウン症の子どもを産むと選んだことを心から後悔している家族を見たことがない」とエレイン・グレゴリーは言った。最近では、出生前診断でダウン症と診断された母親と、ダウン症児を育てている家族を会わせようという積極的な動きもある。多くの親は、そうした子どもを育てる恩恵についての手記を書き、ダウン症に対する不満よりも世の中の態度についての不満が多いと主張している。もちろん、ダウン症児を望まない人々はあまり手記を書かないだろうし、経済的に苦しい人々も同様だ。

私自身の経験から言わせてもらえば、みずからの失望をごまかすために、子どもの障がいをことさら肯定的にとらえようとする親もいる一方で、障がい児の世話をすることに、まぎれもない深い喜びを見いだす親もいる。また、ときには前者の態度から後者の感情が生まれることもある。これまでには「すべての人の喜びは本物だ」と主張する障がい者支援活動家にも会ったし、そんな人はいないと考える精神科医にも会った。実際には、この両極のあいだにほとんどの人がいるのだろう。


デアドラ・フェザーストンは、子どもを望んでいなかった。だから、自分が不妊だと知ったときはうれしかった。なのに一九九八年に妊娠した。どうにも行きづまりを感じたが、すべてを自然にまかせることにした。そのとき三八歳、だが羊水検査をしたいとは思わなかった。「自分の関与できない領域もあると思う。赤ちゃんが九カ月間おなかにいることになっているのなら、そのままにしてあげなくちゃいけない［訳注：欧米では妊娠期間を九カ月間と数える］。その環境に何かを侵入させるものじゃないわ」。一方、夫のウィルソン・マデンは検査をしたがっていた。

「私は彼に赤ちゃんを産んであげたかった。彼は将来の計画を立てるのが好きだから」とデアドラは言った。「ある夜、私が『検査で何か見つかったらどうする？』と訊いたら、彼は『それでも何も変わらないと思う』って。だから私は言った。『もし異常がわかったら、私はこの子を中絶する。だってあなたもよく知ってるとおり、私はそもそも誰のお母さんにもなりたくなかった。ふつうの子どもの親になる勇気すらなかった。だから、何か異常が見つかったら中絶する準備は万端よ。でも、あなたはそうじゃない。だったら羊水検査はやめるべきじゃない？』」

結局、検査は受けなかった。「ありがたいことだった。自分が知らないことを、きちんと判断することなんてできないから、もし受けていたら人生で最大のあやまちを犯してた」。娘のキャサリンが生まれる前日、宝石職人でスタイリストのデアドラは、ファッションショーに使うアクセサリーを選んでいた。午後は衣装を点検し、帰宅してタイ料理を食べた。そして、夜中にあえぎはじめた。デアドラはタイ料理のせいだとゆずらなかったが、ウィルソンは産気づいたと察した。

翌朝一〇時、自宅でキャサリンを取りあげた助産師が、すぐに産科医に見てもらったほうがいいと言った。産科医はひと目見て、キャサリンはダウン症だと言った。

「でも私はそのときにはもう、キャサリンがこれから会うどんな人よりもすばらしい人間だってわかってたの」とデアドラは言った。「ウィルソンはなかなか受けとめられなかったみたいだけど。たぶん父親にはむずかしいことなんでしょう。彼らには、子どもと九カ月間も肉体的なかかわりをもってすごす経験がないから」。翌日、産科医は診断を確定するために、家族に遺伝子検査を受けさせた。「涙があふれた。そしたら、あの子が手を伸ばしたの。彼女の目からも、ひと粒涙が落ちた。そして私の顔をぬぐった。生まれて二三時間の赤ちゃんが」

キャサリンは、リン・グレゴリーやカーソン・グッドウィンが経験した初期の早期介入よりずっと進んだプログラムのある世界に生まれてきた。ウィルソンは可能なかぎりの治療を試そうとした。デアドラは言う。「最初のころむずかしかったのは、キャサリンに週三回、言語療法を受けさせなければならなかったこと。作業療法も理学療法も副交感神経療法もあった。とにかくスケジュールがぎっしりで、私は家を離れられなくなった。それがたぶん唯一たいへんなことだったわね。生きるために自分を頼っている誰かがいる、という事実に慣れることを別とすれば。私はウィルソンに言った。『もしあなたの手に負えなかったら、どうか遠慮なく出ていって。それであなたを責めたりしないし、悪い人だなんて思わないから。でも、いつまでも取り乱したままではいれらないわよ』って」。ウィルソンはこう説明した。「出ていくなんて思いもしなかった。でも、すべてを受けとめるのにはデアドラよりは時間がかかった」

デアドラは自分自身に驚いていた。「どんなふうであれ、ふつうとはちがう子どもの面倒をみる親になんてなれないと思ってた。でも、キャサリンを愛することができてほっとした。彼女はとても愛らしい赤ちゃんだった。あの子は、みんなに不幸だと思われていたけれど、子どもが生まれてからの私の人生は、彼女にかかわるすばらしいことを次々と発見していく旅だった。私はあの子が欠陥のある子どもだと知るところから出発した。でもそれからは、あらゆる驚きがすべていいことへとつながっていった。キャサリンは私がこれまでに出会った、もっともすてきで、やさしくて、思いやりがあって、繊細な人間のひとりよ。それにとってもお茶目で、いつもポジティブ。そのどこまでが彼女の性格なのか、ダウン症児の特徴なのかわからないとしても。まあ、ときには何もする気が起きないこともあるみたいだけど、それもダウン症者の典型的な一面なの」

特別な支援を必要とする子どもの母親は、必然的に預言者になる。「知りあいが涙ながらに電話してきた。『子どもがダウン症だとわかったの。どうしたらいい？』って。私が『あなたはどうしたい？』って言ったら、彼女は『私の赤ちゃんよ。産みたいわ』って。だからこう答えた。『ねえ、いい？　キャサリンを産んだのは、私に起きたいちばんすてきなことよ。でも、もしダウン症だとわかっていたら、彼女を産まないという大きな大きなまちがいを犯していたところだった。うちの子には会ったことがあるでしょ？　私たち、本当に幸せにすごしてるの』」

私にその話をくわしくしてから、デアドラはつけ加えた。「ダウン症は、さほど手がかからない。少なくともキャサリンは。自閉症はまた別のたいへんさがありそうだけど。私は彼女に生きやすい人生を与えてやれるのか？　まあ、それはなんとかできるでしょう。でも、まばたきひとつで彼女をふつうにしてやることはできない。ある時点で彼女の考えが変わって、整形手術なんかの治療を受けたがるかもしれない。あの子が成長していくどこかの時点でね。そのとき、私は耐えられるのか？　もし本当にそういう事態になったら、きっと耐えると思う。だけど私はあの子を、ありのままの自分で幸せでいられるような、強さと自尊心をもった子どもに育てたい」

デアドラは、エミリー・キングスレーが経験したように、偏見の目にさらされながらも断固たる態度で生きていく必要はなかった。「いまでも、ダウン症だとわかると中絶する人はいる。私には、それをどうこう言う権利はない。ライマメが大嫌いな人もいれば、私のように大好きな人もいるんだから。ただ、あの子が人とちがうからといって笑いものにされるのを阻止するためなら、私はなんだってする。いまこの国は、ほかのどこよりも、そしてどんな時代よりも、偏見に厳しいと思うわ」

デアドラはある日、キャサリンの通うトライベッカの公立学校で、五歳の女の子からこう言われた。「キャサリンがおなかのなかにいたとき、あなたが自分の卵を壊したから、キャサリンは変なふうに生まれちゃったって聞いたよ」。そこでデアドラが、「自分の卵を壊したら、そもそも赤ちゃんはできないのよ」と答えると、その子は言った。「じゃあ、キャサリンは壊れてないってこと？」

デアドラは教えた。「ええ、壊れてなんかないわ。ちょっと人とちがうだけ」。そうして遊び場を見まわしてからつけ加えた。「むこうにいる女の子が見える？　彼女は赤い巻き毛よね。あなたはブロンド。この男の子は黒い髪。彼のパパとママは白い髪。彼らはイタリア人よね。それから彼のお姉さんは、お姉さんだけど血のつながりがあるわけじゃない」。すると、近くにいた親のひとりが言った。「私は韓国人で、夫は白人よ」。また別の親が言った。「私は男の人と結婚しなかった。パートナーは女の人よ。だから私の子どもも人とはちがう」

無限の多様性があるこの世界で唯一〝ふつう〟なのは、〝ふつうでないこと〟なのだ。この考えにもとづくなら、キャサリンは多様性のひとつにすぎない。「ときどき、ダウン症の子どもを連れている人を見かけるの」とデアドラは言う。「そんなときは、こう声をかける。『私の娘もダウン症なの。いま八歳よ』。すると一〇人中九人はこう言う。『よかったわね。私たち仲間ね』。私たちの多くが、自分はラッキーだと思っているのよ」

デアドラは母親として、驚くほどがまん強い。私は一度ならず彼女が、反抗するキャサリンを説きふせて言い争いをうまく避け、誘導している様子を見た。キャサリンはちぐはぐな服を着たがる傾向があって、ときには寒い日にサンドレスを着ると言い張ったりする。「そういうときは、『ドレスの下にズボンをはいたらどう？　それともドレスの上からがいいかしらね？』なんて言う。ホームレス施設からもらったような服を着てることもあるけど、それでご機嫌なの。そんな彼女に何が言える？　私がすべきなのは、彼女をへこますことじゃなくて、自尊心を育ててあげることなんだから」

ただ、そんな彼らですら、ユーモアのセンスを保ちつづけるのはむずかしくなっている。ウィルソンは言った。「キャサリンがクラスでいちばん頭の悪い子じゃない、というのは重要なことなんだ。たぶん一〇〇パーセント完全な包括教育というのは最善じゃない。われわれが求めているのは、特別な支援が必要な子どもの要求を満たしてくれる環境だよ」

デアドラは娘の教育のことになると、雌トラのようになる。「最初の幼稚園はまったくあの子に合ってなかった。二日目から転園を考えたわ。キャサリンにとって、教育はとにかく重要。息をすることより重要なくらい。私は教育委員会に何度も足を運んだ。で、ある日ついに、キャサリンのために一週間ベビーシッターを雇ったあと、スーツケースにコンピュータとバッテリー・パック、電源コード、携帯電話、充電器、数日分の服、本を詰めこんで、教育委員会に乗りこんだの。『特別支援を担当しているコーディネーターにお会いしたいんですが』。『申し訳ありません、担当者は席をはずしています。もう一度来ていただけますか？』。『いいえ、ここで待たせてもらいます。少しも苦じゃありませんので。一週間分の仕事を持ってきましたから。担当の方にお時間ができるまで、ここでお待ちします。その方を急がせるようなことはしたくありません』。私はそこに座って、スーツケースから場ちがいなものを取りだした。みんなに見せつけるように。あら、これは下着だわ。ええと、充電器は……下着の下ね。そして充電器を取りだし、下着を戻して……。そしたら一時間半後、誰かがやってきて『どんな用件でしょうか？』と言ったの」

キャサリンは金曜日の午後、新しい学校に変わった。「不愉快な態度はぜったいにとらないようにしてる。でも、この要求は叶えてもらいたいという姿勢は、はっきりと示すわ」

それから五年後、私はデアドラに、キャサリンの教育はどんな具合か尋ねた。「キャサリンに、いま学校で習っている単語は何って訊いていたところよ。新しい単語は〝機会（オポチュニティ）〟と〝欠陥のある人（ディソィシャント）〟ですって。私が〝欠陥のある人〟の意味を尋ねると、キャサリンは少し考えてからこう言った。『ママ、あなたよ』」。デアドラは大声で笑った。「私は母親として、自分が何をしているかよくわかってない。でも、それがみんなにばれることは怖くないの。だってもう自分で認めているから。問題は、自分自身をどうやって教育するかよ。ときには、自分は立派な母親だと思うけど、ときにはダメな母親だと思う。誰かの母親をやってることをちゃんと理解してるなんて、一度だって言ったことはない。誰かの妻をやってることも、ほとんど理解してないしね」

ダウン症の子どもはゆっくりと成長し、一般の人が知性面で成熟する一歩手前で成長を止める。赤ちゃんのころはなかなかアイ・コンタクトができないし、視線を保ったままでいるのもむずかしく、動作をまねるのもゆっくりだ。二歳か三歳まで話しださず、二、三の単語からなる文章を口にするのは三歳か四歳になってからだ。基本的な文法を理解できないことも多い。私は一度、ダウン症者といっしょに働いている人に、ダウン症の人はなぜ、人によって賢さの度合いに差があるのかと尋ねてみたことがある。すると、彼女にこう返された。「ダウン症じゃない人は、どうして人によって賢さの度合いに差があるの？」

ひとことでダウン症と言っても、症状の重さはまちまちだ。21トリソミーを研究している遺伝学者のデイビッド・パターソンは、最近こう書いている。「21番染色体上の遺伝子が、単独でははたらかないことで、ダウン症のさまざまな症状を引き起こしていることは明らかである。それらの遺伝子は、ほかの染色体上の遺伝子と協調して作用せざるをえない。これこそが、ダウン症の症状に広範な多様性が見られることの理由と考えられる」

一般に、ダウン症の人は気さくで社交的なことが多く、愛想がよく、皮肉な態度とは無縁だと言われる。しかしより大規模な研究では、頑固で反抗的で攻撃的で、精神障がいを併せもっている人も多いという結果が報告されている。身体的な障がいに加えて、多くの人は注意欠陥多動性障がい（ＡＤＨＤ）や反抗挑戦性障がいといった行動面の問題も抱えている。こうした人は、抑うつや強い不安にも悩まされやすい。

世間に流布（るふ）しているイメージの多くには、根拠がない。ダウン症の人と暮らすのはたいへんだ。最近の大規模な研究では、ダウン症児はふつう〝自己理想像が低く〟、〝何度も失敗をくりかえし、それが不安や無力感につながり、抑うつやその他の問題を引き起こす〟と報告されている。

ただし、ダウン症者は比較的もの静かで、行動に一貫性がある。そのため、双極性障がいや自閉症の人々のような、エネルギーが高くて支離滅裂なタイプよりも介助者に対する要求は少ない。また、ダウン症の人は子どもでも大人でも、身体的、性的虐待を受けるリスクが高い。さらに、ダウン症に行動障がいがともなう人は、施設にあずけられることが多い。介助者を消耗させたり公共の場所に連れだすのがむずかしかったりするために、家庭での養育が困難だからだ。言うまでもなく、環境が悪化すれば症状も悪化する。

昨今では、ダウン症の症状に対するたくさんの治療法があるが、どれも症状そのものを緩和することはできない。それに近づけるための遺伝子治療はあるが……。ビタミン摂取は一九四〇年代から、認可外の抗ヒスタミン剤と利尿剤の処方と同様、ダウン症の人々の治療に用いられてきたものの、いずれもたいした成果は得られていない。なかには、軽度ではあるが副作用が現れた例もある。

形成外科では、ダウン症の人々の外見を標準化する手術がおこなわれている。ときには実用的な手術もある。涎が垂れるのを減らし、発話を改善し、呼吸を楽にするために舌を短くするというように。だが大半は、鼻の整形や余分な首の脂肪の除去、吊り目の改善など、幅広い種類の美容整形だ。全米ダウン症協会や関連の団体は、こうした手術を、不必要な痛みをともなう残酷な方法だと見なし反対している。低身長者における骨延長手術のダウン症版であり、ダウン症のように見える人に対する偏見でもある、と。彼らは、外見を変えるのではなく、ダウン症の人に対する世間の反応を公教育で改めるべきだと考えている。

ディラン

ワコビア銀行の財務顧問ミッシェル・スミスは完璧主義者で、完璧主義者にとって障がい児を受け入れることは容易ではなかった。それでも、彼女はすばらしい子育てをやってのけた。

血液検査でアルファ・フェトプロテイン値を調べたのは、妊娠一五週目に入ったころだった。担当の産科医は、検査結果からしてダウン症を発症するリスクが高いと説明し、羊水検査を勧めた。「夫には、そんな検査の選択肢があることすら話さなかった」とミッシェルはふりかえった。「そんなことはありえないと完全に否定していたから。これまで、私は極端に負けず嫌いなニューヨークの母親だった。正しい服、正しい髪型、正しい仕事。障がい者を見ると動揺するので見ないようにしていたわ。でも妊娠中に奇妙なことが起きた。なんとなくテレビをつけたら、『Touched by an Angel（天使にふれられて）』［訳注：米の人気スピリチュアル系ドラマ］で、ダウン症の人のエピソードを放送していたの。それから妊娠八カ月のとき〈ホーム・デポ〉に行ったら、ダウン症の女の子がこっちに歩いてきた。近くに父親も母親もいなかった。その子は、私のおなかに手をあてた。そのとき私は、誰かがおなかの子を私に託してるのはまちがいないって思ったの」

息子ディランが生まれたとき、助産師は彼の首が少し太いと思い、ミッシェルの血液検査の結果を確認した。そして一時間後、お子さんはダウン症だと告げた。「私のおなかに乗せられた息子は、私を奇妙なまなざしで見つめてた。〝彼が賢者で私が子どもみたい〟って感じたわ」。ミッシェルはこうも打ち明けた。「じつにあざやかなやり方で息子に屈服させられたのよ」

彼女は暗いことを考えまいと決めたが、最初のうちはたいへんだった。赤ん坊は、彼女のあらゆる恐怖と不安をかきたてた。病院からアパートメントに連れ帰ったときは、ドアマンに何か言われるのが怖くて裏口から入った。ディランといっしょにエレベーターに乗ったときは、どうしても自分から、この子はダウン症だからと口走らずにはいられなかった。「みんなに見られている気がして。でもそれは全部自分の思いこみだった」

ミッシェルがまわりの人に状況をくわしく話す一方、夫のジェフはダウン症の赤ん坊の親になることをなかなか受け入れられなかった。「結婚前に、子どものことを夫婦で話すのはふつうよね」とミッシエルは言った。「ときにはお金のことや、宗教のことも話すかもしれない。でも、特別なケアを必要とする子どもを妊娠したらどうするかなんてことは、めったに話さないでしょ」。ジェノは、ミッシェルが羊水検査を受けていればこんなことにはならなかったのにと言ったが、ミッシェルは「いいえ、なっていたわ」と答えた。「それでも、やっぱり息子はここにいた」。ジェフは抑うつ状態で八カ月をすごした。そして、彼が立ち直りはじめたころにはもう、ミッシェルは離婚の決意を固めていた。

出産後すぐに、彼女はダウン症児の治療について調べはじめた。『オランダへようこそ』を読んだことは大いに役立った。「ほかにも、産後二週間で一一冊の本を読んだ。それから、ほかの母親たちに会った。彼女たちは私の救いだった。私たちは四人でグループをつくって、自分たちを〝ダウン症ママ〟と呼ぶようになったの。すぐに友だちになれたわ」。母親たちはミッシェルに、早期介入プログラムのことやその後のいろいろなことを教えてくれた。

早期介入プログラムは、世界貿易センターでおこなわれていた。だが、ディランが生まれた三カ月後に9・11のテロが起き、世界貿易センターは崩壊した。この先どうすべきかを探るうちに、ミッシェルは自分の内側からむくむくと闘志が湧きあがってくるのを感じた。「行政機関のサービス・コーディネーターは、サービスの提供と予算の節約とのあいだを綱渡りしている。でも最初の面談のときは、それがわからなくて失敗した。母親仲間のひとりには『ああ、かわいそうな新人さん。さあ、元気をだして』と言われたわ。そこで私は特殊教育にくわしい弁護士を雇って、二回目の面談にいっしょに行ってもらったの。もしもお金がなかったり、ダウン症児についてなんの知識もなかったりしたら、どうしたらいいかわからなかったでしょうね。自分が何も知らないことすらわかっていないんだから」

ディランはすぐに、早期介入では対処できない問題を抱えていることがわかった。腸の具合が悪くなって何度も病院に通い、一一カ月のあいだに、じつに四一回も救急救命室に運びこまれた。「まるで救急救命室のマイレージ・カードを持っているみたいだった。電話をして名前を名乗ればよかったから」。結局、三度の大手術をした。コロンビア大学の医師団は、生存確率は二パーセントだと言った。

ジェフとミッシェルはディランに付き添い、九週間ぶっ続けで集中治療室に泊まりこんだ。「ディランは一四の機器につながれていた」とミッシェルは思いかえした。「そこに、一五番目の機器が運ばれてきた。透析装置よ。私は座って彼を見ていた。『もう逝っていいのよ。これ以上こんなのは耐えられないもの』と思いながら。わが子が死ぬのを見ているのが耐えられないなんて、すごくうしろめたい気持ちだったわ。牧師が四回やってきて、最後の祈りのことばを読みあげた。病院の二階に、息子のことをとても気にかけてくれていた女性たちがいて、毎日やってきては、彼のためにロザリオを握りながら祈ってくれたの」

ディランが生きのびるために闘っているあいだ、ダウン症は二の次になった。そのころまでには、ジェフも否定的な感情を克服していた。その変化は結婚生活にとっては遅すぎたが、息子にとって遅すぎることはなかった。「息子を失いそうになって初めて、ジェフはどれほど彼を愛していたかに気づいた」とミッシェルは言った。「いま、ふたりは切っても切り離せない関係よ。ジェフはこの子をすばらしい子だと思ってるわ」

ディランは結腸を五六センチも切除し、心臓手術もして一歳を迎えたが、それ以後の健康状態は上々だった。「ときどき、おなかにガスがたまってくさかったりするけれど、それがなんだっていうの？」とミッシェルは言った。早期介入サービスも受けられるようになった。「かつての私は、自分の子どもの幼稚園に特別支援の子どもがいるせいで、ほかの子に支障が出るんじゃないかと心配するような人間だった。だからいま、ほかのお母さんたちにとびきり愛想よくしているの。幼稚園を運営している女性は、包括教育を信頼している。幼稚園が始まって二週目に、彼女は私を呼んでこう言った。『息子さんには、おなかにガスがたまる問題があるわ。そこはしっかり対処が必要ね。彼はすでに人とちがう。おまけにくさいときたら、誰も遊びたがりませんからね』。情け容赦ないけれど、みごとに誠実なことばだった。そうして私たちは〈ビーノ〉を見つけた。ガスをコントロールする酵素の錠剤よ」

ミッシェルは、ディランは愛らしさで窮地を切り抜けられるだろうと期待していた。「祖母が子犬を買ってくれたの。ディランは子犬のことを理解しようと一生懸命だった。大好きなパズルのピースを手に握りしめて、それを子犬に差しだしたり……。そう、あの子は誰かのために大好きなものを手離す。本当におおらかな子なの」

ものごとを変えるためなら、ミシェルはなんでもした。「以前の私はAMラジオでFMラジオを聞こうとするような人間だった。奇妙なことだけど、こんなことになったからこそ、自分に何ができるかわかったような気がするの。得意でないことにぶち当たるたびに、それでも息子のためにどうにかするしかなかった。昔の私はうわべだけで生きていて、自分のエゴと才能と理想に固執してた。なんでも一方的に判断し、批判的だった。でもいまは——一方的に判断することなんて、どうしてできる？　私たちは、自分の才能や素質をみんなで分かちあうべき。けれどそのまえに、それがどんな才能や素質なのか、知らなくちゃならない。いまの私がすべきなのは、人に手を差しのべることよ。ただお金を稼ぐために自分の才能を使うんじゃなくて」

ミッシェルはこれから親になる人々の相談にのり、ダウン症の子どもを産み育てるのを励ますようになった。ある夫婦が中絶で子どもをあきらめたときには、ひどく打ちひしがれたという。私は、彼女のパワフルな考え方や精神性を重んじる態度や目的意識についていけない人もいるのではと思い、そう尋ねた。すると、「みんな共感してくれるわよ」とミッシェルは答えた。「それが、特別な支援を必要とする子どもをもつ親のすごいところ。体の内側からふつふつと力が湧いてくるのね。私は同じ境遇の女性たちのなかに、共通する強さと勇気を感じている。彼女たちにはいつも『自分が何をしているのかわからないって気持ち、よくわかるわ。私を信じて。あなたはこの子にとって完璧な母親よ』って言うの」。そこで少し間を置き、微笑んで続けた。「でもきっと、みんな最初は私を引っぱたきたいと思うわね」

ダウン症の治療への期待

ダウン症は、約九五パーセントが遺伝ではなく自然突然変異で起きる。そして、ほとんどのダウン症者には生殖能力がない。またダウン症は、出生前診断で最初に調べる遺伝子異常のひとつで、子宮内で発見可能な遺伝子異常のなかでもっともよく知られている。そのため、長らく中絶論議の中心的な話題となってきた。数字の変動はあるものの、現在では出生前診断でダウン症と診断された母親の約七〇パーセントが妊娠中絶を選択する。しかし皮肉なことに、ダウン症の医療は、ここ四〇年のあいだで、ほかの異常に関する医療よりも急速に発達してきた。昔なら施設で衰弱したり、一〇歳ほどで亡くなったりしていた人々が、いまは適切な教育と健康管理で六〇歳を超えても生きつづけ、読んだり書いたり働いたりしている。アメリカにおけるダウン症者の平均寿命は五〇歳前後、一九八三年の二倍だ。

現在のダウン症の人々は、特別な支援や多くの便宜が与えられた社会で暮らしている。高い能力のあるダウン症者のための支援つき雇用制度もあるし、ダウン症者が家族といっしょにレストランや店舗を訪れたときに、温かく受け入れられる社会的寛容も広がっている。そうした背景もあってか、カナダでの最近の研究によると、ダウン症の子どもの親に、可能なかぎり治療を続けるかと尋ねたところ、四分の一以上が続けないと答え、三分の一がわからないと答えたという。

選択的中絶によってダウン症の人々の数は減ると思われていたが、実際には、この診断が導入されてからも、ダウン症者は年々増加している。出生前にダウン症と診断され中絶する女性によってダウン症者の人口は減少しているが、その一方で、高齢出産した女性たちがその人口を増加させているのだ。加えて、ダウン症の人々の寿命も延びている。アメリカでは、二〇〇〇〜二〇二五年のあいだに、現在の二倍の八〇万人になると言われている。ただし、その子どもたちの母親の八〇パーセントは、出生前診断を受けなかった三五歳未満の女性で、多くは貧困層だ。

対照的に、裕福な人々はリスク層に分類されていなくても出生前診断を受ける傾向にある。ダウン症児との養子縁組を専門に斡旋（あっせん）する機関もいくつかあるが、ある機関の責任者は、私にこんなふうに言った。「子どもをあきらめて私に託す人のリストを見せてあげたいくらいですよ。まるでアメリカの名士録です」。複数の研究によると、中絶をせずにダウン症の子を出産した人々のなかでも、経済的に恵まれない人のほうが、あまり完璧主義にならず、過度な期待もしない傾向が強い。そのため、ダウン症児がいつまでも依存してきても、ためらいなく受け入れることが多いという。

米国産科婦人科学会は、二〇〇七年、すべての妊婦に対し妊娠初期に胎児項部透過像診断を受けるよう推奨した。また、その診断の結果が思わしくなかった妊婦には、妊娠中期に遺伝子カウンセリングと羊水検査、または絨毛検査を勧めている。だが、障がい者権利保護団体はこの方針に反対している。ダウン症の息子がいる保守派コラムニストのジョージ・ウィルは、これを〝掃討（そうとう）作戦〟だと非難した。その一方、ダウン症を診断するための新たな血液検査を開発した、スタンフォード大学教授のスティーブン・クウェイクはこう言っている。「こうした検査が、ダウン症児の大規模な出生排除につながるという主張は、怖ろしく極端な単純化だ。私の妻のいとこはダウン症だが、とてもすばらしい人物だ。胎児異常が見つかったからといって、即中絶ということにはならない」

それでも活動家は、ダウン症児でも産みたいと思っている女性が、出生前診断によって中絶のプレッシャーを感じるようになることを心配している。なお、健康保険に入っていない人は出生前診断を受けるのがむずかしい。そうした状況が、ダウン症児を貧困状態に陥れているのではないかと懸念する人もいる。

そうかと思えば、マイケル・ベルーベのように、万人が出生前診断を受けるようになり、ダウン症児を育てるための医療費や教育費が保険でまかなわれなくなったら、ダウン症児の養育は金持ちの仕事になるかもしれないと指摘する人もいる。ある研究では、出生前診断をあえて受けない女性や、障がい児が生まれると知りながら中絶をしない女性は、「出生前診断を受ける余裕がなかった女性よりも責任が重く、非難されるべきであり、障がい児を出産後も、社会からの共感や援助を受けるに値しないと見なされる」ことがわかった。

いずれにしろ、こうした仮説は互いに打ち消しあい、混乱を招く傾向がある。とくにダウン症の場合、同じ人間がときに重荷であったり、ときに喜びをもたらしたりするからよけいに複雑だ。マイケル・ベルーベはこう書いた。「技術が社会の欲求を満たすのか、それとも技術を満たすために社会の欲求が生まれるのか。このことに多くの問題が左右される」。また、新聞のインタビューではこうつけ加えた。「国立小児保健発育研究所によるダウン症の新たな検査に一五〇〇万ドル（約一六億五〇〇〇万円）が投入されたが、もっと切実に必要とされているダウン症者の生物科学的研究にまわされるべきだった」

出生前診断と、ダウン症児を抱える家族への援助は、二者択一になるべきではない。人工内耳が開発されたからといって手話を絶滅させるべきではないことや、伝染病のワクチンが開発されたからといって発症者の治療をしなくていいことにはならないのと同じだ。しかし現実には、現代医療を経済の側面からとらえ、ほんのわずかの予防に、多大な治療と同じ価値があると考えられている。その結果、ダウン症の出生前診断の技術が精度を増すにつれ、治療法を研究するための資金投入が減っている。非常に

残念なことだ。長らく不可能とされてきたダウン症のおもな症状に対する治療が、ようやく前途有望に

なりつつあるというのに……。

　たとえば二〇〇六年、神経科医のアルベルト・コスタは、海馬の発達を阻害されてダウン症に似た症状をきたしているマウスが、抗うつ剤のプロザックで正常化することを証明した。さらには、アルツハイマー病の治療薬メマンチンが、同じ症状のマウスの記憶力を上げることも発見した。これはおそらく、ダウン症者の認知を阻害している神経伝達物質系のはたらきが抑えられるからだ。また二〇〇九年には、カリフォルニア大学サンディエゴ校の神経学科長ウィリアム・C・モブリーが、同じ症状のマウスの脳内のノルエピネフリン濃度を上げると、正常なマウスと同じレベルまで知力が回復することを明らかにした。続く二〇一〇年には、ロックフェラー大学のポール・グリーンガードが、ベータアミロイド（アルツハイマー病の脳内にも蓄積する物質）の濃度を下げることで、同様のマウスの知力と記憶力を正常化させている。

　モブリーはこう語った。「ダウン症の理解と治療という分野で、大転換が起きたのです。たくさんの新たな情報がもたらされた。つい二〇〇〇年まで、どこの製薬会社も、ダウン症治療の研究が進むとは考えてもいなかったでしょう。しかしいま、私は治療法を追究している四社もの製薬会社と連携しています」。スタンフォード大学ダウン症研究治療センター副所長のクレイグ・C・ガーナーも、ニューヨーク・タイムズ紙の記事でこう述べた。「これは、なんの希望も治療法もないと信じられてきた分野での大いなる番狂わせです。誰もが、なぜそんな時間の無駄づかいをするのかと思っていたのですから。ここ一〇年で、神経科学の革命が起きた。いまやっとわれわれは、脳には驚くほどの柔軟性があり、神経系統が修復可能であることを認識したのです」

　ろう者と人工内耳、低身長と骨延長手術の関係と同様に、今後ダウン症治療も新たな論争を呼ぶだろ

う（ただし、これはアイデンティティの問題というより、科学の問題だ）。もしダウン症が正常化できるのなら、ダウン症の胎児の中絶はもっと慎重になされるべきなのだろうか？　コスタはこう言った。「遺伝学者はダウン症が消滅することを期待しています。だとしたら、なぜ治療に資金を提供する必要があるのか？　われわれは、まるで出生前診断を奨励する人々と競いあっているかのようです。もし、こちらから早急に代替案を出さなければ、この分野は崩壊するかもしれません」

エリカ

一九九二年に娘のエリカを産んだとき、アンジェリカ・ロマン＝ヒミネスは二七歳だった。エリカは第一子だったので、羊水検査をすることなど考えもしなかった。だが赤ん坊が生まれてすぐ、アンジェリカは何かがおかしいと気づいた。「先生の腕をつかんで、『どうか教えてください』と言ったのを憶えているわ。夫の目を見たときにも、何かがおかしいんだってわかった」。医師はアンジェリカに、赤ん坊は〝軽いダウン症〟だと告げた。本当は、新生児の段階でダウン症の程度を判断するすべはない。

医師たちは養子に出すこともできると提案したが、アンジェリカにその気はなかった。ただ、まわりの人にどう言ったらいいのかとあれこれ考えた。「まず両親に電話して『赤ちゃんが生まれたんだけど……』って言ったまま、あとが続かなかった。父が『手の指は全部あるか？　足の指はそろっているか？』と訊くから、私は『ええ、あるわ』と答えた。すると父は、『どんなことがあったって、なんとか乗り越えていけるさ』と言ってくれた。わが子に対する無条件の愛情のことは誰でも聞いたことがあると思うけど、まさにそれだった」。アンジェリカの神父は言った。「神様は理由があってあなたにこの子を授けたのです。どんなことが人生にふりかかっても、あなたは対処できる。それはずっと見てきました。今度も同じです」

だが、誰もが神父と同じような人格者ではなかった。「友人の大多数は、悲惨なことが起きたって目で私を見た」とアンジェリカは語った。「なぜ？　という思いが頭を去らなかった。なぜ私たちにこんなことが起きたの？　でもあるとき悟った。『ちょっと待って。この子は生きてる。私たちの愛情と世話を必要としてる』って。私はやっぱり出産をみんなに報告したいと思った。だから、私たちのいまの生活について書いた手紙を出したの」

カトリック教徒だったアンジェリカは、ロウアー・マンハッタンにあるトリニティ監督教会で事務職についていて、同僚にダウン症の子をもつ人がいた。「彼女は一時間以上も私と電話で話して、どんな本を読んだらいいか教えてくれた。八〇年代以前の本は読まないこと、親同士のサポート・グループに入ることも。〝なぜ？〟から抜けだせたのはそのときだったと思う」。エリカが生まれたのが、ジェイン・ポーリーが自分の番組でジェイソン・キングスレーを特集した年だったというのも大いに幸いした。ダウン症の人々への理解が世の中に広がっていた。ほんの数年前までとは大ちがいだった。

六週間のうちに、アンジェリカはエリカに早期介入プログラムを受けさせはじめた。「娘が障がい児とわかったとき、大それた夢や希望は打ち砕かれた。私が気にしていたのは、この子がほかの子どもたちについていけるかどうかだけ。エリカは、彼女なりの理解力と運動能力を駆使して、全力でがんばっていた。あの子が体をうまく使ってシリアルをつまみ上げたときには、うれしくて跳びあがりたくなったわ。その数年後、鼓膜チューブ［訳注：滲出性中耳炎の治療のために耳に挿入するチューブ］が必要になった。もちろん、私たちはできるだけのことをしてやりたかった。だって、耳が聞こえなかったら、ことばの発達はどうなるの？　なのにお医者さんは『この子は完璧にはならないんですよ』って言った。なんでそんなことを言うのかと思った。そういうあなただって、完璧な人間になんてなれないじゃないって」

ことばは、たしかに発達しつつあった。「エリカは自分の欲しいものを指さしていたし、私たちも、『何が欲しいか言ってみて』と彼女を励ました。あるとき、学校に入れるかどうかの評価テストを受けた。心理学者が私に、エリカは朝ベッドメイクをするかと訊いた。そのとき、私が『いいえ。みんな急いでるものですから。私がやって、さっさとでかけるんです』と答えると彼女は〝機会を与えない〟という項目にチェックをつけた。それからよ、私がつねにエリカに機会を与えるようになったのは。コートのファスナーをしめるにしろ、靴ひもを結ぶにしろ。そしていま、エリカは自分の名前と住所と電話番号を書けるようになった」

多くのダウン症者と同様に苦労しているのは判断力だ。「どうにかして『これは危険、あれは危険じゃない』ということを教えこもうとしているけど」とアンジェリカは言った。「あの子はとても人を信じやすいの。人見知りじゃないので。私たちは彼女に、『初めての人とは握手をしなさい』と教えこまなくちゃならなかった。『誰にでもハグしちゃいけないのよ。みんながいい人とはかぎらないんだから』って」

さらに、アンジェリカはまじめな顔で続けた。「エリカは電話に出られない。パーティの招待もそんなに多くはない。だから、ほかの障がいのある子たちといっしょのプログラムに参加させてるの。バレエ教室に音楽教室。どの子も、うちの子の仲間だと思ってる。エリカと同じような経験をしている仲のいい友だちができたらいいなあ。特殊児童のためのガールスカウト団にも入ったのよ。自閉症の子やダウン症の子、車いすの子もいるの」

アンジェリカの時間の大部分は、エリカの活動に費やされる。「次女のリアは思春期前だから、ほかの人からどう見られているかが気になるみたい。『障がいのあるお姉さんがいるとわかったら、みんなは私を受け入れてくれるかな？』って訊くの。私たちはリアにいつもこう言っている。『何も恥ずかしがることなんてないのよ。神様がエリカを私たちのところに授けてくださったのだから』」

エリカ本人は、他人がどう思っているかに気づいてる様子はまったくない。「彼女は、自分がほかの子のように速く走れないことはわかっている。縄跳びがほかの子のようできないことも。でも、なぜ？と訊いてきたことはない。いつも『あなたが私によくしてくれるなら、私もあなたによくする』という態度なの。私のなかには、彼女に気づいてほしいという気持ちもあるけど、もし気づいたら幸せにはなれないだろうとも思う」

アンジェリカは最初から、エリカの存在の意味を探ることに熱心だったが、いつしかエリカの障がいを、自分自身の道徳心を育てる機会と見なすようになった。エリカが九歳のとき、アンジェリカに乳がんが見つかったが「エリカを産んだおかげで、私にはがんに対処できる強さが育っていた」と彼女は言った。「私がこういう強い人間になれたのは、あの子のおかげ」

トリニティ監督教会はグラウンド・ゼロからほんの数ブロックのところにあり、9・11が起きたとき、アンジェリカはそこにいた。混乱のただなかでも彼女は冷静さを保ち、そのことでまたエリカに感謝した。「神様はこれからも、私たちにいろいろな試練を与える。なぜってたぶん私たちの役目は、他者に手を差しのべ、経験から成長することだから」とアンジェリカは言った。「だから私は、ダウン症のことを多くの人に知ってもらい、彼らを家に招き、話をすることがいまの自分の使命だと感じてる。私には、飛んでくる飛行機を止めることなんてできない。自分の病気やエリカの症状を止めることもできない。誰にも未来を止めることはできないのよ」

回想録『あなたを産んでよかった』（扶桑社）のなかで、マーサ・ベックはこう書いている。「高校の生物の授業を思い出してほしい。種はそれぞれの個体の染色体の数によって定義される、と習ったはずだ。息子アダムの余分な染色体は、ロバとラバがちがうように、私と彼のちがいを生みだした。アダムは同じ年齢の〝ふつうの〟子どもよりも、ただちょっとできることが少ないだけ。彼は人とちがうことをする。優先順位も人とちがう。好みも、洞察力も」

ベックはまた、息子が彼女の人生にもたらした変化についても書いている。「彼が嬉々として、いまこの瞬間を生きている姿を見ていると、ハーバード式に貪欲に成功を追い求めることなど、むなしく自暴自棄な生き方にしか見えない。アダムは私のペースをゆるめ、目のまえにあるものの神秘と美に気づかせてくれた。むずかしい要求が次々と降りかかる迷宮を、もがき苦しみながら進んで、本来なんの意味もない肩書きや成果を得ることなどではなく」

たいていのダウン症の子どもには、専門家が〝童顔〟と呼ぶ特徴がある。「鼻が低くて小さく、鼻梁はへこんでいて、顔のほかのパーツも小さめ。額は広く、顎は短い。頬がふっくらしていて顎のラインが丸いので、必然的に丸顔になる」。最近の研究では、親がダウン症の子どもに話しかけるときの声は、赤ちゃんや幼児に話しかけるときの声のパターンと似ていると報告されている。つまり親が、気づかぬうちにダウン症の子どもを幼児扱いしているのであり、それはたぶん、生物学的な顔の特徴に反応してのことだ。

また、子どもの知性の程度によって、親がわが子にかける愛情にはいくらか差が出てくるが、ダウン症の子どもの父親のほうが、健常児の父親よりも子どもとすごす時間が長いという研究結果がある。

さらに別の研究では、大半の子どもは、ふつうに発達しているきょうだいよりも、ダウン症のきょうだいに対してのほうが、やさしく寛大にふるまい、敵意もあまり見せないと報告されている。これは、たとえそうすることによって仲間はずれにされそうな場合でも変わらない。ダウン症の子とそうでない子のきょうだいは、多くの場合、互いを思いやり、礼儀をわきまえ、関係が安定している。コルガン・

リーミングはダウン症の弟について、ニューズウィーク誌にこう書いた。「弟はいわゆる障がい者ではない。スポーツとプレイステーションが大好きなティーンエイジャーで、髪型にちょっとうるさく、ちょっぴり自信過剰で、出会う人みんなにやさしく、腹がよじれるほど笑わせてくれる。ほかの子と同じただの男の子だ。ケビンは〝特別な支援〟など必要としていない。彼に必要なのはチャンスだけだ」

きょうだいの反応には、障がいを〝たいしたものではない〟ととらえる態度と、〝称賛する〟態度のふたとおりがある。もしくはその両方。いずれにせよ、それは家族間の力関係や、障がいの程度にかかわっている。高い能力があって生き生きと活動するダウン症者の話は注目されやすいし、その両親は、わが子が障がいという制約のなかでいかに賢くふるまい、成功しているかを見て大きな喜びを感じるだろう。しかし、それでも健常児と比べれば達成のレベルが低いことを考えると、知性や成果を価値基準にするのは、ある意味で彼らの人となりを否定することでもある。ダウン症の人々は、すばらしい美徳と自己実現の能力をもっているが、頭脳明晰ではない。一般的な基準に照らせば、そう多くのことも達成できない。

にもかかわらず、多くのダウン症児の親は私と話すとき、自分たちの子どもがどれほど高い能力をもっているかということから話しはじめる。もしかしたら私は、高い能力のある子の親にしか会っていないのかもしれない、そんな気すらするほどに。たしかに、彼らの子どもと話してみると、何人かはダウン症のわりに驚くほど知的で高い能力があることがわかる。それ以外の子どもについても、得意なことがいくつかある子が多かった。そんなわけで、親たちは自信をもって、わが子には高い能力があると結論づけるのだ。もっとも、子どもの実際の能力を過大評価していることも多いのだが。

こういう親たちは例外なく、子どもが自分たちを喜ばせるために一生懸命がんばっていると報告する。実際、ダウン症の子どもは、ひとつの考えにとらわれると頑固になって手に負えなくなるが、この本に登場するほかの症例では見られない熱意をもって何かに取り組む。そしてその姿は、親たちをとてつもなく感動させる。ダウン症の子どもがやさしい性格なのは有名だが、あまり知られていない資質のひとつに、仕事熱心という資質もあるのだ。

アダム

アダム・デリ＝ボビは、もっとも症状が重い部類のダウン症で、自閉症の診断も受けていた。二六歳にして精神年齢は四歳から五歳、バーンズ＆ノーブルの朗読会でジェイソン・キングスレーと会ったあとに彼と会うと、ふたりが同じダウン症だとはとても信じられなかった。

アダムの母親のスーザン・アーンステンは、妊娠を知ったとき二二歳で、ニューヨーク州イサカに住んでいた。「七〇年代後半のことで、世間の人は新しい生き方に興味津々だった。でも私はとくに何もしていなかったし、自分が子どもを欲しいことはわかっていたから、自然にまかせることにしたの」。両親は、娘のために急いで結婚式を整えた。彼女の夫ジャン・デリ＝ボビにはダウン症の甥がいたが、遺伝子検査を受けることなど思いつきもしなかった。そして、アダムは生まれた翌日にダウン症と診断された。

「息子を養子に出すなんて考えは、一瞬たりとも浮かばなかった」とスーザンは言った。「私はすぐに、この試練を何かいいことに活かすにはどうしたらいいのか考えはじめた。悲しんでる時間を自分に与えたりはしなかった。両親はこれを悲劇だと思ってたけど、私はまったく逆のことしか考えなかった。まだ二二歳の若さだったから」。スーザンはアダムのために生活保護（ＳＳＩ）の申請をした。そして最初の小切手が届くと、それを使ってコーネル大学大学院の〈学びと子ども〉という学科に入学した。保育園でボランティアを始め、早期介入にもかかわった。

その勉強は大いに役立った。「ふつうの子どもなら、親が何をしようと自然に学ぶ。でもアダムの場合は、目のまえに用意してあげないといけなかった。それも四分の一くらいやったところでやっと、こちらの意図を理解してくれるの」

アダムが初めて笑ってからまもなく、理学療法士は彼が奇妙な発作を起こしていることに気づいた。脳を検査すると、定期的にてんかんを起こしていた。深刻な精神遅滞を引き起こしかねない疾患だった。スーザンとジャンはアダムに六週間、ストレスに関係する副腎皮質刺激ホルモンを投与してもらった。アダムが注射をひどく苦にしているようなので、神経学者にも会いにいった。その神経学者は言った。「どんな治療法があるにしても、それにアダムがどう反応するかです。あなたたちにできる最善のことは、祈ることです」

「この町には〈ファミリー〉と呼ばれるとても強力なコミューンがあったの」とスーザンは思いかえした。「メンバーは全員、リーダーが授けた名前を持っていた。〝自由(フリーダム)〟とか〝感謝(グレイトフル)〟とか、〝追求(ソート)〟、〝大海(オーシャン)〟、〝滞在(ソウジャーン)〟とか。すてきな池のあるすてきな土地ももっていて、みんな裸で赤ちゃんと散歩したり、池で泳いだりおしゃべりしたりできた。その彼らが、私たちのために癒やしの集会を始めたの。どうすればアダムの魂がこの世界に残ることを覚悟できるか、といったことも話した。新生児でさえも、この世界で生きていくために誓約をしなくてはならない。だけどアダムはどうやら、この世に到着したばかりのときは、まだ覚悟ができていなかったみたい」

スーザンがもう一度アダムを医者のところに連れていくと、発作こそ収まっていたものの、慢性的に上気道炎［訳注：鼻から喉にかけての炎症］を起こし、左耳の聴力はほぼ失われていた。視力も弱く、片目は焦点が定まらなかった。そこで、しばらくは眼帯をつけ、その後は度数の強い眼鏡をかけることになった。

アダムが最初の誕生日を迎えたとき、スーザンの母は孫に犬のぬいぐるみを買ってやった。アダムはそれが何よりも気に入った。「それからというもの、アダムはその犬を抱えて、じっと見つめるのが大好きになった。ちょっと意地悪して、ぬいぐるみを取りあげて廊下のむこうに置こうものなら、這って這って這って、ついにぬいぐるみを取り戻す。私がまた取りあげると、また追いかけていく。次に透明の箱にぬいぐるみを入れたら、アダムはそれを見つけて、どうやったら取りだせるのか考えてたわ」

その後、スーザンとジャンは、ふたりめの赤ん坊を授かった。「アダムに仲間ができたの」とスーザンは言った。寡黙で用心深く、美しくて熱意に満ちたティーガンは、兄に心の底から忠実だった。最初のうち公立学校に通っていたアダムを、ティーガンはつねに護った。「先生がアダムのことを理解しなかったら、理解してもらうように私のほうから働きかけた」と彼女は言った。「毎朝アダムの教室に行って、自分のクラスに遅刻しそうになるまでいっしょにいた。からかわれている兄よりも、それを見ている私のほうが動揺してた。兄はほとんど気づいてもいなかったと思う」。ティーガンはいつも友だちを家に連れてきて、アダムに会わせた。「兄とどんなふうにかかわるのかを見て、その子の性格を見きわめてたわ」

だが、このころまでにスーザンとジャンは離婚した。スーザンは最善をつくし、アダムを新しい学校に入れた。「早期介入の欠点は、期待とプレッシャーが増すことね」とスーザンは言った。なにしろ、「ジェイソン・キングスレーとか、『コーキーとともに』［訳注：ダウン症のコーキーとその一家を描いた米のテレビドラマ］に出ていたあの子［訳注：主人公のコーキーはダウン症のクリス・バークが演じた］みたいなすばらしい子どもたちを目の当たりにしてたから。いまでは私も、アダムは彼の能力の限界まで達してるってわかっているけど、当時は、私がほかの親みたいに精いっぱいやれてないせいで、アダムが実力を出しきっていないんじゃないかと思っていた。アダムの暮らすイサカの、この狭い世界では、彼がいちばん発達の遅い子どもだったし」

スーザンは包括教育に賛同してきたが、アダム自身は気に入っていなかった。ある日、算数の授業中に服を全部脱いだ。「子どもには成功体験だけじゃなく、仲間も必要だったのね」とスーザンは言った。スーザンの両親が、重度の知的障がい者にも寛大な、子ども向けのサマーキャンプを見つけてきた。以来、アダムは毎年参加している。そこでは、彼の機能は相対的には充分で、ほかの子どもの手助けをすることもできる。

ある日、ティーガンがユダヤ教についてもっと学びたいと言いだした。スーザンはあまり厳格ではないユダヤ人家庭に育った。だから、文化としてのユダヤ教に愛着はあったものの、信仰についての知識はかぎられていた。そこで、最寄りのユダヤ教寺院に行って日曜学校に申しこみ、ティーガンとアダムを礼拝に連れていった。「アダムは、決められた手順が大好き」とスーザンは言う。「予定や儀式や合唱が大好きなの。取り組むべきものや神秘的な要素が詰まっているユダヤ教は、私たちにはとても合っていた。トーラー［訳注：ユダヤ教の聖書におけるモーセ五書］には、荒野に巨大な神殿を造ることが書かれていて、額石が掲げられているそのてっぺんには、ふたつの天使像が向かいあわせに置かれる。なぜならそここそ、人々のあいだこそが、神の存在する場所だから。アダムが生まれた日に、私の人生には目的ができた。それ以来、ずっと目的がある。神は私たちのあいだにいる。私はそのことを、彼が生まれた瞬間から知っていたけど、それを表すことばを与えてくれたのはユダヤ教だった」

アダムは、バル・ミツバー［訳注：ユダヤ教の成人式］に必要なヘブライ語をどうにか憶えた。その後ほどなくして、スーザンは古い教会に録音スタジオをもっているワスプ［訳注：アングロサクソン系白人プロテスタント］の音響技師ウィリアム・ウォーカー・ラッセル三世に出会った。彼はスーザンとアダムの親子関係を見て、スーザンに恋をした。当時をふりかえってウィルは言ったんだ、『私はふたりの子もちよ。ひとりはダウン症で、一生私といっしょにいる。ぜったいにふたりきりにはなれないのよ』って」

それでも六カ月後に、ふたりは結婚した。「アダムは早々に、ぼくと同じ恰好をしたがるようになった。それはぼくにとって信じられないくらいうれしいことだった。同時に、いっしょに町に出ていくのは信じられないくらい恥ずかしかったけど。ぼくがジーンズをはいて茶色い革ベルトをして、〈ギャップ〉で買った白いボタンダウンのオックスフォード・シャツを着るだろう？　するとアダムもまったくおんなじ恰好をするんだ。なかなかイケてる感じだったね」

ふたりの結婚は、アダムの思春期の始まりと重なっていた。思春期は一四歳のどんな男の子にとってもやっかいなものだが、あらゆる意味で四歳半の男の子にとってはさらに苦しいものだった。「アダムはちょうど男性ホルモンが活発になる時期だった」とスーザンは言った。「突然、いろんなものを破壊しはじめた。火災報知器を引っぱったり……」。ウィルも言った。「アダムは自分の力を試してたんだよ。四歳の子がいたずらしたなら、子どもを抱きあげて自分の部屋につれていけばいい。でも、アダムはスーザンにはとても抱えられない。だから彼女は話し方を研究し、恐るべきがまん強さを見せて、どれだけ時間がかかろうと粘り強く言い聞かせた。一度なんて、アダムはあたりかまわず蹴飛ばして、唾を吐いたりもしたんだよ。ぼくは彼のうしろにまわってやさしくなだめ、抱きかかえながら二階の彼の部屋に連れていった。そのときのアダムの顔はよく憶えてる。いったい何が起きた？　っていう顔だった。そんな行動はすぐに収まったけどね」

ダンスが大好きだったスーザンは、コンタクト・インプロビゼーションを始めた。これは、ダンスはコミュニケーションの一手段であるという信念から発展したもので、体をふれあわせて即興で踊る。

〈ダンス・ニューイングランド〉という団体が、週に一回セッションを開いていた。アルコールなしで誰でも参加可、裸足で自由にダンスができた。アダムとのコミュニケーションのほとんどはことばによらないものだと思ってきたスーザンは、大いに共感できた。

「ダウン症の人たちはたいてい、とても社交的で外向き」とスーザンは言った。「でも、アダムはそれほどでもない。私がこのダンスを好きな大きな理由は、ことばを話すことなく人とふれあってつながる方法を教えてくれるからよ」。この団体は毎年夏に、メイン州の裸でもすごせる湖に場所を借り、二週間ぶっ続けのダンスの催しを開く。アダムもボランティアとして参加し、毎日二時間、厨房で働いた。「みんなで紫色を着るの」とスーザンは言った。「私たちにとっては自分を肯定できる、とてもすてきな場所。アダムが一年間に習ったすべてのことがつながりあうときでもある。それが彼にとって、次の年への準備になるのよ」

一方、ティーガンは九年生のときに伝染性単核球症〔訳注：EBウイルスによる感染症。発熱、咽頭痛、リンパ腺の腫れなどの症状が出る〕を発症し、長いあいだ自宅療養をした。「ある日、思いがけなく彼女が私に言った。『私はどこで暮らそうと、いつもアダムのための場所を用意しておくから』って」。スーザンはふりかえった。「ティーガンにそう言われて以来、私はアダムのサポートをチームとして考えはじめた。彼女は喜んでその一員になると言ってくれた」。ティーガンにとって、それはずっと前から自明のことだった。「ある意味では、私はずっとお姉さんだったの」と彼女は言った。「ときどき夜なんかに、アダムの世話がイヤになることもあったわ。でも兄のいない人生なんて、ぜったいに望んでない。兄の感謝の気持ちは愛情という形で表れてくる。感謝以上のものが感じられるの。兄が私を愛してくれていることはわかってる。それで充分。何物にも代えがたい」

ウィルはときどき、いまの家族のありようをどう受けとめていいか苦悩することがあった。「いちばん大事なのは、スーザンとアダムのふたり組だ」と彼は言った。「スーザンとぼくが話しているところにアダムが入ってきたら、ぼくたちの会話は止まる。そのことに何度か腹を立てたりしたけどね」

だが、この家族の一員になって、ウィルが何よりストレスに感じたのは音だった。アダムの人生で最大の喜びは、ブロードウェイのミュージカル曲だ。いつも大好きな音楽を聴きながら、それに合わせて何度も何度も、とてつもない大声で歌う。私が会ったときも、アダムはすぐさま、私のために歌うと言いだした。その歌は、熱のこもった一本調子のハミングで、まるで冷蔵庫の機械音が増幅されたかのようだった。ウィルは耳に人生をかけてきた音響技師だ。さぞつらかっただろう。最終的にアダムは、ウィルの運転する車のなかでは歌わないと約束してくれた。そのあと、家のなかでの歌についても解決策をひねりだしたらしい。

私がティーガンに、アダムとの暮らしとはどういうものかと尋ねたとき、彼女は「ゆっくり」と答えたが、ウィルも同意見だった。「まさに〝アダムの時間〟という感じなんだ。四歳の子どもと遊ぶときには、自分の計画はあきらめるだろう？　ネジは三〇秒で締めなくちゃいけないなんて誰も言ってないってことを学んだよ。締められるのなら、五分かかったってかまわない。アダムはぼくの禅の先生さ」

職業訓練学校を終えたアダムは、就業プログラムを受けた。ラベルやスタンプを貼ったり、封筒に封をしたりする仕事だった。それがあまりうまくいかないと、食糧供給所でボランティアを始め、塩や胡椒を出したり、ナイフやフォークをナプキンで包んだりした。「人の役に立てるというのは、あの子の価値のひとつ」とスーザンは言った。「実際、あるダウン症児の母親は、自分の息子に『どこかに連れていってもらいたいならアダムのようにしないとだめよ』と言ってるそうよ。『アダムはいつもにこにこしてるし、お母さんの言うことをよく聞くわ。もしあなたがアダムのようにするなら、いっしょに連れてってあげる』ってね。その子がちょっと暴れはじめたときも、『アダムみたいにできてる？』と言うと、効果てきめんなんだって。あの子は、自分よりはるかに賢い子どものいいお手本になってるの」

　テレビもビデオも観ることを許されない安息日、アダムはヘッドフォンでブロードウェイ・ミュージカルのCDを聴く。金曜の夜の夕食では、パンを食べて祝福し、手を清める儀式もきちんとおこなう。それからゆっくりと鉱泉浴をする。風呂が大好きなのだ。だが肌が細菌に弱いので、バスタブには週に一度しか浸かれない。「トイレはいまだに問題なの。だから時間を決めて連れていくようにしている」とスーザンは説明した。「アダムには、もっと自分の体の声に耳を傾けるようになってほしい。ときどきたいへんなことになるから。それでも私たち、アダムの精神年齢とうまくつきあってるわ」

　私は精神年齢が実際に何を意味するのかに興味があった。「六歳の子どもにどう指示を与えるのがいいか、考えてみて。あるいは、六歳の子どもがどんなことをしそうか。それがアダムの必要としてる指示だから」とスーザンは言った。「もしかしたら、五歳のほうがしっくりくるかもしれない。ある意味では四歳かも。だって六歳の子はふつう、アダムよりも字が読めるし、電話もかけられるし、緊急時にどうすべきかわかっているでしょ。もし家が火事になって、アダムがテレビを観ていたら、あの子はたぶん逃げない。すごくすごく熱くなるまで。アダムは、信号が緑に変わったら歩くということは知っているけど、まわりをよく見て、車が角を曲がってこないか確かめるということは知らない。もし、アダムを誰かにあずけて世話してもらうとしたら、『一〇年のあいだずっと五歳児をやっている人だと思って接してください』と言うわね。だけど、アダムはうちの便利屋さんでもある。五歳児が五年もしたら飽きるようないろんなお手伝いをしてくれるの」

　ティーガンはこうつけ加えた。「もし六歳児をたくさん集めたら、一人の六歳児よりいろんな能力を発揮できるでしょ？　都会で専門知識をもった親に育てられた子なら、パソコンを扱えるかもしれない。田舎育ちで、あらゆる種類の野草や、森のなかでそれをどうやって見つけるかにくわしい子もいるかもしれない。六歳児レベルでも長いこといっしょにいれば、彼らはそういう横のつながりで能力を伸ばしていく。それが、いまアダムのしていることなの」

スーザンはいつしか、アダムと暮らす人生の矛盾を解決しようとするのをやめた。「この子が生まれたとき、私のいちばんの願いは、コミュニケーションのとれる人になってほしいということだった。でも、いまの私は、しゃべらない人でもコミュニケーションがとれるとわかってる」。ある年の誕生日、スーザンはアダムに、『屋根の上のバイオリン弾き』の主人公がかぶっているような黒いフェルト帽を買ってあげた。ブロードウェイ・ミュージカルのいろいろな曲が詰まったCDを買ったこともある。アダムのお気に入りは、『コーラスライン』の「ワン」だ。

私が訪ねた日の終わりに、アダムは見せたいものがあると言った。そしてスーザンにも帽子をかぶらせると、リビングに座っていた私を前にしてCDをかけた。ふたりは、マイケル・ベネット［訳注：舞台演出家、振付師］の『コーラスライン』のダンスナンバーを次々と踊りはじめた。帽子をもちあげたり、くるくるとまわったり、ぴったりのタイミングで脚を蹴りあげたりしながら。アダムは振りつけをちゃんと憶えていて、スーザンからの最低限の指示だけで、多少のぎこちなさはあるものの、じつに魅力的にすべてを踊りきった。

このショーを見ながら、私はスーザンがコミュニケーションの一手段としてダンスにこだわることに改めて心を動かされた。そして、この家全体にあふれているのは親密さだと気づいた。幸せの考え方はさまざまだと信じるスーザンの純粋な気持ちが、部屋を愛で満たしていた。

施設でみるか、家庭でみるか

アメリカの知的障がい者のおよそ四分の三は親といっしょに暮らしているが、ある研究はこう指摘している。「もう介護の負担に耐えられないと家族が思ったらいつでも、介護施設への入所が斡旋されるべきである。障がい者の権利は、日々の介護者を無視して保持はできない」

ダウン症の幼い子どもが介護施設に入所するかどうかは、彼らの障がいの重さや行動が家庭生活をどれくらい脅かしているのか、また障がい児を育てるストレスに両親がどれくらい耐えられるのかによる。障がい児のきょうだいも、本当は両親の世話が必要なのかもしれないが、どうしても手がまわらない。だが、そうしたきょうだいが障がい児の兄弟姉妹の施設入所を見たら、自分もどこかにやられてしまうかもしれないと不安になる可能性もある。

ある調査では、障がい児を施設に入所させた親の約七五パーセントが、そのあとで罪の意識をいだいており、さらにその半数は罪の意識を〝絶えず〟あるいは〝毎日〟いだいていると報告している。また多くの親が、施設入所は親としてのいたらなさの結果だと感じている。そして、入所している子どもが一時帰宅するとき、家族はしばしば喜ぶと同時にストレスも覚え、彼らが施設に戻るときには、寂しく思うと同時にほっとする。さらに、子どもが小規模な施設に入所した場合、たいていは大規模な施設より思いやりのある世話をしてもらえるにもかかわらず、親の罪悪感はひどくなるという。小規模な施設は家庭と似ているので、かえって子どもを施設に入れたことをいつまでも思いわずらってしまうのだ。施設が少人数のスタッフで運営されていると、対抗心を燃やす親もいるようだ。

この調査で多くの親は、子どもが施設に入所して生活は楽になったが、感情はそうとは言えないと回答している。それでも、一度入所させた子どもを家庭に連れ帰る親はめったにいない。これは、親たちが一度くだした決断にこだわりつづけることを意味している。事実、調査結果を見ると、子どもを施設に入所させた親も、自宅で世話すると決めた親も、自分たちの決定に肯定的であることがわかる。程度のちがいはあれ、施設入所で気が楽になるタイプの親は、子どもをそうする傾向が強いし、家で面倒をみるほうが幸せだと感じる親は、ずっと手元に置いておく傾向が強い。つまるところ、人は自身の内部での不和を避けるために、自分の決断に合わせて態度を調整するのだ。

施設入所は、決してひと晩でくだせるものではない。だが、予行演習、ショートステイ、一日あるいは週末をかけてのプログラムなどを経れば、施設での生活がどんなものかを感じられるようになる。しばらくは、介護の負担をいくらか取り除いてもらいながら、入所を先延ばしにすることもできる。そうやって、だんだんと施設入所に心理的に慣れつつ、より適切な施設を見つけて申しこむのが理想だろう。

だが実際には、親たちの半数以上が、たったひとつの施設を見学してそこに子どもをあずけている。地理的な理由もあるが、施設の質を気にしない場合もしばしばだ。ある人の話によると、「私の子をこんなところには入れられないわ！」と言った母親が、その二年後、まさにその施設に息子を入所させた。ダウン症者の多くは、一八～二一歳のあいだに施設に入れられる。一般の子どもが家を出て自活するのと同じ年齢だ。一般の人がたどる人生にならって節目をつくるのが何かと好都合だからだろう、と考える専門家もいる。

施設で暮らす子どもや若者の割合は、かつての四分の三ほどに減ってはいるが、寿命が長くなっているので総数は増えている。州立の大規模施設はいまでも三九の州で残っているが、現在ではほとんどが、より小さく、家庭的で、地域に根ざした介護施設にとって代わられている。

二〇一一年、ニューヨーク・タイムズ紙が、ニューヨーク州のあらゆる介護施設でおこなわれていた怖ろしい虐待について報じた。「入所者に性的虐待や暴力を加えたり愚弄（ぐろう）したりした職員が解雇されることは、まれだった。州の記録では、二〇〇九年だけで、州認可運営施設で一万三〇〇〇件の虐待の申し立てがあったが、そのうち法的措置がとられた案件は五パーセント以下だという。告発された職員に対して行動を起こそうとしても、被害者が話すことができなかったり、重度の認知機能障がいがあったりすることが多いので、事態は複雑になる――地元警察は、立件が少ない理由をそう説明するが、別の要因もあるようだ。多くの場合、発達障がいのある人々には、積極的に人生にかかわってくれる家族がいない。したがって、擁護者もいないことになる」

こうした虐待は、施設入所をさせている家族に暗い影を投げかけてきた。アメリカでは、知的障がい者ひとりの住居や介護にかかる費用は一日平均三八〇・八一ドル（約四万二〇〇〇円）だが、実際の額は地域により大きく変動する。

かつて家族は、入所させた子どものことは精神的に切り離すべきだと助言されたものだが、いまは深いつながりを保ったままでいる家族も多い。現在では、施設に入れることは、家族そのものとつながりを断つことではない。ほとんどの家族は少なくとも月に一度は子どもを訪ね、ひんぱんに電話でやりとりをする。多くの親は〝入所トラウマ〟を避けるために、わが子とかかわって引き続き発達をうながしたいと願っている。

「まだ子どものそばについていてやれる時期であっても、一〇代後半には子どもをグループホームに入れるべき」とエレイン・グレゴリーは助言する。「四〇歳や五〇歳の障がい者と自宅で暮らす夫婦の怖ろしい話を聞いたわ。両親が亡くなると、彼らは新しい環境に行かなくてはならない。その歳で初めて、一度もやり方を教わらなかったことをやるよう求められるのよ」

ダウン症の子どもの世話をして高齢になった親の多くは、ほかの多数の老人が孤立したり生きがいを失っているのに対して、子どもが癒やしだと表現している。それでも、ダウン症者のほとんどは、両親が自分より長生きした場合や、きょうだいか友人が世話を引き継いでくれる場合、あるいはごく少数の完全に自立してひとりで暮らせる場合を除いて、最終的にはなんらかのかたちで外からの支援が必要になる。両親が亡くなったときにまだ自宅で暮らしていたダウン症者のおよそ四分の三は、施設に移る。

世の中には、自宅で生き生きと暮らすダウン症者もいれば、自宅から出て生き生きと暮らすダウン症者もいる。それは個々の性格やそれぞれの家族のありようによる。自宅で幸せに暮らせるということは、なじんだ環境で、愛に包まれて暮らせるということだ。しかしその一方、親と生活するダウン症の大人は、同世代の仲間とのかかわりが少なかったり、ひどい孤独に悩まされたりもする。成長するにつれ、家の外での活動が少なくなり、友だちをつくるすべを学ぼうとしなくなりがちだからだ。

ペンシルベニアの田舎に住む、建設作業員のある父親は、ダウン症の娘について「高校時代はとても幸せにすごしていた」と話してくれた。チアリーダーをやり、同窓会のクイーンのとりまきのメンバーにもなり、いつも友だちに囲まれていた、と。だが卒業してしまうと、クラスメイトは大学に行くなど忙しい生活をおくるようになり、結局は父親が毎日いっしょにトラックに乗せてどこかに連れていくようになった。いまは週に数時間〈ウォルマート〉で働くだけで、ほかに社会との接点はない。楽しみといえば年に二回のアーク主催のダンスパーティくらいだ。

最近の調査では、自宅で暮らすダウン症の大人で、両親と関係のない友人の名前をあげられるのは、ほんの四分の一ほどだという。

才能が花開いたダウン症者たち

昨今では、親が書く回想録と並んで、ダウン症者自身による回想録も増え、それらの執筆者はこぞって積極的な自己権利擁護(セルフ・アドボカシー)［訳注：自分に必要な支援をみずから説明して理解を得ること］の活動をしている。またアメリカだけで八〇〇以上もの自己権利擁護団体があり、メンバーは国会議員やケースワーカーや両親に訴えかけている。それらの多くは、一九六八年にスウェーデンで発足した国際的なセルフ・アドボカシー機関〈ピープル・ファースト〉の旗印のもとに組織されたものだ。北米初の会議がバンクーバーで開かれたのは一九七三年。〝私たちに選択権はあるのか〟という名のその会議に知的障がい者が集まった。

ピープル・ファーストは現在、四三の国で活動し、推定一万七〇〇〇人もの会員がいる。そのウェブサイトにはこうある。「私たちの会合で、あるいは私たち自身のあいだで、いかに話すかを学ぶことができれば、私たち自身にとって重要な問題について、誰が相手でも話せるようになります。私たちは両親やサービス提供機関、ケースワーカー、議会、市長に訴えています。国会議員や立法府の委員会、政府、そして大統領にも訴えています。ときには私たちのことをわかってもらうのがむずかしいこともありますが、人はみな私たちの話に耳を傾けてくれます。なぜなら、私たちが何について話しているかちゃんとわかっているということを、彼らもわかっているからです」。協力者の手助けがあるとはいえ、知的障がい者がこれほどの規模で組織をつくるのは驚くべきことだ。とりわけ、数十年前は自分の症状が将来どうなるかもわからなかったことを考えると。

一九六〇年代後半までは、偉業を成しとげたダウン症者などいなかった。だがそれ以降、ダウン症の俳優や活動家、作家、芸術家が次々に現れた。

ダウン症者による最初の有名な出版物といえば、一九六七年にイギリスで出版された『ナイジェル・ハントの世界――ダウン症の青年の手記』（偕成社）だろう。ハントは校長の息子だった。両親はナイジェルをほかの子どもと同じように、普通学校で教育しようと試みた。この本では、ナイジェルの日々の生活がくわしく語られ、母親の病気や死にもふれられている。また、前述したように、ジェイソン・キングスレーとミッチェル・レービッツは『仲間に入れてよ』を著した。そこにはダウン症児が直面するさまざまな問題がありのままに描かれているだけでなく、彼らの生活の楽しい側面、ときにはユーモラスな部分も垣間見える。

二〇〇〇年には、ダウン症のウィンディ・スミスがフィラデルフィアで開かれた共和党全国大会で演説をし、ジョージ・W・ブッシュに宛てた手紙を読みあげた。彼女は、社会福祉省の知的障がい者大統領諮問委員会でも委員を務めた。しかし多くの人が、これは障がい者を利用したブッシュの宣伝活動だと言い、ある批評家は「私が見たなかでも最高にばかげた政治的茶番だ」と非難した。

昔からのダウン症の有名人には、テレビドラマ『コーキーとともに』に出演していた俳優のクリス・バークがいる。ほかにも、二〇〇五年に亡くなったファイバー・アーティスト［訳注：さまざまな繊維で作品をつくる］のジュディス・スコット、連続ドラマ『アメリカン・ティーンエイジャー――彼女と彼の事情』に出ていた若手俳優のルーク・ジマーマンなどがいる。ジマーマンは、ビバリーヒルズ高校のアメリカン・フットボール選手でもあった。また、女優のローレン・ポッターは、フォックスTVのヒットドラマ『グリー』にダウン症のチアリーダー役で登場し、フェイスブックにファンページもある。さらにドイツでは、俳優のロルフ・〝ボビー〟・ブレダローが多くのファンを獲得している。

全米ダウン症協会の創設者アーデン・モルトンは、クリス・バークといっしょにいて、知らない人が彼にサインを求めてきたときのことをこう語った。「信じられない経験だったわ。彼は第一にスターで、ダウン症はその次なの」。その恩恵は裾野にも広がっているようだ。あるとき、落ち着いた物腰の若い女性が、自己紹介で私にこう言った。「私はダウン症なんです。クリス・バークと同じで」

〝ダウン症児は、一般的な子どもとはちがう学習のメカニズムをもっている可能性がある〟という研究報告がある。最近の研究では、ダウン症児の並はずれた視覚的短期記憶などを利用して、彼らによりうまく、速く、深く学ばせる方法が着目されている。一般に、ダウン症児は聴覚情報よりも視覚情報に敏感なので、できるだけ早いうちから読むことを教えるのはとくに重要だ。マイケル・ベルーベやマーサ・ベックをはじめ、多くの回想録の執筆者は、ダウン症児がＩＱテストでは見つからないタイプの知性を有していると示唆(しさ)している。かぎられた分野であれば、洞察力や特殊な能力、そして英知すらも、驚くほど容易に獲得してしまう場合があるのだ。

グレッグ・パーマーは、息子ネッドについての回想録で、ネッドは非障がい児とふれあい、会話に加わることを楽しんでいると書いた。息子をほかの知的障がい児のなかに入れて孤立させるという考えは、彼にはとんでもないことだった。何年ものあいだ、パーマー夫妻は息子にダウン症だと話すことすら避けてきた。ようやく打ち明けたとき、ネッドは「ちょっと信じられないな」と言った。彼が自分の限界をよくわかっていないということは、外の世界で生きていく準備ができていないことでもある。ほかの多くのダウン症児と同様、ネッドも分野によっては高い能力をもちあわせていた。楽器をいくつか演奏できたし、すぐれた詩を書くこともできた。だがその反面、はっきりとわかる短所もあった。たとえば、迷わずにバスで町の反対側まで行けなかった。

グレッグは、ときどき息子を子ども扱いしてしまうことに気づいている。そこは反省しているが、同時に、やはりネッドを子ども扱いしつづける外の世界に批判の目も向けている。彼はまた、ネッドがもっと対等にかかわりたい人たちから、たんに愛らしく楽しい存在だとしか見られていないことにも、不満をもらす。

次に挙げるのはネッドの詩だ。ここには、彼の洗練された言語感覚と純粋さ、そして憧れが反映されている。

女の子

女の子はすてきだ。女の子はかわいい
女の子はぼくが会いたいと思う人たち
一〇代の女の子はぼくが大好きなもの
女の子は空から来た天使みたい
ぼくは女の子が大好き。ぼくは恋が大好き
女の子は鳩の羽みたい
ぼくは抱きしめたい女の子を見つけるよ
ぼくは全部の女の子にキスしたい
女の子がいなかったら、ぼくは寂しいだろう

ダウン症者は、恋愛感情も性的感情ももっている。ダウン症児の親は、自分たちの子どもが性行為をしたら、育てられない子どもが生まれるのではないかと心配するが、ダウン症の人々の次なる開拓分野は結婚だろう。

デイビッド

トムとカレンのロバーズ夫妻は、ハーバード・ビジネス・スクールで出会った。ともにウォール街でバリバリ働く猪突猛進（ちょとつもうしん）型のエリートだ。結婚して六年たった一九八〇年代なかば、彼らは家族をつくろ

うと決意した。カレンはすぐに妊娠した。ただし、ふたりともダウン症についてはまったく覚悟ができていなかった。トムは打ちひしがれたが、カレンはこう言った。「ほかの赤ちゃんと同じように、デイビッドを愛しましょう。私たちになんと言っていいのかわからない人がいたら、〝おめでとうと言って〟と言いましょうよ」

「もう、これでもかというほど泣いたよ」とトムは言った。「そうしたら、名前も知らない女性が病院に電話をくれて、『あなたたちはひとりじゃないわ』と言った。それが最初の希望の光だった」。電話をしてきたのは、バーバラ・チャンドラー。〈マンハッタン家族支援グループ〉の責任者だった。「『ダウン症の子どもを育てる喜びなんてあるんですか？』と訊いたのを憶えてる」とカレンは言った。「すると彼女は『ええ、喜びはあるわ。胸が張りさけるほどの悲しみもあるけれど』と答えた」。その誠実な答えが、カレンに力を与えた。

　ロバーズ夫妻は、まずアッパー・ウェストサイドの小児科医に会いにいった。だが、「あなたがたにできることは何もありません」と言われた。ショックだった。トムは「考えることすらできないということですか？」と尋ねた。次に、遺伝子異常の専門医を探しだした。すると、その医師は夫妻に、赤ん坊に刺激を与えるありとあらゆる方法を教えてくれた。ニューヨーク州の早期介入プログラムには、理学療法士が自宅を訪問するメニューもあった。言語聴覚士は、発話機能の発達をうながすために食事や咀嚼（そしゃく）の訓練をしてくれた。夫妻は支援グループにも入った。

「いまでも親しくしてる友人たちは、その最初のグループで仲よくなった人たちよ」とカレンは言った。「私たちは早期介入プログラムを終えたあとにどういう選択肢があるかについて、パンフレットをつくった。なにしろ私たちは弁護士と投資銀行家だから、リサーチのしかたなら心得ている。まずは公立学校と私立学校、教区学校に電話をかけて、すべての情報をまとめた。公立学校では、いい加減なお役所仕事に翻弄（ほんろう）されたわ。ある私立学校とは、電話でこんな会話を交わしたのを憶えてる。『おたくは特別支援の子どもを受け入れているそうですね』。『ええ、そうですが』。『うちの子の話をさせてもらえます？　息子はダウン症なんです』。そしたら相手の答えはこうよ。『そこまで特別なのはちょっと』。教区学校にもあたってみたけれど、やっぱり『ノー』。いったいどうしたらいいのかわからなかった」

カレンと親たちのグループはついに、四万ドル（約四四〇万円）を集めて〈クック基金〉を立ちあげた。いまでは〈クック・センター〉に名称が変わり、障がい児のための包括教育に力を入れるニューヨークで最大級の機関である。センターは発足時から、あらゆる社会経済的背景をもつ子どもに門戸を開いてきた。カレンは無宗教だが、ニューヨーク大司教区の管区長を説得して、特殊教育のための場所を提供してもらった。ふたつの大きな公衆トイレだったその場所を、支援グループのメンバーだった建設業者が、原価でふたつの教室に改装した。

「もしも〈クック・センター〉をつくるのに二〇年かかると誰かに言われたら、冗談じゃないと言ったでしょうね」とカレンは言った。「でも、運よくしかるべき出会いがあって、私たちは手を組み、使命をはたすために立ちあがった。一度心に火がついたら、絶望からでも這いあがれる。絶望、それは私たちがずっと否定してきたものだけれど、そこから何をつくりあげたのかはもうおわかりでしょ？」

彼らは、特殊教育の教師をふたり雇った。「ひとつのトイレにひとりずつ」とカレンは言った。はじめから、子どもたちは健常児といっしょにすごすべきだというのが〈クック・センター〉の信条だった。だから子どもたちを公立学校に入学させ、いくつかの科目をそこで学ばせ、それ以外の科目は〈クック・センター〉で学ばせた。センターと公立学校の両方に通いつづけたデイビッドは、普通学級で学んだニューヨークで最初の障がい児となった。

「どちらの世界にも居場所が必要」とカレンは言った。「ジェイソン・キングスレーとご両親がたくさんのドアを開けてくれたおかげで、私たちはそのドアの先に行けた。子どもたちの年齢が低ければ、たぶんクラスに受け入れられるのはむずかしくない。小さいうちはみんな、肌の色のちがいとか人とのかかわり方とかをすんなり学ぶから。溝は、年齢が上がるにつれて深くなっていくの。私たちの子どもは、学業だけでなく、生活技能もしっかり身につける必要がある。ジムにはどうやって入会するのか、ATMからどうやってお金を引きだすのか……。彼らが教育の場だけでなく人生でも受け入れてもらえるよう、ほかの子どもには自然にできることでも、私たちの子どもには努力が必要なの」

デイビッドが七歳のとき、ロバーズ夫妻にふたりめの子ども、クリストファーが生まれた。はつらつとした元気な男の子だった。だが生後一三カ月で発作を起こすようになり、ついには長いてんかんの発作が重なるようになった。ほとんどひっきりなしに発作が起きて、命にかかわる状態になることも多かった。「発作だけだったら、私たちはダウン症に対処してきたんだからなんとかがんばれる、って考えていた」。カレンは言った。「でも、それだけじゃなかった」

クリストファーには、認知の遅れと精神遅滞、発話の遅れ、構音障がい［訳注：発音が正しくできない］もあることがわかった。「デイビッドのことで泣いたことはなかったけれど、クリストファーのことでは、引きも切らずに泣きつづけた。ひとつの家族に、どうしてこんなことが二度も起こるのって」。のちにクリストファーは、脳梁（のうりょう）の部分的発育不全と診断される。脳梁とは、左脳と右脳をつなぐ神経接合部で、通常の脳梁はクリストファーのそれよりもおよそ一万倍太い。カレンが妊娠初期に感染したウイルスが原因である可能性があった。

クリストファーには得意なこともいくつかあったが、明らかに苦手なこともあった。私がロバーズ一家に会ったとき、クリストファーは独学でソリティアをやろうとしていた。それは、デイビッドにはおそらくできないことだった。だが、デイビッドがとても情緒豊かに人とかかわることができるのに対し、クリストファーは他人にあまり関心を示さず、クリスマスも特別な日だと気づかなかった。「五、六年のあいだ、クリストファーは毎週発作を起こしていた」とカレンは言った。「今度は何が起きるのかと心配で、家を出ることができなかった。ダウン症の子どもを育てるのとはまったく別の緊張があったわ」

クリストファーの問題が持ちあがりはじめたころ、カレンがまた妊娠したのがわかり、クリストファーが一歳半のときにケイトが生まれた。今度は障がいとは無縁だった。ケイトは幼いころにもう、クリストファーが人とかかわるのが苦手なこと、でも七歳差があるデイビッドとは仲がいいことに気づいた。「デイビッドは、ケイトが自分を追い越そうとしているのに気づくと、競争心をむきだしにして彼女と張りあった。かならずしもやさしいお兄さんというわけじゃなかったのよ」とカレンは言った。

ロバーズ夫妻がこうして家庭で奮闘しているあいだ、彼らがとりしきっていた〈クック・センター〉は成長し、発展していった。私が訪ねたときには、発足から二〇年たち、一八六人の職員がいた。「社会と切り離されてしまったら、社会で生きるすべは学べない」とトムは包括教育について語った。「包括教育では、少なくとも先生から学ぶのと同じくらい、仲間からも学ぶことができる」。カレンは次のように言った。「特殊教育は、さまざまな場所で実現可能な教育よ。でも、きちんと段どりを整えなくてはならない。訓練を受けた教師や、追加の補助教員もいないまま、ただ子どもを教室に入れるだけでは意味がない。〈クック・センター〉のキャッチフレーズは、〝みんながいっしょになれば、みんながたくさん学べる〟。ふつうの子どもたちはここで、共感と多様性を認めることを学ぶの」

〈クック・センター〉では現在、障がい児向けのプログラムのあるチャーター・スクール［訳注：独自のカリキュラムをもつ公設民営学校］を支援したり、公営企業で講演をおこなったり、包括教育の専門家を育てる訓練を施したりしている。企業と協力して障がい児に職を提供することもある。

私がロバーズ一家に会ったとき、デイビッドは二三歳になっていて、世界的メディア・コングロマリットの〈ニューズ・コーポレーション〉と、スポーツ・イラストレイテッド誌でインターンシップを終えたところだった。「印刷にまわされた雑誌をアーカイブに保管するのが彼の仕事だった」とトムは言った。「誰もそんな仕事はやりたがらなかったけど、デイビッドは大いに気に入った」。デイビッドはまた、国際ダウン症協会のための募金活動もしていた。

監視の行きとどいた環境で、半分独立した生活をおくっていたデイビッドは、ジェイソン・キングスレーと同様、ダウン症世界の孤独な最高峰にいた。「能力の高いダウン症児は、自分は人とちがうということをより敏感に感じとる力をもっている」とカレンは言った。「デイビッドはずっと昔から、仕事が欲しいし、アパートメントも、奥さんも欲しいと言っていた。私たちは、そのうちのふたつについては支援できるよと言った。でも三つめについては、自力で見つけるしかない」

デイビッドのいちばんのセールスポイントは、性格だ。カレンは言った。「デイビッドは本当に魅力的だからきっと成功するって、私はずっと言っていた。あの青い目で見つめられると……」。彼女は頭を振り、信じがたいといったように笑った。「たとえば、あの子は誰かに会って、その人の父親が病気だと知ると、次のときにはかならず、『お父さんの具合はどう？』って言うの。電話をすればいつだって、あれはどうなのか、これはどうなのかと知りたがる。私の姉にも『子どもたちは元気？』って訊く。心のなかにたっぷり愛情があるからよ」

トムがつけ加えた。「ＩＱはふたつの要素、つまり数学的推理力と言語的能力とをはかる。でも人間には、感情面、共感面での知性がある。デイビッドには昔から、ほかの人が感じていることを感じとる力があった。考えていることじゃなくて、感じていることを。私たちはみんな、人には長所と短所があることを知っているよね。たとえば、私はぜったいにバスケットボールがうまくできるようにはならないけれど、問題は、そのとき自分は人とちがうんだと悲しむか、それとも、それをたんに自分の個性として受け入れるかだろ？」

高校を卒業すると同時に、デイビッドに対する公的な特殊教育のサービスは終わった。「高校を卒業したあとのプログラムは、あまり多くない」とカレンは言った。彼らは最終的に、ペンシルベニアにデイビッドが入れる学校を見つけた。二一歳にして初めて、デイビッドは親元を離れることになったのだ。それは、本人にとっても両親にとっても簡単なことではなかった。

ロバーズ一家に会ったとき、デイビッドは失恋で深く傷ついて、抗うつ剤のイフェクサーを飲みはじめていた。相手は同じ学校のダウン症の女の子。デイビッドの気を惹いたのはその子のほうだが、彼女はすでにデイビッドの友だちとつきあっていた。結局、デイビッドはその友だちとも彼女ともうまくいかなくなり、苦悶のあまり無気力になってしまった。

とはいえ、デイビッドには友だちがたくさんいて、トムによれば〝卓上住所録（ローロデックス）を毎日めくっている〟。カレンは言った。「デイビッドは携帯電話の達人で、連絡をとるのが大好きなの。それからスケジュール管理も。あなたはたぶん〝火曜日の夜〟の人。いつも火曜日の夜にあなたに電話をするでしょ？　私たちは日曜日と水曜日。『デイビッド、たまにはちがう曜日の夜に電話をかけようとは思わないの？』って尋ねたら、『ううん。パパとママは日曜日と水曜日だから』だって。厳格にものごとを決めることで、心が安まるんだと思う。私も、この日に何をするって決まっているほうが好き。彼と同じなの」

しばらくして、私たちの話題は治療に対する疑問に移った。トムが言った。「ダウン症のコミュニティにかかわるようになった人と話すと、ダウン症の治療法を探すのがはたして合理的なのかどうか、さまざまな意見があることに気づくと思う。治療のことを話題にすらしない人もいる。治療について話すことは、ダウン症とともに生きている人の価値を下げることだからという理由で。なかには、もし魔法の杖を振って子どもをふつうにすることができたとしても、そんなことはしないと言う人もいるよ」

では、あなたが魔法の杖をもっていたらどうします？　と私は尋ねた。「もしデイビッドがそのままのデイビッドで、ダウン症だけなくすことができたら？」とトムは問いかえした。「だったら、一も二もなくそうするだろうね。デイビッドにとって、ダウン症を抱えてこの世界で生きていくのはつらいことだと思うから。私は彼に、もっと幸せで生きやすい人生を与えてやりたい。だから、デイビッドのために魔法を使う。でも、人間の多様性は世界をよりよい場所にしてくれるから、ダウン症の人がみんな治ってしまったら、たいへんな損失になるかもしれない。個人の願いと社会の願いは相反する。問題は、私たちが一丸となって、苦しむのではなく、より多くを学べるかどうかだね」

カレンはうなずいてこう言った。「私もトムと同意見。もしデイビッドを治せるのなら、彼のためにそうする。でも、私たちがこの問題に取り組んだことで成長したのも事実。私たちには大きな目的があったけど、二三年前に彼が生まれたときは、こんな場所まで来られるとは思ってもいなかった。なのに、来た。私たちにとって、この経験は何物にも代えがたい。これまでの経験が、いまの私たちをつくったの。いまの私たちは、そうじゃなかったころの私たちより、はるかにすばらしいわ」

2巻へ続く

および K. Charlie Lakin, Lynda Anderson, and Robert Prouty, "Change in residential placements for persons with intellectual and developmental disabilities in the USA in the last two decades", *Journal of Intellectual & Developmental Disability* 28, no. 2 (June 2003)。

p303) 大人になったダウン症の子どもを両親が癒しと表現しているのは、Tamar Heller, Alison B. Miller, and Alan Factor, "Adults with mental retardation as supports to their parents: Effects on parental caregiving appraisal", *Mental Retardation* 35, no.5 (October 1997)および Clare Ansberry, "Parents devoted to a disabled child confront old age", *Wall Street Journal*, 7 January 2004。両親の死後に介護施設に移るダウン症者の数のデータは、Marsha Mailick Seltzer and Marty Wyngaarden Krauss, "Quality of life of adults with mental retardation/developmental disabilities who live with family", *Mental Retardation & Developmental Disabilities Research Reviews* 7, no. 2 (May 2001)より。

p304) ダウン症の娘の社交生活が徐々に縮小していったという父親の話は、個人的な会話に依拠している。

p304) ダウン症者の社交生活は両親の交友関係の範囲にとどまりがちだとする研究は、Marty Wyngaarden Krauss, Marsha Mailick Seltzer and S. J. Goodman, "Social support networks of adults with mental retardation who live at home", *American Journal on Mental Retardation* 96, no. 4 (January 1992)。

p305) 〈ピープル・ファースト〉に関するくわしい情報は、"History of People First", http://peoplefirstwv.org/old-front/history-of-people-first/#:~:text=People%20First%20is%20part%20of,developmental%20disabilities%20held%20a%20meeting.&text=The%20people%20at%20the%20meeting,wanted%20made%20to%20their%20services.。アメリカのセルフ・アドボカシー機関の数についてのデータとそれに関する情報は、"People First Chapter Handbook and Toolkit" (2010)を参照。

p306) ウィンディ・スミスによる2000年共和党全国大会での演説の原稿は、ABC News のウェブサイト(http://abcnews.go.com/Politics/story?id=123241&page=1) に掲載されている。「ばかげた政治的茶番劇」という表現は、Tom Scocca, "Silly in Philly", *Metro Times*, 9 August 2000 より。

p306) クリス・バークのインタビューについては、Jobeth McDaniel, "Chris Burke: Then and Now", *Ability Magazine*, February 2007 を参照。Joe & John DeMasi とのバンドのウェブサイトのアーカイブは、https://web.archive.org/web/20091228184202/http://www.chrisburke.org/index.php。ジュディス・スコットは妹のジョイス・スコットの回想録 *EnTWINed* (2006)に描かれている。John M. MacGregor, *Metamorphosis: The Fiber Art of Judith Scott: The Outsider Artist and the Experience of Down's Syndrome* (1999)も参照。ローレン・ポッターのインタビューは、Michelle Diament, "Down syndrome takes center stage on Fox's 'Glee'", *Disability Scoop*, 12 April 2010 を参照。ボビー・ブレダローのウェブサイトは、http://www.bobby.de/。

p306) ダウン症者の短期記憶と情報処理のくわしい情報は、Jean A. Rondal et al., *Intellectual Disabilities: Genetics, Behaviour and Inclusion* (2004)のなかの Robert M. Hodapp and Elisabeth M. Dykens の論文"Genetic and behavioural aspects: Application to maladaptive behaviour and cognition"を参照。

p307) グレッグ・パーマー *Adventures in the Mainstream: Coming of Age with Down Syndrome* (2005)。ネッド・パーマーの詩は、この本の p40。引用は p98 にもある。

p308)「デイビッド」の項は、2007年に私がトムとカレンのロバーズ夫妻におこなったインタビューとその後のやりとりにもとづく。

devoted to a disabled child confront old age", *Wall Street Journal*, 7 January 2004 も参照。

p301）障がい児の養育と支援に関する引用は、Arnold Birenbaum and Herbert J. Cohen, "On the importance of helping families", *Mental Retardation* 31, no. 2 (April 1993)より。

p301）障がいの度合いと施設入所の関係は、Jan Blacher and Bruce L. Baker, "Out-of-home placement for children with retardation: Family decision making and satisfaction", *Family Relations* 43, no. 1 (January 1994)で検討されてている。

p301）家族の施設入所にともなうきょうだいの不安については、Frances Kaplan Grossman, *Brothers and Sisters of Retarded Children: An Exploratory Study* (1972)で論じられている。

p301）家族とダウン症児の入所についての私の見解は、以下の論文を参考にした。Bruce L. Baker and Jan Blacher: "Out-of-home placement for children with mental retardation: Dimensions of family involvement", *American Journal on Mental Retardation* 98, no. 3 (November 1993)、"For better or worse? Impact of residential placement on families", *Mental Retardation* 40, no. 1 (February 2002)、"Family involvement in residential treatment of children with retardation: Is there evidence of detachment?", *Journal of Child Psychology & Psychiatry* 35, no. 3 (March 1994)および"Out-of-home placement for children with retardation: Family decision making and satisfaction", *Family Relations* 43, no. 1 (January 1994)。

p302）入所前に家族が見学する施設の数や、判断の基準についての情報は、Jan Blacher and Bruce L. Baker, "Out-of-home placement for children with retardation: Family decision making and satisfaction", *Family Relations* 43, no. 1 (January 1994)。

p302）最初の母親のことば「私の子をこんなところには入れられないわ！」は、Jan Blacher, *When There's No Place Like Home: Options for Children Living Apart from Their Natural Families* (1994), p229–30より。

p302）ダウン症の若者が、一般の若者と同じくらいの年齢で家族のもとを離れることの是非については、Zolinda Stoneman and Phyllis Waldman Berman 編 *The Effects of Mental Retardation, Disability, and Illness on Sibling Relationships* (1993)を参照。

p302）養護施設で暮らす子どもと若者の数と割合の減少に関するデータについては、K. Charlie Lakin, Lynda Anderson and Robert Prouty, "Decreases continue in out-of-home residential placements of children and youth with mental retardation", *Mental Retardation* 36, no. 2 (April 1998)より。The State of the States in Developmental Disabilities Project の報告書"Top Ten State Spending on Institutional Care for People with Disabilities" および"Alaska, District of Columbia, Hawaii, Maine, Michigan, New Hampshire, New Mexico, Oregon, Rhode Island, Vermont, and West Virginia no longer fund state-operated institutions for 16 or more persons"によれば、16 人以上の入所者のいる州営の養護施設があるのは、50 州のうち 39 州である。ダウン症者やその他の知的障がい者の平均余命の上昇については、Matthew P. Janicki et al., "Mortality and morbidity among older adults with intellectual disability: Health services considerations", *Disability & Rehabilitation* 21, nos. 5-6 (May-June 1999)。

p302）ニューヨーク州の介護施設での発達障がい児に対する虐待についての記述は、Danny Hakim, "At state-run homes, abuse and impunity", *New York Times*, 12 March 2011 より。

p303）施設入所の傾向と知的障がい者に対する公的支出についての情報は、以下を参考にした。Robert W. Prouty et al.編"Residential services for persons with developmental disabilities: Status and trends through 2004", Research and Training Center on Community Living, Institute on Community Integration/UCEDD College of Education and Human Development, University of Minnesota, July 2005、K. Charlie Lakin, Lynda Anderson and Robert Prouty, "Decreases continue in out-of-home residential placements of children and youth with mental retardation", *Mental Retardation* 36, no. 2 (April 1998) p284）マイケル・ベルーベの最初の引用「技術が社会の欲求を満たすのか……」は、*Life as We Know It* (1996), p78より。2番目の引用は、Amy Harmon, "The problem with an almost-perfect genetic world", *New York Times*, 20 November 2005より。

p285）ダウン症治療における治療薬の発展については、Dan Hurley, "A drug for Down syndrome", *New York Times*, 29 July 2011で論じられている。

p285）プロザックを処方されたマウスに海馬の発達改善が見られた研究は、Sarah Clark et al., "Fluoxetine rescues deficient neurogenesis in hippocampus of the Ts65Dn mouse model for Down syndrome", *Experimental Neurology* 200, no. 1 (July 2006)。メマンチンを処方した研究については、アルベルト・C・コスタ他"Acute injections of the NMDA receptor antagonist memantine rescue performance deficits of the Ts65Dn mouse model of Down syndrome on a fear conditioning test", *Neuropsychopharmacology* 33, no. 7 (June 2008)を参照。

p285）ノルエピネフリン濃度上昇によるマウスの症状改善の研究は、Ahmad Salehi et al., "Restoration of norepinephrine-modulated contextual memory in a mouse model of Down syndrome", *Science Translational Medicine* 1, no. 7 (November 2009)。

p285）William J. Netzer et al., "Lowering ß-amyloid levels rescues learning and memory in a Down syndrome mouse model", *PLoS ONE* 5, no. 6 (2010)を参照。

p285）アルベルト・コスタ、ウィリアム・C・モブリー、クレイグ・C・ガーナーらの見解は、Dan Hurley, "A drug for Down syndrome", *New York Times*, 29 July 2011より。

p286）「エリカ」の項は、私が2007年におこなったアンジェリカ・ロマン＝ヒミネスへのインタビューにもとづく。

p290）"童顔"についての引用は、親が子どもに話しかけるときの音域と音程についての研究、Deborah J. Fidler, "Parental vocalizations and perceived immaturity in Down syndrome", *American Journal on Mental Retardation* 108, no. 6 (November 2003)より。

p290）ダウン症への父親の適応については、W. Steven Barnett and Glenna C. Boyce, "Effects of children with Down syndrome on parents' activities", *American Journal on Mental Retardation* 100, no. 2 (September 1995)、L. A. Ricci and Robert M. Hodapp, "Fathers of children with Down's syndrome versus other types of intellectual disability: Perceptions, stress and involvement", *Journal of Intellectual Disability Research* 47, nos. 4-5 (May-June 2003)および Jennifer C. Willoughby and Laraine Masters Glidden, "Fathers helping out: Shared child care and marital satisfaction of parents of children with disabilities", *American Journal on Mental Retardation* 99, no. 4 (January 1995)で論じられている。

p290）障がいのあるきょうだいの反応についての研究はほかにも数多くある。Brian G. Skotko, Jan Blacher, Zolinda Stoneman らがこのテーマに注力している。

p291）コルガン・リーミングのことばは、本人による記事"My brother is not his disability", *Newsweek Web Exclusive*, 1 June 2006より。

p292）「アダム」の項は、私が2007年にスーザン・アーンステン、アダム・デリ＝ボビ、ティーガン・デリ＝ボビ、ウィリアム・ウォーカー・ラッセル3世におこなったインタビューとその後のやりとりに依拠している。スーザンの作品は次のサイトで閲覧可能。http://fineartamerica.com/profiles/susan-arnsten-russell.html。

p295）出エジプト記第37章第9節「一対のケルビムは向かい合い、顔を贖いの座に向け、翼を広げてこれを覆った」（新共同訳）。

p301）親と暮らしている知的障がい者の大人の割合に関する統計データは、Tamar Heller, Alison B. Miller and Alan Factor, "Adults with mental retardation as supports to their parents: Effects on parental caregiving appraisal", *Mental Retardation* 35, no. 5 (October 1997)からの引用。Clare Ansberry, "Parents of pregnancies", *Birth Defects Research Part A: Clinical and Molecular Teratology* 88, no. 6 (June 2010)を参考にした。

p283) 2025年までにダウン症者の人口が2倍になるという予測は、Jean A. Rondal et al., *Intellectual Disabilities: Genetics, Behaviour and Inclusion* (2004)のなかの Jean A. Rondal, "Intersyndrome and intrasyndrome language differences"から引用。

p283) 35歳未満の女性から生まれるダウン症児の割合については、全米ダウン症協会の報告を参考にした。出生前診断後の決断を左右する要因について、さらにくわしい情報は、Miriam Kupperman et al., "Beyond race or ethnicity and socioeconomic status: Predictors of prenatal testing for Down syndrome", *Obstetrics & Gynecology* 107, no. 5 (May 2006)。

p283) ダウン症児の育て方における社会経済的差異は、Annick-Camille Dumaret et al., "Adoption and fostering of babies with Down syndrome: A cohort of 593 cases", *Prenatal Diagnosis* 18, no.5 (May 1998)。

p283) 全米産科婦人科学会は、"Screening for fetal chromosomal abnormalities", *ACOG Practice Bulletin* 77 (January 2007)で、すべての妊婦に妊娠初期の胎児項部透過像診断を推奨している。その件に関する報道には、Roni Rabin, "Screen all pregnancies for Down syndrome, doctors say", *New York Times*, 9 January 2007 および Amy Harmon, "The DNA age: Prenatal test puts Down syndrome in hard focus", *New York Times*, 9 May 2007 などがある。

p283) ダウン症の出生前診断後の妊婦の中絶の決断について、親同士の接触がもたらす影響についての研究は、Karen L. Lawson and Sheena A. Walls-Ingram, "Selective abortion for Down syndrome: The relation between the quality of intergroup contact, parenting expectations, and willingness to terminate", *Journal of Applied Social Psychology* 40, no. 3 (March 2010)を参照。保護者教育については、Adrienne Asch, "Prenatal diagnosis and selective abortion: A challenge to practice and policy", *American Journal of Public Health* 89, no. 11 (November 1999)、Erik Parens and Adrienne Asch 編 *Prenatal Testing and Disability Rights* (2000)の Adrienne Asch and Erik Parens, "The disability rights critique of prenatal genetic testing: Reflections and recommendations"、Lynn Gillam, "Prenatal diagnosis and discrimination against the disabled", *Journal of Medical Ethics* 25, no. 2 (April 1999)および Rob Stein, "New safety, new concerns in tests for Down syndrome", *Washington Post*, 24 February 2009 で推奨されている。

p283) ジョージ・ウィルの"掃討作戦"ということばは、自身の記事"Golly, what did Jon do?", *Newsweek*, 29 January 2007 で使われた。

p283) スティーブン・クウェイクのことばは、Dan Hurley, "A drug for Down syndrome", *New York Times*, 29 July 2011 で言及されている。クウェイクの研究については、Jocelyn Kaiser, "Blood test for mom picks up Down syndrome in fetus", *ScienceNOW Daily News*, 6 October 2008、Andrew Pollack, "Blood tests ease search for Down syndrome", *New York Times*, 6 October 2008 および Amy Dockser Marcus, "New prenatal tests offer safer, early screenings", *Wall Street Journal*, 28 June 2011 でも論じられている。

p284) ダウン症児を抱えた家族の経済的階層化の拡大予測について、Babak Khoshnood らが、"Advances in medical technology and creation of disparities: The case of Down syndrome", *American Journal of Public Health* 96, no. 12 (December 2006)で述べている。

p284) マイケル・ベルーベはダウン症児を抱える家族への支援の減少という長期的に派生する問題について、Amy Harmon, "The problem with an almost-perfect genetic world", *New York Times*, 20 November 2005 で言及してる。

p284) 出生前診断でダウン症と知りながら出産を選ぶ女性は、診断の機会がなかった女性よりも厳しく断罪されるべきだとする研究報告は、Karen L. Lawson, "Perceptions of deservedness of social aid as a function of prenatal diagnostic testing", *Journal of Applied Social Psychology* 33, no. 1 (2003), p76 より。

p277) Rolf R. Olbrisch, "Plastic and aesthetic surgery on children with Down's syndrome", *Aesthetic Plastic Surgery* 9, no. 4 (December 1985)、Siegfried M. Pueschel et al., "Parents' and physicians' perceptions of facial plastic surgery in children with Down syndrome", *Journal of Mental Deficiency Research* 30, no. 1 (March 1986)、Siegfried M. Pueschel, "Facial plastic surgery for children with Down syndrome", *Developmental Medicine & Child Neurology* 30, no. 4 (August 1988)および R. B. Jones, "Parental consent to cosmetic facial surgery in Down's syndrome", *Journal of Medical Ethics* 26, no. 2 (April 2000)を参照。

p277) 全米ダウン症協会は、"Cosmetic surgery for children with Down syndrome"という記事で、ダウン症者への顔面外科手術についての見解を表明している。ミッチェル・ズーコフもこの問題について『いのち輝く日』のなかで論じている。

p277)「ディラン」の項は、2004年に私がおこなったミッシェル・スミスへのインタビューにもとづく。

p282) 自然突然変異からダウン症が発症する確率については、D. Mutton et al., "Cytogenetic and epidemiological findings in Down syndrome, England and Wales 1989 to 1993", *Journal of Medical Genetics* 33, no. 5 (May 1996)から引用した。ダウン症遺伝子についての最近の報告については、David Patterson, "Genetic mechanisms involved in the phenotype of Down syndrome", *Mental Retardation & Developmental Disabilities Research Reviews* 13, no. 3 (October 2007)を参照。

p282) ダウン症の胎児の中絶率に関するデータは、Caroline Mansfield et al., "Termination rates after prenatal diagnosis of Down syndrome, spina bifida, anencephaly, and Turner and Klinefelter syndromes: A systematic literature review", *Prenatal Diagnosis* 19, no. 9 (September 1999)を参考にした。Mansfieldが出した92%という数字は長年、標準値とされてきたが、最近のメタ分析では、Mansfieldの数字は誇張されており、中絶率はそれよりもやや低いと言われている。Jaime L. Natoli et al., "Prenatal diagnosis of Down syndrome: A systematic review of termination rates (1995-2011)", *Prenatal Diagnosis* 32, no. 2 (February 2012)を参照。

p282) ダウン症者の平均余命については、David Strauss and Richard K. Eyman, "Mortality of people with mental retardation in California with and without Down syndrome, 1986-1991", *American Journal on Mental Retardation* 100, no. 6 (May 1996)、Jan Marshall Friedman et al., "Racial disparities in median age at death of persons with Down syndrome: United States, 1968-1997", *Morbidity & Mortality Weekly Report* 50, no. 22 (8 June 2001)および Steven M. Day et al., "Mortality and causes of death in persons with Down syndrome in California", *Developmental Medicine & Child Neurology* 47, no. 3 (March 2005)から採用した。

p282) ダウン症の治療が可能だとしても、治療を選択しないと答える人が4分の1以上いるという研究報告は、Karen Kaplan, "Some Down syndrome parents don't welcome prospect of cure", *Los Angeles Times*, 22 November 2009。Kaplanは、論文 Angela Inglis, Catriona Hippman, and Jehannine C. Austin, "Views and opinions of parents of individuals with Down syndrome: Prenatal testing and the possibility of a 'cure'?"から引用、報告している。同論文の概要は、Courtney Sebold, Lyndsay Graham and Kirsty McWalter, "Presented abstracts from the Twenty-Eighth Annual Education Conference of the National Society of Genetic Counselors (Atlanta, Georgia, November 2009)", *Journal of Genetic Counseling* 18, no. 6 (November 2009)に掲載された。

p282) ダウン症者の人口の推移については、the US Centers for Disease Control, "Down syndrome cases at birth increased" (2009)、Joan K. Morris and Eva Alberman, "Trends in Down's syndrome live births and antenatal diagnoses in England and Wales from 1989 to 2008: Analysis of data from the National Down Syndrome Cytogenetic Register", *British Medical Journal* 339 (2009)および Guido Cocchi et al., "International trends of Down syndrome, 1993-2004: Births in relation to maternal age and terminations children and their siblings", *Journal of Child Psychology & Psychiatry* 28, no. 5 (September 1987)、Beverly A. Myers and Siegfried M. Pueschel, "Psychiatric disorders in a population with Down syndrome", *Journal of Nervous & Mental Disease* 179 (1991)、デニス・マクガイア、ブライアン・チコイン『ダウン症のある成人に役立つメンタルヘルス・ハンドブック　心理・行動面における強みと課題の手引き』および Jean A. Rondal et al.編 *The Adult with Down Syndrome: A New Challenge for Society* (2004)を参照。

p276）ダウン症者がかなりの情緒的障がいを抱えているとする研究については、Elisabeth M. Dykens, "Psychopathology in children with intellectual disability", *Journal of Child Psychology & Psychiatry* 41, no. 4 (May 2000)から引用。Elisabeth M. Dykens, "Psychiatric and behavioral disorders in persons with Down syndrome", *Mental Retardation & Developmental Disabilities Research Review* 13, no. 3 (October 2007)も参照。

p276）障がい者に対する性的虐待は、介助者によってのみならず、とくに集団生活のなかでは、ほかの障がい者によってもおこなわれる。Deborah Tharinger, Connie Burrows Horton and Susan Millea, "Sexual abuse and exploitation of children and adults with mental retardation and other handicaps", *Child Abuse & Neglect* 14, no. 3 (1990)、Eileen M. Furey and Jill J. Niesen, "Sexual abuse of adults with mental retardation by other consumers", *Sexuality & Disability* 12, no. 4 (1994)および Eileen M. Furey, James M. Granfield and Orv C. Karan, "Sexual abuse and neglect of adults with mental retardation: A comparison of victim characteristics", *Behavioral Interventions* 9, no. 2 (April 1994)を参照。

p276）行動面の問題と介助のストレスについては、R. Stores et al., "Daytime behaviour problems and maternal stress in children with Down's syndrome, their siblings, and non-intellectually disabled and other intellectually disabled peers", *Journal of Intellectual Disability Research* 42, no. 3 (June 1998)および Richard P. Hastings and Tony Brown, "Functional assessment and challenging behaviors: Some future directions", *Journal of the Association for Persons with Severe Handicaps* 25, no. 4 (Winter 2000)で論じられている。

p277）今日のダウン症の遺伝子治療の発展については、Cristina Fillat and Xavier Altafaj, "Gene therapy for Down syndrome", *Progress in Brain Research* 197 (2012)を参照。

p277）マルチビタミン療法、別名オーソモレキュラー療法のおもな推進者として批判の対象となっているのは、ヘンリー・ターケル（1903-92）である。その治療法は、ビタミン剤、抗ヒスタミン剤、利尿剤を組み合わせて服用するというものである。ヘンリー・ターケル "Medical amelioration of Down's syndrome incorporating the orthomolecular approach", *Journal of Orthomolecular Psychiatry* 4, no. 2 (2nd Quarter 1975)を参照。この治療法を批判する論文として、Len Leshin, "Nutritional supplements for Down syndrome: A highly questionable approach", *Quackwatch*, 18 October 1998, http://www.quackwatch.org/01QuackeryRelatedTopics/down.html、Cornelius Ani, Sally Grantham-McGregor and David Muller, "Nutritional supplementation in Down syndrome: Theoretical considerations and current status", *Developmental Medicine & Child Neurology* 42, no. 3 (March 2000)、Nancy J. Lobaugh et al., "Piracetam therapy does not enhance cognitive functioning in children with Down syndrome", *Archives of Pediatric & Adolescent Medicine* 155, no. 4 (April 2001)、William I. Cohen et al.編 *Down Syndrome: Visions for the 21st Century* (2002)の W. Carl Cooley, "Nonconventional therapies for Down syndrome: A review and framework for decision making"、Nancy J. Roizen, "Complementary and alternative therapies for Down syndrome", *Mental Retardation & Developmental Disabilities Research Reviews* 11, no. 2 (April 2005)などがある。成長ホルモンについてのさらにくわしい情報は、Salvador Castells and Krystyna E. Wiesniewski 編 *Growth Hormone Treatment in Down's Syndrome* (1993)を参照。

にある。

p267) ダウン症の子どもとうまくやっていると言った母親に「もっと正直に言っていいんですよ」と返した医師の話は、Bryony A. Beresford, “Resources and strategies: How parents cope with the care of a disabled child”, *Journal of Child Psychology & Psychiatry* 35, no. 1 (January 1994)より引用。

p267) ピーター・シンガーの考え方に対するマルカ・ブリストの反応は、Cal Montgomery, “A defense of genocide”, *Ragged Edge Magazine*, July-August 1999。

p267) エイドリアン・アッシュとエリック・パレンスの見解については、*Prenatal Testing and Disability Rights* (2000)の彼らの論文“The disability rights critique of prenatal genetic testing: Reflections and recommendations”より。それに続くアッシュの見解については、エイドリアン・アッシュ“Disability equality and prenatal testing: Contradictory or compatible?”, *Florida State University Law Review* 30, no. 2 (Winter 2003)より。

p267) レオン・カスは出生前診断への異議を、Ronald Munson 編 *Intervention and Reflection: Basic Issues in Medical Ethics* (2000)内の論文“Implications of prenatal diagnosis for the human right to life”で述べている。

p268) ジャニス・マクラフリンのことば「女性が強いられる選択について私たちが嘆くとしても……」は、彼女の論文“Screening networks: Shared agendas in feminist and disability movement challenges to antenatal screening and abortion”, *Disability & Society* 18, no. 3 (2003)より。

p268) 出生前にダウン症の診断を受けて中絶された子どもの数と、出生前にダウン症の診断を受けて生まれてくる子どもの数のデータは、Brian Skotko, “Prenatally diagnosed Down syndrome: Mothers who continued their pregnancies evaluate their health care providers”, *American Journal of Obstetrics & Gynecology* 192, no. 3 (March 2005)より。

p269) ティアニー・テンプル・フェアチャイルドの担当医のことば「起きてほしいと思うことはすべて起きます」は、ミッチェル・ズーコフ『いのち輝く日　ダウン症児ナーヤとその家族の旅路』(大月書店)より。

p269) ティアニー・テンプル・フェアチャイルドのことばは、自身の記事である“The choice to be pro-life”, *Washington Post*, 1 November 2008 より。彼女のスピーチ“Rising to the occasion: Reflections on choosing Naia”, *Leadership Perspectives in Developmental Disability* 3, no. 1 (Spring 2003)も参照。.

p269) 「キャサリン」の項は、2007 年に私がおこなったデアドラ・フェザーストンとウィルソン・マデンへのインタビューとその後のやりとりにもとづいている。

p269) ダウン症児の親の手記として、Willard Abraham, Barbara: *A Prologue* (1958)、Martha Nibley Beck, Expecting Adam (1999)、Michael Bérubé, *Life as We Know It* (1996)、Martha Moraghan Jablow, *Cara* (1982)、Danny Mardell, *Danny's Challenge* (2005)、Vicki Noble, *Down Is Up for Aaron Eagle* (1993)、Greg Palmer, *Adventures in the Mainstream* (2005)、Kathryn Lynard Soper, *Gifts: Mothers Reflect on How Children with Down Syndrome Enrich Their Lives* (2007)、ミッチェル・ズーコフ『いのち輝く日』、Cynthia S. Kidder and Brian Skotko, Common Threads: *Celebrating Life with Down Syndrome* (2001)などがある。

p276) デイビッド・パターソンは、ダウン症の広範な症状を引き起こす遺伝現象について、William I. Cohen et al.編 *Down Syndrome: Visions for the 21st Century* (2003)の論文“Sequencing of chromosome 21/The Human Genome Project”で論じている。

p276) ダウン症者は一般的に気さくであるとする研究については、Brigid M. Cahill and Laraine Masters Glidden, “Influence of child diagnosis on family and parental functioning: Down syndrome versus other disabilities”, *American Journal on Mental Retardation* 101, no. 2 (September 1996)。

p276) ダウン症に関する精神病理学について、よりくわしくは、Ann Gath and Dianne Gumley, “Retarded *of Love* (1965), "愛着 3 部作":『愛着行動』、『分離不安』、『対象喪失』（以上、ともに岩崎学術出版社）などがある。

p257) 1961 年の大統領による知的障がいに関する委員会の設立については、Edward Shorter, *The Kennedy Family and the Story of Mental Retardation* (2000), p83-86 に記載されている。ほかに、Fred J. Krause's official history, *President's Committee on Mental Retardation: A Historical Review 1966-1986* (1986), https://mn.gov/mnddc/parallels2/pdf/80s/86/86-AHR-PCR.pdf も参照。

p257) ユーニス・ケネディ・シュライバー"Hope for retarded children", *Saturday Evening Post*, 22 September 1962 を参照。

p257) Edward Zigler and Sally J. Styfco, *The Hidden History of Head Start* (2010)を参照。

p258) 引用部分は 1973 年のリハビリテーション法 504 条より。法律全文は https://www2.ed.gov/policy/speced/leg/rehab/rehabilitation-act-of-1973-amended-by-wioa.pdf を参照。素人向けのくわしい情報については、Center for Parent Information & Resources のウェブサイト、https://www.parentcenterhub.org/section504/を参照。

p258) 早期介入のくわしい情報は、Dante Cicchetti and Marjorie Beeghly 編 *Children with Down Syndrome: A Developmental Perspective* (1990)、Demie Lyons et al., "Down syndrome assessment and intervention for young children (age 0–3): Clinical practice guideline: Report of the recommendations"(2005)、Marci J. Hanson, "Twenty-five years after early intervention: A follow-up of children with Down syndrome and their families", *Infants & Young Children* 16, no. 4 (November-December 2003)および Stefani Hines and Forrest Bennett, "Effectiveness of early intervention for children with Down syndrome", *Mental Retardation & Developmental Disabilities Research Reviews* 2, no. 2 (1996)を参照。

p259) ニューヨーク州の早期介入プログラムについては、小冊子 *The Early Intervention Program: A Parent's Guide* および https://www.health.ny.gov/publications/4808.pdf に説明がある。州の包括的査定と介入の基準については、Demie Lyons et al., "Down syndrome assessment and intervention for young children (age 0-3): Clinical practice guideline: Report of the recommendations" (2005)に公開されている。

p259)「リン」の項は、2005 年に私がおこなったエレイン・グレゴリーへのインタビューにもとづいている。

p262) 障がい児教育の改革の歴史に関する議論については、William I. Cohen et al.編 *Down Syndrome: Visions for the 21st Century* (2002)の Richard A. Villa and Jacqueline Thousand, "Inclusion: Welcoming, valuing, and supporting the diverse learning needs of all students in shared general education environments"を参照。

p262) 個別障がい者教育法（IDEA）は Public Law 94-142としても知られる。くわしい情報は、US Congress, House Committee on Education and the Workforce, Subcommittee on Education Reform, *Individuals with Disabilities Education Act (IDEA): Guide to Frequently Asked Questions* (2005)にある。

p262) マイケル・ベルーベは包括教育の普遍的利益について、著書 *Life as We Know It* (1996), p208-11 で述べている。

p263)「カーソン」の項は、2004 年のベッツィ・グッドウィンへのインタビューとその後のやりとりにもとづく。

p267) 児童虐待改正法に関するくわしい議論は、Kathryn Moss, "The 'Baby Doe' legislation: Its rise and fall", *Policy Studies Journal* 15, no. 4 (June 1987)および H. Rutherford Turnbull, Doug Guess and Ann P. Turnbull, "Vox populi and Baby Doe", *Mental Retardation* 26, no. 3 (June 1988)を参照。

p267) ピーター・シンガーは、評論"Taking life: Humans", *Practical Ethics* (1993) p175-217 で重度障がい児の中絶に理解を示している。著書『生と死の倫理　伝統的倫理の崩壊』（昭和堂）も参照。命の価値についてのシンガーの意見に対する障がい者の反応は、Not Dead Yet's "NDY Fact Sheet Library: Pete Singer" および Cal Montgomery, "A defense of genocide", *Ragged Edge Magazine*, July-August 1999

Retardation 33, no. 1 (February 1995)。

p253）この章で参考にしたダウン症候群の概念の歴史についての独創的資料としては、ジョン・ラングドン・H・ダウンの上記の報告書のほかに、Francis Graham Crookshank, *The Mongol in Our Midst: A Study of Man and His Three Faces* (1924)、L・S・ペンローズ “On the interaction of heredity and environment in the study of human genetics (with special reference to Mongolian imbecility)”, *Journal of Genetics* 25, no. 3 (April 1932)、L・S・ペンローズ “The blood grouping of Mongolian imbeciles”, *Lancet* 219, no. 5660 (20 February 1932)およびL・S・ペンローズ “Maternal age, order of birth and developmental abnormalities”, *British Journal of Psychiatry* 85, no. 359 (New Series No. 323) (1939)などがある。この項目に関する現代的な分析には、Steven Noll and James W. Trent 編 *Mental Retardation in America: A Historical Reader* (2004)の Daniel J. Kevles の章“'Mongolian imbecility': Race and its rejection in the understanding of a mental disease”と David Wright の章“Mongols in our midst: John Langdon Down and the ethnic classification of idiocy, 1858-1924”およびダニエル・J・ケヴルズ『優生学の名のもとに　「人類改良」の悪夢百年』（朝日出版社）がある。

p253）障がい者の雇用が移民労働者に奪われたことと、知的障がいの歴史上の分類については、Richard Noll, *Mental Retardation in America* (2004)の序文、p1-16 で述べられている。

p253）ダウン症に対する見方が進化しているという議論として、Steven Noll and James W. Trent Jr.編 *Mental Retardation in America: A Historical Reader* (2004)の David Wright, “Mongols in Our Midst: John Langdon Down and the Ethnic Classification of Idiocy, 1858-1924”, p102 がある。

p254）オリバー・ウェンデル・ホームズによる「愚者は三代続けば充分だ」という所見は、*Buck v. Bell*, 274 US 200 (1927)より。

p254）エリック・エリクソンがダウン症の息子を施設にあずけた話は、ローレンス・J・フリードマン『エリクソンの人生　アイデンティティの探求者　上・下』（新曜社）より。

p254）ジェローム・ルジューヌの発見については、ジェローム・ルジューヌ他による“Etude des chromosomes somatiques de neuf enfants mongoliens”, *Comptes Rendus Hebdomadaires des Seances de l'Academie des Science* 248, no. 11 (1959)。それとほぼ同時期ながら別個に、ダウン症の原因遺伝子がイギリスでパトリシア・ジェイコブスにより発見された。それについては、Patricia Jacobs et al., “The somatic chromosomes in mongolism”, *Lancet* 1, no. 7075 (April 1959)を参照。

p254）サイモン・オルシャンスキー“Chronic sorrow: A response to having a mentally defective child”, *Social Casework* 43, no. 4 (1962)を参照。

p255）アルバート・ソルニットとメアリー・スタークのことばは、彼らの記事“Mourning and the birth of a defective child”, *Psychoanalytic Study of the Child* 16 (1961)より。

p255）アーサー・ミラーとインゲ・モラスがダウン症の息子を施設にあずけた話は、Suzanna Andrews, “Arthur Miller's missing act”, *Vanity Fair*, September 2007 より。

p255）ジョゼフ・フレッチャーによる「ダウン症児は人ではない」ということばは、Bernard Bard との共著による記事“The right to die”, *Atlantic Monthly*, April 1968 より。

p255）Ann Taylor Allen, “The kindergarten in Germany and the United States, 1840-1914: A comparative perspective”, *History of Education* 35, no. 2 (March 2006)を参照。

p255）モンテッソーリ教育の歴史と理念についてのさらなる情報は、Gerald Lee Gutek, *The Montessori Method: The Origins of an Educational Innovation* (2004)を参照。

p255）（知的障がい者のための組織も含めた）障がい者の支援と教育機関についての歴史と、障がい者の権利運動の成長については、Doris Zames Fleischer and Frieda Zames, *The Disability Rights Movement: From Charity to Confrontation* (2001)で調査されている。

p256）ジョン・ボウルビィの革新的な著作には、『乳幼児の精神衛生』（岩崎書店）、*Child Care and the Growth*

165, no. 3897 (5 September 1969)。

p238) 出生前スクリーニングの歴史について、よりくわしくは、Erik Parens and Adrienne Asch 編 *Prenatal Testing and Disability Rights* (2000)の Cynthia M. Powell, "The current state of prenatal genetic testing in the United States"を参照。

p238) 3種類のスクリーニング検査についてのさらにくわしい情報は、Tim Reynolds, "The triple test as a screening technique for Down syndrome: Reliability and relevance", *International Journal of Women's Health* 9, no. 2 (August 2010)、Robert H. Ball et al., "First- and second-trimester evaluation of risk for Down syndrome", *Obstetrics & Gynecology* 110, no. 1 (July 2007)および N. Neely Kazerouni et al., "Triple-marker prenatal screening program for chromosomal defects", *Obstetrics & Gynecology* 114, no. 1 (July 2009)。

p239) さまざまな出生前スクリーニングの方法による相対リスクについては、Isabelle C. Bray and David E. Wright, "Estimating the spontaneous loss of Down syndrome fetuses between the times of chorionic villus sampling, amniocentesis and live birth", *Prenatal Diagnosis* 18, no. 10 (October 1998)で論じられている。

p239) 出生前スクリーニングの新たな発展については、Roni Rabin, "Screen all pregnancies for Down syndrome, doctors say", *New York Times*, 9 January 2007 および Deborah A. Driscoll and Susan J. Gross, "Screening for fetal aneuploidy and neural tube defects", *Genetic Medicine* 11, no. 11 (November 2009)。

p239) 「ジェイソン」の項は、私が2004年と2007年におこなったエミリー・キングスレーへのインタビューとその後のやりとりに依拠している。

p240) スタテン島にあるウィローブルック州立学校の状況についてGeraldo Riveraが1972年におこなった調査は、DVDビデオ・ドキュメンタリー *Unforgotten: Twenty-Five Years After Willowbrook* (2008)に収められている。

p240) ウィローブルックの状況については、John J. O'Connor, "TV: Willowbrook State School, 'the Big Town's leper colony,'" *New York Times*, 2 February 1972 に依拠。

p240) "精神の床ずれ"ということばは、ラッセル・バートンが著書『施設神経症　病院が精神病をつくる』(晃洋書房) で使用している。

p243) 『仲間に入れてよ――ぼくらはダウン症候群』(メディカ出版) は、ジェイソン・キングスレーとミッチェル・レーヴィッツの共著。

p249) ニューヨーク州のこうした住宅支援プログラムと同様のものは、その他の州にもある。

p252) ジャン・マルク・ガスパール・イタールが19世紀初頭に野生児に教育を施そうとした逸話は、JMG・イタール『野生児の記録7　新訳アヴェロンの野生児　ヴィクトールの発達と教育』(福村出版)。英語版はハーラン・レイン『アヴェロンの野生児研究』(福村出版) より。

p252) エドゥアール・セガンについては、Jack P. Shonkoff and Samuel J. Meisels 編 *Handbook of Early Child hood Intervention*, p9, (2000)より。セガンとアメリカにおける発達遅滞の歴史についてのくわしい情報は、エドゥアール・セガン『障害児の治療と教育　精神薄弱とその生理』(ミネルヴァ書房)、Steven Noll and James W. Trent 編 *Mental Retardation in America: A Historical Reader* (2004)および J・W・トレント Jr『「精神薄弱」の誕生と変貌　アメリカにおける精神遅滞の歴史　上・下』(学苑社) を参照。

p253) サミュエル・G・ハウによる障がい者への非難が初めて書かれたのは、1848年の『マサチューセッツ州議会への報告書』である。その後、Steven Noll and James W. Trent 編 *Mental Retardation in America: A Historical Reader* (2004)に編纂された。

p253) ジョン・ラングドン・ダウンによるダウン症の最初の表現については、"Observations on an ethnic classification of idiots", *London Hospital, Clinical Letters & Reports* 3 (1866)。ごく最近の転載は, *Mental*

ス建築書』（東海大学出版会）より。

p229）ウィリアム・サファイヤの引用部分は、彼の論考“On language: Dwarf planet”, *New York Times*, 10 September 2006 より。

p229）低身長者の永遠の差異についてジョン・リチャードソンが言及しているのは、著書 *In the Little World* (2001), p9。

p230）「キキ」の項は、クリッシーとキキ・トラパニにおこなった 2008 年のインタビューにもとづいている。

4章　ダウン症

p235）エミリー・キングスレーの胸を打つエッセイ『オランダへようこそ』が初めて紹介されたのは、人生相談コラム『ディア・アビー』の“A fable for parents of a disabled child”, *Chicago Tribune*, 5 November 1989。Steven Barton によるコンサートバンド版についての情報は、http://c-alanpublications.com/welcome-to-holland/。ギタリストの Nunzio Rosselli による 2006 年発売の CD *Welcome to Holland* は、http://www.cduniverse.com/productinfo.asp?pid=7245475。このエッセイは ジャック・キャンフィールド他編著『こころのチキンスープ〈10〉母から子へ 子から母へ』(ダイヤモンド社）でも紹介され、インターネットのさまざまなサイトでも目にすることができる。

p237）知的障がい者とその家族の数に関する統計は、The President's Committee for People with Intellectual Disabilities (https://acl.gov/programs/empowering-advocacy/presidents-committee-people)を参考にした。

p238）ダウン症の推定患者数は、Jan Marshall Friedman et al., “Racial disparities in median age at death of persons with Down syndrome: United States, 1968–1997”, *Morbidity & Mortality Weekly Report* 50, no. 22 (June 8, 2001)、Stephanie L. Sherman et al., “Epidemiology of Down syndrome”, *Mental Retardation & Developmental Disabilities Research Reviews* 13, no. 3 (October 2007)および Mikyong Shin et al., “Prevalence of Down syndrome among children and adolescents in 10 regions”, *Pediatrics* 124, no. 6 (December 2009)より。

p238）ダウン症の胎児の流産率については、Joan K. Morris, Nicholas J. Wald, and Hilary C. Watt, “Fetal loss in Down syndrome pregnancies”, *Prenatal Diagnosis* 19, no. 2 (February 1999)。

p238）ダウン症にともなう身体疾患についての一般情報は、Don C. Van Dyke et al., *Medical and Surgical Care for Children with Down Syndrome* (1995)、Paul T. Rogers and Mary Coleman, *Medical Care in Down Syndrome* (1992)および Claudine P. Torfs and Roberta E. Christianson, “Anomalies in Down syndrome individuals in a large population-based registry”, *American Journal of Medical Genetics* 77, no. 5 (June 1998)を参照。

p238）Elizabeth H. Aylward et al., “Cerebellar volume in adults with Down syndrome”, *Archives of Neurology* 54, no. 2 (February 1997)および Joseph D. Pinter et al., “Neuroanatomy of Down's syndrome: A high-resolution MRI study”, *American Journal of Psychiatry* 158, no.10 (October 2001): 1659-65を参照。

p238）ダウン症者の抑うつのリスクについては、デニス・マクガイア、ブライアン・チコイン『ダウン症のある成人に役立つメンタルヘルス・ハンドブック　心理・行動面における強みと課題の手引き』（遠見書房）で論じられている。

p238）ダウン症における動脈硬化のリスク低下については、Arin K. Greene et al., “Risk of vascular anomalies with Down syndrome”, *Pediatrics* 121, no. 1 (January 2008), p135-40 で論じられている。

p238）霊長類にダウン症が見られることを示す研究については、Sunny Luke et al., “Conservation of the Down syndrome critical region in humans and great apes”, *Gene* 161, no. 2 (1995)および Harold M. McClure et al., “Autosomal trisomy in a chimpanzee: Resemblance to Down's syndrome”, *Science* p225) 骨延長手術の進展と手術をめぐる論争については、David Lawrence Rimoin, "Limb lengthening: Past, present, and future", *Growth, Genetics & Hormones* 7, no. 3 (1991)、Eric D. Shirley and Michael C. Ain, "Achondroplasia: Manifestations and treatment", *Journal of the American Academy of Orthopedic Surgeons* 17, no. 4 (April 2009)および Lisa Abelow Headly, "The seduction of the surgical fix", in *Surgically Shaping Children: Technology, Ethics, and the Pursuit of Normality*, edited by Erik Parens (2006)を参照。手術の手順は、S. Robert Rozbruch and Svetlana Ilizarov, *Limb Lengthening and Reconstructive Surgery* (2007)にくわしく記されている。

p226) ドロール・ペイリーの招聘をめぐる LPA 内部の争いは、ベティ・アデルソン *Dwarfism* (2005), p90-94 に書かれている。

p226) ジリアン・ミュラーの骨延長手術についてのコメントは、彼女の記事"Extended limb-lengthening: Setting the record straight", *LPA Online*, 2002 を参照。

p226) 骨延長手術は、子どもがその問題点を熟考できる年齢まで待つべきだという LPA 役員の引用は、ダン・ケネディ *Little People* (2003), p170-71 より。

p226) 骨延長手術がほかの症状に対しても治療的効果があることは、Hui-Wan Park et al., "Correction of lumbosacral hyperlordosis in achondroplasia", *Clinical Orthopaedics & Related Research* 12, no. 414 (September 2003)で論じられている。

p226) 腕が長くなることの利点に関するダン・ケネディの引用は、*Little People* (2003)の p186 から。

p226) 骨延長手術の合併症についての詳細は、Douglas Naudie et al., "Complications of limb-lengthening in children who have an underlying bone disorder", *Journal of Bone & Joint Surgery* 80, no. 1 (January 1998)および Bernardo Vargas Barreto et al., "Complications of Ilizarov leg lengthening", *International Orthopaedics* 31, no. 5 (October 2007)を参照。

p227) アーサー・W・フランクの"治療すべきか"という責務に関する引用は、彼の論文"Emily's scars: Surgical shapings, technoluxe, and bioethics", *Hastings Center Report* 34, no. 2 (March-April 2004), p18 より。

p228) ニコラス・アンドリーと整形医学の歴史に関する詳細は、David M. Turner and Kevin Stagg 編 *Social Histories of Disability and Deformity: Bodies, Images and Experiences* (2006)の Anne Borsay の論文"Disciplining disabled bodies: The development of orthopaedic medicine in Britain, c. 1800–1939"を参照。

p228) 低身長者の成長ホルモン療法については、Carol Hart, "Who's deficient, who's just plain short?", *AAP News* 13, no. 6 (June 1997)、Natalie Angier, "Short men, short shrift: Are drugs the answer?", *New York Times*, 22 June 2003、"Standing tall: experts debate the cosmetic use of growth hormones for children", ABC News, 19 June 2003 および Susan Brink, "Is taller better?"と"When average fails to reach parents' expectations", *Los Angeles Times*, 15 January 2007 で論じられている。

p228) 食品医薬品局が"原因不明の低身長"にヒューマトロープの使用を認めたことは、Mark Kaufman, "FDA approves wider use of growth hormone", *Washington Post*, 26 July 2003 より。

p229) 身長と収入との明白な関係を認める調査報告として、Nicola Persico, Andrew Postlewaite and Dan Silverman, "The effect of adolescent experience on labor market outcomes: The case of height", *Journal of Political Economy* 112, no. 5 (2004)、Timothy A. Judge and Daniel M. Cable, "The effect of physical height on workplace success and income", *Journal of Applied Psychology* 89, no. 3 (2004)および Inas Rashad, "Height, health and income in the United States, 1984–2005", W. J. Usery Workplace Research Group Paper Series, Working Paper 2008-3-1 などがある。こうした研究をわかりやすくまとめたものとして、"Feet, dollars and inches: The intriguing relationship between height and income", *Economist*, 3 April 2008 を参照。

p229) ウィトルーウィウスの引用「なぜなら、人体は自然によって設計されて……」は、『ウィトルーウィウ

Human Genetics 56 (1995), p368-73 だった。捻曲性骨異形成症の原因遺伝子は、Hästbacka et al., "The diastrophic dysplasia gene encodes a novel sulfate transporter: Positional cloning by fine-structure linkage disequilibrium mapping", *Cell* 78, no. 6 (23 September 1994)、偽性軟骨無形成症は、Jacqueline T. Hecht et al., "Mutations in exon 17B of cartilage oligomeric matrix protein (COMP) cause pseudoachondroplasia", *Nature Genetics* 10, no. 3 (July 1995)、そして SED は、Brendan Lee et al., "Identification of the molecular defect in a family with spondyloepiphyseal dysplasia", *Science*, New Series 244, no. 4907 (26 May 1989)においてそれぞれ初めて報告された。低身長の遺伝的特質についての基礎知識として、Clair A. Francomano, "The genetic basis of dwarfism", *New England Journal of Medicine* 332, no. 1 (5 January 1995)および R. J. M. Gardner, "A new estimate of the achondroplasia mutation rate", *Clinical Genetics* 11, no. 1 (April 2008)を参照。

p217) ジョン・ワズムスの言う、出産前診断が許される場合は、ダン・ケネディ *Little People* (2003), p17-18 から引用。

p217) 出産前診断で低身長と判明した場合の堕胎に関する調査は、Jen Joynt and Vasugi Ganeshananthan, "Abortion decisions", *Atlantic Monthly*, April 2003 に記されている。

p217) ジョン・リチャードソンは、平均的身長の胎児ならば堕ろしたいという夫婦について、回想録 *In the Little World: A True Story of Dwarfs, Love, and Trouble* (2001), p9 で触れている。

p217) ダシャルク・サンガビの発言は、論考"Wanting babies like themselves, some parents choose genetic defects", *New York Times*, 5 December 2006 より。

p217) ベティ・アデルソンとジョー・ストラモンドがニューヨーク・タイムズ編集長に 2005 年に宛てた手紙は公開されなかったが、そのなかで "強制的な優生学" に言及していた。

p217) 病院が低身長者の胚移植を拒んだ話は、Andy Geller, "Docs' designer defect baby: Disabled by choice", *New York Post*, 22 December 2006 より。

p217) キャロル・ギブソンの引用は、"Babies with made-to-order defects?", *Associated Press*, 21 December 2006 の記事より。

p218) ジニー・フース夫妻の話は、2003 年のインタビューとその後の情報交換にもとづく。

p218) 低身長症の出産前診断の増加により、障がいの負担に経済的格差が生まれるという懸念については、Amy Harmon, "The problem with an almost-perfect genetic world", *New York Times*, 20 November 2005 を参照。

p218) トム・シェイクスピアの障がいに関する発言は BBC のラジオ番組 Belief（2005 年 12 月 30 日放送）より。

p219) LPA は 2005 年に声明文"Little People of America on pre-implantation genetic diagnosis"を出した。

p219) エリカ・ピーズリーの引用はすべて 2009 年の彼女とのインタビューより。

p219) モルキオ症候群の詳細は、Benedict J. A. Lankester et al., "Morquio syndrome", *Current Orthopedics* 20, no. 2 (April 2006)を参照されたい。

p220) バージニア・ヘッファ マンの引用「大切な遺産……」は、彼女の記事"The challenges of an oversized world", *New York Times*, 4 March 2006 より。

p220)「アナトール」の項は、モニク・デュラ、オレグ・プリゴフ、アナトール・プリゴフにおこなった 2004 年と 2008 年のインタビューとその他のやりとりにもとづいている。彼らの名前は仮名であり、本人を特定できるほかの詳細も変えてある。

p223) 骨延長手術にまつわる地域差については、P. Bregani et al., "Emotional implications of limb lengthening in adolescents and young adults with achondroplasia", *Life-Span & Disability* 1, no. 2 (July-December 1998) を参照。

p225) 骨延長手術の費用については、ベティ・アデルソン *Dwarfism* (2005), p95。

p201）ジョアン・アブロンが低身長者たちの不思議な魅力について論じているのは、*Living with Difference* (1988), p6。

p201）アン・ラモットの発言は、Tom Shakespeare, Michael Wright and Sue Thompson, *A Small Matter of Equality* (2007), p25 より。

p202）「テイラー」の項は、2003 年のテイラー、カールトン、トレイシー・バン・パッテン親子とのインタビューとその後のやりとりにもとづく。

p206）低身長者たちが恋愛気分に浸ることのむずかしさについては、ベティ・M・アデルソン *Dwarfism* (2005), p241。

p206）ジョン・ウォリンのことばは、彼の記事"Dwarf like me", *Miami Herald*, 24 January 1993 より。

p206）LP と AP との性的不一致については、LPA のチャットルーム（2006 年 4 月 15 日）より。

p206）ハリー・ウィーダーの引用は、本人とのインタビューから。

p206）身長差のある結婚に対する考え方は、ベティ・アデルソン *Dwarfism* (2005), p57-58 と p246 で説明されている。

p206）AP と結婚した LP にうつ病が増えているとの報告は、Alasdair Hunter, "Some psychosocial aspects of nonlethal chondrodysplasias, II: Depression and anxiety", *American Journal of Medical Genetics* 78, no. 1 (June 1998)および"Some psychosocial aspects of nonlethal chondrodysplasias, III: Self-esteem in children and adults", *American Journal of Medical Genetics* 78 (June 1998)より。

p206）LPA の会員を除けば低身長者同士の結婚のほうが多いという情報は、ベティ・アデルソンとのやりとりに依拠している。

p207）ジョン・ウォリンの発言は、彼の記事"Dwarf like me", *Miami Herald*, 24 January 1993 から。

p207）軟骨無形成症の低身長者の分娩時における合併症や知覚消失についての専門的な概説は、Judith E. Allanson and Judith G. Hall, "Obstetric and gynecologic problems in women with chondrodystrophies", *Obstetrics & Gynecology* 67, no. 1 (January 1986)および James F. Mayhew et al., "Anaesthesia for the achondroplastic dwarf", *Canadian Anaesthetists' Journal* 33, no. 2 (March 1986)を参照。

p207）世間から無礼な質問を受ける低身長の母親については、Ellen Highland Fernandez, *The Challenges Facing Dwarf Parents: Preparing for a New Baby* (1989)。

p207）子を産もうとする低身長者へのベティ・アデルソンのコメントは、*Dwarfism* (2005), p249 より。

p207）「クリントン」の項は、シェリル、クリントン、クリントン・ブラウン・ジュニアにおこなった 2003 年と 2010 年のインタビューやその他の情報交換にもとづいている。

p216）低身長の遺伝子については、前掲した Clair A. Francomano, "The genetic basis of dwarfism", *New England Journal of Medicine* 332, no. 1 (5 January 1995)および William Horton, "Recent milestones in achondroplasia research", *American Journal of Medical Genetics* 140A (2006)を参照。

p216）致命的な骨系統疾患症、二重ヘテロ接合体と、出産前診断についての詳細は、Anne E. Tretter et al., "Antenatal diagnosis of lethal skeletal dysplasias", *American Journal of Medical Genetics* 75, no. 5 (December 1998)、Maureen A. Flynn and Richard M. Pauli, "Double heterozygosity in bone growth disorders", *American Journal of Medical Genetics* 121A, no. 3 (2003)および Peter Yeh, "Accuracy of prenatal diagnosis and prediction of lethality for fetal skeletal dysplasias", *Prenatal Diagnosis* 31, no. 5 (May 2011)を参照。

p216）軟骨無形成症をもたらす遺伝子の発見が最初に報告されたのは、Clair A. Francomano et al., "Localiza tion of the achondroplasia gene to the distal 2.5 Mb of human chromosome 4p", *Human Molecular Genetics* 3, no. 5 (May 1994)、R. Shiang, "Mutations in the transmembrane domain of FGFR3 cause the most common genetic form of dwarfism, achondroplasia", *Cell* 78, no. 2 (29 July 1994)および Gary A. Bellus, "Achondroplasia is defined by recurrent G380R mutations of FGFR3", *American Journal of* calling a midget?", *Salon*, 16 July 2009 より。低身長の芸人に関するより深い議論としては、Chris Lydgate, "Dwarf vs. dwarf: The Little People of America want respect—and they're fighting each other to get it", *Willamette Week*, 30 June 1999 を参照。

p193) テレビ番組『セレブリティ・アプレンティス』におけるハーシェル・ウォーカーとジョーン・リバーズによる悪趣味な場面（シーズン8の第6話）は、2009年4月9日に放映された。番組に対するジミー・コーペイの連邦通信委員会への申し立ては、Lynn Harris, "Who you calling a midget?", *Salon*, 16 July 2009 に掲載されている。

p193) フローレス島で発見された原人に関する最初の科学的研究は、Peter Brown et al.,"A new small-bodied hominin from the Late Pleistocene of Flores, Indonesia", *Nature* 431, no. 7012 (27 October 2004)および Michael J. Morwood et al.,"Archaeology and age of a new hominin from Flores in eastern Indonesia", *Nature* 431, no. 7012 (27 October 2004)。

p193) アレクサンダー・チャンセラーの批判については、"Guide to age", *Guardian*, 6 November 2004。

p193) いまアフリカでピグミーが置かれている苦境については、*Minorities under Siege: Pygmies Today in Africa* (2006)および African Commission on Human and Peoples' Rights International Work Group for Indigenous Affairs, *Report of the African Commission's Working Group on Indigenous Populations/Communities: Research and information visit to the Republic of Gabon*, 15-30 September 2007 (2010)を参照。

p194) "ミジェット"という語を使用禁止にすべきだというリン・ハリスの提案に対する反響は、Lynn Harris, "Who you calling a midget?", *Salon*, 16 July 2009 に書かれている。

p194)「アンナ」の項は、ベティ・アデルソンにおこなった2003年と2012年のインタビューにもとづく。

p195) コーピッツに死なれた母親たちのことばは、Bertalan Mesko の運営サイトに投稿された。"Dr. Steven E. Kopits, a modern miracle maker", *Science Roll*, 27 January 2007。

p199) 身体的な差異に関するさまざまな文化的解釈については、David M. Turner and Kevin Stagg 編 *Social Histories of Disability and Deformity: Bodies, Images and Experiences* (2006), p1-16 の David M. Turner, "Introduction: Approaching anomalous bodies"を参照。

p199) 旧約聖書『レビ記』「主はモーセに仰せになった。アロンに告げなさい。あなたの子孫のうちで、障害のある者は、代々にわたって、神に食物をささげる務めをしてはならない。だれでも、障害のある者、すなわち、目や足の不自由な者、鼻に欠陥のある者、手足の不釣り合いの者、手足の折れた者、背中にこぶのある者、目が弱く欠陥のある者、できものや疥癬のある者、睾丸のつぶれた者など、祭司アロンの子孫のうちで、以上の障害のある者はだれでも、主に燃やしてささげる献げ物の務めをしてはならない。彼には障害があるから、神に食物をささげる務めをしてはならない。しかし、神の食物としてささげられたものは、神聖なる物も聖なる献げ物も食べることができる。ただし、彼には障害があるから、垂れ幕の前に進み出たり、祭壇に近づいたりして、わたしの聖所を汚してはならない。わたしが、それらを聖別した主だからである。モーセは以上のことをアロン、その子らおよびイスラエルのすべての人々に告げた」（新共同訳）

p199) マーサ・アンダーコファーのコメントは、Yahoo!グループへの投稿（2002年9月23日）より。

p200) MP3 プレイヤーを聞いて、自分が聞きたくない情報を遮断する低身長者の話は、Tom Shakespeare, Michael Wright, and Sue Thompson, *A Small Matter of Equality* (2007), p29。

p200) ハリー・ウィーダーに関する記述は、2003年のインタビューとその後の情報交換にもとづく。彼の葬儀の様子は Susan Dominus, "Remembering the little man who was a big voice for causes", *New York Times*, 1 May 2010 に記されている。

p201) ウィリアム・サファイヤが"残酷な伝承"および"ルンペルシュティルツヒェン"に触れているのは、"On language: Dwarf planet", *New York Times*, 10 September 2006。

Journal of Medical Genetics 120A, no. 4 (August 2003)。

p185) 同じ家族であっても、低身長者とそうでない者とでは大きな収入格差があるという調査結果は、ベティ・アデルソンの *Dwarfism: Medical and Psychosocial Aspects of Profound Short Stature* (2005), p259。

p185) マイケル・エインは、リサ・アベロウ・ヘドリーの記録映画 *Dwarfs: Not a Fairy Tale* (2001)のなかで、職探しのむずかしさについて語っている。

p185) ルース・リッカーの引用は、2003年にダン・ケネディが私に語ったもの。

p186) ジョン・ウォリンの引用はすべて彼の記事"Dwarf like me", *Miami Herald*, 24 January 1993より。

p186) 自分以外の低身長者を初めて見たLPのことばは、Ken Wolf, "Big world, little people", *Newsday*, 20 April 1989に引用されていた。

p186)「ビバリー」の項は、ジャネットとビバリー・チャールズにおこなった2003年のインタビューにもとづいている。

p188)「レスリー」の項は、レズリー・スナイダーとブルース・ジョンソンにおこなった2005年のインタビューとその後の情報交換にもとづいている。

p191) こびと投げに関する基礎的な情報は、アリス・ドムラット・ドレガー"Lavish dwarf entertainment", *Hastings Center Bioethics Forum*, 25 March 2008およびDeborah Schoeneman, "Little people, big biz: Hiring dwarfs for parties a growing trend", *New York Post*, 8 November 2001などによる。

p191) ニューヨーク州における〈こびと投げ・こびとボーリング禁止令〉(1990 NY Laws 2744)の成立については、Elizabeth Kolbert, "On deadline day, Cuomo vetoes 2 bills opposed by Dinkins", *New York Times*, 24 July 1990。フランスでの禁止令やそれに対する抗議に関する詳細は、国際連合人権委員会の *Views of the Human Rights Committee under article 5, paragraph 4, of the Optional Protocol to the International Covenant on Civil and Political Rights, Seventy-fifth session, Communication No. 854/1999, submitted by Manuel Wackenheim* (15 July 2002)およびEmma Jane KirbyによるBBCの報道"Appeal for 'dwarf-tossing' thrown out", British Broadcasting Corporation, 27 September 2002を参照。フロリダ州での禁止令に対する反対は新聞でも報じられた。"Dwarf tossing ban challenged", *United Press International*, 29 November 2001および"Federal judge throwing dwarf-tossing lawsuit out of court", *Florida Times-Union*, 26 February 2002を参照。

p191) こびと投げやこびとボーリングに対する警察の取り締まりについては、Steven Kreytak, "Tickets issued for dwarf-tossing", *Newsday*, 11 March 2002およびEddie D'Anna, "Staten Island nightspot cancels dwarf-bowling event for Saturday", *Staten Island Advance*, 27 February 2008で説明されている。

p191) フィデリティ証券のパーティと証券取引委員会による処罰については、Jason Nisse, "SEC probes dwarf-tossing party for Fidelity trader", *Independent*, 14 August 2005およびJenny Anderson, "Fidelity is fined $8 million over improper gifts", *New York Times*, 6 March 2008に書かれている。

p192) こびと投げとコンタクト系スポーツとの比較については、Robert W. McGee, "If dwarf tossing is outlawed, only outlaws will toss dwarfs: Is dwarf tossing a victimless crime?", *American Journal of Jurisprudence* 38 (1993)を参照。こびと投げを容認する考え方はごく最近でも現実のものとなり、イギリスのパブでは、ラグビー選手マイク・ティンドールの蛮行をまねたらしい愚か者が、嫌がる軟骨無形成症の37歳の男性を投げ飛ばして脊髄に永久的な損傷を負わせた。低身長の名士たちはこの事件に連帯感と危機感を刺激され、公然と意見を口にした。このニュース報道については、"Dwarf left paralysed after being thrown by drunken Rugby fan", *Telegraph*, 12 January 2012、"Golden Globes: Peter Dinklage cites Martin Henderson case", *Los Angeles Times*, 16 January 2012およびAlexis Tereszcuk, "The little couple slam dwarf tossing", *Radar Online*, 20 March 2012を参照。Angela Van Etten, "Dwarf tossing and exploitation", *Huffington Post*, 19 October 2011も参照されたい。

p192)〈ラジオシティ〉とLPAをめぐる議論と、低身長の俳優に関する引用はすべてLynn Harris, "Who you

7, no. 4 (October 1990)、Cheryl S. Reid et al., "Cervicomedullary compression in young patients with achondroplasia: Value of comprehensive neurologic and respiratory evaluation", *Journal of Pediatrics* 110, no. 4 (1987)、Rodney K. Beals and Greg Stanley, "Surgical correction of bowlegs in achondroplasia", *Journal of Pediatric Orthopedics* 14, no. 4 (July 2005)および Elisabeth A. Sisk et al., "Obstructive sleep apnea in children with achondroplasia: Surgical and anesthetic considerations", *Otolaryngology—Head & Neck Surgery* 120, no. 2 (February 1999)がある。

p178) 「ジェイク」の項は、リズリー・パークスにおこなった 2003 年のインタビューとその後の情報交換にもとづいている。

p183) 低身長者が陽気な子どもであるという使い古された表現は、Drash らの著作に見られるが、Thompson らは、そうした考え方は「時代遅れ」で視野が狭いと指摘している。D. B. Cheek 編 *Human Growth* (1968), 568-81 の Philip W. Drash, Nancy E. Greenberg and John Money, "Intelligence and personality in four syndromes of dwarfism"、Philadelphia: Lea and Fabiger, 1968 および Sue Thompson, Tom Shakespeare and Michael J. Wright, "Medical and social aspects of the life course for adults with a skeletal dysplasia: A review of current knowledge", *Disability & Rehabilitation* 30, no. 1 (January 2008), p1-12 を参照。

p184) ジョアン・アブロンは、低身長の子どもたちは社会的な逆境に対する補償作用から、明るい性格になることが多いと結論づけた。*Living with Difference* (1988), p17 と"Personality and stereotype in osteogenesis imperfecta: Behavioral phenotype or response to life's hard challenges?", *American Journal of Medical Genetics* 122A (15 October 2003)を参照。

p184) 低身長者たちが比較的満ち足りた子ども時代を送っているとする報告は、Alasdair G. W. Hunter の 3 部作の論文"Some psychosocial aspects of nonlethal chondrodysplasias", *American Journal of Medical Genetics* 78, no. 1 (June 1998)、James S. Brust et al., "Psychiatric aspects of dwarfism", *American Journal of Psychiatry* 133, no. 2 (February 1976)、Sarah E. Gollust et al., "Living with achondroplasia in an average-sized world: An assessment of quality of life", *American Journal of Medical Genetics* 120A, no. 4 (August 2003)および M. Apajasalo et al., "Health-related quality of life of patients with genetic skeletal dysplasias", *European Journal of Pediatrics* 157, no. 2 (February 1998)を参照。

p184) ジョアン・アブロンの過保護についてのコメントは、*Living with Difference* (1988), p64。

p184) リチャード・クランドルのベビーカーに対する警告は、著書 *Dwarfism: The Family and Professional Guide* (1994), p49 より。

p184) 成長制限者協会による調査については、Tom Shakespeare, Michael Wright and Sue Thompson, *A Small Matter of Equality: Living with Restricted Growth* (2007)を参照。親の育て方が子どもの情緒的適応力を育むという推断は p25。

p184) 青年期にうつ病になる深刻な問題については、Alasdair G. W. Hunter, "Some psychosocial aspects of nonlethal chondrodysplasias, II: Depression and anxiety", *American Journal of Medical Genetics* 78, no. 1 (June 1998)。Sue Thompson, Tom Shakespeare, and Michael J. Wright, "Medical and social aspects of the life course for adults with a skeletal dysplasia: A review of current knowledge", *Disability & Rehabilitation* 30, no. 1 (January 2008)も参照。Hunter は論文の p12 で、「親が低身長である場合より、ふつうの親であるほうが、成人した子どもがうつになるリスクは高まるかもしれない」とあえて慎重に指摘している。

p185) ジョアン・アブロンは、LPA の加入者によくある感情的な問題について、著書 *Little People in America: The Social Dimension of Dwarfism* (1984)の第 8 章"The encounter with LPA"で触れている。

p185) 低身長者は自己評価、学歴、年収が低く、結婚の可能性も低いという調査報告は、Sarah E. Gollust et al., "Living with achondroplasia in an average-sized world: An assessment of quality of life", *American* p174) 低身長者の聴覚障がいと知的技能との関連について、くわしくは G. Brinkmann et al., “Cognitive skills in achondroplasia”, *American Journal of Medical Genetics* 47, no. 5 (October 1993)を参照。

p175) 低身長症に関する信頼できる詳細な情報として、the National Organization for Rare Disorders (http://www.rarediseases.org)、the National Library of Medicine's Genetics Home Reference (http://ghr:nlm.nih.gov)および the Mayo Clinic (http://www.mayoclinic.com/health/dwarfism/DS01012)。

p175) ビクター・マキュージックの概算は、ベティ・M・アデルソンの *The Lives of Dwarfs* (2005), p128 に引用されているが、彼女は Susan Lawrence, “Solving big problems for little people”, *Journal of the American Medical Association* 250, no. 3 (March 1983)にも言及している。

p175) 軟骨無形成症を引き起こす遺伝子の仕組みが初めて説明されたのは、Clair A. Francomano et al., “Localization of the achondroplasia gene to the distal 2.5 Mb of human chromosome 4p”, *Human Molecular Genetics* 3, no. 5 (May 1994)、R. Shiang et al., “Mutations in the transmembrane domain of FGFR3 cause the most common genetic form of dwarfism, achondroplasia”, *Cell* 78, no. 2 (29 July 1994)および Gary A. Bellus, “Achondroplasia is defined by recurrent G380R mutations of FGFR3”, *American Journal of Humn Genetics* 56 (1995), p368-73。

p175) 軟骨無形成症の発症率は、Sue Thompson, Tom Shakespeare and Michael J. Wright, “Medical and social aspects of the life course for adults with a skeletal dysplasia: A review of current knowledge”, *Disability & Rehabilitation* 30, no. 1 (January 2008)より引用。

p176) 軟骨無形成症の子どもの死亡率が増加しているという報告は、Jacqueline T. Hecht et al., “Mortality in achondroplasia”, *American Journal of Human Genetics* 41, no. 3 (September 1987)および Julia Wynn et al., “Mortality in achondroplasia study: A 42-year follow-up”, *American Journal of Medical Genetics* 143A, no. 21 (November 2007)より引用。

p176) 脳水腫との合併症については、Glenn L. Keiper Jr. et al., “Achondroplasia and cervicomedullary compression: Prospective evaluation and surgical treatment”, *Pediatric Neurosurgery* 31, no. 2 (August 1999)。

p176) 低身長者の身体的な問題に関する学術的な詳細は、Patricia G. Wheeler et al., “Short stature and functional impairment: A systematic review”, *Archives of Pediatric & Adolescent Medicine* 158, no. 3 (March 2004)を参照。

p177) 低身長児の歯の問題に言及しているのは、Heidrun Kjellberg et al., “Craniofacial morphology, dental occlusion, tooth eruption, and dental maturity in boys of short stature with or without growth hormone deficiency”, *European Journal of Oral Sciences* 108, no. 5 (October 2000)。

p177) 骨に障がいのある者は、脊椎を圧迫して骨関節炎を引き起こすような身体的活動はすべきでないと指摘されている。Tracy L. Trotter et al., “Health supervision for children with achondroplasia”, *Pediatrics* 116, no. 3 (2005)を参照。

p178) 低身長症の子どもの適正な食事量については、Richard Pauli et al., *To Celebrate: Understanding Developmental* を参照。

p178) LPA は会員に対し、Jacqueline T. Hecht らの研究 “Obesity in achondroplasia”, *American Journal of Medical Genetics* 31, no. 3 (November 1988)への参加をうながした。子どもの変則的な成長による体重の増加を監視する取り組みについては、Julie Hoover-Fong et al., “Weight for age charts for children with achondroplasia”, *American Journal of Medical Genetics Part A 143A*, 19 (October 2007)を参照。

p178) 低身長の余病に関する有益な研究論文としては、スティーブン・A・コーピッツ“Orthopedic complications of dwarfism”, *Clinical Orthopedics & Related Research* 114 (January-February 1976)、Dennis C. Stokes et al., “Respiratory complications of achondroplasia”, *Journal of Pediatrics* 102, no. 4 (April 1983)、Ivor D. Berkowitz et al., “Dwarfs: Pathophysiology and anesthetic implications”, *Anesthesiology* p169）バーバラ・スピーゲルの引用は、2003 年のインタビューとその後の情報交換より。

p170）Alasdair G. W. Hunter は、人生の満足度について、低身長者とその親たちを比較した調査結果を専門誌に発表した。“Some psychosocial aspects of nonlethal chondrodysplasias I: Assessment using a life-style questionnaire”, *American Journal of Medical Genetics* 78, no. 1 (June 1998)を参照。

p170）Sarah E. Gollust らの調査に協力した低身長者たちは、軟骨無形成症を「重病でない」と見なす傾向にあった。“Living with achondroplasia in an average-sized world: An assessment of quality of life”, *American Journal of Medical Genetics* 120A, no. 4 (August 2003)を参照。

p170）現在 LPA は、低身長をともないがちな身体障がいについて明確な懸念を表明しており、障がい者としての権利は組織の活動項目のひとつになっている。LPA のウェブサイト lpaonline.org を参照。

p171）ポール・スティーブン・ミラーの LPA と障がいに関する発言は、ダン・ケネディの *Little People: Learning to See the World Through My Daughter's Eyes* (2003)の第 6 章に書かれている。

p171）ローズマリー・ガーランド・トンプソンが“排他的な物言い”に触れているのは、著書 *Extraordinary Bodies: Figuring Physical Disability in American Culture and Literature* (1997), p6。

p171）娘のために環境を整えることが予想外の影響を与えてしまうことを心配する匿名の母親の話は、2003 年の当人へのインタビューから。

p171）リンダ・ハントは低身長と病気が別物であることを、リサ・ヘドリーの論考に対して送った投書“A child of difference”, *New York Times Magazine*, 2 November 1997 のなかで述べている。

p171）LPA の歴史については、“Dwarfism and social identity: Self-help group participation”, *Social Science & Medicine* 15B (1981)でジョアン・アブロンが述べ、ベティ・アデルソンが *Dwarfism* (2005), p187-90 と *The Lives of Dwarfs* (2005), p319-21 で触れている。

p172）小さい人々を表すことばについて、ウィリアム・サファイアが“On language: Dwarf planet”, *New York Times*, 10 September 2006 で論じている。Lynn Harris, “Who you calling a midget?”, *Salon*, 16 July 2009 も参照。

p172）バーナムの興行の出演者でもっとも有名なのは、チャールズ・シャーウッド・ストラットンとその妻ラヴィニア・バンプ・ウォーレンで、四肢のバランスがとれたこのふたりの低身長者は、“将軍と親指トム夫人”として知られていた。ストラットンは長すぎるタイトルの自叙伝 *Sketch of the Life: Personal Appearance, Character and Manner of Charles S. Stratton, Including the History of Their Courtship and Marriage, with Some Account of Remarkable Dwarfs, Giants & Other Human Phenomena, of Ancient and Modern Times, Also, Songs Given at Their Public Levees* (1874)を残している。ストラットンの生涯について当時簡明に書かれたものとして、“Giants and Dwarfs”, *Strand Magazine* 8 (July-December 1894)、現代における分析として、Michael M. Chemers, “Jumpin' Tom Thumb: Charles Stratton onstage at the American Museum”, *Nineteen Century Theater & Film* 31 (2004)を参照。Lavinia Warren は、Melanie Benjamin の新しい小説 *The Autobiography of Mrs Tom Thumb* (2011)のテーマになった。

p172）問題となった記事は、David Segal, “Financial fraud is focus of attack by prosecutors”, *New York Times*, 11 March 2009。同社のパブリックエディター［訳注：編集・論説部門から独立して報道内容を点検する人］である Clark Hoyt の補足記事は“Consistent, sensitive and weird”, *New York Times*, 18 April 2009。

p172）名前を呼べばいいというベティ・アデルソンの助言は、Lynn Harris, “Who you calling a midget?”, *Salon*, 16 July 2009 より。

p172）「ベッキー」の項は、バーバラ・スピーゲルにおこなった 2003 年のインタビューとその後の情報交換にもとづく。

p173）ダンの回想部分は、*Little People: Learning to See the World Through My Daughter's Eyes* (2003)の著者ダン・ケネディの 2003 年のインタビューとその後の情報交換にもとづく。

の Leopard's Lounge & Broil in Windsor が小人投げ大会を主催している。Sonya Bell, "Dwarf-tossing: Controversial event at Windsor strip club draws 1,000 fans", *Toronto Star*, 29 January 2012 を参照。また、少なくともひとりの成人向けエンターテイナーは、"世界でもっとも小さいポルノ女優"と自称している。Allen Stein, "Stoughton cop resigns after he left beat to see dwarf porn star", *Enterprise News*, 20 July 2010 を参照。

p161) バーバラ・スピーゲルの回想は、2003 年におこなった彼女のインタビューとその後の情報交換にもとづいている。

p162) 新たな突然変異や劣性遺伝子に起因する骨系統疾患症の発症確率については、Clair A. Francomano, "The genetic basis of dwarfism", *New England Journal of Medicine* 332, no.1 (5 January 1995)および William A. Horton et al., "Achondroplasia", *Lancet* 370 (14 July 2007)から得ている。

p162) 下垂性低身長症に関する専門的な論評記事については、Kyriaki S. Alatzoglou and Mehul T. Dattani, "Genetic causes and treatment of isolated growth hormone deficiency: An update", *Nature Reviews Endocrinology* 6, no. 10 (October 2010)を参照。精神社会的低身長症については、Wayne H. Green, Magda Campbell and Raphael David, "Psychosocial dwarfism: A critical review of the evidence", *Journal of the American Academy of Child Psychiatry* 23, no. 1 (January 1984)および新聞記事の"The little boy who was neglected so badly by his mother that he became a dwarf", *Daily Mail*, 28 August 2010 で論じられている。

p162) マリ=エレーヌ・ユエの引用は、著書 *Monstrous Imagination*, p6-7 より。

p162) ジョン・マリケンの引用は、Allison K. Jones, "Born different: Surgery can help children with craniofacial anomalies, but it can't heal all of the pain", *Telegram & Gazette*, 23 May 1995 より。

p162) 医者が子どもの軟骨無形成症を親に告げる際の無神経な物言いについては、ベティ・アデルソン *Dwarfism: Medical and Psychosocial Aspects of Profound Short Stature* (2005), p160。

p162) 母親がわが子に対する医師の態度について回想している箇所は、Yahoo!グループの Brenda の投稿 (2001 年 6 月 12 日) より。

p163) 担当医から「まことにお気の毒ですが、お子さんはこびとです」と言われた夫婦については、ジョアン・アブロン *Living with Difference: Families with Dwarf Children* (1988), p17。

p163) ジニー・サージェントの「(低身長者として) どれほど感じていても……」は、Yahoo!グループの投稿 (2001 年 9 月 4 日) より。

p163) 両親から期待されていなかったというマット・ローロフの回想は、2003 年の個人的なインタビューによるもので、彼は自著 *Against Tall Odds: Being a David in a Goliath World* (1999), p28 でも同じことを述べている。

p164) エイミーとマット・ローロフの発言は、2003 年におこなったインタビューとその後の情報交換にもとづいている。

p164) ローロフ家の子どもたちの描写は、Virginia Heffernan, "The challenges of an oversized world", *New York Times*, 4 March 2006 より。

p165) 「ローズ」の項は、リサ・ヘドリーにおこなった 2008 年のインタビューとその後の個人的なやりとりにもとづいている。彼女が制作した低身長症に関するドキュメンタリー映画 *Dwarfs: Not a Fairy Tale* は、HBO 局の連続番組 *American Undercover Sundays* のひとつとして、2001 年 4 月 29 日に初めてテレビ放送された。この映画の重要性に鑑み、彼女の名をそのまま使っているが、娘のローズは仮名。

p165) リサ・ヘドリーが病院から渡された冊子のひとつは、LPA が出版した John G. Rogers and Joan O. Weiss, "My Child Is a Dwarf"(1997)だった。

p165) リサ・ヘドリーの「ひと口に言うと、夫と私はいつのまにか……」は、彼女の寄稿"A child of difference", *New York Times Magazine*, October 12, 1997 より引用。

eration (2005)に依拠している。

p156) リトル・ピープルの町を作る提案については、John Van, "Little people veto a miniaturized village", *Chicago Tribune*, 16 June 1989 および Sharon LaFraniere, "A miniature world magnifies dwarf life", *New York Times*, 3 March 2010 で論じられている。

p156) 低身長症は出生時には判明しないことが多く、治療を要しない場合もあるので、病院の記録にもとづく発症数は不充分であり、専門家もその数を暫定的なものとして報告しがちである。1983年、遺伝学者として名高いビクター・マキュージック博士は、概算で全世界に数百万の低身長者がいるとベティ・アデルソンに語った(ベティ・アデルソン *The Lives of Dwarfs* (2005), p128-129)。ジョアン・アブロンはその数を2～10万人とし、低身長症を専門とする遺伝学者 Charles Scott を引用しているが、彼は2万～2万5000人と推定した(ジョアン・アブロン *Little People in America: The Social Dimension of Dwarfism* ,1984 を参照)。軟骨無形成症の患者は、2万人にひとりの割合で生まれると言われ、アメリカの人口を3億1800万人とするならば、アメリカには患者が1万6000人ほどいることになる。ただアデルソンは、あらゆる形態の骨系統疾患症を含めるとその数は約2倍となり、実際はおよそ3万人だろうと私に語った。しかもそこには、患者数が正確にわからない下垂体機能低下症、ターナー症候群、若年性特発性関節炎、腎臓病、そして医原性のさまざまな疾患が含まれていない(ベティ・アデルソン *Dwarfism* (2005), p21-23)。LPA には6000人以上が加入しているが、その数には低身長者の家族のうちで平均的身長の者も含まれている。これらすべてを考慮に入れると、LPA 会員がアメリカの低身長者の何割を占めているか正確には言えないが、10%を超えているように思われる。

p157) ベティ・アデルソンのことば「政治的に正しいアメリカにおいて唯一許容されている偏見は、低身長者に対するものだ」や、あとの発言は、とくに記載がないかぎり、彼女の書簡および2003～2012年にかけておこなわれた個人的なインタビューから得ている。

p157) メアリー・ダルトンの引用「……治療はできますね?……」は、2010年の個人的なインタビューより。

p158) 「サム」の項は、2003年のメアリー・ボッグズへのインタビューにもとづく。

p160) ウィリアム・ヘイは、著書 *Deformity: An Essay* (1754)のなかで、ある将軍を訪ねたときの様子を回想して、p16で自分のことを「150センチそこそこ」の猫背と書いており、捻曲性骨異形成症であったことは充分ありうる。下院議員でもあったヘイは、自分を「人ではなく虫けら」とも表現したが、これは旧約聖書『詩篇』22:7「わたしは虫けら、とても人とはいえない。人の屑、民の恥」(新共同訳)の引用。ヘイに関する最近の論説として、"William Hay, M.P. for Seaford (1695-1755)", *Parliamentary History* 29, suppl. s1 (October 2010)を参照。

p161) "こびと"ということばには本質的な滑稽さがあるというウッディ・アレンの持論に、ベティ・アデルソンが言及しているのは、*Dwarfism: Medical and Psychosocial Aspects of Profound Short Stature* (2005), p6。アレンのこびと好きは、著書 *The Complete Prose of Woody Allen* (2007)でも明らかで、ユーモアをこめてその単語を頻繁に使っている。

p161) 現代の見世物的ショーに関する学術的考察として、Michael M. Chemers, "Le freak, c'est chic: The twenty-first century freak show as theatre of transgression", *Modern Drama* 46, no.2 (Summer 2003)および Brigham A. Fordham, "Dangerous bodies: Freak Shows, expression, and exploitation", *UCLA Entertainment Law Review* 14, no.2 (2007)を参照されたい。

p161) イギリスのラグビー選手マイク・ティンドールは、ニュージーランドで開かれたワールドカップの試合後に、こびと投げ大会で女性とはしゃいでいるところをパパラッチに撮られ、最終的には代表メンバーからはずされた。Richard White, "Mike Tindall gropes blonde", *Sun*, 15 September 2011、Robert Kitson, "Mike Tindall defended by England after incident at 'dwarf-throwing' bash", *Guardian*, 15 September 2011 および Rebecca English, "After World Cup shame, a £25,000 fine and humiliation for Tindall (and Zara's face says it all)", *Daily Mail*, 12 January 2012 を参照。2012年1月、オンタリオ州

p148) アメリカでの風疹の歴史と発症抑止の試みについては、ワクチン研究者 Stanley A. Plotkin, “Rubella eradication?” *Vaccine* 19, nos. 25–26 (May 2001)

p149) マービン・T・ミラーのことばは、Monica Davey, “As town for deaf takes shape, debate on isolation re-emerges”, *New York Times*, 21 March 2005 より。

p149)「“孤立化”は時代遅れ」という言及については、Tom Willard, “N.Y. Times reports on proposed signing town”, *Deafweekly*, 23 March 2005。

p150) アメリカ手話(ASL)の使用者数のデータはギャローデット大学図書館による。Tom Harrington, “American Sign Language: Ranking and number of users” (2004), http://libguides.gallaudet.edu/content.php?pid=114804&sid=991835 を参照。

p150) 過去10年でアメリカ手話の講座受講者が432%増加した点については、Elizabeth B. Welles, “Foreign language enrollments in United States institutions of higher education, Fall 2002”, *Profession* (2004)。

p150) 乳児への手話教育の促進についての主要な著作として、Joseph Garcia, *Signing with Your Baby: How to Communicate with Infants Before They Can Speak* (2002)。

p150) “ろうであること(デフフッド)”ということばは、イギリスのろうの活動家で『ろう文化の歴史と展望　ろうコミュニティの脱植民地化』の著者パディ・ラッドの造語。

p150) 聴者による手話の使用とその平凡化を非難するエドナ・エディス・セイヤーズのことばは、Lois Bragg 編 *Deaf World: A Historical Reader and Primary Sourcebook* (2001), p116 より引用。

p151) ハーラン・レインのことば「聴者の親とろうの幼い子どものかかわり〜」は、レイン著『善意の仮面　聴能主義とろう文化の闘い』(現代書館) より引用。

p151) ジャック・ホイーラーのことばは、難聴研究基金の募金呼びかけパンフレット‘Let's Talk About Conquering Deafness’ (2000)より。

p152) ローレンス・ホットとダイアン・ゲイリーによる「ろうはほとんどの場合、一代で終わる」ということばは、彼らの映画 *Through Deaf Eyes* (2007)より。DVD はギャローデット大学でも視聴可能。“改宗者の文化”ということばが最初に使われたのは、*Open Your Eyes* (2008), p60-79 の Frank Bechter の論文“The deaf convert culture and its lessons for deaf theory”より。

p153) アマドゥ・ハンパテ・バー *The Fortunes of Wangrin* (1999), pix の Aina Pavolini による序文から、「1960年のマリ独立後、彼は祖国の代表団を作って、同年にパリで開かれたユネスコ国際会議に派遣した。その際、情熱的なことばでアフリカの遺産を守るよう訴えて有名になった。“En Afrique, quand un vieillard meurt, c'est un bibliotheque qui brule.” (ひとりの老人の死、それはひとつの図書館が焼け落ちるのと同じことだ)」

p153) 言語の消滅の見積もりは、ニコラズ・エヴァンズ『危機言語　言語の消滅でわれわれは何を失うか(地球研ライブラリー24)』(京都大学学術出版会) より。エヴァンズのことばは、Nicholas Evans and Stephen C. Levinson, “The myth of language universals: Language diversity and its importance for cognitive science”, *Behavioral & Brain Sciences* 32 (2009), p429 より。

p153) 手話の消滅についてのくわしい記録は、Lou Ann Walker, “Losing the language of silence”, *New York*, 13 January 2008。

p154) 私の最初の本は、*The Irony Tower: Soviet Artists in a Time of Glasnost* (1991)。

p154) キャロル・パッデンの問い「ふたつの相反する勢力が〜」は、『「ろう文化」の内側から』(明石書店) より。

3章　低身長症

p156) 本章の内容はおもにベティ・M・アデルソン *Dwarfism: Medical and Psychosocial Aspects of Profound Short Stature* (2005)および *The Lives of Dwarfs: Their Journey from Public Curiosity toward Social Lib-*

p145) キャスリン・ウッドコックが、ろう社会で口話や聴力を使用するとほかのろう者から非難を浴びることに対する不満を表したのは、Lois Bragg 編 *Deaf World: A Historical Reader and Primary Sourcebook* (2001), p327 の"Cochlear implants vs. Deaf culture?"。

p145) イレーネ・リーのことばは、*A Lens on Deaf Identities* (2009), p21 より引用。

p145) ジョシュ・スウィラーのことばは、*The Unheard: A Memoir of Deafness and Africa* (2007) p14-15 and 100-101 より。彼の個人ウェブサイトは、http://joshswiller.com。Jane Brody がスウィラーにおこなったインタビューも参照。"Cochlear implant supports an author's active life", *New York Times*, 26 February 2008。

p146) 刺激を受け取る有毛細胞が再生されるサメについての最初の論文は、ジェフリー・T・コーウィン "Postembryonic production and aging in inner ear hair cells in sharks", *Journal of Comparative Neurology* 201, no. 4 (October 1981)。さらにくわしい調査報告は、コーウィン"Postembryonic growth of the macula neglecta auditory detector in the ray, Raja clavata: Continual increases in hair cell number, neural convergence, and physiological sensitivity", *Journal of Comparative Neurology* 217, no. 3 (July 1983)および"Perpetual production of hair cells and maturational changes in hair cell ultrastructure accompany postembryonic growth in an amphibian ear", *Proceedings of the National Academy of Science* 82, no. 11 (June 1985)。

p147) ひよこの蝸牛有毛細胞の再生が最初に報告されたのは、ダグラス・A・コタンシュ"Regeneration of hair cell stereociliary bundles in the chick cochlea following severe acoustic trauma", *Hearing Research* 30, nos. 2-3 (1987)。

p147) 有毛細胞再生をうながすレチノイン酸を使用した初期の実験については、M. W. Kelley et al., "The developing organ of Corti contains retinoic acid and forms supernumerary hair cells in response to exogenous retinoic acid in culture", *Development* 119, no. 4 (December 1993)。レチノイン酸と仔牛血清をラットに投与した実験については、Philippe P. Lefebvre et al., "Retinoic acid stimulates regeneration of mammalian auditory hair cells", *Science* 260, no. 108 (30 April 1993)。

p147) シュテッカーのチームによる研究例については、Mark Praetorius et al., "Adenovector-mediated hair cell regeneration is affected by promoter type", *Acta Otolaryngologica* 130, no. 2 (February 2010)。

p147) 聴覚有毛細胞の培養と生体への導入についてのさらにくわしい研究については、Huawei Li et al., "Generation of hair cells by stepwise differentiation of embryonic stem cells", *Proceedings of the National Academy of Sciences* 100, no. 23 (11 November 2003)および Wei Chen et al., "Human fetal auditory stem cells can be expanded in vitro and differentiate into functional auditory neurons and hair cell-like cells", *Stem Cells* 2, no. 5 (May 2009)。有毛細胞の再生に関する研究の現状についての一般評論は、John V. Brigande and Stefan Heller, "Quo vadis, hair cell regeneration?", *Nature Neuroscience* 12, no. 6 (June 2009)。

p147) 聴覚有毛細胞の成長を促進するために可能な遺伝子治療についての研究は、Samuel P. Gubbels et al., "Functional auditory hair cells produced in the mammalian cochlea by in utero gene transfer", *Nature* 455, no. 7212 (27 August 2008)および Kohei Kawamoto et al., "Math1 gene transfer generates new cochlear hair cells in mature guinea pigs in vivo", *Journal of Neuroscience* 23, no. 11 (June 2003)

p147) ATOH1 遺伝子が大きく取り上げられているのは、Shinichi Someya et al., "Age-related hearing loss in C57BL/6J mice is mediated by Bak-dependent mitochondrial apoptosis", *Proceedings of the National Academy of Sciences* 106, no. 46 (17 November 2009)。

p148) 聴覚有毛細胞から脳に信号を伝える導入ルートについては、Math P. Cuajungco, Christian Grimm, and Stefan Heller, "TRP channels as candidates for hearing and balance abnormalities in vertebrates", *Biochimica et Biophysica Acta (BBA)—Molecular Basis of Disease* 1772, no. 8 (August 2007)。

world", Associated Press/*Casper Star-Tribune*, 24 April 2006より引用。2番目の母親のことば「20歳になって〜」は、Anita Manning, "The changing deaf culture", *USA Today*, 2 May 2000より引用。

p129)「ローリー」の項は、2008年に私がボブ・オスブリンクにおこなったインタビューとその後のやりとりに依拠している。

p133) ローリーの話は、Arthur Allen, "Sound and fury", *Salon*, 24 May 2000より。

p134) フェリックス、レイチェル、ミリアムのフェルドマン一家の話は、私が一家に2008年におこなったインタビューとその後の個人的なやりとりに依拠している。ここに出てくる人々の名前はすべて仮名。

p138) パディ・ラッド『ろう文化の歴史と展望　ろうコミュニティの脱植民地化』(明石書店) 参照。「1990年代、遺伝子工学の分野で"難聴遺伝子"を特定する試みが始まった。その結果、ろう者を絶滅させることにつながる、理論上"最後の手段"と定義されかねない領域に踏みこむこととなった」

p138) ハーラン・レインは自身の論文のなかで人工内耳手術を、性別不明状態の乳幼児に施す性別適合手術になぞらえている。"Ethnicity, ethics and the deaf-world", *Journal of Deaf Studies & Deaf Education* 10, no. 3 (Summer 2005)。また、Paul Davies, "Deaf culture clash", *Wall Street Journal*, 25 April 2005のなかでは、ろうを根絶する試みを少数民族を根絶する試みにたとえた。

p139) John B. ChristiansenとIrene W. Leighは、調査した親のうち、子どもに人工内耳の手術を受けさせる決断をするまえにろう者の大人の意見を聞いたのはたった半数で、意見を聞いた人々の何人かは、治療を検討しているだけでも敵意を向けられたと報告している。彼らの論文"Children with cochlear implants: Changing parent and deaf community perspectives", *Archives of Otolaryngology—Head & Neck Surgery* 130, no. 5 (May 2004)を参照。

p139) ろうの子どもを持った親に、ろう者から学ぶ機会を持つよう求めるスウェーデンの試みについては、Gnilla Preislerが、Linda Komesaroff編 *Surgical Consent: Bioethics and Cochlear Implantation* (2007), p120-36の"The psychosocial development of deaf children with cochlear implants"で論じている。

p139) 人工内耳手術をした若者が直面する社会的困難と利益についての研究には、Yael Bat-Chava, Daniela Martin, and Joseph G. Kosciw, "Longitudinal improvements in communication and socialization of deaf children with cochlear implants and hearing aids: Evidence from parental reports", *Journal of Child Psychology & Psychiatry* 46, no. 12 (December 2005)、Daniela Martin et al., "Peer relationships of deaf children with cochlear implants: Predictors of peer entry and peer interaction success", *Journal of Deaf Studies & Deaf Education* 16, no. 1 (January 2011)およびRenee Punch and Merv Hyde, "Social participation of children and adolescents with cochlear implants: A qualitative analysis of parent, teacher, and child interviews", *Journal of Deaf Studies & Deaf Education* 16, no. 4 (2011)などがある。

p139) J・ウィリアム・エバンズが"文化的ホームレス"ということばを使った原典は、E. Owens and D. Kessler編 *Cochlear Implants in Young Deaf Children* (1989), p312の"Thoughts on the psychosocial implications of cochlear implantation in children"で、ハーラン・レイン"Cultural and infirmity models of deaf Americans", *Journal of the American Academy of Rehabilitative Audiology* 23 (1990), p22に引用された。

p140) 肉体的強化を"サイボーグ"と呼んだ記述は、Humphrey-Dirksen Bauman編 *Open Your Eyes: Deaf Studies Talking* (2008), p182のBrenda Jo Brueggemann, "Think-between: A deaf studies commonplace book"。

p140) ろうの子どもを持つ親の3分の2が、子どもが人工内耳を使うことを拒否したことはないと報告している研究は、ギャローデット研究所でおこなわれ、John B. Christiansen and Irene W. Leigh, *Cochlear Implants in Children: Ethics and Choices* (2002), p168で報告された。.

p140)「ニックとブリタニー」の項のエピソードは、2008年に私がおこなったインタビューと、その後のやりとりに依拠している。

2007)、Lisa S. Davidson et al., "Cochlear implant characteristics and speech perception skills of adolescents with long-term device use", *Otology & Neurology* 31, no. 8 (October 2010)、Elena Arisi et al., "Cochlear implantation in adolescents with prelinguistic deafness", *Otolaryngology—Head & Neck Surgery* 142, no. 6 (June 2010)および Mirette B. Habib et al., "Speech production intelligibility of early implanted pediatric cochlear implant users", *International Journal of Pediatric Otorhinolaryngology* 74, no. 8 (August 2010)などがある。

p121）人工内耳手術をした子どもの語音弁別に関する研究は、Susan B. Waltzman et al., "Open-set speech perception in congenitally deaf children using cochlear implants", *American Journal of Otology* 18, no. 3 (1997)で、Bonnie Poitras Tucker, "Deaf culture, cochlear implants, and elective disability", *Hastings Center Report* 28, no. 4 (1 July 1998)に引用された。2004 年の研究でも同じような結果が得られている。Marie-Noelle Calmels et al., "Speech perception and speech intelligibility in children after cochlear implantation", *International Journal of Pediatric Otorhinolaryngology* 68, no. 3 (March 2004)。

p121）人工内耳手術を受けた子どもの聴力と口話の理解力に関する両親の認識について、Gallaudet Research Institute, *Regional and National Summary Report of Data from the 1999-2000 Annual Survey of Deaf and Hard of Hearing Children and Youth* (2001)の調査がおこなわれた。

p121）「人工内耳は耳障りで精度の粗い音の供給しかできず、それゆえ人工内耳をつけた子どもは耳の聞こえる同年代の子どもと同じように口話をはっきりと聞きとることはできない」という結論を出した研究は、『デフ・スタディーズ　ろう者の研究・言語・教育　オックスフォード・ハンドブック』に見られる。

p122）ロバート・ルーベンへの 1994 年のインタビューから。

p122）ろうの度合いと失聴の分類方法については、Richard J. H. Smith et al., "Deafness and hereditary hearing loss overview", *GeneReviews*™ (1999–2012)、http://www.ncbi.nlm.nih.gov/books/NBK1434/。

p122）全米ろう協会の 1993 年の方針説明書では無防備な子どもへの侵襲的手術を非難している。

p122）Advanced Bionics 社は、"The Reason to Choose AB" や "Hear Your Best"などのパンフレットのなかで、『サイボーグとして生きる』（SB クリエイティブ）の著者マイケル・コロストのことばを引用している。「人工内耳は、新しいすぐれたプログラミングとソフトウェアを提供しており、将来さらに性能が向上する可能性があるので、私も今後、よりよい聴力が得られるだろう」

p122）人工内耳についての全米ろう協会の見解の修正版は、2000 年 10 月 6〜7 日に開かれた全米ろう協会理事会で提案された。National Association of the Deaf, "NAD position statement on cochlear implants", 6 October 2000 を参照。ろうコミュニティでの人工内耳に関する討論についての追加情報として、Marie Arana-Ward, "As technology advances, a bitter debate divides the deaf", *Washington Post*, 11 May 1997、Felicity Barringer, "Pride　in a soundless world: Deaf oppose a hearing aid", *New York Times*, 16 May 1993 および Brad Byrom, "Deaf culture under siege", *H-Net Reviews*, March 2003。

p123）ナンシー、ダン、エマのヘッシー一家のエピソードは、2007 年に私が一家におこなったインタビューとその後のやりとりに依拠している。

p128）人工内耳手術の費用については、アレクサンダー・グラハム・ベル協会のよくある質問「人口内耳費用は？」より。ほかに、総費用を 5〜10 万ドルと見積もっている資料もある。The University of Miami School of Medicine の"Costs associated with cochlear implants"を参照。

p128）人工内耳手術による経費削減にまつわる数字は、ふたつの研究結果による。Andre K. Cheng et al., "Cost-utility analysis of the cochlear implant in children", *Journal of the American Medical Association* 274, no. 7 (16 August 2000)および Jeffrey P. Harris et al., "An outcomes study of cochlear implants in deaf patients: Audiologic, economic, and quality-of-life changes", *Archives of Otolaryngology—Head & Neck Surgery* 121, no. 4 (April 1995)。

p128）最初の母親のことば「もし子どもに眼鏡が必要だったら〜」は、"Implants help child emerge from silent plants）および Irene W. Leigh et al., "Correlates of psychosocial adjustment in deaf adolescents with and without cochlear implants: A preliminary investigation", *Journal of Deaf Studies & Deaf Education* 14, no. 2 (Spring 2009)から引用した。

p118）3歳前に人工内耳手術を受ける重度聴覚障がいの子どもの割合については、Kate A. Belzner and Brenda C. Seal, "Children with cochlear implants: A review of demographics and communication outcomes", *American Annals of the Deaf* 154, no. 3 (Summer 2009)から引用した。

p119）人工内耳の普及と人種、社会経済的格差の関係については、John B. Christiansen and Irene W. Leigh, *Cochlear Implants in Children: Ethics and Choices* (2002), p328 からの引用。

p119）人工内耳の未開拓市場に関する〈コクレア〉社 CEO のコメントは、Bruce Einhorn, "Listen: The sound of hope", *BusinessWeek*, 14 November 2005 にもとづく。

p119）Lorry G. Rubin and Blake Papsin, "Cochlear implants in children: Surgical site infections and prevention and treatment of acute otitis media and meningitis", *Pediatrics* 126, no. 2 (August 2010)では、人工内耳の手術をした患者の最大 12%に術後の手術部位感染が起き、その他の合併症としては急性中耳炎と細菌性髄膜炎があると述べられている。併せて、Kevin D. Brown et al., "Incidence and indications for revision cochlear implant surgery in adults and children", *Laryngoscope* 119, no. 1 (January 2009):「再手術の割合は子どもで 7.3%、大人で 3.8%」と、Daniel M. Zeitler, Cameron L. Budenz, and John Thomas Roland Jr., "Revision cochlear implantation", *Current Opinion in Otolaryngology—Head & Neck Surgery* 17, no. 5 (October 2009):「人工内耳手術を受けた患者のうち、大きくはないが見すごせない割合（3-8%）の患者が再手術を必要とする。もっともよくある原因は重い機能障がい（40-80%）だが、そのほかには軽度の機能障がい、創傷合併症、感染症、不適合、電極の飛び出し、がある」を参照。

p119）R2-D2 に関するコメントは、個人的な会話に依拠している。

p119）成人してすぐに人工内耳手術をした女性の逸話は、Abram Katz, "The bionic ear: Cochlear implants: Miracle or an attack on 'deaf culture'?" *New Haven Register*, 18 March 2007 にもとづく。

p120）新生児聴覚スクリーニングに関する保健社会福祉省の見解は、National Institute on Deafness and Other Communication Disorders の概況報告書"Newborn hearing screening" (last updated 14 February 2011)で確認できる。

p120）全米ろう協会ウェブサイト、組織の歴史のタイムライン (http://www.nad.org/nad-history) より:「1999年、全米ろう協会はウォルシュ法案（新生児と乳幼児に聴力スクリーニングと治療をうながす法案）を共同創案し、通過させることに成功した」「2003 年、全米ろう協会の支援と努力により、新生児と乳幼児の聴力スクリーニング実施率は 90%に達した」

p120）1歳前に人工内耳の手術をした子どもの治療成果が改善されていることを示したオーストラリアの研究は、Shani J. Dettman et al., "Communication development in children who receive the cochlear implant under 12 months", *Ear & Hearing* 28, no. 2 (April 2007)。

p120）2歳で人工内耳手術をした子どもよりも4歳で人工内耳手術をした子どものほうが口話の発達が遅いことがわかった研究は、Ann E. Geers, "Speech, language, and reading skills after early cochlear implantation", *Archives of Otolaryngology—Head & Neck Surgery* 130, no. 5 (May 2004)。

p120）脳の可塑性に対する人工内耳の影響については、James B. Fallon et al., "Cochlear implants and brain plasticity", *Hearing Research* 238, nos. 1-2 (April 2008)および Kevin M. J. Green et al., "Cortical plasticity in the first year after cochlear implantation", *Cochlear Implants International* 9, no. 2 (2008)で論じられている。

p121）子どものころに人工内耳手術をした若者についての最近の研究に、Alexandra White et al., "Cochlear implants: The young people's perspective", *Journal of Deaf Studies & Deaf Education* 12, no. 3 (Summer

ついては、Diane Corcoran Nielsen et al., "The importance of morphemic awareness to reading achievement and the potential of signing morphemes to supporting reading development", *Journal of Deaf Studies & Deaf Education* 16, no. 3 (Summer 2011)が取り上げている。同時コミュニケーションについては、Nicholas Schiavetti et al., "The effects of Simultaneous Communication on production and perception of speech", *Journal of Deaf Studies & Deaf Education* 9, no. 3 (June 2004)および Stephanie Tevenal and Miako Villanueva, "Are you getting the message? The effects of SimCom on the message received by deaf, hard of hearing, and hearing students", *Sign Language Studies* 9, no. 3 (Spring 2009)を参照。アメリカ手話(ASL)の文法と口語英語の文法の比較は、Ronnie B. Wilbur, "What does the study of signed languages tell us about 'language'?", *Sign Language & Linguistics* 9, nos. 1–2 (2006)にある。

p106) ゲーリー・マウルへのインタビューは 1994 年におこなった。

p107) ベンジャミン・バハンについての逸話は、映画 *Through Deaf Eyes* (2007), at 59.19-1.00.24 より。

p107) この分野について有益な情報は、ギャローデット大学ウェブサイト上の Tom Harrington and Sarah Hamrick, "FAQ: Sign languages of the world by country"(http://libguides.gallaudet.edu/c.php?g=773975&p=5552503)

p107) これら世界各国の手話については、Humphrey-Dirksen Bauman, *Open Your Eyes: Deaf Studies Talking* (2008), p16 で論じられている。

p108) クラーク・デンマークへのインタビューは 1994 年におこなった。

p108) ベンカラについては、イ・グデ・マルサジャ *Desa Kolok: A Deaf Village and Its Sign Language in Bali, Indonesia* (2008)にくわしい。ベンカラにろうの家系が多いことが医学文献で最初に報告されたのは、S. Winata et al., "Congenital non-syndromal autosomal recessive deafness in Bengkala, an isolated Balinese village", *Journal of Medical Genetics* 32 (1995)。同族結婚のコミュニティにおける症候群性難聴についての手頃な一般情報は、John Travis, "Genes of silence: Scientists track down a slew of mutated genes that cause deafness", *Science News*, 17 January 1998 にある。さらに、この分野の学術研究に関する根強い学説として、Annelies Kusters, "Deaf utopias? Reviewing the sociocultural literature on the world's 'Martha's Vineyard situations,'" *Journal of Deaf Studies & Deaf Education* 15, no. 1 (January 2010)を参照。

p109) 村の複雑な人間関係についてよく引き合いに出されるのが、クリフォード・ギアツ、ヒルドレッド・ギアツ『バリの親族体系』(みすず書房)。

p113) エイプリルとラジのチョウハン夫妻についての話は、私が 2008 年に夫妻におこなったインタビューと、その後の個人的なやりとりに依拠している。

p117) ボルタは当初、1790 年の実験結果を王立学会の科学コミュニティで発表した。"On the electricity excited by the mere contact of conducting substances of different kinds", *Philosophical Transactions of the Royal Society 90* (1800)。

p118) 人工内耳についての有益な一般情報として、Huw Cooper and Louise Craddock, *Cochlear Implants: A Practical Guide* (2006)、Hearing Health Foundation の"Cochlear implant timeline"および National Institute on Deafness and Other Communication Disorders, "Cochlear implants" (last updated March 2011) (https://www.nidcd.nih.gov/health/cochlear-implants)。最近の科学状況に関する学術報告は、Fan-Gang Zeng et al., "Cochlear implants: System design, integration and evaluation", *IEEE Review of Biomedical Engineering* 1, no. 1 (January 2008)。人工内耳手術をめぐる倫理的議論については、John B. Christiansen and Irene W. Leigh, *Cochlear Implants in Children: Ethics and Choices* (2002)および Linda R. Komesaroff, *Surgical Consent: Bioethics and Cochlear Implantation* (2007)を参照。

p118) 人工内耳手術を受けた人の数については、上記の National Institute on Deafness and Other Communication Disorders による人工内耳に関する概況報告書(https://www.nidcd.nih.gov/health/cochlear-im-

ican Community (2001)および"Groundbreaking exhibition charts 'History Through Deaf Eyes,'" *USA Today*, February 2006で紹介されている。クリステン・ハーモン(現ギャローデット大学英語学教授)のことばは、Kristin A. Lindgren et al.編 *Signs and Voices: Deaf Culture, Identity, Language, and Arts* (2008)の彼女の論文"I thought there would be more Helen Keller : History through Deaf eyes and narratives of representation"より引用、要約したものである。

p79) ヘップナーのことばは、Edward Dolnick, "Deafness as culture", *Atlantic Monthly*, September 1993から引用した。

p80) "ろう者のアイデンティティの四段階"の初出は、Neil S. Glickman and M. A. Harvey 編 C*ulturally Affirmative Psychotherapy with Deaf Persons* (1996)の Neil S. Glickman, "The development of culturally deaf identities"で、Kristin A. Lindgren et al.編 *Signs and Voices: Deaf Culture, Identity, Language, and Arts* (2008), p25-26の Irene Leigh, "Who am I?: Deaf identity issues"に引用された。

p84) バイ・バイ・カリキュラムについてのさらなる情報は、Carol LaSasso and Jana Lollis, "Survey of residential and day schools for deaf students in the United States that identify themselves as bilingual-bicultural programs", *Journal of Deaf Studies & Deaf Education* 8, no. 1 (January 2003)およびマーク・マーシャーク、パトリシア・エリザベス・スペンサー編『デフ・スタディーズ　ろう者の研究・言語・教育　オックスフォード・ハンドブック』を参照。専門家以外の人にとって有益な資料は、Rochester Institute of Technologyのウェブサイトに掲載された'Bilingual bicultural deaf education'。

p85) ハーラン・レインのことば「そのジレンマは、ろう者がほかの人やものごととの……」は、彼女の記事"Do deaf people have a disability?", *Sign Language Studies* 2, no. 4 (Summer 2002), p375からの引用。

p86)「ブリジット」の項は、2010年に私がおこなったブリジット・オハラへのインタビューとその後のやりとりに依拠している。この部分に出てくる彼女とほかの人々の名前はすべて仮名で、身元のわかる詳細は変更してある。

p92) ウィスコンシン州のカトリック系寄宿学校での虐待事件について、原典は Laurie Goodstein, "Vatican declined to defrock U.S. priest who abused boys", *New York Times*, 25 March 2010。引用は Goodsteinの追跡記事"For years, deaf boys tried to tell of priest's abuse", *New York Times*, 27 March 2010から。

p92) 上演された、ろうコミュニティでの性的虐待についての作品は、Terrylene Sacchetti, *In the Now*。Deaf Women Unitedで初演され、以後36の都市で上演された。

p92)「ジェイコブ」の項は、2008年に私がおこなったメーガン・ウィリアムズ、マイケル・シャンバーグ、ジェイコブ・シャンバーグへのインタビューと、その後のインタビューや個人的なやりとりに依拠している。全面的な情報開示のために、ジェイコブを雇ってこの章に関する調査を手伝ってもらったことを記しておく。

p101)「スペンサー」の項は、2008年に私がおこなったクリスとバーブのモンタン夫妻へのインタビューとその後の個人的なやりとりに依拠している。

p105) 反口話主義についての記述は、Humphrey-Dirksen Bauman, "Audism: Exploring the metaphysics of oppression", *Journal of Deaf Studies & Deaf Education* 9, no. 2 (Spring 2004)およびパディ・ラッド『ろう文化の歴史と展望　ろうコミュニティの脱植民地化』(明石書店) などにある。彼らの見解に批判的な記事として、Jane K. Fernandes and Shirley Shultz Myers: "Inclusive Deaf studies: Barriers and pathways", *Journal of Deaf Studies & Deaf Education* 15, no. 1 (Winter 2010)および"Deaf studies: A critique of the predominant U.S. theoretical direction", *Journal of Deaf Studies & Deaf Education* 15, no. 1 (Winter 2010)。

p105) トータル・コミュニケーションについては、Michele Bishop and Sherry L. Hicks 編 *Hearing, Mother Father Deaf* (2009)および Larry Hawkins and Judy Brawner, "Educating children who are deaf or hard of hearing: Total Communication", *ERIC Digest* 559 (1997)に説明がある。英語対応手話 (SEE 手話) に

2001)および W. Virginia Norris et al., “Does universal newborn hearing screening identify all children with GJB2 (Connexin 26) deafness?: Penetrance of GJB2 deafness”, *Ear & Hearing* 27, no. 6 (December 2006)を参照。遺伝子研究の実用的応用に関する次のふたつの最近の総説も有用である。Marina Di Domenico et al., “Towards gene therapy for deafness”, *Journal of Cellular Physiology* 226, no. 10 (October 2011)、および Guy P. Richardson, Jacques Boutet de Monvel and Christine Petit, “How the genetics of deafness illuminates auditory physiology”, *Annual Review of Physiology* 73 (March 2011)。

p76) GJB2 遺伝子におけるコネキシン 26 の変異に関する最初の報告は、David P. Kelsell et al., “Connexin 26 mutations in hereditary non-syndromic sensorineural deafness”, *Nature* 357, no. 6628 (1997)。

p76) 症候群性難聴には、アッシャー症候群、ペンドレッド症候群、ワーデンバーグ症候群がある。これら 3 つの症候群についての情報は、the National Institute on Deafness and Other Communication Disorders のウェブサイト（http://www.nidcd.nih.gov/health/hearing/Pages/Default.aspx）で見られる。

p76) 同類交配による聴覚障がいの増加について、Kathleen S. Arnos et al., “A comparative analysis of the genetic epidemiology of deafness in the United States in two sets of pedigrees collected more than a century apart”, *American Journal of Human Genetics* 83, no. 2 (August 2008)および Walter J. Nance and Michael J. Kearsey, “Relevance of connexin deafness (DFNB1) to human evolution”, *American Journal of Human Genetics* 74, no. 6 (June 2004)が論じている。

p77) GJB2 遺伝子の発見に関するナンシー・ブロックのことばは、Denise Grady, “Gene identified as major cause of deafness in Ashkenazi Jews”, *New York Times*, 19 November 1998 より引用。

p77) ダークセン・バウマンのことば「生きるに値する人生とは何かという問題の答えはいま……」は、*Open your Eyes: Deaf Studies Talking* (2008), p14 より引用。

p77) クリスティーナ・パーマーのすべてのことばは、2008 年に私がおこなったインタビューとその後の個人的なやりとりに依拠している。

p78) サピア＝ウォーフの仮説が最初に紹介されたのは、ベンジャミン・リー・ウォーフの論文がまとめられた『言語・思考・実在：完訳ベンジャミン・リー・ウォーフ論文選集』(南雲堂)。*The Stanford Encyclopedia of Philosophy* (2003)の Chris Swoyer, “The linguistic relativity hypothesis” にその要約がある。

p78) 私は 1994 年にウィリアム・ストコーに会ってインタビューをした。

p78) MJ・ビアンベニューのことば「私たちは、自分をふつうだと見なすために……」は、Lois Bragg 編 *Deaf World: A Historical Reader and Primary Sourcebook* (2001), p318 の彼女の記事“Can Deaf people survive ‘deafness’?”より。

p78) バーバラ・カナペルのことば「私は、自分の言語は自分自身だと……」は、Charlotte Baker and Robbin Battison 編 *Sign Language and the Deaf Community: Essays in Honor of William C. Stokoe* (1980), p106-16 の彼女の記事“Personal awareness and advocacy in the Deaf community”より引用。

p78) キャロル・パッデンとトム・ハンフリーズのことば「ろう者は長い歴史のほとんどのあいだ……」は、『「ろう文化」の内側から』（明石書店）からの引用。

p79) エドガー・L・ローウェルの「干し草の山と針」についての記述は、ベリル・リーフ・ベンダーリー *Dancing without Music: Deafness in America* (1990), p4 より。

p79) トム・バートリングの「手話は赤ちゃんことばである」との記述は、著書 *A Child Sacrificed to the Deaf Culture* (1994), p84 より。

p79) ベリル・リーフ・ベンダーリーの“聖戦”という表現は、著書 *Dancing without Music: Deafness in America* (1990), pxi より。

p79) ろう文化についての展示 *History Through Deaf Eyes* については、Jean Lindquist Bergey and Jack R. Gannon, “Creating a national exhibition on deaf life”, *Curator* 41, no. 2 (June 1998)、Douglas Baynton, Jack R. Gannon, and Jean Lindquist Bergey, *Through Deaf Eyes: A Photographic History of an Amer-*

p67) ろう児とろうの若年成人の高校卒業率、大学進学率、収入力のデータは、Bonnie Poitras Tucker, "Deaf culture, cochlear implants, and elective disability", *Hastings Center Report* 28, no. 4 (1 July 1998)から引用した。

p67) 聴者の両親から生まれたろう児よりもろう者の両親から生まれたろう児のほうが高い能力を示した研究には、E. Ross Stuckless and Jack W. Birch, "The influence of early manual communication on the linguistic development of deaf children", *American Annals of the Deaf* 142, no. 3 (July 1997)、Kenneth E. Brasel and Stephen P. Quigley, "Influence of certain language and communication environments in early childhood on the development of language in Deaf individuals", *Journal of Speech & Hearing Research* 20, no. 1 (March 1977)および Kathryn P. Meadow, "Early manual communication in relation to the deaf child's intellectual, social, and communicative functioning", *Journal of Deaf Studies & Deaf Education* 10, no. 4 (July 2005)などがある。

p67) ヘレン・ケラーのこのことばは有名だが、作り話の可能性もある。ギャローデット大学の勤勉な学術図書館員によれば、この発言は2つの出版物に掲載された所感らしい。Tom Harrington, "FAQ: Helen Keller Quotes", Gallaudet University Library, 2000, http://libguides.gallaudet.edu/c.php?g=773975&p=5552566 を参照。

p68) レナード・デイビスのことばは、*My Sense of Silence: Memoirs of a Childhood with Deafness* (2000), p6–8 の要約。「今日に至るまで、私は手話で"ミルク"と表現したときのほうが、ミルクということばを口から発するよりも、よりミルクらしく感じる」の部分は p6 から、その他は残る 2 ページからの引用である。

p68) ろうの発生率は、the National Institute on Deafness and Other Communication Disorders ウェブサイト https://www.nidcd.nih.gov/health/statistics/quick-statistics-hearing の"Quick statistics"より。

p68) キャロル・パッデンとトム・ハンフリーズの引用（「文化は、ろう者が自分たちを現代に適応できない存在ではなく……」）は、共著書『「ろう文化」の内側から』（明石書店）から。

p69) ギャローデット大学での抗議デモはマスコミに広く取り上げられた。代表的な記事は、Lena Williams, "College for deaf is shut by protest over president", *New York Times*, 8 March 1988。「ろうの学長をいまこそ！」についての詳細は、Jack Gannon, *The Week the World Heard Gallaudet* (1989)、Katherine A. Jankowski, *Deaf Empowerment: Emergence, Struggle, and Rhetoric* (1997)および John B. Christiansen and Sharon N. Barnartt, *Deaf President Now!: The 1988 Revolution at Gallaudet University* (2003)にくわしい。

p70) グールドの辞任については、David Firestone, "Chief executive to stepdown at deaf center," *New York Times*, June 22, 1994.

p75) この一節は私が 1994 年にルイス・マーキンにおこなったインタビューとその後の個人的なやりとりに依拠している。

p75) MJ・ビアンベニューのすべてのことばは、1994 年に私がおこなったインタビューとその後のやりとりに依拠している。

p76) 聴覚障がいの原因遺伝子と後天的要因についての詳細は、Lilach M. Friedman and Karen B. Avraham, "MicroRNAs and epigenetic regulation in the mammalian inner ear: Implications for deafness", *Mammalian Genome* 20, no. 9–10 (September-October 2009)および A. Eliot Shearer et al., "Deafness in the genomics era", *Hearing Research* 282, nos. 1-2 (December 2011)を参照。

p76) 難聴に関係する遺伝子についての情報は、マーク・マーシャーク、パトリシア・エリザベス・スペンサー編『デフ・スタディーズ　ろう者の研究・言語・教育　オックスフォード・ハンドブック』（明石書店）の Kathleen S. Arnos and Pandya Arti の章"Advances in the genetics of deafness", Mustafa Tekin, Kathleen S. Arnos, and Arti Pandya, "Advances in hereditary deafness", *Lancet* 358 (29 September

Japanese", *Cognition* 103, no.1 (April 2007)などがある。技術的解説が少なめな研究記事としては、"Becoming a native listener", *American Scientist* 77, no. 1 (January-February 1989)。

p64) 幼少期の言語の発達に関する情報は、Robert J. Ruben,"A time frame of critical/sensitive periods of language development", *Acta Otolaryngologica* 117, no. 2 (March 1997)。幼少期の手話習得の速さについては、John D. Bonvillian et al., "Developmental milestones: Sign language acquisition and motor development", *Child Development* 54, no. 6 (December 1983)。臨界期をすぎた脳の言語習得機能の低下については、 Helen Neville and Daphne Bavelier, "Human brain plasticity: Evidence from sensory deprivation and altered language experience", *Progress in Brain Research* 138 (2002)、Aaron J. Newman et al., "A critical period for right hemisphere recruitment in American Sign Language processing", *Nature Neuroscience* 5, no. 1 (January 2002)、Rachel I. Mayberry et al., "Age of acquisition effects on the functional organization of language in the adult brain", *Brain & Language* 119, no. 1 (October 2011)および Nils Skotara et al., "The influence of language deprivation in early childhood on L2 processing: An ERP comparison of deaf native signers and deaf signers with a delayed language acquisition", *BMC Neuroscience* 13, no. 44 (provisionally published 3 May 2012)などがある。

p64) 27歳までなんの言語も習得しなかったろうの青年の話は、スーザン・シャラー『言葉のない世界に生きた男』(晶文社) のテーマである。

p65) 囚人に占める聴覚障がい者の割合の推定は、Katrina Miller, "Population management strategies for deaf and hard-of-hearing offenders", *Corrections Today* 64, no. 7 (December 2002)から引用した。

p65) 聴者の両親を持つろうの子どもの言語習得率については、Raymond D. Ken 編 *The MIT Encyclopedia of Communication Disorders* (2004), p336-37

p65) ダグラス・ベイントンのことば「幼少期からまったく耳が聞こえない人にとっての……」は、*Forbidden Signs: American Culture and the Campaign against Sign Language* (1996), p5 より。

p65) 親は「……自分自身の考えを押しつけずにはいられなくなる」という見解の原典は、Eugene D. Mindel and McKay Vernon, *They Grow in Silence: The Deaf Child and His Family* (1971), p58 で、Beryl Lieff Benderly, *Dancing Without Music: Deafness in America* (1990), p51 に引用された。

p66) この章のジャッキー・ロスのことばは、1994年から数回にわたっておこなったインタビューと会話に依拠している。

p66) 個別障がい者教育法 (IDEA) は、障がい児も健常児といっしょに教育を受けるべきであることを定めていると考えられがちだが、実際には、障がい児が一般的な教育カリキュラムを、「行動制限がもっとも少ない環境で、可能なかぎり履修できることの保証」と求めているにすぎない。ミズーリ州カンザスシティで2001年4月18〜21日に開かれた Annual Convention of the Council for Exceptional Children での発表論文 Sultana Qaisar, "IDEA 1997—'Inclusion is the law,'"および Perry A. Zirkel, "Does Brown v. Board of Education play a prominent role in special education law?", *Journal of Law & Education* 34, no. 2 (April 2005)を参照。

p66) 寄宿制ろう学校の減少に関するデータは、Ross E. Mitchell and Michael Karchmer, "Demographics of deaf education: More students in more places", *American Annals of the Deaf* 151, no. 2 (2006)に依拠している。

p66) ジュディス・ヒューマンが「障がいを持つ子どもにとって分離教育は"社会倫理に反する"」と宣言した記事は、当初"Oberti decision is core of the ED's inclusion position", *Special Educator*, 2 November 1993, p8 に発表され、Jean B. Crockett and James M. Kaufmann, *The Least Restrictive Environment: Its Origins and Interpretations in Special Education* (1999), p21 に引用された。

p67) レンキスト判事のことばは、Board of Education 対 Rowley, 458 U.S. 176(1982)より。判決全文は、http://www.law.cornell.edu/supremecourt/text/458/176。

p62) トマス・エジソンの口話主義運動に対する興味は、聴覚障がい者としてのみずからの経験に起因するところもあった。エジソンは一時期、アレクサンダー・グラハム・ベルがろう者への“読話と発話と聴覚”教育促進のために設立したボルタ基金の諮問委員を務めていた。John A. Ferrall の記事“Floating on the wings of silence with Beethoven, Kitto, and Edison”, *Volta Review* 23 (1921), p295–96 を参照。

p62) ベルと口話主義の優勢については、ダグラス・C・ベイントン *Forbidden Signs: American Culture and the Campaign against Sign Language* (1996)、キャロル・パッデン、トム・ハンフリーズ『「ろう文化」の内側から』(明石書店) および John Vickrey Van Cleve, *Deaf History Unveiled: Interpretations from the New Scholarship* (1999)で論じられている。

p62) ジョージ・ベディッツのことばは、キャロル・パッデン、トム・ハンフリーズ『「ろう文化」案内』(晶文社) から引用した。

p63) パトリック・ブードローはカリフォルニア州立大学ノースリッジ校の助教授。ブードローのことばはすべて、2008 年におこなったインタビューとその後のやりとりに依拠している。

p63) アリストテレスがろう者と盲人の知性の比較について下した結論は、『動物誌』(岩波書店) および『アリストテレス全集6　感覚と感覚されるものについて』(岩波書店) で説明されている。アリストテレスは“生まれつきなんらかの障がいをもつ人々のなかでも、盲人はろうあ者より頭がいい。なぜなら理知的な会話は、耳が聞こえることによってもたらされる教育の成果にほかならないからだ”と主張した。この引用は J. Barnes 編 *The Complete Works of Aristotle: The Revised Oxford Translation* (1984), p694, 437a, 3–17 の Sense and Sensibilia より。

p63) ウィリアム・ストコー *Sign Language Structure: An Outline of the Visual Communication Systems of the American Deaf* は、当初 1960 年にニューヨーク州立大学バッファロー校文化人類学部および言語学部で発表され、*Journal of Deaf Studies & Deaf Education* 10, no. 1 (Winter 2005)に再掲載された。

p63) 大脳半球と手話の関係については、オリバー・サックス『手話の世界へ』(晶文社) および Kristin A. Lindgren et al., *Signs and Voices: Deaf Culture, Identity, Language, and Arts* (2008), p77–89 の Heather P. Knapp and David P. Corina, “Cognitive and neural representations of language: Insights from sign languages of the deaf”で論じられている。

p63) 左脳にダメージを与えられた場合の手話能力への影響は、M. H. Johnson 編 *Brain Development and Cognition* (1993)の Ursula Bellugi et al., “Language, modality, and the brain”および Gregory Hickock, Tracy Love-Geffen, and Edward S. Klima, “Role of the left hemisphere in sign language comprehension”, *Brain & Language* 82, no. 2 (August 2002)のテーマである。

p64)『ピーターと狼』の研究—J. Feijoo, ‘Le foetus, Pierre et le Loup’—の原典は、E. Herbinet and M. C. Busnel 編 *L'Aube des Sens* (1981)で、のちに Marie-Claire Busnel, Carolyn Granier-Deferre, and Jean-Pierre Lecanuet, “Fetal audition”, *Annals of the New York Academy of Sciences* 662, Developmental Psychobiology (October 1992)に引用された。日本の音響研究者 Yoichi Ando と Hiroaki Hattori は、空港の騒音に対する胎児の出生前の順応について、“Effects of intense noise during fetal life upon postnatal adaptability”,*Journal of the Acoustical Society of America* 47, no. 4, pt. 2 (1970)で述べている。

p64) 新生児の言語選択については、Jacques Mehler et al., “A precursor of language acquisition in young infants”, *Cognition* 29, no. 2 (July 1988)および Christine Moon, Robin Panneton Cooper, and William P. Fifer, “Two-day-olds prefer their native language”, *Infant Behavior and Development* 16, no. 4 (October-December 1993)で論じられている。

p64) 母語でない音素を乳幼児が認識できないことは、オタワ大学の小児心理学者 Janet F. Werker のおもな研究テーマである。これに関する彼女の学術報告に、“Cross-language speech perception: Evidence for perceptual reorganization during the first year of life”, *Infant Behavior & Development* 25, no. 1 (January-March 2002)および“Infant-directed speech　supports phonetic category learning in English and p56) 涅槃についての西洋の無知については、2006年にRobert Thurmanから説明を受けた。

p57) Jalāl al-Dīn Rūmī (Maulana), *The Essential Rumi* (1995), p142の"Don't turn away. Keep your gaze on the bandaged place. That's where the light enters you"を参照。

2章　ろう（聴覚障がい）

p58)「私が聴覚障がい者について本を書こうとしている」について。私の記事'Defiantly Deaf'は*New York Times Magazine*, 29 August 1994に掲載された。

p59) 抗議者とレキシントン聴覚障がい者センターの理事たちとのやりとりは、David Firestone, "Deaf students protest new school head", *New York Times*, 27 April 1994。

p60) 聴者の両親から生まれるろうの子どもの割合は、Ross E. Mitchell and Michael A. Karchmer, "Chasing the mythical ten percent: Parental hearing status of deaf and hard of hearing students in the United States", *Sign Language Studies* 4, no. 2 (Winter 2004)に依拠した。

p60) 合衆国の公立ろう学校のリストは、Laurent Clerc National Deaf Education Centreの次のウェブサイトを参照。https://www3.gallaudet.edu/clerc-center/info-to-go/national-resources-and-directories/schools-and-programs.html

p61) St. Augustine, *Contra Julianum*「人間が犯した罪の報いを受けるというのは、たしかにそのとおりである。しかし無垢な人間がときに盲目に、ときにろうに生まれつくというのは、どのような因果によるものなのか。実際、そのような欠陥は、"信仰は聞くことから始まる（ローマ人への手紙第10章第17節）"（新共同訳）というイエスの使徒のことばにあるように、信仰の妨げとなる」を参照。原典は、*Augustini, Sancti Aurelii, Hipponensis Episcopi Traditio Catholica, Saecula IV–V, Opera Omnia, Tomus Decimus, Contra Julianum, Horesis Pelagianea Defensorum, Liber Tertius, Caput IV–10. Excudebatur et venit apud J. P. Migne editorem*, 1865。引用は、Ruth E. Bender, *The Conquest of Deafness: A History of the Long Struggle to Make Possible Normal Living to Those Handicapped by Lack of Normal Hearing* (1970), p27より。

p61) 貴族家庭でのろう児の教育は、Susan Plann, *A Silent Minority: Deaf Education in Spain*, 1550–1835 (1997)のテーマである。

p61) フランスのろうの歴史とド・レペ神父の業績を取り上げているのは、James R. Knowlson,"The idea of gesture as a universal language in the XVIIth and XVIIIth centuries", *Journal of the History of Ideas* 26, no. 4 (October-December 1965)およびAnne T. Quartararo, "The perils of assimilation in modern France: The Deaf community, social status, and educational opportunity, 1815-1870", *Journal of Social History* 29, no. 1 (Autumn 1995)。

p61) John Vickrey Van Cleve編*Deaf History Unveiled: Interpretations from the New Scholarship* (1999), p53–73のPhyllis Valentine, "Thomas Hopkins Gallaudet: Benevolent paternalism and the origins of the American Asylum"を参照。

p61) マーサズ・ヴィニヤード島の詳細な歴史についてはノーラ・エレン・グロース『みんなが手話を話した島』（築地書館）を参照。

p62) ギャローデット大学については、Brian H. Greenwald and John Vickrey Van Cleve, *A Fair Chance in the Race of Life: The Role of Gallaudet University in Deaf History* (2010)にくわしい。

p62) アレクサンダー・グラハム・ベルはみずからの提案を、"Memoir upon the formation of a deaf variety of the human race",で説明している。この論文は、1883年11月13日のNational Academy of Sciencesで発表され、*Memoirs of the National Academy of Sciences* (1884)と"Historical notes concerning the teaching of speech to the deaf", *Association Review* 2 (February 1900)に掲載された。

p44) 障がい児の家庭外療育の比率における人種的および社会経済的格差についての研究には、前述の Dumaret と Essex の研究、Jan Blacher 編 *When There's No Place Like Home: Options for Children Living Apart from Their Natural Families* (1994)の Jan Blacher, "Placement and its consequences for families with children who have mental retardation",、Frances Kaplan Grossman, *Brothers and Sisters of Retarded Children: An Exploratory Study* (1972)、Robert Hanneman and Jan Blacher, "Predicting placement in families who have children with severe handicaps: A longitudinal analysis", *American Journal on Mental Retardation* 102, no. 4 (January 1998)および Tamar Heller and Alan Factor, "Permanency planning for adults with mental retardation living with family caregivers", *American Journal on Mental Retardation* 96, no. 2 (September 1991)がある。

p45) ジム・シンクレアの文章「……親が私たちの存在を嘆くときや治療を願うときに私たちが感じるのはそういうことだ……」は、1993 年のエッセイ"Don't mourn for us", https://www.autreat.com/dont_mourn.html より引用。

p45) エイミー・マリンズについては、Susannah Frankel, "Body beautiful", *Guardian*, 29 August 1998 参照。

p45) ビル・シャノンについての詳細は、Bill O'Driscoll, "Turning the tables", *Pittsburgh City Paper*, 29 March 2007 を参照。

p46) オスカー・ピストリウスのオリンピックへの抱負と実績については、"Oscar Pistorius hopes to have place at London Olympics", British Broadcasting Corporation, 17 March 2012、"Oscar Pistorius: The 'Blade Runner' who is a race away from changing the Olympics", Associated Press/*Washington Post*, 16 May 2012 および Tim Rohan, "Pistorius will be on South Africa's Olympic team", *New York Times*, 4 July 2012 を参照。

p47) 出典は、Adam Doerr, "The wrongful life debate", *Genomics Law Report*, 22 September 2009。

p47) フランス最高裁の判断については、Wim Weber, "France's highest court recognizes 'the right not to be born,'" *Lancet* 358, no. 9297 (8 December 2001)より引用。その波紋は、Lynn Eaton, "France outlaws the right to sue for being born", *British Medical Journal* 324, no. 7330 (19 January 2002)を参照。

p48) Adam Doerr, "The wrongful life debate", *Genomics Law Report*, 22 September 2009、 Ronen Perry, "It's a wonderful life", *Cornell Law Review* 93 (2008)および *Turpin v. Sortini*, 31 Cal. 3d 220, 643 P.2d 954 (3 May 1982)の判決を参照。これは聴覚障がい児を原告とする訴訟に対してカリフォルニアの最高裁判所が下した判決で、全文はスタンフォード・ロースクールのウェブサイト http://scocal.stanford.edu/opinion/turpin-v-sortini-30626 で閲覧できる。

p48) カーレンダー対生物科学研究所の訴訟、106 Cal. App. 3d 811, 165 Cal. Rptr. 477 (1980)。判決全文は http://law.justia.com/cases/california/court-of-appeal3d/106/811.html で閲覧できる。

p48) テイ=サックス病の子どもの親によるロングフルライフ訴訟については、裁判所の判決 *Miller v. HCA*, Inc., 118 S.W. 3d 758 (Tex. 2003)を参照。

p51) ナイジェル・アンドリュースの文章は、論評"Glowing wonder of an Anatolian epiphany", *Financial Times*, 15 March 2012 より引用。

p53) 多様性の受け入れについてのトビン・シーバースの発言は、*Disability Theory* (2008), p183 より引用。

p54) ロイ・J・マクドナルドの発言は、Danny Hakim, Thomas Kaplan, and Michael Barbaro, "After backing gay marriage, 4 in G.O.P. face voters' verdict", *New York Times*, 4 July 2011 より引用。ジャレッド・スパーベックの発言は、論文"NY senator's grandkids made him realize 'gay is OK,'" *Yahoo! News*, 26 June 2011 より引用。

p55) このくだりはダグ・ライトとの個人的なやりとりから。

p56) Ann Whitcher-Gentzke, "Dalai Lama brings message of compassion to UB", *UB Reporter*, 21 September 2006 を参照。

p37) ローラ・ハーシーの発言は、論文“Choosing disability”, *Ms.*, July 1994 より引用。

p37) ルース・ハッバードの文章は、Elaine Hoffman Baruch, Amadeo F. D'Adamo, and Joni Seager 編 *Embryos, Ethics, and Women's Rights: Exploring the New Reproductive Technologies* (1988)に掲載された論文“Eugenics: New tools, old ideas”, p232 より引用。

p37) ヒトゲノム計画への批判については、Mary Jo Iozzio, “Genetic anomaly or genetic diversity: Thinking in the key of disability on the human genome”, *Theological Studies 66*, no. 4 (December 2005)および Lennard Davis 編 *The Disability Studies Reader*, 2nd ed. (2006)の James C. Wilson, “(Re)writing the genetic body-text: Disability, textuality, and the Human Genome Project”,を参照。

p37) ダナ・ハラウェイの「列聖行為」という発言の出典は、著書『猿と女とサイボーグ：自然の再発明』(青土社)。

p37) ミシェル・フーコーの「基準からはずれた個人を表す専門用語」という発言の出典は、『ミシェル・フーコー講義集成〈5〉異常者たち（コレージュ・ド・フランス講義　1974-1975 年度)』(筑摩書房)。

p38) デボラ・ケントの引用はすべて、Erik Parens and Adrienne Asch 編 *Prenatal Testing and Disability Rights* (2000), p57–63 の Deborah Kent,“Somewhere a mockingbird”より。

p40) “ジェリーの子どもたち”に対するジョン・ハッケンベリーの見解は、*Moving Violations: War Zones, Wheelchairs and Declarations of Independence* (1996), p36 より引用。

p40)「手を差し伸べるのも、あだ名で呼ぶのも、同じこと」というロッド・ミハルコのことばは、*The Difference That Disability Makes* (2002), p20。

p40) 障がい者への“慈悲”の危険性について述べているアーリーン・マイヤーソンのことばは、Nancy Gibbs, “Pillow angel ethics”, *Time*, 7 January 2007 より引用。

p40) 幸福度の研究結果は、David Kahneman et al., “Would you be happier if you were richer? A focusing illusion”, *Science* 312, no. 5782 (30 June 2006)に依拠している。

p41) ルーシー・グレアリーの引用は、著書『顔を失くして「私」を見つけた』(徳間書店)より。

p42) 出典は、Dylan M. Smith et al., “Happily hopeless: Adaptation to a permanent, but not to a temporary, disability”, *Health Psychology* 28, no. 6 (November 2009)。

p42) 診断の誤りをめぐる訴訟については、Rebecca Allison, “Does a cleft palate justify an abortion?”, *Guardian*, 2 December 2003 より引用。

p42) 口蓋裂の子どもを持つ母親の発言は、Barry Nelson, “Born with just a little difference”, *Northern Echo*, 2 December 2003 より引用。

p42) ブルース・バウワーの発言は、Eric Zorn, “At 15, Lauren is coming forward for kids like her”, *Chicago Tribune*, 24 April 2003 より引用。

p43) クリス・ウォレスのエピソードは、Chris Dufresne, “Amazing feat”, *Los Angeles Times*, 8 October 1997 に依拠している。

p43) ジョアンヌ・グリーンの発言は、投稿記事“The reality of the miracle: What to expect from the first surgery”, *Wide Smiles*, 1996 より引用。

p44) アリス・ドムラット・ドレガーの主張は、『私たちの仲間　結合双生児と多様な身体の未来』(緑風出版)より。

p44) 障がいに対する寛容性と社会経済的な地位は反比例するとしたフランスの研究結果については、Annick-Camille Dumaret et al., “Adoption and fostering of babies with Down syndrome: A cohort of 593 cases”, *Prenatal Diagnosis* 18, no. 5 (May 1998)を参照。

p44) 社会経済階層がちがうと障がいに対する態度もちがうとしたアメリカの研究結果については、Elizabeth Lehr Essex et al., “Residential transitions of adults with mental retardation: Predictors of waiting list use and placement”, *American Journal of Mental Retardation* 101, no. 6 (May 1997)を参照。

p33) ここに登場する“醜陋法”はシカゴ市条例36034項(1974年廃止)のこと。それについては、Adrienne Phelps Coco, “Diseased, maimed, mutilated: Categorizations of disability and an ugly law in late nineteenth century Chicago”, *Journal of Social History* 44, no. 1 (Fall 2010)で詳細に論じられている。

p33) ジム・クロウ法との比較は、1985年のCity of Cleburne, Texas 対 Cleburne Living Center, Inc. の最高裁判決におけるThurgood Marshall判事の発言から。そこで精神病について、「州法による隔離と差別の体制が、その劣悪さと偏見において、ジム・クロウ法の最悪の無分別に近づくか同等と言えることは、すぐに明らかになった」と述べている。判決全文は、https://www.law.cornell.edu/supremecourt/text/473/432で閲覧できる。

p34) シャロン・スナイダーとデイビッド・ミッチェルの発言は、*Cultural Locations of Disability* (2006), p72より。

p34) 障がい児の教育的達成度と障がいを持つ大人の経済状態については、Colin Barnes and Geof Mercer, *Disability* (2003), p45–49に依拠している。

p34) 深刻な病気にかかっている未熟児を安楽死させるガイドラインについての王立産婦人科大学の提案は、Peter Zimonjic, “Church supports baby euthanasia”, *The Times*, 12 November 2006で取り上げられている。

p34) 1973年の米国リハビリテーション法(29 USC§701)の全文は、http://www.law.cornell.edu/uscode/text/29/701で、障がいを持つアメリカ人法 (42 USC§12101)は、https://www.law.cornell.edu/uscode/text/42/12101で見られる。

p34) バイデン副大統領のスピーチは、“Biden praises Special Olympic athletes”, *Spokesman-Review*, 19 February 2009を参照。

p34) 障がい者法における障がい者保護の縮小についての学術的見解は、Samuel R. Bagenstos, “The future of disability law”, *Yale Law Journal* 114, no. 1 (October 2004)を参照。また、一例として、Toyota Motor Manufacturing 対 Williams, 534 U.S. 184 (2002)における米国最高裁判所の判決を参照 (判決全文は、http://www.law.cornell.edu/supct/html/00-1089.ZO.html)。“おもな日常生活”を“大幅に制限”するものの解釈を狭めることを命じた判決である。

p35) スーザン・バーチのことばは、*Signs of Resistance: American Deaf Cultural History, 1900 to World War II* (2004), p7より引用。

p35) マイケル・オリバーの「障がいは個人の心身の状態とは関係なく、社会的差別の結果である」ということばは、*Understanding Disability: From Theory to Practice* (1996), p35より引用。

p36) 歴史的な寿命の変化については、Laura B. Shrestha, “Life Expectancy in the United States”, Congressional Research Service, 2006を参照。

p36) ハンチントン舞踏病を理由とする中絶についてのルース・ハッバードの発言は、Lennard Davis編 *The Disability Studies Reader*, 2nd ed. (2006)におさめられた論文“Abortion and disability”より引用。

p36) フィリップ・キッチャーのことばは、Lennard Davis編 *The Disability Studies Reader*, 2nd ed. (2006), p71のJames C. Wilsonの論文“(Re)writing the genetic body-text: Disability, textuality, and the Human Genome Project”より引用。

p36) マーシャ・サクストンの発言は、Lennard Davis編 *The Disability Studies Reader*, 2nd ed. (2006)に収められた論文“Disability rights and selective abortion”, p110–11より引用。

p36) シャロン・スナイダーとデイビッド・T・ミッチェルのことばは、著書 *Cultural Locations of Disability* (2006), p31より引用。

p37) ウィリアム・ラディックは、Adrienne Asch and Erik Parens編 *Prenatal Testing and Disability Rights* (2000)に掲載された論文“Ways to limit prenatal testing”において、“女性らしい受容の考え”について論じている。

p20) 出典はアモス・カミル"Prep-school predators: The Horace Mann School's secret history of sexual abuse", *New York Times Magazine*, 6 June 2012。

p23)「傷つき、混乱した人々」の引用は Peter Lappin の Facebook への投稿より。

p24) 代理人セラピーについて、くわしくは the International Professional Surrogates Association のウェブサイト http://surrogatetherapy.org/を参照。

p26) 同性愛を誹謗する文章は、"The homosexual in America", *Time*, 21 January 1966 より引用。

p27) 出典は Hendrik Hertzberg, "The Narcissus survey", *New Yorker*, 5 January 1998。

p27) 2011 年 12 月 22 日、ミシガン州知事リック・スナイダーが、公務員扶養家族給付金制限法の下院法案 4770（2011 年公法 297）に署名した。下院法案 4770 の内容と立法経緯については、ミシガン州議会のウェブサイト http://www.legislature.mi.gov/(S(wuvi1jzcagc4cjm0uif524wi))/mileg.aspx?page=getObject&objectName=2011-HB-4770 を参照。

p28) ウガンダの法案については、Josh Kron, "Resentment toward the West bolsters Uganda's antigay bill", *New York Times*, 29 February 2012 および Clar Ni Chonghaile, "Uganda anti-gay bill resurrected in parliament", *Guardian*, 8 February 2012 を参照。また、下記のスコット・ライブリーについての引用も参照。

p28) イラクにおける同性愛者の拷問や殺害についての記述は、Matt McAllester, "The hunted", *New York*, 4 October 2009 に依拠。

p28) *This American Life* の"81 Words"のエピソード(http://www.thisamericanlife.org/204/81-Words）では、『精神障害の診断と統計マニュアル』からの同性愛の項目の排除について、非常に興味深い言及があった。Ronald Bayer, *Homosexuality and American Psychiatry: The Politics of Diagnosis* (1981)も参照。

p29) レイ・ブランシャールへの代理出産希望者からの反応について、原典は"Fraternal birth order and the maternal immune hypothesis of male homosexuality", *Hormones & Behavior* 40, no. 2 (September 2001)、アリス・ドムラット・ドレガー"Womb gay", *Hastings Center Bioethics Forum*, 4 December 2008 より引用。

p29) 同性愛者が公民権ということばを使うことへのアフリカ系アメリカ人の反発の一例として、David Kaufman, "Tensions between black and gay groups rise anew in advance of anti-gay marriage vote in N.C.", *Atlantic*, 4 May 2012 に引用されたノースカロライナ州の聖職者パトリック・ウッデンの次の発言を参照。「アフリカ系アメリカ人は自分たちの公民権運動が、同性愛者の"公民権運動"と同一視されることに驚愕している。黒人であることと同性愛者であることのあいだに差異はないと LGBT のグループが主張するとすれば、それは侮蔑であり、怒りを覚えざるをえない」

p30) フロイトは愛情と憎悪という両極の感情について、『自我論集　自我とエス』（ちくま学芸文庫）で言及している。

p31) 出典は、マット・リドレー『やわらかな遺伝子』（早川書房）。

p32) 障がいの発生についての統計は、Paul T. Jaeger and Cynthia Ann Bowman, *Understanding Disability: Inclusion, Access, Diversity, and Civil Rights* (2005), p25 に依拠。

p32) トビン・シーバースの引用は、*Disability Theory* (2008), p176 より。

p33) 産業化以前の社会における障がい者のケアについては、Lennard Davis, *Enforcing Normalcy: Disability, Deafness, and the Body* (1995), p2–3 で論じられている。

p33) アドルフ・ヒトラーのことばは、M. Burleigh, *Death and Deliverance: Euthanasia in Germany*, 1900–1945 (1994)に言及したコリン・バーンズ、ジェフ・マーサー、トム・シェイクスピア『ディスアビリティ・スタディーズ　イギリス障害学概論』（明石書店）より引用。

p33) ヨーロッパとアメリカの強制不妊についての議論は、Richard Lynn, *Eugenics: A Reassessment* (2001), p34–35 を参照。

原注

この原注は簡略化してある。詳細バージョンはオンラインを参照（http://www.andrewsolomon.com/far-from-the-tree-footnotes）［原文のみ］。
いくつかの前置きを。まず、私がインタビューをした人には全員、実名か仮名かを選んでもらった。仮名の場合には、すべてここに注記した。仮名の人もアイデンティティはできるだけ正確を期したものの、プライバシー保護のために本人の希望で個人情報を多少変更したところもある。また、著作物からの引用は、すべてここに引用元を記した。ほかの引用はすべて1994〜2012年におこなった個人インタビューにもとづく。さらに、本書がこれ以上長くなり、省略記号だらけになることを防ぐために、一部の著作物からの引用は内容を要約した。それらの全文はオンラインの原注に載せてある。

エピグラム

p4）*The Collected Poems of Wallace Stevens* (1990), p193-94を参照。

1章　息子

p8）聴覚障がい者についての調査は、“Defiantly deaf”, *New York Times Magazine*, 29 August 1994として発表した。

p10）神学者ジョン・ポーキングホーンが、ディラックから学んだことに沿ってこの解釈を発表した。J・ポーキングホーン『自然科学とキリスト教』（教文館）p31より：「量子の本質については、粒子であると仮定して疑問を投げかけると、粒子としての答えが得られる。波動であると仮定して疑問を投げかけると、波動としての答えが得られる」

p11）「私が知りうるのは、それを言い表すことばのあるものだけである」は、ルートヴィヒ・ウィトゲンシュタイン *Tractatus Logico-Philosophicus* (1922)『論理哲学論考』（岩波文庫ほか）, part 5.6: “Die Grenzen meiner Sprache bedeuten die Grenzen meiner Welt”より。C・K・オグデンはこの文を、「私のことばに限界があるのは、私の世界に限界があるからである」と訳した。ルートヴィヒ・ウィトゲンシュタイン著C・K・オグデン訳 *Tractatus Logico-Philosophicus* (1922), p149より。

p11）ジェニファー・スピーク編『オックスフォード英語ことわざ・名言辞典』（柊風舎）の“リンゴ”の項目より：「リンゴは木から遠くには落ちない：家族の性格が受け継がれていくことを表すのによく使われる、東洋起源と思われる考え方。Cf. 16th cent. Ger. *der Apfel fellt nicht gerne weit vom Baume*」。

p14）ゲイの子どもたちの幼年期の発達については、リチャード・C・フリードマン *Male Homosexuality: A Contemporary Psychoanalytic Perspective* (1990), p16–21に依拠している。

p14）性別の典型と合致しない色の好みがホモセクシャルの将来を予言するということについて、さらに知りたい場合はVanessa LoBue and Judy S. DeLoache, “Pretty in pink: The early development of gender-stereotyped colour preferences”, *British Journal of Developmental Psychology* 29, no. 3 (September 2011)。

p18）忘れがたい結びの一文「ふたりのいったさきがどこであろうと、またその途中にどんなことがおころうと、あの森の魔法の場所には、ひとりの少年とその子のクマが、いつもあそんでいることでしょう」は、A・A・ミルン『プー横丁にたった家』（岩波書店）より。

【使用許可】

冒頭エピグラム

ウォレス・スティーブンズの詩は、Collected Poems のなかの "The Poems of Our Climate (われらが風土の詩)" より引用。Copyright 1954 by Wallace Stevens and renewed © 1982 by Holly Stevens. Alfred A. Knopf, a division of Random House, Inc.の許可を得て使用。

4章 ダウン症

エミリー・パール・キングスレーの "Welcome to Holland (オランダへようこそ)" は、著者の許可を得て使用。Copyright © 1987 by Emily Perl Kingsley.無断複写・複製・転載を禁ず。

ネッド・パーマーの "Girls (女の子)" は、Greg Palmer, Adventures in the Mainstream: Coming of Age with Down Syndrome (Woodbine House, 2005, and Bennett & Hastings, 2012)より Cathryn C. Palmer の許可を得て転載。

「ちがい」がある子とその親の物語 I
ろう、低身長症、ダウン症の場合

2020年12月10日　初版第1刷発行

著者
アンドリュー・ソロモン
訳者
依田卓巳　戸田早紀　高橋佳奈子
編集協力
藤井久美子
装幀
Y&y
印刷
中央精版印刷株式会社
発行所
有限会社 海と月社
〒180-0003　東京都武蔵野市吉祥寺南町2-25-14-105
電話0422-26-9031　FAX0422-26-9032
http://www.umitotsuki.co.jp

定価はカバーに表示してあります。
乱丁本・落丁本はお取り替えいたします。

ISBN978-4-903212-71-5